国家出版基金项目
NATIONAL PUBLICATION FOUNDATION

华北抗日根据地及解放区文艺大系

陈晋 郑恩兵 主编

《晋察冀日报》
文艺文献全编

散文报告文学

第十六卷

关小彬 编

河北出版传媒集团

河北教育出版社

图书在版编目（CIP）数据

《晋察冀日报》文艺文献全编．散文报告文学．第十六卷／关小彬编．—— 石家庄：河北教育出版社，2023.12

（华北抗日根据地及解放区文艺大系／陈晋，郑恩兵主编）

ISBN 978-7-5545-7648-9

Ⅰ．①晋⋯ Ⅱ．①关⋯ Ⅲ．①文艺－作品综合集－世界－现代②散文集－中国－现代③报告文学－作品集－中国－现代 Ⅳ．① I11 ② I266 ③ I25

中国国家版本馆 CIP 数据核字（2023）第 064039 号

书　　名	《晋察冀日报》文艺文献全编·散文报告文学·第十六卷 JINCHAJI RIBAO WENYI WENXIAN QUANBIAN SANWEN BAOGAO WENXUE DI-SHILIU JUAN	
编　　者	关小彬	
责任编辑	张　畅	
装帧设计	郝　旭	
出　　版	河北出版传媒集团 河北教育出版社　http://www.hbep.com （石家庄市联盟路705号，050061）	
印　　制	石家庄众旺彩印有限公司	
开　　本	787毫米×1092毫米　　1/16	
印　　张	28.75	
字　　数	365千字	
版　　次	2023年12月第1版	
印　　次	2023年12月第1次印刷	
书　　号	ISBN 978-7-5545-7648-9	
定　　价	168.00元	

版权所有，侵权必究

丛书编委会

顾　问
陈平原　刘跃进　王长华　李　扬

编委会主任
吕新斌

编委会副主任
彭建强　孟庆凯　刘　月

主　编
陈　晋　郑恩兵

副主编
董素山　向　回　汪雅瑛

编　委（按姓氏笔画排序）
马春香　王少军　田浩军　包来军　吉　喆　刘书芳　刘贵廷
关小彬　杨　程　杨春生　宋少净　张　辉　张川平　赵　华
高露洋　郭义强　阎晓宏　梁晓晓

编纂说明

在中国共产党百年发展历程中，文艺始终是党领导人民开展进步事业的有机组成部分，是党在各个历史时期的中心工作的实时反映和重要推动力量。"华北抗日根据地及解放区文艺大系"，是一部全面展示抗日战争和解放战争时期华北地区党的历史创造、奋斗风采和形象建构的大型革命历史文艺文献丛书，对于深入研究华北地区革命文艺史、红色新闻史，弘扬伟大建党精神、梳理中国共产党人精神谱系，是必不可少的第一手资料，是我们在新时代坚定树立文化自信的重要思想资源。

一、编纂缘起

抗日战争及解放战争时期，华北地处各方政治与文化力量激烈博弈的前沿，这种特殊政治、军事、文化、地理环境中产生的革命文艺，具有鲜明的地域性特征，是五四新文化运动以来的革命文艺发展史上的突出标识。

但一直以来，由于史料文献整理不足，对华北抗日根据地及解放区文艺的研究，始终未能深入，其独特的地域性实践价值和蕴含的文化创新意义被严重遮蔽。这些史料文献主要以党报党刊的形式呈现，梳理汇编这些党报党刊中的革命文艺史料，借之以探索华北革命文艺的发展路径、发展方向、创造机制和创新经验，是深入贯彻习近平总书记关于"把红色资源利用好、把红色传统发扬好、把红色基因传承好""用好红色资源、赓续红色血脉"等系列重要讲话精神的有力举措，也是新时代文艺研究者不可推卸的责任。

2017年6月左右，我们去中国社科院文学所拜访时任所长刘跃进先生，协商合作研究事宜，寻求中国社科院文学所的帮助。请教过程中，刘先生建议我们结合地方特色，做好地方红色文艺文献的搜集整理与编纂出版工作。经过一段时间筹备，2017年底，我们以"河北红色经典系列丛书"为名，正式申报"2018年度河北省省级宣传文化发展专项资金"项目并成功立项，旨在通过选定刊行河北红色经典作品、梳理汇编河北红色经典研究资料、系统阐述河北红色经典发展历史等基础性工作，打造一个集大成式的河北红色经典文献资料库。

项目最初设计共二十四卷，包括六大板块：《河北红色经典史》一卷、《河北红色文艺作品选》六卷、《河北红色经典作家作品索引》三卷、《河北红色经典研究资料汇编》四卷、《〈晋察冀日报〉副刊文学作品全编》六卷、《晋冀鲁豫抗日根据地文艺作品及〈新华日报〉太行版文艺作品汇编》四卷。但在项目实施过程中，我们充分吸收专家意见，认为网络时代和大数据背景下的科研活动有了很大变化，《河北红色经典作家作品索引》与《河北红色经典研究资料汇编》的编纂工作，在当前学术生态中价值不大，并予以取消。同时，在项目实施过程中我们发现，《晋察冀日报》《人民日报》等党报除刊发大量文艺作品外，还有大量记录边区文艺工作者行迹，反映边区戏剧、音乐、文学、美术、舞蹈、曲艺活动与报刊书籍出版发行等各方面情况的文艺史料，以及体现我党文艺方向、方针变化的政策文件与重要领导讲话，是华北地域党和人民对敌作战的重要宣传武器，更是飘扬在华北地区军民心中一面旗帜。这些史料是华北地域革命文艺发生、发展与壮大的真实记录，对我们正确认识革命文艺的特点与历史地位有重要的决定性作用。

为此，我们精心整理了《〈晋察冀日报〉文艺文献全编》《晋冀鲁豫〈人民日报〉文艺文献全编》《〈晋察冀画报〉文艺文献全编》《晋察冀日报社人物志》（共五十一卷），同时收入全国抗战时期和解放战争时期与河北地域相关且被广大群众所喜爱并广泛传唱的红色文艺作品，结集为《河北红色文艺作品选》（共六卷），至此形成丛书目前的五大板块，而且将名称由"河北红色经典系列丛书"改为"华北抗日根据地及解放区文艺大系"，方便以后在此基础上做进一步拓展。

二、地域范围及文艺特质

华北抗日根据地包括当时山东、河北、山西、察哈尔、绥远、热河全部及豫北、苏北、皖北部分地区，分晋绥、晋察冀、晋冀豫、冀鲁豫、山东五大块。1941年，冀鲁豫合并到晋冀豫，称晋冀鲁豫。其中晋察冀抗日根据地作为开辟最早、地域最大、人口最众的模范抗日根据地，是华北抗日根据地的坚强堡垒，牵制和抗击了三分之一以上的华北日军和二分之一的伪军。

在河北及其邻省周边地区开辟与创建华北抗日根据地，是红军长征到达陕北之后党中央迅速做出的重大战略决策。这些根据地地处对日武装斗争最前线，不仅打开了抗战的新局面，成为华北敌后抗战的主战场，而且进行了新民主主义社会的实践探索，对解放战争的历史进程产生了巨大影响，成为我党开辟东北解放区的前进基地和逐鹿中原的战略后方。随着抗日根据地的开辟，延安文艺工作团、西北战地服务团、东北促进纵队干部队、八路军总政治部前线记者团等大批文艺工作者，随同党政干部一道陆续抵达华北，东北、平津的青年学生也纷纷冒着生命危险来到边区。他们一手拿枪，一手拿笔，深入农村与抗战前线，切身体会工农兵的生活，深刻了解工农兵的需求，从而根本上克服了艺术至上主义思想倾向。所以，华北抗日根据地及解放区文艺，既响应了伟大的民族抗战对文学艺术提出的时代要求，亦充分兼顾到广大人民群众的接受习惯和欣赏水平，真实地反映了华北人民火热的战斗与生产生活。很多作者本身就是农民、战士或基层工作者，他们把自己的经历和熟悉的人和事，通过小说、戏剧、诗歌、报告文学、歌曲、绘画、舞蹈等文艺样式记录下来，语言通俗平实，富有生活气息。由于产生于特定时代、特定区域而又适应特定需要，故而无论是题材、语言还是风格，在体现革命大众文艺共性的同时，又具有强烈的华北地域特性。

华北抗日根据地及解放区文艺的繁荣发展，是专业文艺工作者与工农兵群众共同创造的结果。人民群众不仅是革命文艺运动的主导主体、推进主体、受益主体，还是一切成败得失的评判主体。华北抗日根据地及解放区文艺，归根结底，是"以人民为中心"的文艺。

三、学术价值

今天的河北在抗日战争、解放战争时期是晋察冀、晋冀鲁豫两大根据地的中心区域，有着悠久的革命历史传统和丰厚的红色文化底蕴。据不完全统计，抗日战争和解放战争期间，仅晋察冀边区专区以上就办有报刊四百余种,编印图书五百余万册。如果将这种统计扩大到环绕河北的整个华北抗日根据地及解放区,时间扩展至从中国共产党成立到中华人民共和国成立,数据更为可观。这些红色图书、报刊的出版发行,团结了一大批来自全国各地的著名革命文艺家和专业文艺工作者,其中有大量文艺相关信息,是研究近现代中国革命文艺的重要史料。但因受当时物质条件及复杂局势影响,它们传播范围有限,保存困难,如今已普遍出现老化或损毁现象,面临着消失、断层的危险。

长期以来,由于对抢救、整理和利用红色文艺文献的意义认识不足,现行的科研评价、出版机制亦难以有效刺激科研工作者积极从事老旧报刊等红色文艺文献的系统整理,大量有待整理的红色文艺文献尚未进入学界的视野。特别是华北抗日根据地及解放区的文艺文献,有很多甚至还是学术盲区。如《冀中导报》《救国报》《边政导报》《冀南日报》《团结报》《前进报》《新察哈尔报》《冀热察导报》等各类党报,以及《冀热辽画报》《冀中画报》《北方文化》《五十年代》《新长城》《新群众》《诗建设》《诗战线》等期刊,虽有部分学者对其办报(刊)历程、思想以及传播等方面予以研究,但均无系统的文艺文献整理本。"华北抗日根据地及解放区文艺大系"整理的《晋察冀日报》、晋冀鲁豫《人民日报》、《晋察冀画报》,是当时华北抗日根据地及解放区党报党刊的典型代表,是党的理论和实践同文艺结合的主要媒介和载体,是华北革命文艺重要的传播平台。这些报刊,既客观记录了华北革命文艺的传播与发展,也完整展现了华北革命文艺的特殊使命与风格特征,具有极其重要的史料价值。在此基础上,我们还会将视角延伸到《晋绥日报》《新华日报·太行版》《新华日报·太岳版》等党报,不断地充实这套大型文献史料丛书,以此来系统建构华北抗日根据地及解放区的"文艺史料学"。

四、丛书特色

这套丛书的编纂，主要以抗日战争及解放战争期间华北境内各根据地、解放区出版、发行、制作之图书、期刊、报纸等红色文献中的文艺资料为内容。编纂特色主要包括：

（一）抢救珍贵历史文献，弘扬伟大建党精神。

华北抗日根据地及解放区的红色文献发行于条件艰苦的战争年代，数量少，印制质量粗糙，历经岁月的洗礼，留存下来的品相完好者已经很少，有些到今天已成孤本。这些文献作为特定历史时期和区域的产物，见证了中国共产党领导华北人民争取民族独立和人民解放的伟大历程，反映了华北近代社会的巨大变化，蕴含着珍贵的史料价值和鉴往知来的现实意义，是中国共产党领导的文艺事业、新闻出版事业与意识形态建设发展的历史见证。它们诠释了党的初心和使命，蕴含着坚定的理想信念与崇高的革命精神，到今天仍然具有强大的感染力与说服力，是陶冶情操、磨炼意志、走好新时代长征路的有效精神资源。抢救性搜集、整理与研究这些珍贵历史文献，有利于增强党政干部政治信仰，弘扬伟大建党精神和践行社会主义核心价值观。

（二）文艺与党史密切融合，拓展革命文艺与党史研究的新视野。

革命文艺作品的创作、发表和传播，和党的历史任务和奋斗实践是分不开的。在艰苦卓绝的革命岁月，奋斗前行的中国共产党始终强调，既要拿"枪杆子"，也要拿"笔杆子"。革命的文艺工作者，一手拿枪，一手拿笔，深入农村与抗战前线，以人民大众易于接受和欣赏的形式，宣传党的政策，推行党的方针，为中国共产党顺利完成不同历史阶段的中心任务和伟大使命发挥了独特而重要的作用。本套丛书收入的文献史料，主要是抗日战争与解放战争时期党报党刊中的文艺作品与文艺史料，它们鲜明生动地体现了党的历史，党领导人民争取民族独立、人民解放的奋斗历程和精神面貌，从而为学界从文艺角度研究党史和从党史角度研究文艺提供了有力支撑。

（三）作品汇编与史料梳理并行，还原革命文艺的历史场域。

"华北抗日根据地及解放区文艺大系"的编纂，全面辑录华北抗日根据地及解放区党报党刊上刊登的诗歌、小说、戏剧、报告文学、散文、歌曲、版画等文艺作品，并系统梳理当时文艺发生、发展、传播以及社会各界文艺活动的各类消息和报导，同时选编了大量的河北红色文艺作品作为补充。这种文艺史料与文艺作品的配合整理，还原了革命文艺的历史场域，有利于构建对革命文艺的科学认识。

五、丛书内容

（一）《〈晋察冀日报〉文艺文献全编》共三十八卷：

诗歌三卷

戏剧一卷

小说二卷

文艺评论三卷

文艺史料九卷

外国文艺二卷

散文报告文学十七卷

歌曲版画一卷

（二）《晋冀鲁豫〈人民日报〉文艺文献全编》共十一卷：

诗歌一卷

戏剧、小说、文艺评论一卷

散文报告文学五卷

文艺史料四卷

(三)《〈晋察冀画报〉文艺文献全编》一卷

(四)《晋察冀日报社人物志》一卷

(五)《河北红色文艺作品选》共六卷：

诗歌一卷

戏剧一卷

散文一卷

小说三卷

六、编纂体例

(一) 整套丛书题材丰富、门类众多，在体裁上不做强行统一。

(二) 丛书中所录作品均为当年报刊发表的原文。为确保丛书的文献性、学术性、专业性和资料性，丛书编辑加工的总原则为保持文献原貌，内容上不做改动。

(三) 文字的使用

1. 丛书中文字的使用以 2013 年教育部、国家语言文字工作委员会公布的《通用规范汉字表》为准。

2. 丛书中的古体字、通假字、俗体字，以及所涉及姓名字号、职官地理等专用字，均予保留。

3. 丛书原文字迹模糊残损，但仍可辨认或可依上下文校正，以字外加方框"□"表示；原文缺字或无法辨识，且无法校补，每字以一个方框"□"表示；如无法统计所缺字数，则以"☒"表示。

4. 丛书中数字的使用，保持原貌。

（四）标点符号及其他符号的使用

1. 丛书在不改变原文意义的情况下，将旧式标点改作现行标点符号。

2. 丛书原文中出现代表文字的符号，如"×""△""○""▲"等，保持原貌。

3. 丛书原文中的着重号、专名号等不再保留。

（五）其他

1. 丛书原文中的注释，保持原貌；编者亦出部分注释，供读者参考。

2. 因为原始文献本身产生于战争年代，保存不易，漫漶不清处较多，丛书疏误之处在所难免，希望专家读者批评指正。

七、鸣谢

本套丛书得以顺利面世，要特别感谢中共河北省委宣传部、河北省社会科学院、河北教育出版社的资金支持，以及北京大学陈平原教授、中国社科院文学所刘跃进研究员、南开大学文学院李扬教授、河北师范大学文学院王长华教授等，为丛书编纂提供了多方面的学术支撑；晋察冀日报社老报人及报史研究会诸位老师，中国社科院文学所现代室、中国丁玲研究会、中国现代文学馆各位专家，也在丛书编纂过程中提出了许多建设性意见；院内外的数十位年轻科研工作者，在原文录入和校对方面付出了艰辛劳动，确保了项目的顺利进行。在此一并致谢。

把艺术交给大众（代序）
——祝贺"华北抗日根据地及解放区文艺大系"结集问世

中国社会科学院　刘跃进

由河北省社会科学院文学研究所编纂、河北教育出版社出版的"华北抗日根据地及解放区文艺大系"结集问世，值得庆贺。

文艺是时代前进的号角。1937年7月7日，卢沟桥事变爆发，全面抗战由此而起。广大的爱国知识分子和青年学生，表现出同仇敌忾的民族气节，走出书斋，走出校园，用知识，用智慧，用不屈的精神力量唤醒民众，用实际行动担负起抗日救亡的历史重任。在此后的岁月里，延安文艺和华北抗日根据地及解放区文艺，是中国共产党领导下的两大主体，双峰并峙，展示着那个时代的风貌，引领了那个时代的风气。

随着抗日根据地的开辟，延安文艺工作团、西北战地服务团、东北促进纵队干部队、八路军总政治部前线记者团等大批文艺工作者，随同党政干部一道陆续抵达华北，东北、平津的青年学生也纷纷冒着生命危险来到边区。他们一方面积极创作大量街头剧、活报剧、街头诗、墙头小说、木刻版画、歌曲、舞蹈等革命文艺，开展抗日救亡宣传运动；一方面也通过开办文艺干训班，开展各行业、各阶层甚至全民的文艺创作与评选活动,吸引工农兵群众加入文艺队伍,掀起了"晋察冀一周""冀中一日"等具有深化性质的群众写作运动,以及"创造模范村剧团""穷人乐"等群众戏剧运动,为晋察冀文艺史添上了浓墨重彩的一笔。

说到这里,我想起2009年参加《北平学生移动剧团团体日记》捐赠仪式的一段往事。从1937年到1938年,在中国抗战史上唯一以大学生组成的"北平学生移动剧团"在长达一年半的时间里,历尽艰难,转辗于国民党第五战区的各个战场,演出话剧,创办报纸,宣传抗日,鼓舞斗志,谱写出响彻云霄的时代赞歌。移动剧团的成员每人一周轮流记述,用日记形式记录了那段不平凡的岁月,《北平学生移动剧团团体日记》就是这部历史的记录。它不是写给个人看的私密记录,也不是为将来面世扬名。作者完全出于一种历史责任,真实客观地记录了那段鲜为人知的历史,体现出强烈的史家意识。日记封面上有这样一段题记,"北平学生移动剧团·愿我永恒·中华民国二十七年二月二十三日始·璧华"。孤立地看这部日记,也许没有什么轰轰烈烈的战斗业绩,也没有什么感人肺腑的情感纠结。客观、平实是它的本色,正是这种本色,为那个历史年代留下一段真实。"北平学生移动剧团"的抗日活动,是文艺工作者投身抗日洪流中的一个历史缩影。

随着抗战的胜利,察哈尔省会张家口解放,晋察冀文协、晋察冀剧协、晋察冀音协、晋察冀美协、晋察冀通讯社、晋察冀边区剧社、晋察冀日报社、晋察冀画报社等文化团体随中共晋察冀中央局和军区领导先后开赴华北根据地,一大批文艺工作者也随之来到华北,开展丰富多彩的文艺活动。他们坚持毛泽东《在延安文艺座谈会上的讲话》中指出的方向,一手拿枪,一手拿笔,深入农村与抗战前线,既为切身体会工农兵的生活,也为深刻了解工农兵的需求,从而在根本上克服了自身相当普遍和严重的艺术至上主义思想倾向，为工农兵而创作，为工农兵所利用，以人民大众易于接受和欣赏的形式，普遍写人民大众的生产战斗故事。譬如左翼作家邵子南，于1938年10月随西战团到晋察冀，主持战地社日常工作，主编《诗建设》；1943年整风运动后，他到阜平任小学教员，在反"扫荡"中与群众、民兵一起转移、战斗，还直接在五丈湾跟随李勇的游击组对日寇展开地雷战；1944年5月随团回延安，在鲁艺任教，后调陕甘宁文协搞专业创作，开始大量创作反映晋察冀边区生活的小说。他以亲身体验为基础创作的短篇小说《李勇大摆地雷阵》（后改为《地雷阵》），运用阜平农民群众的语言，以口语化方式讲述了爆炸英雄李勇的抗日故事，明显吸取了民间说唱文学的优点，特别是在白话叙述中还插入不少快板式的韵白，更适合群众的喜好，因而在当时广为流传，家喻户晓，起到了很大的宣传鼓动作用。其他作品，如《荷花淀》《太阳照在桑干河上》《漳河水》《赶车传》《王九诉苦》《孟祥英翻身》《新儿女英雄传》《白求恩大夫》《我的两家房东》《穷人乐》《李殿冰》《戎冠秀》《没有共产党就没有中国》《团结就是力量》《没有土地的人们》《白毛女》等，都是成功的文艺典范，在现代中国文学史上占据比较重要的位置。

在华北抗日根据地及解放区的文艺创作成果中，还有数以万计的文艺作品和极具研究价值的文艺史料刊发在根据地及解放区所办的报刊上。很多作者，本身就是农民、战士或基层工作者。他们把自己的经历和熟悉的人和事，通过小说、戏剧、诗歌、报告文学、歌曲、绘画、舞蹈等文艺样式记录下来，语言通俗，富有生活气息。人民既是历史的创造者，也是历史的见证者；既是历史的"剧中人"，也是历史的"剧作者"。让故事中的人物自己编词、自己表演的创作方式，很好地反映出人民的心声，并让人民群众从生动活泼的艺术作品中得到教育，这确实是一个成功的尝试。

配合党的中心工作，"把艺术交给大众"，通过文艺唤醒大众，这已成为华北文艺工作者的自觉意识。他们积极响应伟大的民族抗战对文学艺术提出的时代要求，充分兼顾到广大人民群众的接受习惯和欣赏水平，创作了大量的作品，真实地反映了燕赵儿女火热的战斗与生产生活，起到了良好的宣传教育与鼓动激励效果。刘萧无编排新闻报道剧《李殿冰》，编剧与演员一起住到李殿冰家里，以便于熟悉主人公的生活，搜集真实生动的群众语言，还模仿他们的动作，理解他们的心理，甚至还让主人公李殿冰等直接参与剧本的修改和编排。描写群众的生活，邀请群众参与创作，这是当时文艺工作者走群众路线的生动体现。该剧演出后获得当地老百姓的极大赞赏，鲁中实验剧团还专门学习该剧的创作方法，创编了三幕五场话剧《过关》。艾思奇《前方文艺运动的新范例》更是誉其开创了前方文艺的新范例。抗敌剧社的《王老三减租小唱》、冀中火线剧社的话剧《我们的母亲》，也都具有这种特色。

这些文艺作品，可能略显仓促，有的甚至急就于战火中，所以在素材提炼、人物形象塑造以及语言的使用、细节的刻画等方面还有很多不足。但是，这不是一般意义上的创作，而是燕赵大地为争取民族独立、人民解放的集体记忆和行动号角，是中国革命事业的重要组成部分。华北抗日根据地及解放区的文艺，有很多这样未经沉淀的纪实作品，不管其艺术性如何，但在发动群众、组织群众、铸就抗击日寇和国民党反动派铜墙铁壁方面，发挥了无可替代的作用。20世纪五六十年代，河北地区涌现出大量的红色经典，便是华北抗日根据地及解放区文艺的传承和发展。

2017年6月，河北省社科院文学所郑恩兵所长来京与我们协商合作研究事宜。我根据所了解的信息，建议他们结合地方特色，做好地方红色文艺文献的搜集整理与编纂出版工作。"华北抗日根据地及解放区文艺大系"就是那次商讨的成果。全书由五个部分组成：第一部分为《晋察冀日报》文艺文献全编，第二部分为晋冀鲁豫《人民日报》文艺文献全编，第三部分为《晋察冀画报》文艺文献全编，第四部分为晋察冀日报社人物志，第五部分为河北红色文艺作品选。全书收录各种文体的作品六千余种，包括小说、诗歌、文艺评论、戏剧、报告文学、散文、文艺通讯、美术、书法和音乐、文艺史料，还有文艺信息、文艺广告，基本涵盖了华北抗日根据地及解放区的文艺创作情况，具有很高的研究价值。

时值中华人民共和国成立七十五周年之际，我们有机会阅读这部皇皇五十余册的"华北抗日根据地及解放区文艺大系"，更加深切地感受到新中国的建立真是来之不易，她是无数条战线的可歌可泣的人们不懈奋斗的结果。在这样一个特殊的日子里，我们感念当年那些有名无名的作者，感谢参与整理工作的学者，当然，更要感激我们这个伟大的时代。

目 录

一个光辉的自卫战	1
时感三题	4
杂感二则	6
天津片断	10
承德撤退	12
景宋先生会见记	16
天堂·人间·地狱	19
关于苏联	21
火线上	23
李政委回家	30
立志赶上吴满有	33
"一知半解"史说	36
记冯玉祥先生去国	38
看谁淹死？	41
周家店歼灭战	43
佳节痛语	47
副街长张莲芳	49
二十五勇士	52
这就是"反美"吗？	56
从地狱中来	58
人民的英雄　英雄的人民	63
随感（一）	67

农民翻身杂记	69
随感(二)	71
出奇的事	73
和平使者的受难	76
"节"是个"节"样儿了	79
访问赵锡田	82
战场喊话	84
劳动人配劳动人	86
狼狗叹	88
毛主席在天水岭扎下根	89
前线见闻记	91
美人辩	98
几条注解	102
三打祈家坡	105
陈瑾昆教授访问记	108
与民为敌	111
"惨胜"	113
崇高的同情	116
保卫胜利的果实	118
臧国启	120
牯岭的奴才	123
解放前后的"农乐庄"	125
论墙头草	131
承德的知识青年在战争中坚强起来了！	135
苍蝇与老虎(外二章)	139
好战分子现身说法	142
论老鼠	144

从几封信看怀来农民的"恨"和"爱"	146
恨	149
何日君再来	151
走上自卫的前线	153
战争开始了	155
陈老太太的翻身歌	157
唯武器论者休矣！	161
恨和爱	163
扑野兽	166
赵锡田故乡访问记	167
躺在北平做梦	169
八路军又回来了	171
要报仇	174
沧石路畔	176
"战绩"	180
前奏	182
前卫战士	186
"名人名言"录	189
他乡之土	190
随感（三）	195
杂文四篇	198
战壕里的佳话	202
伤员的大娘孙二头	205
蒋介石与明英宗	208
是回去的时候了！	210
胜利的开始	213
只有恨	216
悼史迪威将军	218

神枪手魏来国	220
女民兵高凤英	223
粟裕将军	224
人民的英雄	228
今年的"十月"更亲切	230
李志邦归来了	233
五勇士俘敌八十	235
平汉前线的民兵群	237
"阅微草堂"的真面目	240
平汉前线英雄多	243
延安巡礼	246
致友人书	248
"耕者有其田"	253
"钢铁第一营"怎样战斗	256
聋英雄	267
猛疤子李有禄	270
满城的民兵连	271
回忆"双十二"	274
悼仓夷、田雨	281
一九四七年元旦军区致边区子弟兵全体将士书	283
"小婆子"翻身	286
鼓	290
愤怒的浪潮	293
怎样翻心	296
徐老不老	299
吴慧明	309
战场见闻	311
水上英雄	313

奋斗到胜利	315
他们过来才十四天	318
全家同意	320
报仇	321
胜芳与天津	323
血泪激起的义举	326
除夕拉话	328
风雪除夕入望都	332
欢乐在军官团	334
拥爱小影	336
我怎样转变的	338
苏中民兵大队长宋永喜	342
记周毓英中将	344
再返望都城	346
哀悼李混子同志	348
李混子爆炸组	350
东安乐坚持对敌斗争	354
保南战役的勇士们	356
谷素清	359
人民叛逆郝鹏举就擒记	360
雪地奋战	361
四大家族就是危机	365
永定河北	368
吕芳	371
保定小景	378
欢送翻身队	380
她要活,她活了!	381
南支合天晴了	383

进据点缴枪	386
醒悟	388
魔爪下的延安	394
一个胡军解放战士的控诉	397
陈瑾昆教授致胡海门、戢翼翘公开信	399
刽子手仝堂之死	403
正太路见闻琐记	406
千万人的心	408
游击队长田启元	410
红枪女将李兰英	412
阎军的歌和画	415
穷人的血肉穷人的心	417
漫画孙殿英	421
濮县农民的翻身节	423
蒋介石的自供	427
"策略"季瑞祥	429

一个光辉的自卫战

——白家窑子战斗纪实

肖白

八月二日上午八时四十分，日伪阎联军两千多附坦克九辆，汽车十几辆，由辛庄出发，分西北、东北、正北三路包围白家窑子我×部一个营，企图一举歼灭之，以便怀仁敌伪突围。这个企图是阴狠的，但被我们发觉了，已筑好工事，准备迎击敌人，光辉的白家窑自卫战也就是这样打响的。

敌人的坦克在前面轮轮地前进，企图先摧毁我方工事，以便它后面跟随着的步兵前进。战士们并不害怕坦克，人人站在工事里，手里拿着手榴弹，眼瞪得大大的，只等敌人一来，就给它一个痛击。手榴弹还没有响，我们的重机枪占先"嘟嘟嘟嘟"响起来，阻止着敌人前进。敌人发现我们重机枪后，一连打了十几炮，企图一下摧毁，我乃将重机枪移转新阵地，只留步兵固守着。在西北角阵地上，我一个战士一手拿着枪，一手拿着一颗手榴弹监视离工事七八尺远的坦克一点多钟。他们就是这样与敌对峙两小时，敌人始终无法前进一步。敌人老羞成怒，乃开始向我做第一次总攻击，特别是东北角，敌人像一群蝗虫一样，从树林里一下漫过来，大有夺取村东路口之势。战士们站在工事里看得清清楚楚，把刺刀装上，手榴弹握在手里，等敌人刚一到四五十公尺附近，就一阵机枪、排子枪和手榴弹打过去。敌人遗尸几十具狼狈窜回了。"看打你个四脚朝天吧！"当战士们一看见敌人被打垮后，就情不自禁地叫喊起来，有的连声喊"好呀，好呀！"，战壕里掀起一阵胜利的笑声来。

下午一时许，敌人"咚咚咚"的大炮声，十来分钟没有停止过，才十四户人家的白家窑子完全落在烟雾和尘土里了。二连三排一挺机枪刚还了几发，又给敌人的炮弹打坏了，三排战士死伤得剩七八个人了；三排长刚露头观察敌情，一颗炮弹把脑袋打出了一半躺在血泊里。文书张新乐同志望了望惨死的三排长和战士们，望了一下活着的人们沉痛的面孔，沉重地说道："同志们，他们牺牲是光荣的，我们要和他们复仇。""对，我们要和他复仇。"战士们响亮地回答着。这声音激荡着战壕里每一个人，更增添着人们固守阵地的信心和决心。

只一袋烟的工夫，敌人步兵坦克又从东北冲锋上来了。二连的机枪构成火力网，"啵啵啵"地向敌人扫过去，像一把扫帚扫尘土一样把敌人扫到杨树林去了，坦克和残留在坦克附近的敌人还想爬到工事上，照准坦克两个手榴弹，打得坦克不动了，但他也不幸负伤了。人们担他到后方去的时候，他还在昏迷中鼓励着大家："坦克不怕，敌人一定冲不上来，你们要坚守阵地呀！"战士们听了都感动极了，敌步兵爬上工事来，二班又一阵手榴弹，打得敌人滚西瓜一样滚下去了。过了一会，敌人又一次冲上来，也叫我们的手榴弹送回老家了。这以后，敌人再不敢向这里冲了，战士们就是用手榴弹和刺刀坚守了这西北角的阵地，敌人第二次总攻击也就这样被粉碎。

据营部的估计，阴狠的敌人决不会这样甘心的，他们一定还要来进攻，于是给东北角阵地又增添一个排的兵力。果然，不一会，敌人又做第三次总攻击了，但敌人这一次总攻击又给机关枪碰回去了。这时，营部又下了命令："还要坚持三小时，等待援军，歼灭敌人。"战士们听到这消息，情绪更高了，战斗动作更沉着了。大家知道为死难的同志战友复仇的时候就在眼前了。其实，并没有三小时，援军就从东西两面大迂回过来了，白家窑子的部队也冲出工事来和友军会和了。敌人一看形势有被歼灭的危险，就拼死往辛庄逃命。两辆坦克被我们包围了。但是怎样把它俘虏呢？二连一班班长任广运自告奋勇道:"去吧,没有关系!"说着就一手拿两个手榴弹,一手端手枪,悄悄爬上坦克,同志们正为他的勇敢欢喜的时候,坦克发现他了,机枪一扫,把他打伤了。接着敌人又出动了一辆坦克来援救这两辆坦克,被它拉走了一辆,另一辆被二连打坏。敌人害怕被歼,连夜逃回大同去了。从上午八时到下午五时,九个钟头的白家窑自卫战就是这样结束的。据不完全统计,敌人此次死伤二百五十余,我伤亡四十多人。

八月十四日于怀仁

(《晋察冀日报》1946年9月3日)

时 感 三 题

论吨的钞票

国民党忙着打内战,军费开支一天天地浩大。过去抗战期中,敌伪的军费由敌伪自己解决,现在国民党要使用伪军和一部分敌军打内战,这笔负担不得不落在国民党的身上。开支大,来源又少,于是钞票印刷机的旋转一天比一天迅速起来。据四月十五日香港《正报》载:重庆印钞厂经常雇用六百个工人整天检查新印钞票的号码,印钞厂把新钞票交给中央银行时,不计张数,也不计票面额的总数,而是按吨交货。在这样大量制造钞票的情形之下,无怪乎国民党地区的物价一天天地飞涨了。

记得抗战期中,国民党的"反共专家"秦启荣曾在山东大发纸币,闹得票子非常不值钱,老乡们如果想买一头驴,得先借驴去驮钞票。重庆印钞厂既然这样加工赶制,我想秦启荣不会专美于前了。(疏明)

三言两语

"如共军不解除对大同的威胁,政府军队将进攻延安、张家口和承德。"如此说来:政府军的进攻将是"名正言顺"而不是师出无名的了?

四十万大军围歼中原解放区,五十万大军用海陆空军配合从南、西、北三面夹击苏皖解放区,十五万大军进攻胶东,胡宗南八个师开入晋南……百分之八十五的蒋军投入内战点燃起了屠杀中国人民的大火,这些一切大概也都是蒋军解除共军对大同的威胁吧?!

较场口惨案的造成,重庆、北平、西安、南通、徐州、云南、南京一连串血案的演出,李公朴先生和闻一多教授的被暗杀,华侨爱国领袖杨吉先生的被害,以及最近民盟张澜主席的被殴……大概也是蒋军要解除什么威胁吧?!

领土权、领空权、领海权,内政最后决定权……从陆路到海上,从天上到地下,从政治到经济,从现在到将来,对于中国主权的空前大拍卖……也许又是蒋军要解除什么威胁吧?!

不管他如何狡辩,不管他如何畏罪,不管他如何无耻,人民的眼睛已不再是蒙严的了,人民的力量也早已经过锻炼了,不仅经受得起威胁,也经得起战斗。(大牛)

棺材旁边的梦想

日本强盗在疯狂地进攻中国的时候,他们的造谣机关"陆军大本营报道部"常常捏造一些中共军队"投降啦""参加和平阵营啦"等荒唐无稽的谣言,企图摇动人心。这种戏法是由于强盗已经打得精疲力乏,极力挣扎,而发出的难听的悲鸣而已。

最近中央社捏造"杨正春率部反正"等漫天大谎便是承继了日本法西斯政治匪徒的毒疮烂肉的伎俩。无疑地,这正好说明了反动派在毁灭之前可笑的滑稽梦想:他们祷告着唯一的救济"反正"。然而恰恰相反,从他们"无物之阵"跨出来的举起义旗的聪明战士,才是真正的"反正"。想人民的队伍"反正",那却是他们凄凉的梦境。这些早已失去理性的活尸,只有让他们躺在棺材旁边做着"反正"的梦而已。(夏园)

(《晋察冀日报》1946年9月3日,《副刊》第95期)

杂感二则

"推"和"拉"

造谣污蔑，埋赃栽害，是法西斯一贯的手段，我们中国的法西斯头子既然承继了希墨衣钵，当然不能例外。

希特勒的"国会纵火"已是名闻遐迩，但传到蒋介石手里却大加发扬，其法有二，曰："推"和"拉"。

"推"者，自己作恶，不敢承当，"推"诸别人，自己"干净"之意。譬如今年二月在重庆发生"较场口惨案"吧，时间是在蒋介石在政协会上亲口允许（？）人民有基本自由之后；地点是在堂堂政府所在地的陪都，为了政协成功，人民开个会庆祝庆祝，这有什么了不得的事？但是在开会的前半小时内，会场就由大批的特务暴徒捣毁，主席团李公朴先生、施复亮先生被殴伤，无党无派政协代表郭沫若先生也被打，这批特务暴徒分明是国民党特务头子刘野樵（该特务后以制造惨案有功，"荣"选为国大代表）率领，而事后竟把罪过"推"到挨打的人的身上，自己把头□起来，耍死狗，躺在医院里，反控告李公朴先生等打了他，一口咬赖，说是李公朴先生指挥"劳动协会"（按：该会已于八月六日为国民党大批特务宪警武力"接收"）会员打的；是陶行知先生、李公朴先生创办的社会大学的学生打的，而且连育才学校的小孩子也被诬为凶手，把罪行一概"推"到别人身上，挨打的人倒受了凶手的控告。想想看，这是个什么世界？！

还有上月在昆明发生的李闻暗杀案，也是如此，明明是特务头子派遣自己警备司令部的军官暗杀的，却把罪行"推"到前云南省主席龙云副官长杨立德身上，非刑拷打，威逼口供，杀人的主犯成为缉凶司令，该受审判的却成了审判人！

至于"拉"则更为奇妙，原无其人，原无其事，虚无渺茫，念念有词，随手一"拉"，魔法出现，"真"人"真"事，如在目前。还是譬如说在昆明吧，在警备司令关麟征狂言："你有在墙内开会的自由，我就有在墙外开枪的自由"的号召与鼓励之下，发生了昆明"一二·一惨案"，成队的特务、军官、宪兵等屠杀、殴打联大、云大等大中学学生教师，出动的武器竟有机关枪、手榴弹，结果教员学生死三人，伤数十人。"一二·一惨案"引起了全国乃至全世界的纷纷的责难，但政府当局不但不严惩祸首，反而施用"拉"的故技，从虚无渺茫中，"拉"出一个"共党分子姜凯"来，诬称惨案是由"姜凯"主持唆使的。国民党特务军警这次竟受"共党分子姜凯"唆使主持，不亦怪哉！

反动派既然豢养特务，祸害人民，当然引起全国人民的痛恨，于是谣言创造工厂中央社，想转移目标，嫁祸于人。前不久在北平制造了所谓"宋纯告密案"，凭空"拉"出一个莫须有的"宋纯"来，公布"共党特务组织"的内幕等，好像共产党也组织特务，一切迫害人民的罪行都是共产党干的一样，企图混淆天下人的耳目。然而天下有谁不知一切惨案暴行都是由于有蒋记特务的存在呢？

"推"和"拉"因是积骗局之大成，花样翻新，但是正如同孙悟空逃不出如来佛的手掌心一样，它是障不住人民的眼睛的。（张扬）

"活尸教育"

国民党的要人们，提倡迷信，是有源可考的，民国二十六年以前，"时轮金刚法会"在京沪红极一时，是众所周知的，非议的人倒不多，也许因为信仰自由的缘故吧。

最近报章上披露了一条小消息，原封抄下：

"四川金堂崇正中学，每日要学生背诵《太上感应篇》《文昌帝君恶欲文》《功过格》等。"

这倒不能不算是一个进步，《太上感应篇》《功过格》已经从社会冲进学校的大门，变成了学生的教材，而且要"背"。这决不容忽视，也不能因为仅是四川金堂一地的事，认为无关全局，其实这是蒋区教育上一件大事，有关无数国家新的一代的大事。

蒋介石勒令学生读四书五经，已经有年了，虽经人们反对过，也并未能制止，谁知现在不但未制止，反而从四书五经发展到《太上感应篇》与《功过格》，将来再发展到《金刚经》《万生咒》《大悲咒》倒也并非不可能。

强迫着二十世纪的青年人背上了周公、孔子，更强迫着他们再背上文昌帝君、玉皇大帝、李老君，要青年人做法西斯忠臣孝子尚不放心，因为有忠臣孝子，也就有贰臣逆子。为使青年人更驯顺，不做贰逆，于是就更要他们做善男信女，因为老婆婆信观世音菩萨是至死不变的，这样似乎可以"万事大吉""陛下万岁万万岁"了。

用机枪、大炮、水龙、木棍把青年学生的肉体吓得俯首帖耳，再用忠孝节义、天堂、地狱、今生、来世把青年学生的精神吓得再不"胡思乱想"，即使军警特务显出一副"流氓相""杀人相"站在学生头上，又用周公、孔子、文昌帝君、玉皇大帝显出一副"卫道相""慈悲相"也压在学生头上。其目的也极简单，无非要学生们不动、不说、不想，命令游行就摇旗呐喊，命令打仗就执枪冲锋，把他们变成既可用又可靠的"活尸"。

把学生训成活尸的，应当叫"活尸教育"。

鲁迅先生在《狂人日记》——这是一篇反对吃人礼教的东西——之后，沉痛地喊出"救救孩子"，今天我们面对着"活尸教育"，使我们不得不更沉痛地喊出：

"救救孩子！救救孩子！"（金陵）

（《晋察冀日报》1946年9月4日，《副刊》第96期）

天津片断

杨学政

一、三千孩子死得真惨

天津的市民们,都在为自己的孩子提心吊胆,把他们关在屋里不让出门一步,原因是近半月来全市已失踪三四岁到十二岁的小孩三千余名。开始不知是怎么回事。最近才发觉是被"拍花"的将孩子偷去活活杀死,取出五脏和眼睛以供美国人制造毒瓦斯或药品。因为大家都很注意此事,曾在一家棺材里找出九个没眼睛和心脏的小孩尸体,大街上也曾捉住几个"拍花"人,但几天后即被政府当局释放,天津的孩子们正处于空前的劫运中。

二、苛重繁杂的捐税

仅最大的捐税就有八种,如商户的营业税,即占利润的百分之三十,得利税占百分之二十(如报赚钱少,查实后全部财产充公),门牌每月换一次五千元……甚至到饭馆吃饭,还得掏饭费百分之十的饭捐,闹得商户不知怎样好:开业吧,赔钱,关门吧,没收,真是进退两难。市民呢?更难。小米已涨到二百元法币一斤,人们都在念道:"八路军不进城,粮食几时也贱不了。"

三、强迫收买参加国民党

国民党反动派想把他们压榨剥削的对象——工人阶级永远变成奴隶,因而研究了一个妙想天开的办法,积极地在工人中扩大党员。但现在的工人都有觉悟,知道这是统治手段,轻易不肯上当,而反动派

却用"工人不参加国民党不许上工,参加国民党者工资加一倍"的办法来威胁利诱工人,而工人们的反应却是:"不参加国民党受剥削,参加了还是受剥削。"

(《晋察冀日报》1946年9月4日,《副刊》第96期)

承德撤退

华山

解放了一年零九天以后,热河首府被蒋军侵占了。我永远忘不了撤离承德那一天,汽车停在西大桥文庙小学附近的时候,卡车边忽然攀上来一个十三岁的小女孩,把一盒纸烟塞到我的手里,附着耳朵给我说:"回来吧!咱们再见!"我紧捏着那盒纸烟,陡然想起东线××纵队战士对我说的话:"老蒋要来承德老百姓头上拉稀屎,俺叫他稀屎流一裤裆,提着裤子滚出去!"

八月二十八日,这日子不是结束,而是斗争的开始,承德人已经懂得如何为自己取得和平了。

整个夏天,承德人在酷热与风暴交织着的大陆气候中度过。正月间东西两线战争的印象犹清晰如故,五月后秦皇岛登陆蒋军又集结热河了;南京国民党嚷着"交出热河",美式蒋机连日到市空盘旋示威;五十三军刚刚从美舰迈下脚来,便一路上叫嚣"打到承德去";平泉国民党十三军一个月以前已经准备好了草鞋、大车和牲口;与郑介民宣布"自由行动"同时,国共高级将领平泉会议也因石觉拒不出席而流产了。尽管承德中心执行小组依然堂堂皇皇地安在一幢漂亮的大楼里,渴望和平的市民已经对它失去了最后的信心。于是特务大肆"煽火",说"共产党不要承德了",八路军要把它"交出"了,在"七月二十八日""八月一日""八月十日""八月二十日"……虽然每个人都知道,解放了这座新城的军队不会把它"交出",但是承德人已经无法设想战争或者不会落到自己头上。

在谣言的汹涌恶浪中,承市的物价显现了人民的心情。正月间锦州失守,粮食和日用品价格飞涨数倍,东西两线吃紧,一斤肉的钱三

天后吃不上一碗豆腐脑。现在时松时紧的局势，一如伏天的酷热，到平泉会议流产而达到无可挽回的顶点。但是市场却繁荣如故，物价反而低落了，小米四千元一斗，落到三千八，一千一的一尺细洋布三天后变成九百元，人们用银洋买边币，金子脱不出手。破坏车站八孔大铁桥，轰响在城区继续了三天，武烈河畔武委会演习地雷的爆炸惊心动魄。而米价就在这个时候，又落到了三千六一斗。老百姓把边币留起来，以便万一弃守以后，可以到乡下买到粮食；他们坚信承德被占以后，也会和平泉、凌源、朝阳一样，给他们粮食的不是美国卡车或支离破碎的铁路线，而是离城不远的解放区农村。商人拿着边币说："承德丢了我上张家口办货，有边币我哪里都可以赚钱，国民党'二满洲'一来，不说买卖不好做，光'二日本'美国货就把咱买卖人淹死了。"

八月十二号，又一次谣传，八路军正式"交出"承德的第二天，承市四万农民的代表，在离宫解放剧场开了五天农民代表大会。代表们在楠木殿上昂着头说："老百姓当了皇上，共产党万古千秋！——恶霸汉奸盼老蒋给他把墙柱，要抢走咱们斗争回来的土地，想得好！'满洲国'那阵子咱没敢动谁一根毛，也没见他饶过咱一把租子，'二满洲'来了还不是一尿样！他盼老蒋来拔我脑袋，我先把他斗翻了！""我鸡蛋斗不过石头，也要碰你一身黄！"他们在会上津津有味地商量怎样配火药、造地雷，算计村里有几支土枪、几支快枪，合算成立联村自卫队。代表会闭幕第二天，就有代表领上成百上千的农民，扛着铁锹锄头，到市郊破铁路。

靠着铁路养家的路工，把火车头开进山洞，炸倒在隧道里，让起重机也无法把它搬走。市区的铁路枕木，一个下午叫市民拆光了，好几天柴市没有买卖。抢着破路的有农民、商人、外乡人。农民指着铁路说："这些年咱们粮食净叫你搬光了，'二满洲'来叫他自己用肩膀扛。"买卖人说:"反正东面来不了货,这一年我们照样有买卖了;火车不通,美国货许会少来一点。"外乡人说:"豁上三年不回家;和平不了,回家一样要受'二满洲'的气。"路工把家属安置到车上,打发他们先走了,没日没夜地破坏着桥梁、路轨,组织成精干的破路队:"咱们什么时候不回来,叫他什么时候不能通车;他白天修起咱晚上把它掀掉!"

到了二十号,平泉蒋军开始进攻。承德的疏散在沉着地进行,机器房里没有机器,货栈里没有货物,各机关剩下的只是拿着武器的青壮年。只有电灯常亮着,市场热闹如故,报纸照样发行,广播电台沉着地放送预定的节目。《反动派坚决打他不留情》,这支在滦河边创作的歌曲,在晚上放送几遍;胜利剧场连演十天的《自卫队杀贼》,场场满座。——承德,这绿荫中美丽的城市,分外显得刚毅、沉着,在紧张肃穆的工作中迎接战斗。

为了拿回它而放弃它,这种沉重而闪烁着决心的感情,是每个承德人所无法忘怀的。二十六号晚上,发电厂停止送电。一个曾在清算运动中被斗争的当地人,穿过黑夜,找到最后一批撤退的机关说:"你们是得人之长,我从来没有见过不要钱的官。你们共产党胜利也干,失败也干,一天不成功你们总是干到底。我过去走错了路,相信你们还是要回来的,那时候我们再剖心相见。"好些不愿意走的女教员,到二十五号还下不了决心,可是电灯熄灭的晚上,却撇下家庭和封建隔阂的重担,追上已经离开市区的行列……"我们已经走错了路,再不能一错再错了!"一些被称为"四朝元老",在清朝,在民国、"满洲国"都做过事情的人,也不愿在"二满洲"做个"五朝元老"。他们把家庭,安置在大车里,冒着飞机的扫射前进。在走向广大农村的道路上,老太婆在滚滚风尘中抱着孙儿,小孩顶着烈日,在敞车上玩着木质的手枪。一完小一个十三岁的学生对我说:"我家也要搬啦！到乡下姥姥家去。"像发现了什么机密似的，歪着脑袋笑着说："我知道！这是你们八路军的计，你们丢这个城，丢那个城，把国民党的兵分成这里一小团团，那里一小团团，然后一个个把他们消灭，都收回来了。我留在城里，叫国民党打死了，看不见你们回来，那我不干！"这个稚气的想法，说得朴素而准确啊！一千多个承德人：工人、技师、学生、店员、旧职员，带上自己的书籍、工具，一起走向生疏的农村。

二十八日，战争从好几方面，逼近市郊，火车站打响了，离宫隔河的棒槌山打响了。下午三点钟，市郊农民的自卫队、区小队，这些才得到土地的武装的农民，毫不犹疑地丢下庄稼和土地，跟随战斗部队，移到外线。"跟共产党走，跟共产党回！"多坚决！转战了八年的纵队老战士在东线摸着身上几处伤痕对我说过："咱们吃饭吃饱，做事做了。虽说抗日有功，保不住和平，总是对不起老百姓！"承德有了这样的人民和这样的军队，不但是一个美的城，一个骄傲的城，而且它将是一个胜利的城！

(《晋察冀日报》1946年9月5日)

景宋先生会见记

马寒冰

十二年前，我曾经在上海会见过鲁迅先生，和他谈论着南洋文艺活动和南洋华侨文艺发展的方向。谈话的时候许广平先生也在座，这是我们初次的相识。以后我回到了缅甸，办了一个《天竹文艺月刊》，经过了她给我们介绍不少国内作家的稿子。我们之间的通信关系，在一九三六年中，差不多是非常密切的。她鼓励了华侨文艺界努力学习与写作，她不断地用各种方法，来帮助《天竹文艺月刊》的出版和天竹文艺社在缅甸及马来亚的活动。抗战爆发后，我投笔从戎，从海外回到了祖国，参加了人民的军队，由于转战在华北和华中，从来没有在固定的地区滞留下来，以及环境的不许可，我们差不多将近十年，没有通信，也不知道彼此的消息。

今年停战令后，我在汉口工作，由于一些事务，需要到京沪接洽，我到了上海几次，看见了夏衍和迈进，才知道了她的住处。一个晚上，王震将军、薛子正上校、迈进、梓年、夏衍联袂地去拜访了她。临走的时候，迈进要我们三个穿"老虎皮"的人，把衣服换换。我问他为什么要换，他说反动的统治者的爪牙，满布了她的住处附近，监视她的一切行动，我们又是中共方面的人物，虽然爪牙们还不敢难为我们，但却会害了她。我默然了，心里燃烧起愤怒之火，一个革命的、爱国的文艺工作者，在抗战中，曾经受到了敌人的拘捕和拷打、侮辱，那是不足为奇的；但在胜利后的今天，在祖国的大地上，仍然受到了统治者的威胁和压迫，仍然时刻地有遭受另一次的拘捕和拷打的危险，是多么使人悲愤和难受的。

踏进了她那狭小而又简朴的房子——一间一方丈面积的房子，摆了一张床、一张写字台和另一张饭桌。从这陈设中告诉我，这是她的工作间、饭厅和寝室。除了烧饭不在这个房子以外，她差不多就在这狭小的房子度过了她整天的生活，寒酸程度也可以想见了。走进去的时候，她正在缝补衣服，海婴伏在案上读书。海婴是长得那么高大，如果不是她的介绍我简直不敢相信是他——鲁迅先生的公子。我们彼此很亲热地握手，彼此询问着十年来的生活。

当迈进给她介绍王震将军的时候，她高兴极了，再一次地和王将军握手说："我听说你从延安走到广东，打到广东，不但我们知道这消息，全上海的市民也都知道了这壮举。你给他们带来希望和喜悦。"

她是那么热情，那么兴奋地要王震将军告诉她南征的故事，王震将军从出发起一直谈到了会师中原，她是那么注意地听着。嘴角上露出喜悦的微笑。有些时候，王震将军把某一个故事，讲得太简单了，不能满足她的要求，她立即追问着他，要他加以更多地描绘。遇到了极有味道的故事，她要他稍停一下，用笔记在她的日记册上。她说几年来总想得到一些解放区的消息，和人民军队和敌伪顽斗争的故事，但是环境不能满足她，仅能得到外国记者所报导的一些断续的消息。即使有人从解放区来，也谈了一些，但总没有一次像王震将军这样以一个亲身领导一支队伍、转战南北的人，给她讲得这么详细和有味道。她赞扬着王震将军的讲话本领，是那么生动和有趣。

她非常关怀着解放区，她愿意知道解放区一切的故事。她说要不是解放区和人民军队的存在，给予广大人民一种光明的指标和希望，人们早已被这阴沉的日子，窒息得喘不过气了。一如鲁迅先生，她热爱解放区这里的人民。

我问她目前的生活怎样，她苦笑说："就是靠鲁迅先生一些版税过日子，但这究竟是有限的，除了要穿衣、吃饭、住房子，还有海婴的教育费，也就很困难了。"她接着说："被日伪所拷打的创伤还没有完全好，天一变了，还有些不舒服，但也无大妨碍。"

海婴已经长大得有我一样高了，生得非常英俊，就是稍为瘦一些，他对理化和数学颇感兴趣，也喜欢读些文艺书。他非常用功，很少讲话。除了读书以外，就在家里陪着他所热爱的妈妈，这给广平先生一个极大的安慰。她相信，我也如此想法，他完全长大之后，决不辱没了是中国最伟大的文豪鲁迅先生的孩子。

当我们向她告别的时候，她一再嘱咐我们，问候在解放区一切她和鲁迅先生昔日的朋友，向正遭受国民党反动派围困在中原地区的人民军队，和英勇而勤劳的人民致敬！她说希望有一天能够到解放区来看看，但目前的环境还不许她如此做法。

五月廿三日，我又再度去上海，又去看她。她已经不和廖大姐住在一起，另外搬到一个地方去，原因是躲避特务和反动派的走狗们的监视。事实，截至目前，她仍然是处于特务的恐吓与威胁之下。

一九四六年八月廿六日

（《晋察冀日报》1946年9月5日，《鲁迅学刊》第3期）

天堂·人间·地狱

河洛

有人曾经嚷过"阿Q时代过去了",意思是说鲁迅时代过去了。但事实的答复恰恰是相反的。鲁迅作品中的思想之光,不仅照透了过去的黑暗,也暴露了现在的丑恶,甚至对于未来,正如他自己所说,也许还讲到二三十年以后的事吧?

这里不妨引一篇他早在一九二五年写的小品文为例,题目叫作《失掉的好地狱》,大意是:被魔鬼统治的鬼魂们,一朝醒来,看见地狱小花,忽然想起人间,发出反狱的绝叫。人类应声而起,战胜了魔鬼,可是当鬼魂们一起欢呼时,人类又派来镇压地狱的使者,坐在中央,比魔鬼还要威风,并且提高那些牛头马面的待遇,加强油锅刀山。鬼众一样痛苦,一样呻吟,当他们再发出反狱的绝叫时,就被认为是"叛徒",用剑与火对付。

这不正是一幅蒋家天下的写照吗?可怜敌伪统治时代的中国老百姓,每逢国庆或国耻的纪念日,偶尔从无线电收音机听到一篇两篇所谓"主席""领袖""委员长"什么的堂而皇之的《告沦陷区同胞书》,也就像鬼魂们看见地狱小花(好看而又毒的曼陀罗花),而"想中央,盼中央!"那时候,谁又料到"中央来了更遭殃"呢?

鲁迅先生的话,竟不幸而言中!"收复区"的"伪民"们,竟"人心思汉",觉得敌伪统治反而真是一个"失掉的好地狱"了。

然而,时代的巨轮毕竟是向前驶去的。今天镇压地狱的使者和享受最高待遇的牛头马面——如党国新贵、接收大员、反动军队、日伪特务——虽然威风更在魔鬼——外寇以上,但那些永劫轮回的鬼众——却也增强了超度自己的决心。特别是鲁迅先生所说的曾被魔鬼之类战胜的天神——大革命失败时期的共产党及其所领导的武装，今天已成为一支强大无敌的力量了。它敞开天堂——解放区——的门，向着地狱召唤，而千千万万被打入饿鬼道的鬼魂们，被刀山剑树宰制得奄奄一息的"叛徒"们，便乘机而起，发出霹雳似的吼声，连统治者的内部，也不免动摇起来。

魔鬼加"人类"，天神加鬼魂，双方旗鼓相对。眼前是大厮杀，中国是修罗场。

魔鬼的原形毕露，"人类"的丑恶揭穿。胜利之光，从天堂逐渐射遍了地狱。我仿佛听到鲁迅先生也在冥冥中，哈哈大笑了。

（《晋察冀日报》1946年9月5日，《鲁迅学刊》第3期）

关于苏联

何干之

苏联的存在,是世界人民解放的象征和模范,这一件事已经为中国人民所深信不疑了。一九三四年国际文学社曾问鲁迅先生关于"苏联的存在与成功对于你怎样"的问题,鲁迅先生的答复中,一方面他说苏维埃建设的成功,使他确切地相信共产主义社会一定要出现,但另一方面他又说十月革命后因为资本主义的反宣传,使他对革命后的俄国还有些"冷淡"和"怀疑"。答复的前一半当然完全是事实,因为社会主义在苏联早已在建设中,倘使没有希特拉的侵略,初步共产主义就已实现起来。但答复的后一半显然是鲁迅的谦逊的说法,我们仔细研究鲁迅的著作,因反宣传而使他对于十月革命有些冷淡和怀疑,却并不是事实。

还是一九二五年春的事,任国桢所译《苏俄文艺论战》一书出版,鲁迅为他写了一个前记。在这里面他早已慨叹中国对于革命后俄国文化的不了然,而有人更欣幸资本主义的复辟。这还在五卅运动之前,而说话的人又在反动的北京,可见他向来就注意到苏联的文化,更嘲笑那些要资本主义在苏联复辟的人的妄想。

再举一个例子。一九二六年底《争自由的波浪》出版,鲁迅写了一个小引。对于俄国大革命,人们有各样的批评,或褒或贬。褒的说穷人竟抬了头,做了真正的主人;贬的说富人怎样悲惨和苦恼,结论正相反。但鲁迅说资产阶级的竭力描写俄国革命的残酷和凶恶,其实是必然的事,因为沙皇的皮鞭和绞架、拷问和充军"不能造出对于怨敌也极仁爱的人民",有冤的得伸,有罪的也就得罚,以眼还眼,以血债还血债,这是势所必至,理所当然。这就可见他对俄国大革命的认识是怎样的深刻和正确。

一九二八年以后，在中国，鲁迅是翻译苏联的文艺思潮和作品的最认真的一个人，而他也事实上看出了苏联的文化是中国人民的导师和朋友，所以也在中国得到共鸣和热爱。

他还写了不少关于苏联的文章，这里面最深的一点是他用"平常"二字来概括苏联的存在与成功。这是针对着国际的反宣传而说的。反动者没有一个不愿苏联的不平常，公妻、杀父、裸体游行，但愿对方真有这样出奇的事情，于是他就俨乎其然如丧考妣似的叫起来：你看，共产党是多么凶恶，多么没有人性，真是洪水猛兽，真是匪徒，所以是该杀的东西。然而苏联的存在和成功，却正相反，被剥削者工农都做了新社会的主宰者，只有剥削者资本家和地主才是不利的，一切设施都合于人情和合于事理，都是平常的事。

其实这种谣言是很容易为事实所证明是撒谎，那时他们又来另外的一手。远一点鲁迅所亲见的事，是世界经济恐慌激烈时候，欧美各国失业者排成长串走向饥饿，而中国人民则排成长串走向死亡，但有人竟说苏联人民购买物品必须排成长串。近一点我们目击的事是反动者既已拜外寇做老子，而自己却甘心当一个奴隶总管，但是他们还来对我们说苏联怎样不好，它要侵略中国的主权，仿佛他们真的为人民仗义执言，而其实则是"恶鬼的眼泪"，是要骗取人民的灵魂，骗我们为他们剿灭内敌和进攻苏联时的苦力和牺牲。

这，中国人民心中是最明白的。

正是这样，所以鲁迅就提示我们要怎样从俄国大革命取得教训，要我们知道苏联人民怎样苦斗才能够得到现在的结果，要我们明白邻邦的自由是怎样得来的。

这，中国人民正在实践中来回答了。

九月三日

（《晋察冀日报》1946年9月5日，《鲁迅学刊》第3期）

火 线 上

"我伤口不疼"

刘文真投了几个手榴弹之后,他发现他的腰部受了伤,血殷殷地渗了出来,是二寸多长的一溜伤口。他对景荫南说:"五班长!给我缠一缠!缠紧点!还得干!"五班长用绑带给他缠紧,不使血流出来。

他又打了四十多枪,二排长和五班长都劝他:"你下去吧!有我们哩!不要紧!"他说:"不行!非打不行!把刺刀给我一把,来了我非穿他几个!"可是别人却把他拖下来了,他很不甘心,正冲着岗楼瞄了几枪。

指导员过来劝他下来。指导员去接他的枪,他死死地抓住步枪不放手,他说:"不行,不行!指导员,我这伤口不疼!"(可)

坦克不可怕

激战了一夜,十六日晨二营在第一个壕沟里休息着。敌三辆坦克向我军阵地冲上来。大家的精神立刻紧张,握紧了手榴弹,异口同音地说:"不要打枪,让它走近了吃咱们一顿手榴弹!"一会坦克离他们只有三十公尺左右停下了,这时四连杨连长就接过一支反坦克枪准备射击它。坦克发现目标向回走,当它走到六十公尺的时候,杨连长的枪"叭"的一声打过去。随着枪声,坦克车的背后冒了一股白烟,便不能走了。大家笑着说:"坦克车不是了不起的东西,被咱们连长一枪就打坏了。"(□建国)

割断拉火雷

八月十三日强袭沙岭子战斗中,第五连的任务为配合一营相机歼灭敌人。月亮刚刚升起，第五连已沉着肃静地，摸进了沙岭村，当即由一排长刘丕田同志率领二班几个同志，进行侦查岗楼外围的敌情和地形，以逐步接近岗楼。

离岗楼已经不远，战士赵俊海同志被什么东西绊了一跤，爬起来，往脚底下一摸，是一条绳子。

赵俊海同志立刻想到这是怎么一回事，用手摸下去：果然不错，绳子埋进土里，另一头通过了壕沟，通到岗楼上。他喊道："注意地雷！"

大家提高了警惕性，敌人既然这样来对付我们，地雷绝不会只有一个，大家进行搜索，接连发现了几条绳子：一根、两根、三根……

"别嚷！"刘排长说，"割断它，这拉火线！"

可是剪子呢？——没有剪子。那也不怕，没有剪子使刺刀。可不要叫敌人发觉，他们放出了警戒，便开始工作起来。

地雷就在脚底下，如果敌人发觉，马上拉响怎么办呢？

刘排长说："不要紧，你们拿刺刀砍，我用力拉住绳子，就是敌人发觉也没有办法拉响的。"

刘排长的办法很好，他们这样割断了好多绳子，为了怕绳子上还系着别的地雷，他们把每条绳子砍折三截，直到壕沟边这才放心。

刨出了一个地雷看看，直径一尺多，扁圆得像个王八，常常三四个埋在一起，好狗日的！

继续搜索。为了不使后边的同志遭受损失，他们把大半边岗楼周围的地雷拉火线割断，使二十四个烈性地雷丧失了作用。在战斗没有打响以前，他们漂漂亮亮地把进攻的障碍扫清了。（胡可）

光荣的孙光秀

当战斗正较劲的时候，投弹组正向敌人投掷的时候，四班长刘通

文负伤了，六班长崔福志负伤了。

五班战士孙光秀是个爆仗脾气，他哪受得了这个？他简直要像手榴弹一样爆炸！他骂道："妈拉个臭×！打！今天非跟你拼了不行！"照着敌人投开了手榴弹。

敌人的火力很猛，使得伤员从战场上拖下来成为一件困难的事，要想把伤员安全地撤下来，必须要用火力压住敌人。为了掩护伤员，孙光秀打光了他所有的手榴弹，只剩下了一个"小甜瓜"（日本手榴弹）了。可是伤员还没有撤下去。孙光秀急得跺脚，急得骂街。他想找块石头来磕开这最后的一颗"小甜瓜"，把它扔出去。可是这个穷地方连他妈块石头也找不见。没有法子，找了块土坯：一磕，不冒烟；又一磕，不冒烟。敌人的机枪又叭叭地点发起来，好像故意斗他的气。孙光秀擦了一把汗，用力一磕，土块碎了，真草蛋！去你个姥姥的！孙光秀抓了瞎，情急生智，孙光秀把自己的大枪拖过来，把"小甜瓜"往大枪托子上一磕，冒烟了。他真高兴，他喊了起来："接着！过去啦！""小甜瓜"呼的一声飞了出去，在敌人阵地里爆炸了！一时的沉寂之后，敌人的机枪又在响了，回头一看，伤员还没有撤下去，怎么办？难道还有第二颗"小甜瓜"吗？没有了，什么也没有了。可是掩护伤员的任务并没有完成。他又抓了瞎。他急了，他搬来一堆土块碎坯，他开始喊起来："接着！过去啦！"呼地飞出去一块土圪拉，敌人就那么一缩脑袋！"接着！过去啦！"呼地飞出去一块圪拉，敌人就那么一摸腰。扔了几块以后，孙光秀回头一看，伤员已经撤了好远，敌人的火力达不到了，这时候他真有说不出来的高兴。他高兴得恨不能给土圪拉磕上个头，他高兴得蹿起来！他蹿着，用步枪瞄准敌人，他立起来喊着，他一蹿一蹿地朝敌人射击。二排长和五班长都劝他隐蔽，也许他太高兴，没有在意，当他又一蹿上来的时候，敌人的枪弹射中了他的脖颈，他歪了一下脑袋，倒了。急性子的孙光秀同志,活蹦乱跳的孙光秀同志倒下了。他的嘴张着,像是在喊:"打!"是的,我们要打!要更勇敢地打下去;你睡吧,人人都赞美你。你听,那小同志在说:"人家共产党员真行!"孙光秀同志!这不仅是你个人的光荣……(可)

七里村的解放

八月十四日太阳西下的时候,我们的野炮、迫击炮发起轰轰的吼声。我军向七里村阎伪展开自卫反击的战斗开始了。

这是位于大同城南的一个外围据点,驻着阎伪一个连,我们的××团就是奉命要举行自卫反击,裁断这只烧杀人民的毒手。

炮手们打得真准,炮弹一个连一个地投向目标,堡垒倒了半块,可是反动派仍旧凭着三道铁丝网和外壕疯狂地抵抗。

我们的突击队在炮弹的烟火里前进,第一次冲锋遇到了些困难,紧接着又发起了第二次突击。

四连在七里村的西南角,指导员董振东同志就在沟沿上高声喊道:"人民战士要不怕牺牲,共产党员要勇敢当先,冲啊!"率领全连一拥上前。一排长辛运生举起铡刀,砍向坚固的铁丝网。三班战士李成荣协同排长砍开铁丝网后牺牲了,排长愤怒地叫道:"同志们,给李成荣报仇!"队伍立刻突过了铁丝网的缺口,梯子组把梯子一靠,突击组就爬进了敌人第一个院子;六连和八连接着上来了。

五连和七连担任东西的突击,他们冒着下雹子似的手榴弹,爬到沟沿上。机枪手陈中志说:"同志们,勇敢冲锋,我的机枪保证压住敌人火力!"他紧张地端起机枪,替同志们开辟道路。机枪发生故障,他也负伤了,但修好机枪,忍痛上前掩护,不离一步。前锋部队跟敌人展开巷战了,全连最好的投弹手李小芒,用手榴弹压迫敌人退缩,在二次冲锋中不幸牺牲了。战后战士们提议追赠他为战斗英雄。六连

二班段书魁负了轻伤，他把伤处隐藏起来，怕上级要他下火线，他一股劲冲上房顶，缴枪一支。其他很多负伤的同志都不肯下火线。

敌人最后被压到一所大庙里固守起来了，工兵连立即上前，扫清了敌人的拉火雷，一箱炸药炸倒了大庙的一半，战斗到这时才最后结束了！据初步统计，我缴获轻机枪六挺，小炮两个，步枪百余。七里村至大庙当中的岗楼，十五日被我军另一部扫除，七里村便完全解放了。

（轻影）

多杀几个敌人

三班长刘焕武率领投弹组接近敌人，他动员大家："要用力气！胆子小便扔不远，扔不远蹦回来要吃亏的！"说完，便冲了上去。

敌人从岗楼上扔下地雷来，他举起手榴弹窜上去向炮楼上投掷，扔了便退回来，等爆炸之后又窜上去扔第二颗。

敌人的一颗大手榴弹投了过来，恰恰落在他的脚底下。他立刻捡了起来，准备扔到一旁去，可是手榴弹未等出手，便在手里爆炸了。

刘焕武同志负了重伤……

战斗后第二天，五连收到了刘焕武同志从后方寄来的信，从他的伤势来估计，这信是托人代写的：

"张连长、王副连长、陈指导员并转全体同志：

"我们的伤都不要紧，都是轻伤，不必挂念。我伤好了以后，一定要找你们去，希望你们努力战斗，给我们报仇！特别是三班同志们，打仗要特别勇敢，多杀死几个敌人！此致

敬礼！"（刘焕武）

牛七旬

太阳老高了，战斗还没有结束。教导员叫六连卫生员牛七旬同志

去买一万块钱的西瓜给前边送去。西瓜已经挑了几个,枪声和手榴弹声忽然激烈起来。牛七旬想:打得这么激烈,不会没有伤号的。他放下了西瓜便赶到前边去了。

这时两个重伤号已经在等待着他了,他连忙给他们上了药,背着伤员从敌人火力封锁下撤了出来,交给了担架队又急忙返回去。这时六班长眼睛负了伤,血流不止,他上去用手堵住了伤口,马上上药,缠好。正当这时候五连那个方向战斗又激烈起来,可是五连的卫生员又不在。副营长说:"牛七旬!你快去!"

牛七旬毫不迟疑,一扭身子连冲过了两道敌人火力的封锁到达五连阵地。他和另一个民夫一个人背一个阵亡的同志的尸体下来,当通过敌人封锁着的院墙时,那是很费事的,必须把尸体放在墙上。正在这时候,一颗手榴弹扔了过来,爆炸了,崩了满身满脸血迹,弹片嵌进手里去。他忍住疼,用牙齿咬出了手榴弹的碎片,自己给自己上了药,坚决完成了救护的任务。(可)

崔福志入党了

同敌人凶猛交锋的突击组员之一,六班长崔福志受伤了。

同志们把他背下来,指导员安慰他说:"好好去休养吧!休养半个月就好了!你好好休养,俺们来给你报仇!"

崔福志兴奋起来,也顾不得伤口疼了:"指导员!听说敌人要缴枪吗?"指导员答道:"咱们要叫他缴枪的!"

崔福志躺在担架上,许多同志都见到他,都安慰他,他忘了疼痛。他知道他虽然不是一个共产党员,可是已经像一个共产党员了。

担架经过营指导所,教导员过来看他。他突然从担架上坐了起来,兴奋地说:"教导员!干哪!"

教导员把他扶躺下说道:"是呀!要干的!你好好养伤吧!"

担架抬回来，战斗结束了。张树林过来看他，他兴奋地问张树林："张树林！从前我表现得不好，现在我够入党条件了吧！……伤好了回来参加共产党呀！"

今天五连支部已决定吸收他为共产党员。（胡）

（《晋察冀日报》1946年9月6日，《副刊》第97期）

李政委回家

张平

独八旅二十二团李政委,七月里抽了一个空子,带着两个通讯员骑马去看家。

他是文安洼冈辛庄人,自一九三七年离家抗日,为祖国为人民一直奔波战斗,没有回过一次家。

在他离家的时候,家里有他的母亲、妻子、两个哥哥及侄们,共十几口人;有地五十多亩,房十余间,每年除吃用外,很少有富余。反攻前他曾和家里通过两封信,知道一九三九年大水灾时,大部土地被水淹了,知道妻子已被奸特打死,知道家庭生活日趋艰难。

太阳偏西了,他到了家里。母亲已经六十八岁了,看见了这九年不归的孩子,联想起来家里几年以来所受的灾难和委屈,号啕大哭起来。一家人围拢来,大哥也带着病出来了,个个人含着眼泪向他诉说起心中的冤屈来。

母亲说:"自你离了家,家里的日子一天比一天苦,地本来就薄,收不来东西,自从发水那年淹了三十多亩地,到如今还在水里泡着,剩下的十来亩地也不收。'五一'后水泡的还得给鬼子们拿差,咱们总共五亩水淹不着的地,就为拿不起差给村里变卖了。你大哥整年价病不离身,你二哥出去开小铺,你嫂子因为没有粮食吃,去住娘家去了,我整天价给人家织席,你侄子们编蒲扇卖,这样弄点钱量点粮食,这哪够吃一家子?到地里去挖地梨,地梨吃得太多了拉不出粪来,你的两个侄子、一个侄女就在那年活活饿死了。"母亲在哭诉中也表示了对村里的不满。她接着说:"咱家这么困难,村里没有管过,用地顶差还不算,那年还不承认咱家是抗属,后来你们上绥远,又有人说你死了,这回你回来了,得把地要回来,村里不承认是抗属,要给他们讲讲理。"

大哥也说:"这回你回来了,什么事也好办了,把地要回来,得和他们算算账。"

李政委听得心中阵阵凄酸,但他没有引起对村里的不满,他知道这一切灾难是敌人所给予的。村中工作的缺点,在我们政府工作中是个别的,他慢慢地向大哥和母亲解释:"那个年头都是困难,这还是日本鬼子闹得咱家过不下去,优待不好,以后会慢慢优待好的。就是村里的不对,也是过去的事了,要和睦乡亲,不必生气,我不在家是尽忠不能尽孝,这个年头不能在家过太平日子,你们看那不是抗属的,日子还不是更苦。"

在他的苦心解释下,母亲和大哥渐渐气平了,晚上没有房子住,他抬了块门板在外间屋里睡下,两个通信员就守着马在院里大树下睡了。

第二天村里的人都来看他,有的地主诉说自己被斗争,抗属告诉他生活困难没人管,贫民因为没有得到东西埋怨村干部。他和颜悦色地连声呼唤大伯、大娘,让座倒茶,并一一进行了不同的解释。向地主说:"这是大势所趋,人心所向,穷人要碗饭吃,要点地种是应该的。"向抗属说:"优抗工作以后要加强,不要说自己人在外边革命,就完全依靠村里。"向没有得到利益的贫民说:"个别照顾不到是不可免的事,这现象不会很长久。"向得到利益的贫民说:"要好好过日子,努力生产,学习吴满有成家立业,不可大吃大喝,要拥护自己的政府。"在他的解释下,老乡亲们都很满意地回去了。

接着,他调查了一下村里的情况,午后请来村干部开座谈会,他先征求干部对他家的意见,然后向村干部报告了目前形势,然后婉转地指出村中工作的缺点,又说:"要很好照顾贫苦抗属,抗属的子弟在前方为保卫解放区，天天在炮火里拼命冲杀，我们在后方就应该好好照顾他们的家属。"村干部个个点头称是，很虚心地接受了，并决心努力改正。晚上他又召集了村的主要领导干部座谈，向他们解释各种政策，要他们紧紧团结全村人民，千万别脱离群众，一直畅谈到半夜才散了会。

第三天早晨天还黑，李政委别离了年高的母亲，又回到团里。

（《晋察冀日报》1946年9月6日，《副刊》第97期）

立志赶上吴满有

魏伯

八月十五日上午,康保三老虎村众人□清算伪甲长何二小胜利,五区"□□"乔福同志(本村人)请干部到他家吃山药鱼子(洋芋和莜面拌做的,样子像二三寸长的小鱼),吃□面大家□□这次斗争的情形,由今后发展生产扯到吴满有。这时乔福同志的父亲忽然插进来说:"那姓吴的英雄有些可真和咱相似,我也是受老蒋和地主的欺负,逃出来变卖儿女,现在也是毛主席共产党救了我……我家受了几辈子的苦,可没想到穷人还有今天;有了地,还有了车,你看我今天分的那匹银河马……"老头的眼睛里闪耀着兴奋的火焰,他用颤抖的手指着院子外广阔的草滩,那里一匹银河马正在旋风……

乔福同志的父亲叫乔德□,四十八岁,五尺多高的个子,瘦长的脸,长年在太阳下劳作使他浑身皮肤黑红,但他的肌肉却因为缺乏营养有点干□。他原是商都卜里胡钱村人,弟兄三个种地都□"地老虎",挨饿受饥,起早睡晚,也挣了顷数地,一犋犍牛。可是政府要款,国民党军□和土匪勾结一起抢老百姓的牲口、衣服、粮食,还常常抓夫,他们日子又过瞎了。弟兄们分了家,不巧他就得了吐痰症,吐了黄痰吐绿痰,以后又吐血丝。

"你怎么不找医生看看呢?"我的问话引起老人家无限地感伤:"好你同志嘞,穷人家哪里有钱请先生;又不是现在八路军占的世道,公家还立医务所替众人治疗,那时候病里没被抓去当兵就算万幸哩。"

他有一个男孩子,一个女孩,连他夫妇大小四口。自他病倒,家里没人刨挣,只好卖一点吃一点,最初卖地,后来是卖箱柜,卖桌凳。一口大铁锅才算了十五斤干山药,最后是连两间草房也做□四斗莜麦押给人家啦。

"整整病了三年,只说不能活啦,谁知慢慢好了,可是家里已是没有分文。民国十七年冬又生了个男孩子,乔福他娘因为没吃的就没有奶,孩子噙噙干瘪奶,饿得哇哇哭,声音真扎心!……

"这山看着那山高。都说东面好,我女人舅舅叫刘贵早在康保三老虎村,我们一家五口,在民国十八年春天就往东面投奔……"

那时乔福才十岁,妹妹英娥七岁,小兄弟才六个月。"我眼病刚好,腿软得像棉花,他娘又抱着小孩",而察北在春天正刮着白毛旋风,但他们终在冰雪中上路。第一天走了十里,还两次被白毛旋风刮倒,全家扑在洼地里让它吹。全家没有一块棉,乔福上下单,背上披了一块麻包片,怀里小孩子只裹了一张老羊皮。冰雪过一次背就如刮一层皮,到黑他们宿在一个营子里,进了屋半天大家才暖过来能讲出话。乔福娘看看怀里的孩子,两腿红肿,羊皮也冻得硬格拉拉的。路上只吃了几把炒米,这时大孩子喊饿要吃东西,大人出去挨门讨……第二天走了十几里,到一个村子名叫乌□。遇到一家大户姓冯,弟兄五个没儿,他们一见乔福娘怀里的孩子就想要,便装出可怜他们的模样说:"呀,正刮着白毛旋风走路,可不就是要孩子□的命。"最后一个女人出头说他们愿意要那个小孩子,代价是给乔福一条夹裤。为了活命,父母们忍痛接过来夹裤,在婴儿的哭声里含着泪向查布诺走去。离查布诺七十里路,走了四天。孩子二姑姑家姓牛,在这里落户给人家当长工。他们到后先讨吃了两天,后来乔福父亲给人家当长工,一年十六块钱工钱,做了五天给了斗半草子又不要了。乔福和母亲天天到梁上搂柴草。

查布诺站不住脚还是奔三老虎村。因为没吃的,又把英娥卖给刘财旺家,换了一石草子,四斗糜子,两石山药。乔福父亲给刘太山当长工,剩下乔福和他母亲在家;把沙蓬子炒了磨成面吃,一股草腥气;给众人洗衣服拖地,一年才挣了一石草子,二斗谷子,还顾不住生活。民国十九年乔福母亲也去给刘太山做活,做饭缝洗衣服早晚不闲，却只落个嘴饱。十岁的乔福一人在家，一个人做着吃；后来给刘太山当了三年长工又给何二小家种分收，打一石给人家三斗还得是好粮食，累死了人也是给人□。一年过不上一天安稳日子，穿不好也吃不好……

"我只说这是穷命，算是前辈子没修下，可没想到来了八路军共产党，毛主席给咱眼睛拨开了。"乔福父亲说到这里笑起来，"可不是吗，穷人走南走北都是受地的制，到这里给人当长工，到那里给人家种分收，都养了地主。好过了有钱的，穷人总是受罪……

"可是现在和何二小算算账，算出了五十亩地，公家又给了二十亩官地，我这算有了根了。我还分了一个车、一张犁，还有那□马……我自己还有一犋犍牛，今年乔福'参加了干部'，我还雇了一个人，又种了三十亩□……

"论受罪，我过去受的不比姓吴的英雄少。论发家，毛主席帮我比他发得还快，昨天咱这一□没有，今天可就是个富农成分了……"说到这里乔福母亲和他老婆都笑了，老头迟疑了一下又说："可是论功吗，咱们差吴英雄可太远，听说他帮助全村闹庄稼，帮助穷人和长工，还给毛主席送粮食……可是咱还立一份志气，一心向他学，赶上他。就说对待长工吧，咱们给他两石莜麦，一□布做工钱，另外还帮他种二十亩地，咱总是要叫他家吃穿有富裕，也能发起来……明年一顷地我计划只要有平常收成，就能打三十石（一斗三十五斤）粮食，我家连长工五口人（三兄弟今年从商都上来），一个人连吃带穿地拉起来得三石粮食……我这叫耕几余几？"

"什么，吴英雄岁数跟咱差不多？咱就算拜他为兄，今后看着他走吧……"老人家当天加入了农会，还对乔福同志说："你在外面好好干八路，我在家领着做活好好拥护八路，咱一步不落人后。"

（《晋察冀日报》1946 年 9 月 8 日）

"一知半解"史说

萧军

一

梁山泊到了大排座次的时节,这已经是个关头:要么——反下去,推翻那荒淫无耻、腐朽不堪的赵家统治,重整河山;要么——俯首帖耳到那些烂污朝臣的靴尖下,弄个一官半职。不争气的宋江却走了后边一条死路,而且还先亲手毒死了那个可爱铁牛(黑旋风李逵),怕他闹起来,坏了他的"清白"!所以说宋江毕竟是宋江!

二

"太平天国"原来共信的"主义"就是一个幻影,幻影是只能利用于一时,却不能维系于永久。等到大家全明白了,而且实际碰了钉子,就要各走各的路,各信其所信。所以说宗教不能代替科学;幻影终归不能战胜真理——洪秀全毕竟也是洪秀全!

三

现在中国的老百姓一面正走着"逼上梁山"的道路,一面也正准备了"武王伐纣"的前途,第三条路虽然是有,但是……很困难!

四

夏桀殷纣全是相信天命的人。前者说:
"我有老百姓,就像天有太阳,太阳能离开天而敢革天的命吗?"
后者说:

"我不是有命在天吗？谁敢把我怎样？"

结果呢？商汤领了那些"太阳"竟把这天给赶跑得无影无踪；周武王集合了几百诸侯，竟也把这位有命在天的脑袋，用黄铜大斧头给乖乖儿地砍了下来。大概这两位"天子"那时候就犯了点片面的教条主义，他们竟忘了关于"天"的还有另外最重要的几句话哩：

"天命靡常，长与善人。"

"天视自我民视，天听自我民听。"

"天作孽犹可逭，自作孽不可活。"

至此——天何言哉？

五

周朝从来就不是殷朝的什么臣，原来就是两个政治、经济有着很大不相同的国家。因为周朝比较小，又懂得种庄稼，人民生活就比较好一点，加上政治又比较开明，领导人物也不穷凶极恶、贪污腐化、酗酒荒淫到无耻的程度，殷朝就常来勒索贡物、抢掠人畜，据说还杀过周朝的一个皇帝，因此就常有战争。那时候单独的周朝确实也干殷朝不过，可是因为殷朝对于每一个大小国家全是采取这类流氓下贱手段，仗着武器好、人多、祖宗汤又有过一点好传统……就越来越不像话。一直到大众再也不能忍受了，所以武王在孟津一出师，不期而会竟来了八百诸侯。一交战，老纣的号称七十万军队几乎有六十九万九千九百九十九个人全放下武器不愿打仗了，只剩下老纣一个人——这却弄成了孤家寡人！——结果是不光荣地死了。

从出师到完全胜利以至打扫战场，时间只有一个月！这不独是老纣想象不到的，连老武以及各家诸侯也没敢想得这般美！——因为他们不懂辩证法——可是今天我们却完全有科学的预见了。

（《晋察冀日报》1946年9月8日，《副刊》第99期）

记冯玉祥先生去国

——即席赋诗道民主，万人空巷看将军

东禾

【本报上海航讯】宣传已久出国考察水利之冯玉祥先生，最近□沪放洋；欢送民主将军去国之行，上海滩头又是一番热闹。

冯先生拟于九月一日登轮，二日启碇赴美，和他同行者有他的夫人李德全女士，作家吴组缃、杨云慧，漫画家叶浅予，及名导演司徒慧敏、舞蹈家戴爱莲诸氏。

去国前数日间，几乎每天都有人民团体邀请冯先生讲演或开会欢送。八月二十九日，冯先生一到上海之夜，利化社□□青年会九□开会欢迎。当魁梧的身躯出现在会场上，空气顿时严肃，无数敬意的目光注视着他。他同每一欢迎者握手之后，默默地坐在他的位子上，许久才说话：

"这次到上海来，我□□的□□对不住上海父老同胞们。我们穿军衣的□□深重，抗战起初，我是第三战区司令官，指挥下有张治中、薛岳、张发奎、顾祝同、陈诚数人……但是，结果没有把日本人打□，我们□了，□到第六战区。军人穿的住的吃的都是老百姓的，老百姓自己不穿不住不吃□给我们军人，为什么老百姓要养军人呢？养狗为了看门，养猫为了捉耗子，养军人为了保国保民。抗战八年胜利了，军人回来，有许多反而耀武扬威，说有无上功劳，这太不要脸了。"

三十日广东路荣誉军人互助社主办的荣军合作社开幕，冯先生为他们举行揭幕典礼。还没到十点钟，广东路人山人海，数千群众围在合作社门口等待冯先生到临。十时半行礼，冯先生致词略语："荣军为国家人民，牺牲了肢体，国家本来应当让他们去安静读书，每天吃五顿饭，而今让他们可怜地去做这点小买卖维持生活，怎不惭愧！"说着他走至窗口俯视路上数不清的群众说："大家应当多多帮他们的忙，怎样帮法呢？只要荣军合作社里有的东西，我们不买别的，就买他的。"

下午五时半，上海市妇女联谊会假八仙桥青年会十楼举行欢送。出席者有邓颖超、许广平、胡子婴、罗洲章等数十人。冯先生致词后，冯夫人李德全报告西安、北平等地女青年会举办托儿所情形，大声疾呼："人人要有饭吃，人人要有言论自由，人人要有工作之自由。"

三十一日三时，文协上海分会在红棉酒家盛会欢送，郭沫若、茅盾、马叙伦、许广平、郑振铎、田汉和初到上海的文协会员陈白露、邵荃麟、臧克家、阳翰笙、碧野、杨晦等都到会参加，还有一个手持拐杖的荣军作家萧亦五——他也是荣军互助社的理事。冯先生在四座掌声中说：

"文化事业兴衰可以测量一个国家。要是老有人跟着你，影子追着你，这是倒霉的希特勒、墨索里尼、日本帝国主义老办法，对于一个国家的评价不必用秤来称，只要看文化人吃什么，对文化人是否有礼貌，就可以看出来走的是前进的路，还是希特勒、墨索里尼、日本帝国主义的路。请不要灰心，潮水上涨说是慢的，别看它退下去，民主潮流、和平潮流谁要挡住，谁就淹没在里面。"

郭沫若先生继他说话："冯先生在这里我们至少有三小时集会自由，我也至少有三分钟言论自由。冯先生是党国要人，我们有的是党国要人，但他们只要美国的飞机大炮，我们冯先生并不要这些，飞机大炮并不能建国的，就这一点我们党国要人要扪心自问。冯先生出洋后，天坍下来没有长杆子撑了，现在我想我们都要穿高跟皮鞋。"只剩一条腿的萧亦五喑喑哑着嗓子:"我把自己的腿献给了国家,献给了战争,因为那战争是有意义的。现在我反对这内战,我希望好战者体谅我们老百姓,体谅青年农民。"席上冯先生感慨赋诗,由李健吾朗诵,有句云:"冯玉祥,退了伍,到各处说和平民主。"

　　报载,次日十时基督教协进会及小学教师将在大光明戏院请冯先生做公开演讲,届时他将会有更警辟的语句告给上海市民的。从这两天欢送冯先生去国的活动里,我们看到一个主张和平民主的将军是怎样为人民所敬重,同时也反映出他们对独夫民贼是怎样愤恨着。

(《晋察冀日报》1946年9月9日)

看谁淹死？

□江

当一九三八年盛夏，随徐州大□□之后，国民党□□当局，□□三□□□二的故智，表演了一回水淹七军的活剧。于是肥□的豫皖平原半成泽国，几十万人民生命，给为数不过几千的日军做了殉葬品。"代价"是有的，从此，那些落魄丧胆"□胜"将军们才略定惊魂，几十万"两腿如风""指向□□"的溃军，才刹住了步子。这些"国军"，在这道"天堑"卫护下，以饱和的程度□集在暂时定□的半壁中原小天地里，来"生□""教养"，□进行"收复失地"与"反共"的准备工作。从此，"水旱蝗汤"也就和河南人结下了不解之缘，虽然由蒋而日，由日而又蒋地更换过几个朝代。

谁知道，在胜利后一周年的今天，这一"抗日"的神韬奇略，又运用到内战前线上来。八月二十七日，竟以美制空中堡垒多架，轮番轰炸苏中之邳北高邮一带运河堤身，以至堤决水流，沿河田地变成一片汪洋，因而就会联想起无赖汉打人不赢，就抓土扬人、放火烧人家篱笆，既无战力，而又要做作恶到底的神情来。反动派情知自己注定了要垮台，但还要拼命挣扎，且愈近末日，挣扎得愈厉害。八年抗日游击战争中，日寇向抗日军的进攻方法，从开初的"分进合击"直发展到惨绝人寰的"三光政策"，制造"无人区"，以及"铁壁合围""剔抉扫荡"等，其结果如何？被作为"灭绝"对象的解放区人民，现在依然勇敢健壮地看守着自己的土地，而那些显赫一时的东洋武士们，却以一幕"无条件投降"的恶剧做了下场。多灾多难的中国人民，从千百万痛苦的经历中，懂得了这样一个真理，即中国反动派，是善于重复他自己以及别人罪恶历史的。正因为如此，所以当他们——千锤百炼过的中国人民,面对这些罪恶是毫无所畏缩、恐慌的。"以眼还眼,以牙还牙",这就是他们的立场,也就是他们的方法。六月间,盘踞泊镇,曾扒运河堤四五次,淹毁河西麦田十余万顷,使数万群众无家可归的"蒋记"伪军徐春霖部,被激愤的人民一举歼灭,这能说他们不是罪有应得吗?

历史是铁面无私的审判者,反动派只要敢于和人民为仇到底,不管你施展什么办法手段,最后公平的判决总会临到你们头上的,反动派决堤放水虽能淹没冲毁苏中人民的田园和房屋,却淹没不了他们同仇敌忾,这结果只会使反动派自己淹死在愤怒的人民大海中。

(《晋察冀日报》1946 年 9 月 9 日,《副刊》第 100 期)

周家店歼灭战

肖白

一、炮手们

八月二十三日黄昏的时候，周家店的解放战由我们的炮手们首先打响了。年轻的炮手们在步兵掩护下，运动到适当的地位，借着夕阳的帮助，瞄准了周家店东南角上阎伪的大堡垒，轰隆一炮，空中发出呼噜噜的响声，像一阵狂风扫过树林一样，堡垒一个大火球一闪光，一股灰白色的浓烟冒起来，战士们都高兴地叫起好来。叫好声未绝，神炮手们接连又是两炮，落到堡垒上了，又是两股浓烟，大堡垒倒塌了。喝彩声、鼓掌声、交相赞美声，在这里响成一片，指导员对兴奋的战士们说："同志们，咱们的炮打得这样准，咱们拿不下周家店，可对不住他们呀！""拿不下咱们不回去，指导员！"战士们都坚决地响亮地回答着他们的指导员。"轰隆""轰隆"，我们的炮打得更密了，打塌了堡垒，又在向着村里的阎伪军轰击，直打得他无还枪之力，周家店像一座坟墓一样死寂无声。天渐渐撒下黑幕，某部三营在我浓密的炮火掩护下，悄悄地接近了周家店的第一道工事——地雷群。勇敢的突击组巧妙地剪断了拉雷绳，部队也就进入了第二道工事——外沟里。

二、勇猛冲过去

战士们爬到外沟里，一排长贾宝银和班长们正细声商量破坏前面的铁丝网，就听着房上的阎伪军说："注意，准备好手榴弹。""砰砰砰"冰雹打烟叶一样，手榴弹向外沟打过来了，但战士们仍屹然不动。一排长说："无论他火力多激烈我们一定要过去。"二班长苑思恭和战士钮长福接受了破铁丝网的光荣任务，把枪留下来，一手提了两个手榴弹，一手拿了大铡刀，向着铁丝网爬近。村里阎伪军的手榴弹和机关枪，像一个密密的网，罩住了他们前进的路。你爬慢一点，"空空"手榴弹就会在头上炸响，炸不死你也会埋住你；你爬快一点，敌人机枪打在你前面的泥土上"扑扑"，只冒小火花。参加过战斗的人，都知道这是枪子儿要命的叫声。但是他们勇敢地沉着地摸到铁丝网的跟前了，二班长死劲一劈，阻碍战士们前进的铁丝网断了。阎伪军的机枪打得更急了，简直是不间断，手榴弹也是一串串扔过来。他把这消息报告了排长，营长和教导员领着所有的战士们就冲过来了。营长又命令他们在前面侦察，发现还有铁丝网，他们第二次在炮火下破坏了敌人的铁丝网，战士们都勇猛冲过去，架起梯子，一涌上了房，用猛烈的火力，压住了敌人。营长、教导员喊话了，战士们也跟着喊起来："不要替大汉奸阎锡山卖命！""欢迎你们快快放下武器！""八路军优待俘虏！""谁不缴枪死得快！"你一句我一句，喊话声响成一片，有的战士鼓掌欢迎阎伪军缴枪。但是他们受阎锡山的欺骗太深了，他们都听信了阎锡山的欺骗，说八路军挖心、挖眼睛、割鼻子，不敢当俘虏；有的虽然知道一点八路军优待俘虏的政策，但他们不敢缴枪，他们怕连长、指导员、工作员、督战队马上枪毙他。因此有的因为害怕跳井死了，有的上吊死了。

三、总攻击令

六连、九连的勇士们从东南角一个房一个房把阎伪军往西北角逼，四连昨夜早已从东北角攻进来配合三营动作，也由东北向西北角挤。阎伪军被这两个大钳子夹到西北角上的几间民房里了，但是阎伪军还凭借这几间房顽抗，他的督战队一连枪毙了好几个战士，想挽回失败的士气。这时，天快明了，李政委、孙主任带着四连过来了，把三营长叫到一起，说明了阎伪军出动增援的情形，现在天快亮了，我们要开始总攻击，迅速结束战斗后，他们就预备分开攻击。分开时，三营长以钢铁般的决心提出保证"不能歼灭不回来"后，便带着这个光荣的总攻击令到最前面去指挥了。李政委、孙主任和四连在一起，也开始了总攻击。

四、爆炸，爆炸，再爆炸？

四连逼到阎伪军连部附近时，隔着一条大街，阎伪军的手榴弹不断地打下来，封锁住了，没法过。四连二班长吴任贵听了指导员总攻击的命令传达后，便挺身出来带领着二班，接受了爆阵任务。战士们一阵手榴弹打过去，阎伪军一阵手榴弹打过来，房上和街上都被烟雾弥漫着。二班长吴任贵领着全班，抱着一大箱炸药，像奔马一样冲过了街，靠近了阎伪军墙角下。把炸药迅速地埋好后，在冲回来的半路上，吴班长被阎伪军的手榴弹炸伤了。战士们正想去救他，只听得山崩地裂的一声响，战士们被震得跳起来，阎伪军的大院房跳舞了，尘土和烟雾直冒五六丈高，空中嗡嗡地响了几分钟。当二班光荣的战士们回到连部的时候，人人都像一个煤黑子，眼睛鼻子都黑得看不清。如果不是从他们熟悉的声音辨别出是自己人来，几乎发生误会。有的战士说："妈的，不缴枪，就这样炸掉它！"炸了这个院房，四连战士们也冲过街了，一边掏房前进，一座座房都掏得像胡同一样，战士们就在这胡同里前进；一边又派六班继续爆炸。又是惊天动地的一声，又炸了他一所房，连自己的隐蔽部都震塌了。这时天明了，把阎伪军逼到最后一个院子里了，没有炸药了，副连长李海珍便领着战士们向顽抗的阎伪军扔手榴弹，一手一个，他一连扔了一百多个，战士们一共扔了几百个。轰轰的声音，人们的耳朵都震得听不清了。阎伪军再也抬不起头来了。阎伪军连长带着一个班在猛烈炮火中像老鼠一样偷偷摸过他们的铁丝网,滚到沟里想逃走,被李政委发现了,他连声喊:"突围了,快赶过去消灭他们。"战士们像潮水一样追过去了。

五、缴枪

十八岁的年轻战士张新峰冲过去,爬到一个刚炸塌了一层的岗楼上,把枪瞄着下一层岗楼的枪眼,一枪一个,一连打倒了好几个阎伪军,接着又往院子里扔了一个手榴弹以后,便猛一下跳到院子里,向北房里阎伪军连喊:"缴枪!""你们缴枪,八路军优待你!"一看没有机枪不过瘾,便问:"你们的机枪呢?"有一个十五六岁的小兵吓得发抖地说:"在那后面掩体里有一挺。"张新峰怕他们人多开枪,便说:"我们房上人多,不要动。"并高声喊:"房上注意不要打了,他们缴枪了。"房上恰有一个人答应了一句,他一搂过去便抱住了机枪,他把扳机一拉,喊:"不许动,缴枪!"就他一个人一连缴了四支枪,他再也拿不动了,才离开那里。一排长看见十几个阎伪军往院里跑,一个手榴弹打在他们中间,便喊:"不缴枪,活不了。"他们害怕了,抖动着双手连说:"我们缴枪。"他看见院里还有一挺歪把子,便举枪瞄准机枪射手,正要缴枪时,转身一看,东面房里又有十几个阎伪军,还有两挺机枪。正喊他们缴枪,瞧见有一个正瞄他,他便先响了一枪,打倒了他们三个,只吓得阎军乱抖索。他一步上前,提起两挺机枪,几十个阎伪军都像惊弓的鸟一样,一个个都举起手来,哀求地说:"我缴枪,不要杀我。"这时,房上四连的战友们也蜂拥跳下房来,缴了歪把子和所有阎伪军的枪。至此,一百六十多个阎伪军的十二挺机枪和一百几十条步枪,全为我缴获,俘虏一百零九人,其余全部歼灭,没有漏网一个。周家店全部为我解放。

八月二十六日于大同附近

(《晋察冀日报》1946年9月10日)

佳节痛语

付克

今天是中秋,照理讲,在这中秋佳节的晚上,皓月当空,空气清新,一切都是这样的爽朗可人。人们可以在自己的院落里、亭台上,拉开桌案(席地而坐也别有风味),摆上瓜果月饼之类,全家团圆欢度中秋。然而今天如何呢?在解放区,人民虽然已经丰衣足食,满可以欢度中秋庆贺太平了。可是蒋介石却不肯使我们过这个快活的日子。他使用了百分之八十以上的兵力,来进攻我们已经得到和平民主的解放区。飞机整天在我们头上威吓着,大炮在各个战线上轰鸣着。这样就不能不使我们已经脱下的战衣还得穿上,已经收藏起来的武器还得拿出来,已经归了家的子弟兵还得回到前线去……使我们解放区遭到灾难的,难道不是黑心鬼蒋介石吗!他搅乱了我们的和平也搅乱了我们的中秋。

在国民党统治区呢?那则是"此夜明月家家月,几处声歌几处愁"了。这两句诗虽然是古诗人在中秋忧国忧民的叹语,但恰好又是国民党统治区的真实写照。在那里,多少青年壮丁被拉上内战的前线当炮灰,他们背井离乡,弃妻别儿,忍着饥挨着饿被赶到东北,被赶到海南岛去打自己无仇无恨的同胞,去践踏已经解放了的土地。在此情形下,还谈得上什么欢度中秋?!他们在月明如洗的晚上,爬在战壕里,只能徒然地遥望家乡;在睡梦里只能空空地思爹想娘,真所谓"望佳月,哭断肠",然而这些痛苦与灾难也只是落在那些穷苦小民头上啊!至于那些达官贵人,像孔祥熙、宋子文、陈立夫之流,他们还不是在上海、在南京、在重庆,花天酒地歌舞升平吗?他们可以花三十万万元盖一所跳舞厅,花九百万元请一桌客,吃华盛顿的面包喝香港的水……哀哉快哉！"几处声歌几处愁"呢！有几处？有几处？这并不要求你的回答，只是你想想就对上了！

几时内战不消灭，几时就无中秋，几时就无安乐的日子！

要真正换取和平，只有坚决地以战争去消灭战争！

(《晋察冀日报》1946年9月11日，《副刊》第102期)

副街长张莲芳

尼尼

"过去的日子苦得像黄连,共产党来了才见青天……"

这是张莲芳常常向人们讲的两句话,每逢讲完,自己就笑起来。

张莲芳,生在怀来火烧营的一个穷苦的农家里,一家十三口人靠着她爹种那几亩薄地过活,每年打的粮食不够吃三个月,吃糠咽菜那是一年到头的饭食呀。

她十一岁的时候,因为爹娘实在养不住她了,连她一共四个都一起童养出去了。

张莲芳她童养到怀来城里西北角上任少臣的家里了。那时任少臣才九岁,两个人都是什么也不知道。

任少臣家里也是不好过的,有钱人谁童养媳妇呢?她的老婆婆是个厉害的女人,一天的猪、猫、狗不是,做饭晚了骂她,多了少了还骂她,再不痛快了还打她,别人吃稠饭叫她喝稀汤。十一岁的孩子,叫她担水,叫她到地里去拾柴!有时冻得她自己在地里哭。

她十二岁的那年,身上出了天花,她婆婆把她关在东屋里,不叫她出来,也不给她茶饭吃,娘家的娘去看了一回,难过得没有哭死,回去就再也不敢来看了。自己心里想:这回准得死了;可是偏偏地没有死呀,像似罪还没有受完了……

她的病好了,接着她男人就病了,一气病了四年整。她婆婆骂她,说是叫她妨的。她听了也不敢回声,天天下地浇园,拔草,拾柴,做饭服侍男人。她就这样地受呀,她自个常说:"多怎是个熬出来呢?"

鬼子来了,他们租种人家的三亩地都叫鬼子给做了操场,庄稼割下来喂了大洋马。穷日子更没法过了，男人借俩钱做个小买卖，鬼子又上捐，又没有人买，连本吃光了还是饿着。男人把眼也急瞎了，愁得光害病。这时只靠着她去给人家缝洗衣服来过活，苦得她把她的一个小姑娘又童养出去了，挣了三百块现洋。自个知道当童养媳妇苦，可是又把自个的孩子卖出当童养媳妇去了。

正像张莲芳自己说的："受苦也该有个头呀！"这句话她没有说错，共产党和八路军来了，受苦的人们就算受到头了。

八路军解放了怀来城，张莲芳她觉着同志们对穷人太好了，发给了她一石救济粮，他们这才算吃上了饱饭。

张莲芳，她很明白，共产党八路军对受罪的人太好了，不知怎么的就像一家人。她也就把心拿出来对待八路军，同志们衣服破了，她给他们缝补，同志们病了，她给找绿豆熬汤喝。×旅的同志们有了事情都说去找她去。

她工作很积极，她组织妇救会，因为她工作好，叫她当了妇联会主任。

开展清算复仇了，她领导着她的会员积极去参加，在会上她很会喊口号：

咱们为什么穷，

好好来清算，

恶鬼吃咱们的肉，

打倒狗汉奸。

……

斗争胜利了，把汉奸和恶霸的土地分配给农民，张莲芳她家得了四亩半地。在庆祝胜利大会上，群众提出来改造村政权，好来给人民谋利益，当大家推选人的时候，群众嚷着：

"选张莲芳当干部！"

"张莲芳能办事!"

"拥护张莲芳领导工作!"

……

结果,张莲芳当了副街长,大家给她拍着手叫她上去讲话,她的脸有些红,走到前面大声地说:

"乡亲们,大伙选我当干部,我好好给大家办事,可要大家帮助我……"

下面老乡嚷着:

"拥护你,帮助你!"

"大伙赞成你,你能当我们的好街长。"

她又向下讲了:"工作咱们要搞好,多开会,我去检查你们,你们再来检查我,咱们就好了——"

群众又是一阵地喊:

"好哇,好哇,就这么办吧!"

"拥护新街长——"

她走下来,群众的笑声把她包围住了。

(《晋察冀日报》1946 年 9 月 11 日,《副刊》第 102 期)

二十五勇士
——大同前线通信

陈英　张帆

经过七里村、水泉湾等数次激烈的战斗，九连的战斗情绪依然如火般旺盛。为要夺取飞机场，就必须攻克南大庙，而要拿下南大庙就得把增援敌人击退。

九连接受了这个任务后，便连续挖了四夜战壕，以改造地形便于作战。昨天（八月二十四日）他们在这里守了一天，将增援南大庙的敌人击退了。今天又是晴天，阳光照耀着战士们，他们二十五个人在这里守着，副排长张佐明提醒大家：

"太阳出来了，城里敌人和飞机也快来啦，大家赶紧准备准备吧！"

战士们习惯地检查了自己的武器，迅速地爬进工事里，监视着敌人进攻的道路。

十点钟，两千四百多阎日伪联军从城里出来了，他们把大旗一插，摆阵势，就开始向九连进攻。先用炮火轰击阵地，随后以七辆坦克、五架飞机掩护，步兵实行二线式一队一队地密集冲锋；穿着白小褂的日本兵，紧随阎伪军前进。现在他们开始了总攻击：数架飞机的轰炸和扫射声，炮弹的爆炸声，密集的机枪声，汇成了声音的巨响，像雷一样的轰鸣，震荡着整个的山野，被轰起的尘土和烟雾，如同乌云一样地笼罩着大同城，久久不散。

九连的勇士们并没有被这震天动地的炮火所吓倒，他们根据昨天的经验，今天显得格外沉着，不管敌人的炮火如何猛烈，不到跟前他们不开枪。敌人走近了，离他们的阵地才一百米，九连左翼三营开始

射击，所有的轻重机枪和步枪都齐放。机炮连耿班长使用着三挺重机枪（别人给他压子弹），一排一排地将敌人打倒。曾经五枪打死了五只兔子的神枪手赵□，现在一枪打死一个敌人，一连打死了□□□，旁边的人都为他拍手叫好。敌人的死尸这里一片，那里一片，冲锋的队形也乱了。九连机枪副射手李季春瞄准坦克，等它将近一百米的时候，"哒哒哒……"两梭子弹打进了瞭望孔，坦克停了。另一辆灰色小坦克在敌人掩护下，把它拉下去。我们的炮兵也向敌人轰击，炮弹落在敌人插红旗的指挥所和炮兵阵地，于是敌人的炮撤远了，红旗也看不见了，敌人第一次冲锋被击退了。

敌人调整了一下队伍之后，就发动了第二次冲锋，集中六百多人向九连三百米的阵地冲来。张佐明，这朴实而沉着的副排长向大家说："不到跟前不打！"

敌人进到一百米的地方，我们集中炮火打去，有的倒了，有的窜回去，冲锋的队形马上紊乱起来。可是后边拿红旗和持雪亮的战刀的督战队，硬逼着士兵再次冲来。九连的排子手榴弹又把他们打得不敢前进了，于是敌人用坦克飞机掩护步兵冲锋，用机枪和炮向九连机枪掩体排击，战壕盖板上的土层被爆炸的子弹掀开了，工事板也毁了。这时战壕后面一里地的南大庙敌人，向九连壕沟里站起投弹的勇士们，背后射击。战士们的集中的炮火和无比的顽强战斗，又将敌人打退了。

这是上午十一点半，我们的增援部队在白天是难以上来的。

正在那时，敌人又开始了第三次冲锋。五架飞机，这一架扎下去，那一架飞上来，这一架扫射，那一架轰炸；敌人的大炮也打得紧了，坦克又掩护着步兵冲击。勇士们的手榴弹打得坦克背上直冒火花，但阻止不了它的前进。一辆坦克绕到战壕的一端，把九连的阵地夹住了。

副排长张佐明机警地提出:"别光依靠工事,隐蔽些,运动着打,不要叫大庙敌人敲(打)着。"

这时战壕的二十五个勇士,忘记了一切疲劳,忘记了干渴,流星似的奔驰在这三百米的战壕里。这里一露头,一阵排子枪,马上又隐蔽起来,跑到那里去打;机枪也离开掩体,端着在这里扫一梭子,又到那里打一梭子。这样不管背后与大庙的敌人和前面敌人的射手,都没办法打中我们的勇士。敌人摸不清在这三百米的战壕里究竟有多少人,他们是不敢向前进了,但后边拿红旗和战刀的督战队,摇旗呐喊,强令他们再来冲锋。

"打拿小旗的,那是官!"

不知谁提醒了这么一句,于是大家一愣,就都瞄准打拿小旗的,吓得拿小旗的刺溜刺溜地往后缩,摆着旗子就收兵了。

不到半点钟,敌人又开始了第四次冲锋,但又被勇士们以同样的沉着与顽强粉碎了。

击退敌人四次冲锋以后,勇士们所有的机步枪都发热了,并且被敌人炮火所掀起的土灌满了,再也拉不开栓;每人多的还有三颗手榴弹,少的只有一颗,其余什么也没有了。敌人的飞机还没走,火药的浓烟未消散,硫黄臭味还在窒息鼻孔。在这极端严重的情况之下,勇士们请示连长:"敌人再来怎么打?"

"坚持下去,剩下一兵一卒也要打下去!阵地决不能放弃!我马上回去报告情况。"

连长去了,副排长张佐明,咬紧牙关环视着勇士们:他们的衣服打烂了,脸满是尘土和一层黑泥,充血的眼睛都红肿而突出了!张佐明号召大家:

"同志们!打开手榴弹盖子!上好刺刀!手榴弹打完就拼刺刀,阵地绝不能失!"

"对!向苏联十三勇士和保卫四平街的英雄学习!"

就在这时候，狂妄的敌人又开始了最猛烈的一次冲锋，五辆坦克并排着一起上来掩护着步兵冲锋，勇士们因为弹药缺乏，对坦克没有给以任何的抗击，于是一辆坦克绕过战壕沟头，停在战壕后面，一辆停在沟头，一辆停在战壕前面，另外两辆停在东北高地的公路上，五辆坦克用密集的火力封锁住我们的阵地，飞机在头上盘旋扫射。敌人步兵已接近了阵地前沿，狂妄地叫嚣：

"缴枪吧，你们已经完全被包围着啦！"

我们阵地后面南大庙的敌人也拍掌欢笑：

"这下子跑不了啦！捉活的，捉活的！"

铁的意志和无比的顽强英勇，使我们的人民的战士表现出惊人的沉着和果敢。

"缴枪！缴你个手榴弹吧！"班长吴一山愤怒地喊起来。

"对！缴你这个手榴弹吧！"勇士高步君也打出一个手榴弹去，他的胳膊几乎抬不起来了，因为今天他已打了两箱手榴弹。

"轰！轰！轰！轰！"一阵手榴弹的爆炸声，南大庙敌人不喊"捉活的"了，冲来的三四十名敌人也倒下去了，有的叫骂，有的呼唤爹娘。但是敌人不敢拉死尸救伤员，因为第三次冲锋的时候把拉死尸的活人也打倒了。现在敌人真莫名其妙我们这三百米的阵地到底有多少人坚守，他们把五辆坦克并排掩护着步兵撤退了。这时西方的太阳被乌云吞没了，飞机也不见了，不到半点钟，天又落了细雨。连长这时也带着援兵回来了，敌人再也没敢冲锋，在战壕里还可以听见坦克车震动大地的"隆隆"声，然而这声音越去越远了。战斗了八九点钟，敌人伤亡了二百多人，一无所获，败兴回城了。

九月一日于大同□郊

（《晋察冀日报》1946年9月12日）

这就是"反美"吗?

茅盾

据纽约六日广播:"斯克里蒲斯·霍华德系各报于华盛顿一周评述中称,吾人勿过分重视上海之所谓反美示威。任何人只须花钱数元便可于上海鼓动各种目标之示威,此项技巧甚至于出殡时亦可予以利用。中国极端之右派及左派咸知马歇尔元帅果使中国恢复统一,彼等握有权力之时日将属有限。大多数中国人民认为美国乃至好友人,称亚美利坚为'美国'或美丽之土地。"(七日《大公报》)

又据"中央社纽约六日合众电"亦做同一报道,所不同者,"广播"中所称"中国极端之右派及左派……将属有限"一段,在"合众社"变成了"若干次示威运动,应归咎于共党。据悉,任何与美国有关之事件,将均在此间发表,希冀扩大"。(八日《申报》)

同一来源的消息为什么有两种"版本",这不是我想"考证"的,虽然那不同之点在某些人或许"过分重视",我忍不住要提出来说一说的,乃是亲身参加了六月二十三日欢送请愿代表的伟大场面以及游行示威的上海人民看了斯克里蒲斯·霍华德系各报这样无稽的滥言和污辱,大概也不会"过分重视"。

"花钱数元……鼓动各种目标之示威",我们在重庆较场口事件中看到过,也在重庆沧白堂看到过;美国的斯克里蒲斯·霍华德系各报把较场口和沧白堂演出的把戏来比拟六月二十三日的上海示威,如果他们真不知两者之间的距离有如云壤,那他们的糊涂实在太可怜,如果知道了而故意做此歪曲,那他们的胆大实在可惊。

斯克里蒲斯·霍华德系各报指六月二十三日上海人民的反内战示威游行为"反美"。究竟那一天表示了怎样的"反美"呢?上海人民

都还记得：那天的标语口号曾经要求美国政府勿再继续单方面的军事援助，因为这是实际上为好战分子撑腰。上海人民都还记得：那天的标语口号曾经要求美国海陆军撤离中国，因为"受降遣俘"既然完毕，中国人民认为美国驻华的任务业已告终了。如是这些都可算是"反美"，那么，斯克里蒲斯·霍华德系各报也该看看他们本国人民的声音。单是纽约一日的合众电，就报道了下列的消息：（一）远东民主政策委员会吁请美国众议院取消美国界中国军队以军事训练及军事配备之法案；（二）美国争取和平委员会纽约分会也做同样的要求；（三）芝加哥《太阳报》抨击《军事援华法案》；（四）众议员德拉西要求撤回驻青岛的美军。大概在斯克里蒲斯·霍华德系各报看来，这些美国人民的呼声也是"反美"吧？或者，也是"花钱数元"的结果吧？

六月二十三日的游行，中国也有报纸称之为"反美"，并且说"反美就是反祖国"；可惜斯克里蒲斯·霍华德系各报没有听得这样肉麻的"亲善"之声！这种亲善之声，在斯克里蒲斯·霍华德系各报看来，当然不是"花钱数元"之结果，但可惜这不能代表中国人民。中国人民希望美国是中国的朋友——平等相待的朋友，并不想攀认为"晚爷"；因为只有意识上冒居于干儿子的人们才有这样厚颜说"反美就是反祖国"，中国人民却不是这样的人！

（《晋察冀日报》1946 年 9 月 12 日，《副刊》第 103 期）

从地狱中来

林霄

这篇文章是刚刚从北平逃来的林霄先生写的一封信的节录,这里仅只写出他自己的悲惨遭遇与亲眼所见。正如他所说,"如果一件件地都记述下来,恐怕会写成一册巨著"。他信中说:在北平"因各人环境不同,被压迫情形虽各有轻重之分,可是说到归结,全是在地狱里浮荡着,我个人因为被压迫得不能缓气,又因耳闻目睹,使我受了极大刺激,所以我毅然决然地抛离了我的家乡、我的亲族、我的一切而投到这民主解放区的怀抱来"。国民党的宣传机关,天天"人民""人民",可以休矣。

一

我是一个穷而又失业的人,住在北平德胜门城根附近一个大杂院里。同院的有失业的小学教员,有摆饭摊的,有当公司工友的,还有一个卖油的,总之,全是贫苦的老百姓。我们的房租今年一月里已经涨过一次了,不料到四月里,我们这杀人不见血的房东,又来告诉我们,房租自下月起按原租五倍计算,我们这些穷住房的一致表示反对,说房租刚涨了三个月又涨,我们不能承认。房东回答得也很好,他说:"不承认就请搬家吧!"说完头也不回就扬长而去了。我们同院的都感觉在北平不易找房,有的就说:"要不然我们再同房东商量商量少涨一点吧。"这个议决还没有送呈房东的时候,忽然间房东又同着几个人到我们院里来了。这次态度更显着横蛮,进到院来就说:"我的房子卖了,新房主就是这位中央军军官的老太爷。因为人家买房要自己住,现在给你们三个月的期限,赶紧找房搬家。"说话时,就指着一位披美国式虎皮的军官，说："这就是新房主。"那意思就是示威。这位军官老爷把眼往天上翻了几番，好似胜利者到了俘房集中营中似的，并且为保持他们胜利者的尊严，一句话也没说，只同房东说"走吧"，就走了。我们这几个同院的，吓得面面相视，到底还是同住的那位工友的太太有勇气，三步两步跑到门外，看着他们全走远了，便大声疾呼地说："什么国军？简直是他妈的'刮军'！什么国民党？简直是'刮民党'！日本鬼子走了，谁知自己家里又出了这么一群恶狼！我们老百姓真没有活路了！"

咒骂自管咒骂，可是房子还得找。眼看三个月的期限就到了，房子虽然在托亲告友去找，但是始终找不到。可巧有一天在报上看见有招租的广告，我的内人赶紧跑到那里去看，半天后才见她低着头，露出很懊丧的样子回来。我问她究竟怎么样了，她说房子倒是有两间，而间量很小，每月每间的租金是一万五法币，先收一年租金，并且头一个月得交三份。（北平租房习惯一份叫作茶钱，一份叫作打扫钱，一份叫作押租。）我一算全加到一起，不算搬家的车费，只是房租等就得拿出法币四十五万。天哪！四万五我一时全筹划不出来，何况四十五万呢？

七月五号的清晨，忽然间，我们这新房主"刮军"老爷又来了，进了我们院子，就正颜厉色地说："怎么你们这些家，一家也不搬走，难道说给你们的期限，你们就不遵守吗？"这一次我们同院的失业小学教员告奋勇了，他对着"刮军"老爷恳求说："并不是我们不搬，是实在找不着房子。""刮军"老爷把眼一翻，说："你们假定要是一辈子找不到房子呢，你们当然就一辈子不搬了。你们成了八路军了，我知道跟你们说好的是不成，你们等着吧！"说毕气昂昂地走了。

同院子人于是有的主张直接给蒋介石写信告御状的。有的说："告御状没有用，你没见第一次蒋介石到北平来，人民因为他们这些飞来的接收大员贪赃枉法欺压百姓闹得无法无天，到蒋主席那里去告御状，一直到今天贪赃的更贪赃，枉法的更枉法了；告御状的虽然多，但你见过报上有惩罚他们一个的消息吗？并且假定他要知道你给他告了御状，他不定随便给你加上一个什么罪名把你弄了去，你家里连尸首全弄不回来。他们比日本宪兵队还厉害，咱们老百姓等着吧！等着八路军来了，我们北平也成了解放区就好了。前两天报上登着八路军要攻天津、北平（这是反动派造的谣，以图作捣乱执行部中共代表团的借口——编者），他们怎么还不来呢？"同院的人异口同声地都说："等着吧！希望他们快点来！我们一者可以尝一尝真正民主的滋味，二者我们也可以跟他们这些喝人血的恶魔，和那些杀人不眨眼的蒋家'皇军'、国特们大大彻底清算一下！"

我算是逃到解放区来了，我见到光明，我享受着民主、自由、平等的乐趣。再也受不到贪官污吏的压迫和蒋家"皇军"特务们的恐怖。可是我的家人和我的亲友，以及许多同胞仍然继续受那不能描写的压迫和侮辱，这一点我心里非常难过！

二

我住家的那条街上有一个卖炸糕的小孩，因为常买他的炸糕，就知道他姓刘，小名叫柱儿，大家全管他叫刘柱儿。在今年的二月里，他不卖炸糕了，他改行卖报了。据他说，卖报利很大，而在他所卖的各种报纸里，有一种《解放报》，是共产党的报，销得最多。因为这个报的言论全是替老百姓说话，而说的全是公公道道的老实话，我听他说的这篇话以后，并且看到了《解放报》（三日刊）的内容，我也就变成一个定期读者了。因为它的言论确实是我们一般老百姓想说而不敢说，或是说不出来的话。

但是忽然有一天，刘柱儿的娘跑到我们院子里，跟我们同院的魏

先生哭哭啼啼地说，希望借她一点钱给刘柱儿治伤。我们因为关切刘柱儿，大家就围着她问："刘柱儿跟谁打架？怎么会受伤呢？"她含悲带愤地说："刘柱儿昨天在西长安街卖《解放报》，突然有一个国军过来把他的《解放报》全抢了去，当下给撕了好些张。因为柱儿一定拉着这国军不让他走，叫他赔钱，正在这个时候，走过来一个便衣特务，把柱儿大打一顿，把脸也打破了，门牙打下一个，右眼到现在也睁不开，并且他手里还有别的日报跟卖报的钱，连撕带丢，简直地全完了。"说毕，泪如雨下。我们问她："难道说，国军跟特务打完人就算完了吗？"她说："后来巡警来了，说柱儿不应当给八路军卖《解放报》，这打一顿还算便宜他了呢。"她接着说："我就有这么一个儿子，现在他受伤，不能去挣钱，又没有钱治伤，我们真要挨饿了。这冤枉去上什么地方诉去？我们打胜了仗，谁想我们老百姓更受罪了！他们这样欺侮人，将来八路军打过来时，我头一个先得求八路军给我报仇！"

由这一段事实，我们也可以看出来蒋家"皇军"跟他的万恶的特务，是怎么样地欺压无辜的老百姓！同时也可以知道那里的老百姓是如何地期待着、渴望着我们民主政府去解救他们！

三

还有一件可气而可泣的事，我小的时候，在私塾教我念书的一个先生，因为他年纪已老，今年已经六十九岁，找工作既不容易，而家又极贫，实在没办法生活，于是在天安门摆一个卖盐水花生豆的小摊子。他有一个儿子在车站附近拉排子车，在这种物价高昂的情况下，每天所挣的钱仅仅够他们父子的吃喝。

不幸在蒋介石二次"御驾"到北平的时候，公安局怕是"有碍观瞻"，要警察把天安门所有的浮摊一概驱逐。当然所有小贩没有敢违抗"圣旨"的，只有这卖花生豆的老汉究竟是念过几天书的人，他就对警察说："现在不是讲民主吗？为什么蒋主席来北平就不许我们摆摊呢？我不摆摊，我吃什么？蒋主席管饭吗？说什么我也不能撤摊子。"这几句有理而倔强的话，把警爷招恼了，一怒之下，把老汉的摊子就给□了，盐水花生豆立刻成了泥水花生豆，老汉既心疼他的东西，又气愤警察之无理，于是破口大骂，放声痛哭，经大家的苦劝才收了摊子回家。

可是年近七十的人，受不了这种侮辱和压迫，第二天就卧床不起，病势很重。他自知快不成了，这一天夜里拉住他儿子的手，说道："红军解放中原日，家祭无忘告乃翁。"说完话，老泪纵横，大有遗恨千古之慨。最惨的是老汉临终还热望着红军去解放他们，虽然他看不见了，但是有朝一日红军把中国全面解放的时候，他还希望他的儿子在家祭之时，告诉他的灵魂。这种悲愤的情绪太令人感动了！

我住在北平一个极小的角落里，而我所耳闻目睹的老百姓被压迫的事，如果一件件地都记述起来，恐怕会写成一册巨著，假定把全中国蒋介石统治区老百姓被压迫的事通通记下来，怕比一部二十四史还要厚！

（《晋察冀日报》1946年9月12日，《副刊》第103期）

人民的英雄　英雄的人民

吕朗

  八月二十九日，蒋伪二百余攻我徐水大营村，当地民兵顽强抗击，毙伤进犯军七十余名，创造了光辉战绩。战斗中民兵及该村人民，英勇机警，堪称典范。兹将此次战斗经过，介绍于下。

——编者

  下面这一战斗故事，真太像神话了。几十个平凡的庄稼汉，使用少数而低劣的武器，和多于他们五十倍兵力的蒋伪，激战一昼夜，打垮五次冲锋，毙伤进犯军七十余名。当战斗发生后的第五天，我到大营访问的时候，激战的遗迹犹在，所有参加这一光荣战斗的英雄们，都对我描述了他自己英勇的经过。青年战斗英雄师长志同志，又特别为我讲述了战斗的全部过程。事实是这样的：

  "敌人对我们大营，早就感觉脑袋痛了。"师长志同志说，"从一月停战令以来，保定、徐水城和铁路沿线堡垒的蒋伪军，不断到各村抢粮抢柴，捕杀村干部和抗属，但是第一次到大营，便吃了亏。以后接连来了几次，都被我们打出去了。于是敌人就故意和我们为难，半年当中突击了二十几次，其中大的有两次，结果均遭到很大打击，伤亡七十余人。他们自然很不甘心，便下了最大决心，要消灭大营村的'土八路'，这就是五天前发生的战斗了。"师长志同志喝了口水，把枪横放在两腿上继续说："敌人是从保定、徐水城、漕河和沿铁路各堡垒上集中来的，一共三百余人，带机枪二挺，半夜就把村子包围了。我们岗哨发觉后，迅速将民兵小队分散到各个阵地上，地雷早就下好了。我们的口号是沉着应战坚守阵地，在近距离内消灭敌人。天刚扑明，敌人就开始动作了。首先从村南发动进攻。他们不专走正道,都由村边短墙头上扒进来的。有十个人开始是散着的,以后又集中在一棵枣树底下,布置向街里冲锋。这时,我守望在街东老爷庙上的民兵看得很清,看见他们一团挤在挂雷底下,把雷绳一拉,挂雷落在人群中,轰的一声爆炸了,九个人被炸得血肉横飞,剩下一个慌忙跑回去了。我们真是兴奋极了,联络员们马上把消息送到其他各阵地上。人们知道南面得到胜利,都抖擞起精神,准备和他们比赛。这时,敌人因吃了亏,便改从东北角上一条小巷向里进攻。在小巷和大街的转角处的树上,也挂着一个雷。不一会,五个敌人和一条狗,偷偷摸摸地进来了。走到转角处,正向里张望的当儿,半空中的雷冲着他们脑袋瓜上响了。这回算把他们五个和狗一齐送回老家去了。

"这回可把敌人炸怕了,停了好些时候,都没敢动。大概有半点钟以后,又开始改从村东南角的小胡同进攻了。还没见人,就听他们嚷叫:'怕什么!向里冲!谁不冲就枪毙!'喊叫了一大回,才见有人探头探脑,踌躇地、慢慢地向里走。刚走了不大一截,就一下蹬响了三个地雷,他们向回一卷,一个挂雷也炸了。于是八个人都撂倒在那里,成了一堆血浆了。这时,外面敌人真有点丧胆,只听外面有人叫唤:'我的妈呀!又炸死了八个!真丧气!这是从哪儿来的地雷呀!'

"三次地雷真炸得敌人心惊胆战,不得不停止了动作。直到晌午,才又开始从西面大街上向里冲锋。这次敌人学乖了,一家挨一家把墙掏开。到了靠西大街的一所院里,扒在墙头上向我阵地射击。他们满以为这个很保险了,岂知我们早在他们头顶上的树上,挂了两个雷。正当他们得意的时候,两个雷轰然一声响起来,这些狗东西还不知道是怎么回事,就去见阎王了。一个扛机枪的见形势不对,扛起机枪就溜之大吉。

"敌人在四面八方都碰了钉子,便不得不变更方针,改从高房进攻。首先从正北面扒上房顶，向我们靠大街的高房阵地上冲锋。在这阵地上，只有我和武委会主任两人。我们见敌人太多，便在阵地上下了四个地雷，就转移到房内，手拉着拉火绳，等着他们来送死。大约有二十分钟的工夫，就听见他们上了我们的房。又一会，又听见他们喊叫：'这里没有人了，快来吧！拆他们的工事！'不一会，又听他们说：'噢，还有地雷呢，是假的，放在砖头上来吓唬人的。'我们听了真想乐，心想，等一会看吓唬你们一下吧。这时，有人已进了我们的阵地，我们把绳一拉，两个响了，只听他们"爷爷奶奶"地叫成一片，可不知道杀伤他们几个。

"敌人遭这次杀伤以后，就都气馁了，多半个钟头不见有什么动静。时间已是后半晌，我们想他们要撤退了。这当儿又从固城开来一辆铁甲车，带两门炮两挺机枪和二百人，和以前共有四百多人，又用全力组织一次新攻势，仍往里冲，炮也往村里打，真是比前次要厉害多了。而我们的外围防线地雷挂雷都炸了，有的高房阵地也被摧毁了，便决定向里转移，到工事（堡垒）里坚持战斗。这回的故事就更多了。这次敌人是从四面八方向里压缩，我们在堡垒里看着，一声也不响，但等到跟前才动手。有一股敌人准备向我老爷庙堡垒进攻，便先在街边房子打通道。游击小组长是个好投弹手，三十米达以内百发百中，他见机会到来，接连扔了两个手榴弹，又把五个敌人结果了。和这同时，又有七个敌人到了老爷庙边，见我们事先伪装了的两个地雷，敌一看像两个小孩玩的小石头房子，便都挤在一起研究究竟是什么东西。就在这时，地雷爆炸开来，七个人通通被炸死了。

"我们的地雷是无一虚发，大显神威。这可急坏那些神枪手们，总觉得没露一手，心里不高兴。这一次可有了好机会，敌人大概以为地雷都炸了，又欺侮我们武器少，就大胆地向里冲。在老爷庙里，李××等人四条枪，发现一个敌人从东面上房，四人一齐射击，敌人没吭声就死了，另一民兵两枪射倒了两人。复员军人×××一见着了急，刚好由东面过来一个敌人，他端起枪，敌人应声而倒。

"说话天就黑了，我们的任务也完成了，便都转移到地道里。这时，又听见地雷响，大家都很奇怪。第二天才知道原来敌人去捉猪，踏响了猪圈边的地雷，又送了两条命。天黑后，我们在地道里不断袭击敌人，敌人慌慌张张地把尸首和枪都收拾出去，直到半夜，点了两间房，别的一无所获，就跑回去了。"

师长志同志一口气讲完了这个战斗故事，末了又告诉我一件事情，他说："我们这次战斗胜利的原因，除了事先布置、计划得好，还有，就是大家坚定团结。许多不是游击队里的人，也都自动参加了战斗，有的拉地雷，有的当联络员，结合得非常好。战斗到完，情绪始终高涨。"最后，他又兴奋而有信心地说："敌人是不会甘心的，我们已准备好了。他们什么时候来，我们就什么时候打击他。为了保卫我们的家乡，我们坚决和反动派干到底。"

（《晋察冀日报》1946年9月13日）

随感（一）

李昭

一

记得在东北停战问题谈判以前，国民党某要人曾代蒋介石表示过他打内战的态度说："打也是垮，拖也是垮，还是打下去。"这自然是他的内心话，也就是基于他十几年来的痛创的经验教训，再加上一年来，他虽极其穷凶极恶的伎俩，左冲右撞，终于又碰了更大更痛的钉子而感到无可奈何的表白。

然而他"……还是打下去"，因此，来了个"边打边谈，以打为主"的方针。跟着，在东北，在胶济路沿线……又碰了一头血，于是把既□的方针，又拖出一截尾巴，那就是"边打边谈，以打为主，打下去，拖下去"。这就更足以说明了蒋介石要拼着他苟延的狗命，发挥其狰狞的兽性，在他罪恶深重的账簿上，更多地写上几笔血债，自始至终不许中国人民对他抱有任何一点的"恢复一点人性"的幻想。

二

蒋介石既要把内战的惨祸拖下去，而事实却又往往是（今后更会是）这样的：中国人民及其军队的自卫战中，不断地毙俘缴获（个半月来已消灭蒋军十七万）；蒋军不断的大小成群的起义……这就使得蒋介石虽有过半的美化军队，也不得不感到过分的头疼。因此，又来了个"蒋美军火谈判"——美军将以西南太平洋的巨量剩余物资低价（不要相信他的低价吧）供蒋。而蒋介石自然会高兴得

① 本文原题为《随感》，因与书中其他标题同名，故改为《随感（一）》。

摇尾打地滚地连连叫着"恩重的洋爸爸"了。因为这样一来，至少可以略延长其寿命而更多地杀害着中国的和平人民。甚且，还有达到（他以为）他宝座"儿皇帝"的梦想的希望。那么，今后他对他这个体贴如意的"洋爸爸"，自然更毫不吝惜地"有求必应"了。现在美国反动派在中国的所获，不是已超过《南京条约》《马关条约》和"二十一条"的特权了吗？

但是，中国人民的意志结成的铁链，已是铁打金箍，一旦蒋介石被紧紧缚起的时候，而金元巨头们冒险付出代价而企图换得的美丽的幻梦，是会被飒飒秋风吹落到污秽的角落里去的。

(《晋察冀日报》1946年9月13日，《副刊》第104期)

农民翻身杂记

尼尼

怀来某村农民在翻身大会上,有很多事值得记下来,作为翻身纪念:

一、烧石头

农会主任把一个大汉奸恶霸的红契拿上台来,对大家说:"老乡们,你们看这是什么?"群众回答说:"是地主剥削我们的红契。"农会主任说:"这是一块石头,我们祖辈流传的就被这块石头压得出不来气,今年这才把它推下来。"群众嚷着:"把压迫我们的石头烧掉吧!"

农会主任把它点着,一团火熊熊地冒起来,群众鼓着掌,唱着翻身歌。

二、为什么没媳妇

五十六岁的老刘走到台上去讲:"我今年五十六岁,共产党早来几十年,我的孙子也娶了老婆,就因为共产党没有来,我受了五十六年苦,也一直没有财力来娶老婆。现在我翻了身,得了十亩地,前天人们也给我说上老伴了,几十年没有现在这样的欢喜。"

三、挑女婿

一个老婆也到台上去说:"以后再给姑娘找女婿,不用问家里有多少地多少房了。只要问问他家没有受过斗争,是农会会员就给他吧。"

四、夫妻比赛

青年农民郭二黑在会场上向大家说:"地咱们有了,饭碗也端起来了,咱们的饭碗不能再叫国民党反动派强夺去。今天我去参加八路军,保卫胜利果实。"

他的女人从人群中立起来说:"你去好好地打国民党反动派,我在家里好好生产,看看咱俩谁能当模范。"

男人又说:"打不倒反动派不回家。"

女人也又说:"有穿有吃不用你挂念。"

他俩都笑了,大家给他们鼓掌。

(《晋察冀日报》1946年9月14日,《副刊》第105期)

随感（二）①

何远

一

有一天，我在北平王府井大街上溜达，偶听见两个"美式"蒋军校官兴致勃勃地议论着他们手上提着的葡萄。"这葡萄太好了，味鲜而色美！"那个提着葡萄的赞美着。

"还用说吗？这是从美国传来的种子呵！"另一个说。

以下说什么，我不想听下去，还不是奴颜媚骨、肉麻透顶的话吗？但据我所知，这种葡萄明明是一种极普通的、道地的中国土产。为什么一定要说是"美国种"呢？是不是因为美国帝国主义者帮助了中国反动派，美国一切都变香了呢？如果真是如此，那么，将来介绍你们儿子的时候，为了证明你的儿子很不错，在介绍名字之后是否也添上一个注脚，说"这孩子是美国种"的呢？

二

青年党领袖之一常燕生说："从民族血统的观念来看，一个民族的兴衰，全看他的民族经过几次混血，历史上的混血儿，是民族的财宝……"

如此说来，那么"杂种"愈多，民族就该愈兴了。

依常燕生的说法，一个民族的兴衰，全看（注意，全看）"杂种"多寡而定。已然如此，那么要挽救民族，势必非逼迫一大部分中国女人去轧"洋姘头"不可，谁敢抗命呢？否则加上一个"贻害民

---

① 本文原题为《随感》，因与书中其他标题同名，故改为《随感（二）》。

族"的罪名，格杀不恕。

常燕生已以爱民族自居，而且认为挽救民族的唯一方法（他说是"全看"）是"混血"，那么常燕生一派的青年党的救国方针，怕就是替洋人"拉皮条"的方针了。若然，则常燕生一派的青年党，大可以改称为"吉普女郎介绍所"了。

这当然是一笔好买卖，已可获取"民族财宝"又可升官发财，比之今日当蒋介石走狗，跋来涉去，今日牯岭，明日南京，昨日（九月十日）沈阳，要舒服得多了。

三

还是常燕生说的："中国民族今天在血统上必须经过混合，注入新鲜的血液，才能起衰老而复少壮……假如将来在中国有三百万盟军，以一个盟军配一个吉普女郎，每个吉普女郎替中国产生一个混血儿，二十年后，中国不但平添中了三百万丁男丁女，还大部分都是体格及智力最优秀的，利益大不大？"

好一个不要脸的青年党徒，看他那副为三百万"杂种"而垂涎三尺的奴颜媚骨，真令皇帝子孙作三日呕！

中华民族已"必须"混合，"必须"注入新的血液，又希望能获得三百万以上的"杂种"，那怎么办？当然，只有请异邦人常驻中国了。如此，已可借洋人之助来毁灭纯粹的中华民族，又可换取三百万个"杂种"，何乐而不为？

但是，还是不要妄想得太多吧！中国反动派虽有刀俎，而人民却非"鱼肉"，你奈我何？

（《晋察冀日报》1946年9月14日，《副刊》第105期）

出 奇 的 事

景宋

中国多赖盟国的帮助，垂手而列为胜利国已经一年过去了，庆祝也曾经举行过，然而回首这一年的经历，给予我们国人是什么呢？我们粗略记得，闹过了些什么新花样的：譬如美军驻华至今未见撤退，最初说是遣送日俘，后来时间太久了，日俘仍然存留未遣，而且华北日俘，居然坐在插着美国旗子的卡车上招摇过市。山西的日俘给阎军做内战的助手，做训练军队的教官，那是直至现在还存在的如众所知的事实，而美军却熟视无睹，并不把他们运走，另外来一套掩饰，说是美军的另一任务是保护交通。这结果，安平事件发生了。这事件发生之后，当然各执一词，颇有人想借此大做一番话柄，无奈马歇尔之流肚里有数，并不愿过分追求，这是国家领土权问题引起的枝节。如果美国撤退在华军队了，这种事情还会发生吗？

怪事层出不穷，航权问题也发生了，允许四口通航，理由是便利救济物资的直达，经过几个月的工商航业界起来力争，终于也取消了。这算是费尽九牛二虎之力所发出的微效，使领海权获得稍稍的完整。

然而不惜出卖国家主权的消息又来了。据八月二十六日的报纸刊载，路透社、合众社等南京都有专电，说是行政院院长宋子文与美国陆军部次长贝特森进行"秘密谈判"，以价值二十万万美元之剩余物资，以低价售与中国，用以继续内战。现在这些东西放在硫黄岛、琉球群岛等地，货色有大量剩余军火、弹药、卡车、吉普车、交通及信号等器材，完完全全是直接供给军用的。但物资如何交付，为现在密谈中之最重要关节。为了促成此谈商之具体化，并要求美方代运上项物资到中国港口卸货，据传政府决定以我国领空权作为抵押。

中国的抵押品多而且出奇，更兼似乎不花什么本钱的，无过于领空权了。一句出让，实实在在不只值五亿元的东西到手了，战争的资本丰富了，管什么后患遗毒！伤害的是中国大部分老百姓呢！……我们全体国民，忍受了八年战争惨苦，整个城市遭到灾害：轰炸、战争、火烧、流亡。到现在还没有复原，而最痛心惨目的是至今还伤痕累累的湘桂等省，然而大家都咬牙忍受过来了，为的是抗敌，没有一句话好说的。现在日本人倒下了，又来层出不穷地把国家主权举手让人，这凡是中国人都会起来抗议的，否则为什么抗日呢？所以不管用什么帽子压下来，如果有这一事实，那抗议的就是应该！

当然我们会听到一片的否认，说是捏造事实。不要忽略这是在大众众目睽睽之下不得已的搪辞。像给马歇尔将军的最后决定权一样，如果不是反对得厉害，也许就执行了。当然可以低估些说，也可能是试探，但是友邦为什么敢于接二连三的，海关权、航行权、决定权、领空权的来个不了的试探呢？中国有一句古语："物必先腐而后虫生！"我们真个不愿意，人家决不敢想到，决不肯轻轻奉送给我们的。他们敢于无理地提出要求来吗？出奇的消息接踵而至，自然是有人献策的。前几天不是还有过一个消息说是让美国人来驻在争执区，实际中共不肯撤退的区域？这事如果真个实行了，国家的主权又将会成什么样子！现在揭穿了，唯望也许会像鬼魂消灭了吧。可是防不胜防，意想不到的，平常我们国人绝不相信会有的事情，而会不断地传出来，总不能不算捕风捉影之谈了，长此以往，中国人民不知要遭遇着什么样的命运！

八年抗战，一旦和平，友邦固然助力不少，我们自己的坚持抗战更是最大因素。如果不是人民的坚定性历久不变，当中危机四伏，不可一日之状，国家前途会走到如何境地，历史不远，大家记忆犹新的。这艰苦留下来的果实，我们知道怎样享有。黩武者不惜断送国家命脉，国人一定会□□绝不与合作的。即如二十万万元的军火物资，就是运到中国来了，如果后方军队把握着了这些武器，封存起来；或前线将士手执着了这些武器，放下不用。那么就是有好战分子在做指挥，也打不成功，这是在我们自己的抉择！

图穷而匕首见，美国一些野心家今日在世界玩火：外交与大炮并进，美国舰队复驶往近东各港□游□□将至土耳其伊斯美尔港口示威，这是一件。美国军用飞机未经南斯拉夫允许而先后擅自飞入，南国执行主权以击落，美国固然提出最后通牒，限四十八小时内答复，可怜南国终于屈服在强权之下了，这又是一件。这样的□风，无怪中国今日遭遇如此了。这是很好的借镜，告诉我们今天中国所以脱不了的压制是什么原因所在，难道我们愿意学南国的屈服，把领空权任人蹂躏吗？

(《晋察冀日报》1946 年 9 月 15 日，《副刊》第 106 期)

和平使者的受难

——访问济南小组中共代表黄远上校

章霁

不久以前,国民党反动派下了一道命令,大体的内容是这样:"如果发现各执行小组中共代表与当地不法秘密分子勾结,各地军事当局有权逮捕,处以间谍罪。"这是一个恶毒的阴谋,共产党人和革命者,继"奸匪""奸党"以后,又多了一个新罪名。在这个阴谋下,满腔热忱为和平奔走驻在国民党统治区的中共代表,遭受了更严重的迫害。

济南小组中共代表黄远上校,历尽艰难回到北平,告诉了我们济南、青岛两小组中共人员失去自由的情形,下面是他简短的谈话:

"从六月十日起,一直到现在,我们在济南不仅失去了中共代表的权利,而且失去了一个中国人的自由。电台被非法没收了,七支手枪被"缴械"了,像囚徒一样,我们被关在旧英国领事馆,在住室的门口站着哨兵,不准出大门一步。关在里面,不准看任何自己所需要的书报,连买一瓶十滴水,都需经过国方代表的批准。我们没有了电台,要向执行部联络,只有经过美方电台。可是我们发的报,都要经过检查,国方代表认为不同意的都给删掉。因为没有户外活动,我们十个人都轮流地生了病。

"国民党为什么扣押中共代表呢?国方唯一的借口是:'济南情势紧张,扣押你们完全为了军事上的需要。'可是,以后国民党从济南沿胶济线发动猛烈进攻,一直打到了张店,攻陷了淄博矿区,国方完全失去了'济南情势紧张'的借口,但他们仍旧继续拘押中共人员。七月三日执行部三委员亲笔签署给王耀武一个命令,要他恢复我们的电台和人员自由,王氏对三委员的命令视若废纸,根本没有执行。一直到现在济南小组中共人员仍有七八人被非法拘押。

"现在我谈一谈青岛小组的情形。

"由于我的坚决要求,六月底我和另外两位同志一起到达青岛,目的是和青岛小组一起,设法调处山东的冲突,制止国民党军违令进攻。

"可是,我们到青岛后,同样地没有自由,我们出来买东西,国方都派人随行监视,说是保护我们怕挨'难民'的打。我们住在市政府招待所,屋子很小,天气又热,但我们连外出散步的自由也没有。青岛小组我方代表姚仲明少将,去拜访了一次柯克上将和克莱门少将,因为没有向国方报告,受到了'训斥'。小组中共代表和美方代表谈话时,也受到监视,姚少将生病住在医院里,我们去探望他的病也有人跟着去。

"青岛小组的翻译余宝和组员陈国华出去做衣服,在一咖啡店门口,遭受了五六个暴徒的毒打,事件非常严重,可是国方的邵代表却这样无理地说:'谁叫他们私自外出,我早就知道要发生这样的事!'从这句话也可以看出,什么人布置了这样一场暴行。

"自从美国用美舰美机帮蒋介石运了大批军队到青岛济南以后,反动派就一心要扩大山东内战,毫无诚意进行和平调处,而我们为和平事业所抱的满腔热情,换来的是监视挨毒打,失去了做人的自由,生命时刻操纵在特务的魔掌中。而在这中间,以公正面貌出现的美代表台维斯,则和国方一鼻孔出气,当我们反对特务监视时,济南小组美代表竟说:'只要你们写一张证明书,说外出不需要人"陪同",那么挨了打,我们就不负责任。'"

最后,黄远上校谈了谈青岛、济南的印象:"今天的青岛是标准的殖民地城市,码头上检查旅客的是美国兵,机场里守卫的是美国兵，街头上站岗的也有美国兵，高楼大厦则是美国军队的营房。青岛的人民在重重压榨中，其生活的悲惨和恶劣可想而知。济南呢，好战分子所一手造成的战争状态仍继续存在，战车、坦克在大街上疾驰而过，天空中机群声隆隆不绝，弄得物价飞涨，人心惶惶。"

(《晋察冀日报》1946年9月15日，《副刊》第106期)

"节"是个"节"样儿了

——内新华工友怎样过八月十五的

戈更

今天的太阳好暖和，它和每一个工友的心眼儿一样，都那么亮！工人和工人家属们的脸上，都笑开了花：

"八路军解放了咱们，节也是个节样儿了！"

一进工人宿舍，鼻子忙不过来，眼睛也忙不过来，家家的锅里炖着肉，牛的羊的猪的；煮着饭，雪白的大米！翻砂房王瑞的妈王大娘一边淘洗米，一边叫杨国华的老婆教给她：用多少水，闷多少工夫……她说："鬼子在这儿的时候，吃大米可犯私！受了八年的□，连大米都忘了怎么煮啦！肉，过节的时候鬼子也配给一点，四两不足，简直是喂猫哪！"

"你们听戏的，倒是去，倒是不去呀！该走了。"那边，×××的老婆穿好了新衣服，催上了。王大娘没去听戏，她想起从前工人受苦的事，比起现在来，可远啦：好容易找间房子住，哪有炕哪，摸着哪儿哪儿是炕；支上两块砖头就生起了火，烟煤熏人熏得像小鬼，开了宿舍的门，简直是□□鬼哪！

机工股长孙德海一边喝青梅煮酒，一边说："咱们的工友，从心眼里都感觉出来了，共产党八路军的这份儿意思。就说生产上，这么多的数字，一天一天地还往上长，做梦也想不到！工友们的心顺了，手也顺了，不用你去催，就是想让他们少做点儿活，都办不到！"他的老婆说："那时候我们把孩子扔在家里，为了吃饭各处跑。冬天连毛窝（棉鞋）都做不上。"

机工的生产模范萧玉栋把孩子抱出来，穿着新花布衣裳、新袜、新鞋。他人高个子大,嗓门也粗:"要不是八路军,咱们能炖牛肉吗?"提起国民党,他就咬牙切齿:"八十四岁的老娘亲,还在天津呢,国民党不讲和平,我和老娘亲都不能团圆。惦记老娘,就恨国民党!"他今年买的东西可多了!桃、苹果、槟子、沙果、□个大西瓜;炖三斤牛肉,炖二斤猪肉,木樨肉,炒鸡蛋,炒了两个菜;三千多块钱的月饼,翻毛的、提浆的、白糖的……摆了一大案子,怎么不想老娘亲呢?这边的日子多么好哇,这还是节约,为了支援前线呢。要是打垮了反动派,啊呀,那日子真真是……好得不能想啊!

郎老太太——钳工匠郎宝祥的母亲,今天可忙不过来啦。大节下的,得犒劳犒劳儿子。儿子用汆丸子泡上碗饭,好香!郎老太太最节省不过,但是该吃点"好的"的时候就尽量做好的吃,像慰劳前方战士,她发动起全宿舍工属做慰问袋一样。儿子在生产战线上努力,战士在前方杀敌,同样地卖力气,都是为了大家的日子往好里过呀!她想起往事,心里就塞满了,眼泪围着眼圈转:她想起从打十五岁到郎家,受公婆丈夫的气;她想起大儿子十二岁就出去给人家使唤,二儿子十一岁就给日本人当苦力,脊梁常常挂一条一条的血缕痕;她想起事变那年逃难,日本飞机把铁道炸得立起来了,国民党军队抢她的东西,瞪着眼骂人;她想起利钱逼得她夜里不能睡觉,忙着缝衣裳,手都木了……她揩一把眼泪:"哎呀,两天两夜说不完哪,我受的这些个磨难!现在咱们翻身了,喝水的可别忘了掏井的!战士小伙子们在前线打仗,都是为了咱们,咱们可得加紧生产,多多慰问,表表这份心哪!"

宣化过节讲究吃西瓜,郎老太太今年买了两个。小儿子郎宝臣(机工学徒)说:"从前,一年就吃一个西瓜,还是爸爸直撺动着。"四宿舍的铁工匠冉贯兴买西瓜买了一挑子,上好的白洋面,两袋两袋地往家里扛。在后院,他还养活着六只大肥猪呢!翻砂股长李文藻笑得眼睛细成两道缝:"这就看出来了,从前是看着人家吃瓜的主儿,现在买了一挑子！"

李文藻说起过去的节可真不是节样儿：日本人假装喝醉了，就胡来，随便串民宅！进了门，瞧见酒，还是喝！喝醉了就发酒疯。凑点钱过节，也得偷着热闹，大门得关得紧紧的，大姑娘小媳妇连上街都不敢！在工厂里呢，响午不能回去，你带了窝头或是小米饭，日本人瞅着你："猪的一样！"带了好吃的，他们瞧见就拿手抓！

黑板报的《回忆集》上，钳工股工友康振东在"也是八月十五"的题目下写道："三十三年八月人口重和豆饼面把我挤到宣化。十四那天去接家眷，下了晚车，没有粮食，挨了一顿饿。十五的蒙蒙亮就跑到祖福珍（也是钳工工友）家去，吃了一顿早饭，跟他借了三十块钱取的行李。晚饭没辙，自己不好再向祖家张嘴，回到宿舍里借了一碗小米，熬了锅稀粥就算过了节。晚上，对着月亮我和老婆整整地哭了一宵！今年，又八月十五了，为了节约，才买了三斤肉、一千元的果子、两个西瓜。月饼呢，从事变到现在没吃过一回，这次，我对老婆说：'无论如何，咱们得来一斤月饼！'"

吃完了晚饭，样板班工友李文泉就上街去买果子，才提了一小筐回来。哎呀，那天上街，果子多着呢，怎么今天都快卖没了！他穿着新黑皮鞋，脑瓜子更亮了。今天早晨他们吃三样饭：自己吃面，老婆吃饼，孩子吃大米饭！他想起前三年吃高粱面的日子，费了很大劲，买了一斤棒子面，蒸好了窝窝头，蹲在炕沿底下白嘴吃，一会就光了！现在呢，满眼净是好的，好像不如从前那么香了！

下午五点半钟，你到宿舍里去，十家有八家上了锁。你找谁？街上、戏园子里去找吧！谁不换上新做的衣裳，穿双新鞋，带着老婆孩儿溜溜达达，听会子戏呢！

（《晋察冀日报》1946年9月15日，《副刊》第106期）

访问赵锡田

齐语

菏泽前线放下武器的蒋军第三师（原第十军）师长赵锡田氏，现已抵达晋冀鲁豫军区某地。赵师长现年四十五岁，黄埔二期毕业后，历任该校教官及中央军旅长、师长、军长等职，赵氏穿美式黄绿色军装、头戴美式圆顶帽，颈间略受轻伤，但精神奕奕。据医生称：赵师长的伤口如无变化，一周内即可告复原。他住在一间恬静而安适的房间里，窗外垂柳成荫，清水池塘游戏着的鹅群，不断送来浓浊的歌声。记者往□时，他正在聚精会神倚座阅读解放区新出版的各种书报。见到记者，他含笑表示他刚踏进解放区竟已感到些出乎他意外的印象。他说："我在路上，同抬担架的老百姓闲谈，觉得一般解放区人民均具有相当政治文化水准，每个人都清楚了解这次战争是为了反对内战。一路上我所看到的农民生活，比国民党区好得多。走了这么远的路，没有看见一块荒地。"他自称过去对解放区了解不够，现在亲眼看到解放区军民团结如一家人，同心协力，一面坚决自卫，一面努力生产建设，到处充满着蓬勃的朝气，他说："这样的军民是不可战胜的力量。"

谈到内战，他很痛心地说："日寇投降一年多了，假若不是打内战，全国早已走向和平建设，老百姓早已过起安居乐业的和平生活。"接着赵师长谈到他的身世和家乡，他说："我的老家在苏北解放区的涟水。我有一位学生李学新，抗战期间曾在苏北领导游击队与敌人血战，对我家庭帮助和照顾很大。我的侄子赵振山就在新四军工作，三年前还不断有书信来往，假若我今天手里边继续拿着武装，说不定有一天会和我的学生及侄子在战场上相见。如果真出现那样场面的话，不仅对不起国家民族，也对不起自己的祖宗……"赵师长很坦白地承认，在此次作战中，第三师虽然有美国帮助的大炮和飞机，但由于军心厌恶内战，加以军令指导错误，无可避免要吃败仗。反观八路军，则是人心所向，指挥机动灵活，敌情明了，士气旺盛，勇敢顽强，能攻能守，火力强大，真是出乎意料。

（《晋察冀日报》1946年9月16日）

战 场 喊 话

——记南大庙的政治攻势

肖白

经过强大的军事压力后,于二十九日上午,我们又向南大庙的阎伪军发动了政治攻势,四围喊话,促他们早日放下武器,不替阎锡山打内战。半小时后,庙上突然露出一个人头来,高声喊:"我和你们说说话。"某团齐主任马上说:"我们双方保证不打枪。"他便举手摇晃说:"我没带枪。"齐主任也摇着手说:"我也没带枪。"接着庙上又露出一个人头来,也摇晃着双手。齐主任叫他们站起来,自己也勇敢地站起来,告诉他们,八路军是最诚恳的。庙上又有四五双手高高地摇晃。齐主任便跳出掩蔽部,同他们接谈起来。接着,庙上一连出来好几十个人,看得清清楚楚的,也都没有枪,高举着手,在阳光下,好像突然长起一片高粱来。齐主任向他们详细地解释八路军优待俘虏的政策,庙上的人听得津津有味,有的还在说:"嗯,我们知道。"齐主任叫他们找连长讲话,他们有人说:"连长他们正商量着呢!"这时,庙的西南上挤满了人,在那里熙熙攘攘,有说有笑的。齐主任独个儿从容不迫地走到南大庙下的外沟里,立在他们面前,向他们提出忠告:"你们赶快起义,到我们这边来,不要做无谓的牺牲。"

"我们早就想出来了,好几天没吃上饭了,水井也给你们封锁住了,我们都渴得不行啦!"庙上的人痛快地说出了他们的苦衷。

这时,四周参加政治攻势的同志纷纷喊起来:

"欢迎南大庙弟兄起义,反对内战!"

"学习海福龙团长义举!"

齐主任说要给他们送烟卷去，阎军士兵兴奋地回答："不要送，等一会我们下去再吸吧！"

我军的诚恳态度和对俘虏的宽大政策，使阎军士兵深深地感动了，这时恰有一架蒋机从东南飞来，阎军士兵关切地喊："赶快隐蔽吧，不要暴露目标！"

飞机去后，齐主任继续前去同他们接谈。四周喊话的同志也仍然喊着口号。但火线上的情况，是瞬息万变的。眼看着阎军士兵一个个退回庙里去，最后只剩下一人，他用手掌往下压，暗示着叫我们赶快隐蔽。显然地，南大庙内的反动军官拒绝了我军的劝告，企图凭借工事继续顽抗。果然，一颗子弹飞过来了，打伤了我们一个副班长；紧接着第二颗子弹，又打死了教导员金子屏同志。整个战壕的战士们都愤怒起来了，人人把枪对南大庙瞄得准准的，决心要彻底歼灭他们，为死者复仇。第二天的后半夜，庙上一个排悄悄下来，企图突围，全给我们捉住。其中有一个班长，经过我们动员后，他愿回去说服他的朋友们。通过他，我们又进一步了解了南大庙内部的情形，并且知道了第一个说话的，就是三团五连陈排长。齐主任立即写了一封信，找一个小俘虏给他送了去，约他快快起义。陈排长深明大义，把他的人陆续地放下庙来，缴了械，我们便顺势冲上去，把住了庙门。此时，南大庙内阎伪军措手不及，纷纷缴枪，二营营长以下官兵二百人都被我们活捉住了。

（《晋察冀日报》1946年9月16日）

劳动人配劳动人

叶夫

劳动英雄刘雨云的儿子刘满苗和康秀英的婚事,现因两人的情投意合,经乡亲王世高的介绍而成就了。

下午太阳刚偏过西山头,刘雨云和王世高,陪着满苗和秀英到延安市政府去办理结婚登记。

康秀英骑着母驴,穿着一身洁白的衣服,脚上还穿了一双耀眼的水红色袜子。满苗今天也剃了头,换上了一件白褂子,小心地拉着毛驴,不知怎样走不上几步,他总要回头去看看驴背上的婆姨。刘雨云和王世高都紧紧跟在后面,有说有笑。

四个人从西沟穿过新市场,认识的人都向他们恭贺,称赞着:"看长得多结实,真是劳动英雄的媳妇。""满苗可闹美了,要下个好婆姨,劳动起来满能成。""满苗的介绍人真是亮眼睛,你们可要请老王美美地喝上几杯喜酒。"

满苗喜得顾不上回答,只用劲拉着毛驴,不让它打转,担心婆姨摔下来。骑在驴上的康秀英,乐得听着大家的夸奖,又怕毛驴不稳当摔下她来,她就连着点头感谢。这时被一堆人包围的刘雨云和王世高,也在忙碌地点头说话,向贺喜的人们酬答,高兴得使他们的嘴闭不拢来。

到了市政府就取出了乡政府的介绍信,交给登记员检验结婚证件,等待着他来问情由。

"我家在安塞,名叫康秀英,受苦人,今年十八岁,去年和男人离婚。"婆姨回答了。

"为什么离婚,有什么应凭证?"登记员问着。

"从前的男人不劳动,天天串门子,把家帮助我打下的十二石粮食吃光了不算，还弄把窑洞、土地和家具都变卖完了。我苦劝他多次，都不回转过来。今年正月还要引我到榆林去卖，我不愿意，打得我跪下叫爷，应承了才完事。咱边区是不准压迫人的，第二天我就告到区政府，死也不愿和他在一块，后来是高等法院判决离婚的。请你看看这是判决书。"

"你从前结婚没有？多少岁数？"登记员问刘满苗。

"我没结婚，今年三十岁啦。"满苗说着有点害羞，望着在他身旁的爸爸。

"旧社会咱吃穿不上，没法给满苗讨婆姨，现在可是完了心愿。"劳动英雄补充着。

"你们有介绍人吗？"

王世高赶快说："我是介绍人，他们两个都好，劳动人配劳动人。"他说完了就瞧着满苗和秀英笑。

"那么，你们两人愿意不愿意呢？"登记员很慎重地问。

"咱情愿。"

"我也情愿。"

男的、女的说着都低了头。

登记员看了法院的判决书，填好了结婚证，给满苗和秀英一人一张。

"恭喜你们！"登记员向他们祝贺，最后还把众人送到市政府门口。

刘满苗拉过了毛驴来，把婆姨扶上了鞍子，他瞧着婆姨一会，猛地扭回头来，轻声地问他的爸爸：

"大（陕北人称爸爸叫作大），结婚再没有什么手续了吗？"

"没啥了，现在新社会，只要两人情愿，不花彩礼财钱，到政府登记就成。"

（《晋察冀日报》1946年9月16日，《副刊》第107期）

狼 狗 叹

郭光

日本法西斯还在中国的时候，残杀中国人民的方法，除了电刑、刺刀等工具以外，还有种活的动物，就是他们专门豢养的狼狗。这狼狗的职业，和周逆佛海、任逆援道以及特务头子丁逆默村等的职业一样，一个是为主人侦查进攻中国人民的道路，另一个就是吃人。但有时也不免吃屎，比如主人的堡垒被"土八路"围困得水泄不通时，无人可吃，便只好吃主人刮肚枯肠屙出来的仅有的那点屎了；而晚年，他们的命运则更加不济：主人死的死了，逃的逃了，他们无处可逃，没奈何，流浪田野，人人喊打。

而报载：周逆佛海、丁逆默村"现寓重庆，出入舞场酒家，逍遥自得"。又：前伪南京政府江苏省省长任逆援道"于八月十六日被邀出席在苏州举行之'江苏省防务会议'，据称任逆有'重要任务'"。召集会议的系蒋介石的有名家将、抗战中在河南被老百姓歌唱为"河南四害，水旱蝗汤"大名鼎鼎的汤恩伯。

狼狗有知，闻此消息，当必有"同宗不同命"之感，而叹曰："毕竟还是两条腿的好！"

但狼狗毕竟无知。它仅知周佛海等和它同宗，却不知人家还有旁支血亲弟兄——蒋介石一家子。这块姓蒋的比汪精卫多一着——外国爹多。

（《晋察冀日报》1946 年 9 月 16 日，《副刊》第 107 期）

毛主席在天水岭扎下根

【新华社阳城十五日电】晋东南的晋城天水岭，十一户地主及高利贷者被清算以后，都依法退出了农民的土地，但都还保有生活所必需的条件。原九十三户贫农中，六户上升为富农，六户上升为富裕中农，七十一户上升为中农。

群众生活逐渐改善，过去"枕砖头、□身体、靠火□"的日子已一去不复返了。现全村群众都穿上新衣或半新衣，都有鞋穿（过去许多农民没鞋穿，如郭葛联经常赤脚）。担山全村已没有吃糠的（过去是糠菜半年粮），尤其在春耕时，全村一百三十二户的所有劳力都组织起来，实行互助，麦收后，每户收麦一石五斗到十五石不等。

麦收前，晋城中共县委会郑思远到了天水岭，向翻身英雄郭葛联闲谈。郑思远问："你身翻透了吗？"郭答："翻透了。"（翻过了的意思。）接着他诙谐地举出"五十出头，生个石猴"的事实来说明他翻涨了的缘由。他含笑地说："我今年五十一岁了，我老婆也五十一岁了，好多年没生娃偏偏今年就生了个儿，这不是'五十出头，生个石猴'吗？"

在大家欢笑声中，葛联忽然严肃地问："这个儿是谁的？"

大家自然一块地答："你自己的。"葛联可不同意，他郑重地说："是毛主席的。"他的理由是："没有毛主席、共产党，我去年早就饿死了，哪里还会生儿？"葛联大笑起来说："毛主席在天水岭扎根了，所以我这个儿的小名便唤扎根。"

接着孔友她娘请郑思远到她家里，端出一碗粉条，一碗油炸面疙瘩，请她盼望了好久的客人吃，并说："这碗粉条不值甚，但它是我清明祭祖后晾干放到现在的。"诚然这是"礼轻人意重",这一碗家常素菜——粉条表达了一种无上的亲切的情感。孔友她娘快活地哼起小调来了：

"秋风吹来天气凉,想起过冬愁断肠,地主们身穿皮袄火旁坐,穷人们身挂破衣向太阳。"

"……穷人们穷来不是命,穷也不是祖上没积功,都是地主们剥削了哟,要团结起来和他们斗争。"

"共产党主张真正好,减租清债救活了咱,农民生活大改善,毛主席号召大生产。"老太太一口气唱完了这首农民自作小调,有个干部问："这首歌好是好,就是第五段最后一句不押韵,我将最后'斗争'两个字,改一下好吗？"老太太马上提出了抗议："这不敢改,不斗争还能'翻身'？"

这正含着大家所说的"在解放区,只有年老的人,没有枯老的心"。

（《晋察冀日报》1946年9月17日）

前线见闻记

马健民

自我军向大同阎日伪军实行自卫反击后,八月二十二日我们随着以阎力宣老人为首的边区各界暨张市各界慰问团,出发前方。在距大同城六七里的四周,由东而西、而南、而北,绕行一遍。对前线敌我情况、战斗进展、群众支援前线以及妇女热烈慰劳服侍伤兵等情形,耳闻目睹,很受感动,今特记述如下。

阎伪区的人民生活

八月二十四日下午,我们到了大同的聚乐堡村,住在一个姓×的老乡家里。他有一个老婆、两个女孩。母女三人,都赤着背,两个大奶露在外面,基于"衣食足而后知荣辱"之意,走出走进,连羞耻也顾不得了。有人问她:"为什么天这么凉了还光着膀子?"女房东将嘴一噘:"唉,日本来了没有棉,西军来了也没有来过布,就是有棉有布,一个大钱也没有,谁买得起?不光身子有啥法子?""那么一打下大同,就更穿不上衣裳了吧?"我故意反问一句。"不,八路军穿得比西军好,八路有布,大同一打开,穿什么也就有了,人们全望着打下大同。"她因我反问一句,说完以后就带着笑声走了。

二十五日拂晓,我们向靠近大同的方向走,到王千户庄。房东姓×,因阎伪剥削,营养不足,孩子老婆都病倒在炕上。他以带病的身子正用沉重的斧子劈一根刚从房上拆下来的大梁。我说:"这么好的材料,你把它劈成琐碎,不太可惜了吗?"他说:"没烧的,没法子。"同时又指给我看:"这不是吗,这就是柴火"。我顺他手看,原来是一小堆马粪和刚从地里拔来仍然青青的湿草。我问他为什么不买点煤烧,他两眼一瞪,就气火了:"买煤?从日本人来了,谁弄点煤就说你犯罪,砍脑袋;西军来了,还是一样。谁敢买?只有八路打下大同,老百姓才能敢买。"

二十七日下午四时,我们在美制蒋机连续轰炸后继续出发。给我们带路的青老年各一。路上我问这个青年家住哪里、家庭状况,他说:"我家是二十里铺,有爹妈和一个弟弟,种十几亩地,今年十八岁。地坏,长不好,年年不够吃,西军又常出击,抓人!"我插了一嘴问:"抓过你没有?"

"怎么没有?"他说,"八路军不来时,这里总有一百多个村子,男人们常常不敢在家睡觉,躲在野地里。"

三十一日,我们到了口泉。在火车上,一个三十多岁又黄又瘦的铁路工人和我们坐在一起,我们和他打了个招呼,他就向我们大大诉苦:"我在铁路服务已四五年,日本在时受的什么洋罪就不用说了,去年阎锡山来了比日本更坏。从去年到现在,只给我发过三次款,第一次一万二千五,第二次三万,第三次五万六,总计九万八千五百元。你想高粱面还八百多块一斤,孩子老婆怎么混?"

"你们为什么不到张家口去?"不知谁这么提一句。

他说:"唉,我们何尝不想去,可是他哪让你走!我们工人汗珠子滴在脚面上过生活,他根本就不拿我们当人看,既不给你吃的,也不让你走,饿死。"

战士们的艰苦生活

如果说吃苦耐劳是八路军一贯的光荣作风,那么,他们的战时生活,那就更加艰苦了。

为了争取胜利,减少损失,我军在南大庙周围,在西关,在北关,都做了一些必要的战壕工事。敌人来了,依凭工事,进行战斗。

敌人退走了，就住在里面，喝水、吃饭、睡觉、休息，都不出来。潮湿的黄土，秋季的夜寒，他们都以单薄的衣裳抗拒着。九月一日下了一天大雨，战士们仍伫立在战壕里，有些战士还在风雨交加中继续挖掘。汗水和雨水，混在一起，流遍全身，他们就在泥水沟里蹲着、坐着、警戒着与等待着消灭敌人。

他们没有一定的睡觉时间，美制蒋机照例每天轰炸三四次，战斗一夜，白天还要防空，虽然在战壕里也有轮流休息的，但一有敌踪，便马上又跳起来。

敌人以飞机与炮火，天天破坏我们的工事，为着坚决挖好一道战沟，我们有一部分战士，曾经七天七夜，无从好好休息。他们的两眼，都熬得生着红红的血丝。

吃饭、喝水，因有广大人民的支援，供给来源不成问题。但在机枪大炮密集互击中他们总不能舒坦地好好地吃，啃些冷饼，喝些凉水，饥一顿，饱一顿。一天一顿或一天吃不上一顿饭，是很平常的事。

衣服，在战壕滚得满身污泥，没有工夫洗，脸上堆满一层尘土，也任其自然。为了战斗，为了胜利，一切这些，他们都能忍受。

晋绥五分区通讯连一个同志告诉我：通讯员晚间忙碌一夜，白天还到田地里去割草喂马（因为那里老百姓的干草早被阎日伪抢掠一空，有钱也买不到）。他们有着高度的政治觉悟，所以如果你问他们累不累，他们就毫不以为意地告诉你："为人民服务，必须艰苦，这算什么？"

伤员们

自卫战争中，战士，无论受伤多重，没有一个叫喊的。军区政治部、宣传部同志告诉我们：轻伤不下火线，已是很平凡的事。

八月廿四日晨，敌人向我们阵地进行反冲锋，炮火很猛烈，宋俊山同志英勇抵抗，不肯让敌人前进一步。忽然一颗子弹把他的腿打伤，大家劝他休息，他说："不要紧，这点伤算什么？"后来向下转移时，他怕别人挂念他，忍着疼还鼓励别人，感动得其他同志说："人家真不愧当模范战士。"

沙岭子战斗时，有一次大同敌人开着坦克来增援。班长曹保良，自动参加爬坦克奋勇队。他在打坦克时负了伤，白金声把他背回阵地后，他毫不畏缩，他说："给我上点药，再和它拼一场，不打坏狗日的不解气！"果然，他又要了几个手榴弹爬出阵地要向前冲，指导员硬把他叫回来，他说："没关系，继续干！"指导员因他伤重叫人把他抬回去，他很不高兴，当他坐在担架上时还大声地喊："八班的同志们，多打死几个敌人呀！"

九月一日早晨，我们在城西小站村附近遇到几个伤号，我们看到他们与抬担架的民夫告别时，轻者即说："再见吧，老乡们，没别的，以后养好了，我只有以战场上的成绩来报答你们！"重者不能说话，就向民夫们摇摇头、摆摆手表示谢意。

一个副连长，受了重伤，在梦话中，他还指挥战斗："同志们，飞机！飞机，注意呀！"

一个战士养好了伤又回到前线，见到他们连长时，不说别的，第一句话就是："连长，我那支枪呢？"当天晚上就参加战斗。

进攻卧虎湾的头一天，刘陈部五连担任冲锋。三排长郑牛小，被炮弹打伤，因为炮弹皮嵌在肉里，第二天满脸都肿了，经过再三说服，才到后方治疗，但当取出炮弹片，伤口还流一点点脓快要长好的时候，他就坚决要求归队重上火线。

革命友爱

卫生员小牛同志，英勇积极，战地卫生工作素来很好。沙岭子最后一次战斗，打得很激烈，他神不知鬼不觉地自动地脱了光膀子，赤着脚，带上枪，爬到堡垒跟前，看看有无伤号。当他发现有两个伤号时，因带着枪，不好背，便爬回来，放下枪，又爬回去，先背第一个，然后再背第二个，终于将伤号都救下来。

一个教导员告诉我，他们有个排长，一连起了敌人二十多个地雷，第一次受了伤，仍然继续战斗，第二次受了伤，他就向他一个十八岁的老乡小郭说："小郭，可别给咱们老乡丢人呵，要给我报仇。"这个小郭同志除坚决执行他的指示外，并用他的脸蛋来温暖排长受伤的脚。

战士张凤彩，在战场上不顾危险，在敌人机枪封锁下的道口中背伤号累得没劲时，把枪放下还是背，然后再冒着枪弹去取枪，他回来以后向别人说："只要我不死，就得把伤员弟兄们背下来！"

××旅宣传队的女同志，不论黑夜白天，没有一时离开过伤员。伤员们到厕所去解手，她们就搀着他们。做饭、烧水、喂饭是她们经常的事，伤员们没有一个不受感动的。老乡们见她们对他们那么好，很奇怪，于是问她们："他是你什么人呵！"

这种革命友爱的事迹也太多了，这与敌人将死尸伤号扔在井里、沟里，两两相较，何啻天渊！

群众纪律

因为战争激烈，挖战壕、抬担架、挖防空洞，这些方面，稍不注意难免伤害群众一星半点的禾苗。我军根据秋毫无犯决不侵犯群众利益原则，即使在这些方面对群众有一点点伤害，也一定加以纠正。我看到各部队都有专人进行这种调查登记，并向各村挨门访问，向受损失的户主，进行道歉赔偿。有些老百姓，当部队未调查赔偿时，似有不满，但当部队向他们坚决赔偿时，他们却又感动得坚决不要了。在聚乐堡村,一个老百姓听到了八路军这种规矩,曾对我说:"去年此时,土匪王英的马队将我们村的青苗吃了大半,还又打又骂。八路军损毁老百姓一根青苗还要赔偿,真是从盘古以来所没有见过的好队伍!"

战士们住在哪家,不论多么劳累,除紧张工作外,仍然给房东扫院子、打水,收拾得干干净净。在城南魏辛庄村,我们住在一个老太太家里,我问她八路军怎样,她说:"好极了,净是干净兵。"

在村头上,防空躲飞机,我还看到有几个战士拿着镰刀帮助群众割莜麦,场里也有几个战士帮助老百姓打场。边说边做,亲亲热热,和一家人一样。

一次一个副连长受了伤,抬担架的群众们没有什么经验,一不留心,将连长从担架上翻下来。看护连长的同志就向群众们责备起来,但这个连长反而说:"别说他们了,他们也不是故意的,摔一下也怎么不了。"

正是因为八路军这样执行着群众纪律,关心群众利益,所以大同附近的老百姓,不几天就和这陌生的战士们,亲密地团结在一起了。

模范民兵模范干部

晋察冀所管辖的大同县人口共有十万,而此次参战的人民却已达万余,在抬担架、带路、运输、协助部队作战各方面,均有优良成绩。

花园屯一个民兵,当我部队冲锋后,他立告奋勇,跑到前边,侦察地形,先让敌人吃一个手榴弹,然后冲入堡垒,缴获大枪四支。当逃窜的敌人发觉只他一人再向他打枪时,他却早已安然归来了。

开始,有些民兵战地经验还不丰富,应付战斗,有些生疏;现在,他们已从战斗中,得到了敌人的刺刀、水壶、战刀、衣服、子

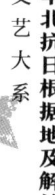

弹、手榴弹。所有得到胜利品的人，都喜气洋洋。好多老百姓，都这么想着："去，咱也去得点胜利品吧！"

地方干部也特别紧张起来，如四区区长肖志同志，他亲自带领民兵到前线。敌人机枪向他们猛烈扫射，民兵沉不住气，踯躅不前，他掏出手枪跑向前去，大声号召："同志们，你们跟我来，我死不了，你们就死不了，走！"

再如三区武委会教导员，在战场上他看到一个战士正和敌人拼刺刀，我战士的刺刀已经刺伤敌人，但敌人一面抓住他的枪，一面也向他回刺，两人力量不相上下，拧在一起，不分胜败，教导员一见眼红，三脚两手夺掉敌人的枪，我们的战士方立即取得胜利。

（《晋察冀日报》1946年9月18日，《副刊》第109期）

美 人 辩

萧三

近来偶尔想到，我们把"America"（阿美利加）简译为"美洲""美国"，把"American"（亚美利坚）阿美利加的人简译为"美人"，实在糟蹋了这个"美"字！

美人——这在中国是多么娇贵的名词！多少文章诗赋为她歌颂，多少神魂被她颠倒！现在拿这来称呼那一向贪婪奸狡，阴险毒辣，专讲生意经，近来已完全显出了一副狰狞面目的帝国主义者，试问，这多么不相称？再则多么肉麻呀?！

本来这仅是一个译音，无足轻重，如同最初称英吉利人为"英人"，不见得就意味着"英雄的人"；称德意志人为"德人"，不见得意味着"有德性的人"一样。

但最近看报，纽约广播居然说："大多数（?）中国人民认为美国乃至好友人，称亚美利坚为'美国'或'美丽之土地'……"

这却不能不辩一下了。洋鬼子也学会了咬文嚼字，牵强附会这一套了？这里，我只怪中国的象形方块文字，还没有彻底实行拉丁化或罗马字化。假如是拼音文字，当不会发生这些问题。又，即使用方块汉字，假如把"me"拼成羊叫的"咩"或牛叫的声音（不是"哞"），或倒楣的"楣"或"痗"和发霉的"霉"，你"聪明的"纽约广播员又怎么胡讲呢？

不译这些字而译作"美"，不译作"鹰"或"阴"而译作"英"等，比起"猺"啦，"獉獉"啦，或"戎、夷、蛮、狄"等字眼来，中国人对欧美"富强之邦"，已是很厚道的了。但是无论如何不能附会到别的意义上去。

不过，那广播员也没有完全错，错只错在"大多数"三个字。假如说小□数中国人，那的确"认为美国乃至好友人"。这少数"中国人"喜欢美国，赞美、崇拜美国，无所不用其极！无论穿的用的，从头到脚，从早到晚，从沙龙里到战场上，从地面、水面到天空，都是美国货；就是精神实质，从肉身到骨子里到心，也全部"美"化了。恨只恨自己的鼻子不如美国人的高，那也只怪生他的爹娘。你不信吗？他一定在怨他的父母。有的就真的在面部动手术。你还不信吗？青年党的常燕生就主张拿美国人的血统来改造中国人，提倡什么……"吉普女郎政策"（！！！）。（原文之无耻下流，不愿引了，省得污了笔！）

因此这些人（？）一听到人民要求美国政府勿再继续援助他打内战，或要求美军撤离中国的呼声，就大嚷起来，说是"反美"，并且亏他说得出口，大叫"反美就是反祖国"。哎呀！他们岂止"认为美国乃至好友人"？美国简直是他的祖宗啦！你还不相信吗？他们自己承认的：美国就是他的祖国呀！

但是我们要明告纽约广播员，这种人在中国，无论用什么算术、四则和代数来计算，总得不出是"大多数"。这种人只是以蒋介石为首的丧心病狂的一群国贼、流氓、特务，再加上青年党几只走狗，这种半殖民地的封建买办法西斯蒂，在中国人里面究竟是很少数，而且老实说，广大的中国人民已经要不承认这种民族败类和汉奸民贼为中国人了。

真正大多数中国人民对美国如何"认为"呢？首先，他们认为，应该把美国政府和美国人民分开看，也认为，应该把美国政府里的财阀军阀等反动帝国主义分子和比较民主进步的分子分开看。对大多数美国人民，特别是工农劳动大众和各种进步团体与个人，大多数中国人民乃的确"认为至好友人"；对美国政府，特别是反动帝国主义者、扩张主义者,又蛮横又狡猾的政治骗子和流氓奸商,供给蒋介石一切来杀中国人者,要还能活着的中国人做他的牛马奴隶者,大多数中国人民直认为是极可憎恶极该仇恨的敌人!

纽约的(不仅纽约的)广播员,不妨广播一下真正中国大多数人民的呼声,如中共中央为"七七"九周年纪念宣言、中国人民领袖毛主席反对美国军事援蒋声明、宋庆龄先生对时局主张的声明……那些文件里面关于中美两大民族、两国人民的传统友谊并没有抹杀,相反,极端重视,为反动派所破坏,很为惋惜;关于美国反动派帮助中国反动派打内战的行为却严正地斥责了。这些才真是代表中国绝大多数人民(蒋介石及其一群加青年党等除外)的意见呀。

也不妨广播一下在中国还有许多代表的言论,比方:

名教育家马叙伦先生说:"美国要拿中国做它的资本工业剩余的市场,剥削我们,它还要拿中国做他对苏战争预备的基地,试问战场在中国,被伤害的是谁?……现在看出了美国的国策,要拿中华民族做它的牺牲,我是极端反对的……现在美国既要拿中国做它经济的殖民地,还要做它对苏战争的跳板……"

他又说:"美国定要把中国做它的附庸国,……中国人民的'美国是中国的好友'的观念,可以说完全打破了。不但把这种观念打破,而且反在中国领导人的心理上加了几个刀痕,是厌恶、憎恨、轻视。"

银行家张纲伯先生说:"美国从胜利以来,自始至终,施行两面政策……昨日友人有拆美国的美字,上是羊头,下加点成犬字,岂非挂羊头卖狗肉吗?我为之拍案叫绝,应浮三大白。"

南阳华侨领袖陈嘉庚先生说:"今天除了蒋介石一派的人们以外,中国人无不以过去看待日本的眼光看待美国。"

名作家茅盾先生说:"中国人民希望美国是中国的朋友——平等

相待的朋友,并不想攀认为'晚爷';因为只有意识上甘居于干儿子的人们才有这样厚颜说'反美即是反祖国',中国人民却不是这样的人!"

……

末了再告诉纽约广播员,中国古书上有一句话:"西子蒙不洁,人皆掩鼻而过之。"西子是真正的美人,谁都见了欢喜,但假如一旦她脸上有了大粪,就谁也不乐意挨近她了,见了她,就都捂着鼻子远远地走过去了。你美国反动派这种"美人"呵,在过去涂脂抹粉,甜言蜜语,哄了老实的中国人多少年;现在脂粉剥落,鸨行毕露(说她是鸨婆,十分恰当,因为她领着的蒋氏是十足的卖身的婊子!),中国人民再也不上她的当了。

"美人"不美呵!简直丑得很呵!——这是今天大多数中国人民从许多血的经验所得出来的正确的认识。

乃做"美人辩"。

(《晋察冀日报》1946年9月18日,《副刊》第109期)

几条注解

程钧昌

最近在哈尔滨破获反动派阴谋暴动案时所缴获的证件中,有一篇难得的"妙文",就是姜逆鹏飞《招抚日本武装团体同志书》。这并不只是姜逆鹏飞的个人作品,而是蒋介石反动派"爱敌人"的一封情深似海的情书,也是蒋介石汉奸心理的一种若明若晦的表现,不过叫姜逆鹏飞署名罢了。我看这个文件是完全有资格在蒋介石的祸国殃民史上占一个相当显著的篇幅的。该书全文已载九月十六日本报,我现在只想加上几条注解,将其含糊或隐秘之处揭剔出来,以飨读者。

原文:"世界大势,由治入乱,由乱入治,必然之理,自然之势。"注曰:这种《三国演义》"话说天下大势,分久必合,合久必分"式的、古老的"一治一乱"的循环论,正是蒋介石的历史观。他这种反动的历史观,在其《中国之命运》中已有了"精辟"的阐述。问题是:蒋介石估计或希望当前的世界和当前的中国是"由乱入治"呢,还是"由治入乱"?请先看——

原文:"查'九一八'以来,欧战接踵复起,转瞬之间,十有四年。国力之消耗,人民之涂炭,受战祸者饱尝痛苦,然厌乱思治,想各国人士未有不表示同情者。"注曰:蒋介石反动派把日本军阀的侵略战争和中华民族的解放战争,国际法西斯的侵略战争和同盟国的反法西斯战争混为一谈,统称之曰"战祸";蒋介石反动派剖白自己一贯对抗战消极怠工,一心只想妥协投降,"厌乱思治",不但与高级敌伪早有勾结,即一般"日本战士"也是"十有四年"的"老同志"。

原文:"迄至'八一五'战事稍静,而东北日本战士又遭苏联军

猛击，除伤亡被生俘者外，多数避祸森林，匿居山岳，无国可回，无家可归。孰无父母，谁无妻子，衣不蔽体，食不得饱，渴无汤水，病无医药，殊为可怜，又复可悯。"注曰：英勇的苏联红军击败日寇，解放东北，促使日本投降，抗战胜利，中国人民是感谢不置的；但蒋介石反动派却因苏联红军"猛击"了自己的"日本武装同志"而痛心疾首，恨之入骨。蒋介石反动派对千千万万的同胞被自己断送给"日本战士"屠杀、奸淫，以致尸横遍野、血流成河，毫无责任感，亦无同情心；而对于"匿居山岳"，阴谋再起之日本法西斯残余却关怀备至，涕泪纵横。这鲜明地划出了蒋介石反动派的敌和友、爱和憎。

原文："现在我国中央政府收编日本武装，数在十万人以上，待遇平等，人所共知，事实确实。本军专受命国府，带军先到东北各地点编旧有各部队，勿使漫散，并召抚日本武装同志，勿使流离。现经本军召抚收编者，如哈尔滨、阿城、平顶山等处，已有三万余人，今派本军第九十八师师长吕廷海少将兼负召抚日本武装同志责任，仰各日本武装团体速为醒悟，勿再执拗，免居森山之苦，冻饿之忧，良言冬暖，希明察焉。"这一段是用不着注解的，它比之中央所谓"解除日军武装"和"遣送日俘回国"等宣传，其真实性要大得多。但究竟蒋介石反动派为什么一定要"点编旧有各部队，勿使漫散，并召抚日本武装同志，勿使流离"？这就回到了上面的问题。按照蒋介石的历史观，他幻想世界和中国不管经过了多大的变动，都可以恢复到原来的老样子；不管人民的觉醒已达到了怎样的高度，人民的力量已达到怎样的强大，他都可以继续维持其专制黑暗野蛮血腥的统治；他可以任意将已经翻了身的人民，仍然扔进恐怖冻馁的火坑里去；他可以顺利地将为争取独立而血战了八年的民族再次卖给外国侵略者做殖民地奴隶。蒋介石渴望目前"由乱入治"的世界马上又"由治入乱"，即在第二次世界大战之后跟着再来第三次世界大战，他好摇旗呐喊，为他的外国主子充当一名反苏反共的"急先锋"。蒋介石反动派收编伪军和"召抚日本武装同志"显然就是为的进行内战，杀戮人民，和准备着做国际冒险之用。然而有什么办法呢？既然蒋介石的历史观是违反历史发展的徒然的想望，如果他一定要"执拗"，就让他尝一点墨索里尼挂在树上之苦，或路易十四断了头颅之忧吧。因为"良言冬暖"不被"明察"，落得任何结果，都既不"可怜"，亦不"可悯"了。

(《晋察冀日报》1946年9月19日，《副刊》第110期)

三打祈家坡

王丁

祈家坡这个据点，打进去两次，没有把它拿下来，大伙快气疯了。

头趟是十八号，二连以机警灵活的动作，摸到村里，占领了一部房屋后，敌人发觉了，手榴弹、机枪，砰啪砰啪像暴雨一样打过来。

上级给的任务是：伏击由大同增援沙领的敌人。得到情况是：该地只有一排敌人，且是自卫团，一轰就跑。但从这次战斗火力方面去判断，敌人最少也有两个连。结果由本村老乡探知，里边有蔚州、大同、阳高三个自卫团，二百余人，附有机枪七挺，小炮×门，分驻在三个小堡子里，互为依靠，成鼎足之势，组成交叉火力网。因情况和预计的不同，加之精神上、器材上都没做攻坚准备，所以上级即令部队撤下来，决心下次再来消灭它。

二回是廿五号灯塔连（一连）、战斗模范连（二连）相继摸到村里，分别占领了街道南北房屋，一夜爆炸了六次，强攻了四次，都遭到敌人的拼命抵抗，在拂晓时，又奉令下撤。

灯塔连战斗模范三排长"歪把子"脸上炸了伤，嘴巴更显得歪了。素称机动灵活的张贵志，脑瓜皮被弹片撕了二寸来长。曾爆炸集宁城，制造了得意杰作的张万贵，也挂了花。一班长高治、三班长马喜来，共有廿四五位同志挂彩；另有三位，为和平流血牺牲了。

全连像夜里贴到堡墙上的黄色炸药箱似的，要爆发起来。他们哪儿受过这种气！过去，有名的沟里战斗、郜河战斗、寇村战斗、阳原战斗、集宁战斗等战斗无数次地打败过日寇及其帮凶的匪徒们。五副连长气得眼挂血丝，爱说笑的活宝赵全也沉默下来了，嘴巴紧闭地望着地上那箱没用完的炸药，恨恨地踢了一脚："妈的！昨夜三次都没给我办好事，今晚还去，你再不给我卖力，回来非宰你狗日的不行！""歪把子"气得转圈跺脚，直骂街："我日他个娘！大江海河过多少，你这小小河沟，莫非想翻老子的船？！……今天晚上，不把你兔崽子打发去见姥姥，老子豁着这块不要了，看你能咋？你是他妈粒胡椒，还能辣死人？！"七八年了，枪里去弹里来，从没被敌人动过根汗毛。如今，这群小喽啰居然撕去他一块肉，这气他能受得了吗？

那指导员，不同往常，笑眯眯地坐在坑沿上，脚蹬锅台，左手托腮，正考虑今天晚上的情况。院子里喧哗一片：有的检讨着昨夜的动作，有的骂街。"讨子的"和"二羊眼"在互相埋怨。"你不该把我从梯子上砸下来！""要不是你，我早爬上去了！""你爬上去也不沾，人小还能顶个屁！""得、得、得……啦！咱……"此时，不盼天来不盼地，一心只等日头快落下去。

暮色渐渐下降，命令下来了。队伍冒着雾，踏着露水，三个连分三路，顺着三道交通沟行进，像是三个强大无比的铁拳，有力向祈家坡冲去。

迅速地都进了原阵地，敌人像是发觉了，机关枪、手榴弹又吼叫起来，黑夜撕破了，弹头弹片蚂蚱似的嗡嗡在脸前直旋，大家全都不理它。

命令是□炸为主。我们开始进攻了，小炮静悄悄地蹲着等机会，机枪上了□，手榴弹拉出弦，刺刀插上枪口，架梯组的梯子抬在手里，专等着爆炸组辟开道，好登城去报仇。大家都盼着爆炸组先去干，爆炸组也是这样想。事后曾被旅部称赞的战斗模范赵全同志，手按着炸药箱说："这回我非去不可，要不，我真要憋死了！"指导员允许了，他迅速穿上保险衣（注），扣好了取灯，使上最大劲，把两箱六十公斤的炸药抱起胸口上，冉冉向堡子走去。五连长一声："火力掩护！"敌我双方的枪弹像暴雷似的响起来。火烟、弹片、土块像暴雨似的打在赵全的头上、身上，但看着他的身影继续沉着地在前进。

他到了堡墙根下，用手扒挠着土，修了个小小坪台，把两箱炸药实实地放在上面，一头死贴着墙，擦着取灯点着了导火索。待了一会，看看没问题，他拖着急促而兴奋的心跑回来。"挂花了没有？""不咋！""怎么样？""保险，看吧，狗日的马上坐飞机呀！"话刚落地，大伙还来不及卧倒、堵耳，"空——隆"，只觉得天崩地裂、天摇地震。浓重的火雾向云霄冲去，灰尘里带着瓦砾、砖头、肉块血花，扑到每个人的脸上。同志们从地里爬起，掏了掏耳，揉一揉眼。"冲呀！"一个个瞪圆眼珠，从炸裂开四五丈宽的缺口，端着刺刀一拥而进。

来不及跑的敌人都捉着了。在炸成一堆堆垃圾似的烂房下，这里叫爹，那边喊妈，鬼似的啾啾乱叫，一个个把他们扒出来，捶胸捧肚的、拐胳膊的、扭腿的，真够瞧的！八班副雷风云向一个正在哼哼的俘虏说："刚才你骂咱'瞎八路'，这回你还骂不？""同志！刚才你是我的敌人，这会你真是我的救命恩人哪！唉，同志！那顶大一堆底下，还压着个中队长呢！"

战斗结束后，清查了一下，光灯塔连就缴了三挺轻机枪，六支手枪，二千多发子弹，七个俘虏；其他炸弹、地雷、胜利品，乱七八糟，谁也弄不清到底有多少。

雷风云指着他缴的那两挺机枪，得意地说："怎么没有歪把子呢？"

（注）爆炸时穿的衣服。

一九四六年八月三十日

（《晋察冀日报》1946年9月19日，《副刊》第110期）

陈瑾昆教授访问记

程予

当我迈进陈瑾昆先生宽敞洁白的住室,他正在和另一位记者谈话,那种坚毅朴实的声音,使我奇怪他好像早就到过解放区,早就和解放区人民生活得非常习惯一样——他在结束一段重要的谈话。

"……这种恶政府、恶政治,决不能长期存在……我们全中国人民要抱定最大的决心,不打倒专制独裁,实行民主自由,国家绝无前途,民族绝无出路!"

接着他讲完对张家口文化教育上的几点感想……

陈先生是国内外驰名的老法官、名律师、学者和教授,但是从他身上找不出半点官僚派头、律师的架子,有的只是朴素、谦虚的学者态度和坚毅不屈的民主精神。他穿着来解放区后才做的藏青色的布质的制服,满脸兴奋;虽然已经谈过一点钟以上的话,并且在未来的半点钟以内,还要准备出席欢迎晚会的讲话。但是他仍然那么热情亲切地答复我关于这次来张的经过,他那魁梧的微胖的身躯,斜倚在沙发靠背上,带着回忆的口吻说:

"我早就决定参观延安和张家口解放区的,六月间到了延安,回来后,想马上到张家口来,但因交通工具问题被国民党横加刁难,延至八月底始由北平到达此地……"他呷一口茶,接着谈起当时的情况:

"自从昆明李闻事件、北平孙中原事件发生后,家里人总担心我的安全,都劝我来张,不过我总觉得国民党的特务没有上峰的意思,对我还不敢胡来,虽然我也常收到恐吓信,甚至感觉有人暗中监视我,但并不在意。这一次全家来到张家口,决心在解放区与中共同志及其他民主人士为争取和平民主奋斗到底。"

这时,记者顺便问起北平教育界的情形,陈先生略带愤慨地谈到大学的"训导制度":

"笑话!大学里还有训导制度,这明明是统治学生思想,禁止思想自由的办法,所以北大、朝阳屡次请我,我就为了反对这一点坚持不就。后来陈雪屏(临大补习班主任)发表了谈话,说训导不是思想统治,不反对思想自由,意在欺骗、掩饰,这明明是针对我拒教北大而发的……但是这有什么用呢?他欺骗不了任何人!"

外面一阵敲门,进来是新华广播电台的同志,邀请陈先生于明晚做广播讲演。

接着他匆匆到内屋里看表,回到座位以后,却仍然津津有味和我谈着他最近的计划:

"我本来有一个通盘的计划,现在还不到时候,目前我只想参观解放区内各级政权的司法工作,求得进一步了解,即随时本公民的资格提供意见和批评,以便改进……"

这时我又想到一个问题:

"陈先生觉得解放区与北平的生活相比较如何?"

陈先生轻松地笑起来:

"过去,我一直是官吏、教授的生活,说起来很够富裕的,但今天更加觉得精神生活与物质生活比较起来,前者是更为重要……"

"我家在湖南,现在一切都谈不上;不过内人家里原是解放区(现已被蒋军占领),家有七十亩水田、四顷多旱地,只要八路军什么时候恢复那里,就全部拿出来献给农民!"

这时钟到五点,将近晚饭时候,陈太太和六位男女公子正从院子里回来,记者看到他们一个个天真愉快的面容,看到稳重慈蔼的陈太太,感到这个幸福的小家庭投入解放区的大家庭来,将会发挥出无限生动的力量，使大家庭愈加光彩，小家庭更加幸福！

我兴奋感激地辞谢出来，当我们临别握手时，陈先生告诉我：

"我以后要常常给报纸写稿，最近还打算写一篇支持华莱士演讲的文章……"

我怀着最大的敬意，注目凝视这位朴实倔强的老人——这位民主的老教授、有资格的法官和律师；他现在更加紧密地和人民站在一起了！

(《晋察冀日报》1946年9月20日)

与民为敌

应人

鲁迅是敏锐的政论家,他早在一九三三年四月十七日在一篇题为《言论自由的界限》的短评上,即曾警告过我们,说要向卖国政府追求什么"言论自由",希望是极少的。他说:"即使有了言论自由的明令,也千万大意不得。"若真要"自由"起来,是连性命都要送掉的。接着他更自谦地注释道:"这是我亲眼见过好几回的,非'卖老'也。"

诚然,鲁迅先生亲眼见过的事,他自己是永远不会忘却的,但人们或许有的忘了,或许也有未赶得上亲眼见着。今年春天——一九四六年一月十日以后,蒋介石政府所发表的所谓四项"诺言",各种与人民商议好的"协定",大家总还记得。这些总算得上是"明令"了吧,但事实是怎么样?事实却是一连串的与"一二·一"昆明大流血案相辉映的较场口惨案,各报馆人员被殴惨案,下关惨案,李、闻暗杀案,与最近的成都惨案,等等。要"自由"的人们,接踵地流了血,丧了命,更继"接收东北""围歼中原"之后,全国更大规模、更加残酷的惨案——血腥内战,已在广泛地进行着了!

鲁迅这"千万大意不得"的话,说得很对了。中国人民又上了一次课,我们确实不能过于相信独夫而洋奴的那些"明令"的。

但鲁迅先生又曾说过——

"军阀的报告,已说虽是六十老妇,也为'邪说'所中,租界的巡捕,虽对于小学儿童,也时时加以检查;他们除从帝国主义得来的枪炮和几条走狗之外,已将一无所有了,所有的只是老老小小——青年不必说——的敌人。而他们的这些敌人,便都在我们的这一面。"

(《二心集》)

是的，现在是到了全国人民都已成为他们的敌人的时代了，除了他们的"友邦美国"和他们自己之外，连六七十高龄的著名耆老、学者，如张澜、马叙伦先生们也都要被他们曾经训练过的"民众"（特务）打得头破血出，更毋庸说报载平津京沪各校屡见不鲜的数十数百青年学生之失踪与被杀。对于儿童，空前惊人的新闻居然也出来了。前几日副刊上《天津片段》所载，天津的市民们都在为自己的孩子提心吊胆，把他们关在屋里不让出门一步，原因是近半月来，全市已失踪三四岁到十二岁的小孩三千余名。开始不知是怎么一回事，最近才发觉是被"拍花"的将孩子偷去活活杀死，取出五脏和眼睛，以供美国人制造毒瓦斯和药品。因为大家都很注意此事，曾在一个棺材内找出九个没眼睛和心脏的小孩的尸体。大街上也曾捉住过几个"拍花"人，但几天后即被政府当局释放。天津的孩子们正处在空前的劫运中云云。

不用说，这是很可能的。他们的想法是进步了，他们认为这些孩子们长大了迟早要变为自己的敌人，还不如"先下手为强"，何况孩子的眼睛和五脏，"友邦美国"拿去还可以替他们制造毒瓦斯来毒杀其余的敌人呢！

今日，实在地，他们除了美制的火箭炮、达姆弹，不久或要多得一种由中国孩子的眼睛和五脏制造的美国毒瓦斯之外，已是一无所有了，不必"已将一无所有了"。鲁迅的话，又言中了。正因为鲁迅先生已经指出，"他们的这些敌人（作者注：这指中国人民大众），便都在我们的这一面。"所以独夫民贼卖国者蒋介石所计划所发动的血腥内战，必然被粉碎，中国的民主与自由，必将要实现。

一九四六年九月九日于张家口

（《晋察冀日报》1946年9月20日，《鲁迅学刊》第4期）

"惨 胜"

冯宿海

好一个"惨胜",这是怎样一个惊心动魄、内容离奇、刺人心目,但却令人万分悲愤的名词呀!

我们曾知道有"惨败"这个字眼,那大概指失败得最倒楣的意思了,比如"九一八"以后的中国。然而,这是"惨胜",胜利了反而也"惨"了起来,这是怎样的胜利呢?实实令人难解了。

本来,作为一个战胜国如中国,照理应该国家兴盛,民族独立,人民自由,扬眉吐气的。因为抗战胜利带给人民的,通常是自由,是鼓舞,是愉快,是幸福,比如像我们解放区,所以从胜利的实际到胜利这个名词,人人都是欢迎的。有谁愿做奴隶而欢迎失败的吗?有谁愿意丧权辱国而欢迎失败的吗?我想倘使是个人,还未降到畜生道,谁也不欢迎失败的。

然而不然,一年多的事实,却正是这样:

在我们中国的国土上,虽然打走了日本兵——其实远未完全打走——却又来了美国兵,并且要长期驻扎下去,说是要帮助我们实现和平民主;然而帮助了一年多,帮助得内战的火烧遍了全个中国。在天津,在北平,在上海,在国民党统治区一切驻扎美国兵的地方,美国兵可以任意屠戮我国同胞,随便侮辱我国妇女,好像中国成了美国的战败国。扬眉吐气的仅是"异胞",而不是中国人民,这是怎样的战胜国?

是的,中国幸喜没有做了日本帝国主义的殖民地,然而,如今却一天天要变成美国帝国主义的殖民地了。从内战到外交,从军事到文化,从财政到经济,从内河到航海,总之,从天上到地下,一切都在急遽地"美"化着,以外还加上一个"吉普女郎政策",难道我们真成了美帝国主义者的战败国了吗!这是怎样的战胜国?

抗战胜利后的中国人民,不但没有得到和平、民主与自由,相反中国的反动独裁者蒋介石,正在美国政府的军事援助之下,进行空前残酷的大内战。在国民党统治区灾民在一万万以上,仅湘、甘、豫三省,死于饥疫的人民,即达一千万之多。人民不死于抗战,而死于美械蒋军进行的内战,这是怎样的战胜国?

甚至我们的战败国——日本,亦又欺侮在中国的头上了。日本捕鱼区扩大到了中国的领海;华侨可以被日人惨杀,中国政府视之若无其事;连东京战犯审讯中,被告辩护师反审讯起中国的大员,战犯却得意洋洋了起来,这是怎样的战胜国?

真是,提起此胜,好不伤惨人也了。

但是,我们战胜国的中国,何以会落到今日这般天地?一年多的事实看得很明白,虽三尺童子都知道,这是中国最大的汉奸卖国贼蒋介石及其一群,为了坚持其法西斯独裁,篡夺人民的胜利果实,不惜卖尽他的祖宗坟墓,甘心做美国帝国主义者的"儿皇帝",来进行空前残酷的大内战,使抗战胜利后的中国人民,才又陷进了这样万劫不复的悲惨境地。

好不容易呀,时间花了整整八年,人民宝贵的生命,牺牲了不知几千百万,所换得来的胜利,而今竟落得一个"惨胜"。这对于中国人民,无异是个恶毒的讽刺;对于中华民族,简直是个奇耻大辱。

难道中国人民,可以忍受这样的讽刺吗?中华民族,可以蒙受这样的耻辱吗?不,绝不会的。因为中国,毕竟是中国人民的中国;抗战胜利,毕竟是人民战取来的胜利。人民既有力量,战胜日寇,就有力量保卫自己用血汗换来的胜利果实。不要看反动派的来势汹汹,其实不管中外反动派,都不过是纸糊的老虎。看来,一时似乎可以吓唬一下人民，但一经风暴，便立刻化为灰烬。日本帝国主义，便是这样的先例。

让人民自卫的大风暴，来得再厉害些吧！

(《晋察冀日报》1946年9月21日,《副刊》第111期)

崇高的同情

——忆行知先生

一九三八年秋天，蒋家纵火焚烧我家乡——长沙——时，全家虽幸免于难，但是全部财产，与许多老百姓和刚由汉口撤退的千余名伤兵，同做了"焦土政策"的牺牲品了。可是！当我们逃到桂林之后，因敌机肆虐，我又失去了丈夫和长女。因为事情是这样突然，当时还来不及使我领受，甚至不相信这悲惨的遭遇，但在我意识到严酷的现实真的摆在我面前的时候，我便被置于万分凄楚的境地。我好像整日沉在噩梦里，纷乱、恐怖、歇斯底里地哭和笑。后来经过一个时期，我慢慢能够思想了。责任和仇恨鼓舞着我，我不再哭泣了。我肯定自己应该好好地活下去。就这样在千辛万苦中，带了乳儿跑到重庆。

事情常是不如人们所想象的那样，因为官僚的囤积操纵，物价简直昂贵得可怕。在这个人地生疏的地方，这五口之家将怎样生活呢？这时，一个曾受过我家好处的表兄弟，因我父的嘱托，曾来看过我们。他是重庆稽查所的所长（直到后来我才知道是一个蒋记特务）。在我们的谈话当中，他说他如何地为我目前的处境所焦虑，但他的力量微薄，也不能给我什么帮助。不过为了报答我家的恩惠，他应该给我找一个好差事，并且说："……可以有一栋好房子……一切用费可以照你的生活要求来支取……而且这能提高你在社会上的地位……"

他的话使我困惑了，我不自信地问着他：

"我有这样大的能力去承受这么优渥的待遇吗？"

他沉静了一刻之后，突然对我说：

"很简单，对你是再容易不过了。我知道你是认识田×、郭××的，而且你和共党方面还熟识……只要你经常告诉我八路军办事处的动态……"

听了这话,我觉得周身的血液直冲上我的头。我顿时想到常在办事处门前徘徊的那个不三不四的洗衣妇,那个穿男装的女人,以及阿张指给我在茶馆里那几个经常的顾客。我不由得大叫起来:

"我不能干,我不愿失去自己的自由,我更不愿危害旁人。我不能做'狗'。"

"这是什么话!"他的脸马上沉下来了,他的眼睛显得那么可怕,紧握着双拳也在吼叫着,"你完全是他们的外线,你不要糊涂,老实告诉你,不到两年工夫,武汉时代大流血的事情又会到来,我完全是为了挽救你!"停了一刻,他又把声音放缓和些了:"表妹,这工作请你想想,三天后再答复我,但不准告诉第三个人。"

在屋里,只有我自己的时候,我感到十分的惶恐和不安。

此后在我的心中除了生活的愿望,又增加一件事情了,因此总不能安静下来。这时,陶行知先生从旁知道了我的处境,他很气愤。虽然我们还相识不久,他立刻要我搬到他的学校里,在房子未盖好前,慨然地将北温泉他自己的两间房让给我。而且在他临行时,硬塞了一卷钞票在我手里。而他自己呢,如他常对人说的:"人家靠外子养活,而我则靠内子养活。"可见他生活的清苦。但不久我还是离开了四川,不意和陶先生竟成了永诀。

(《晋察冀日报》1946 年 9 月 21 日,《副刊》第 111 期)

保卫胜利的果实

杨朔

姓蒋的一窝子人东碰一鼻子灰，西碰一鼻子灰，如今又毛手毛脚的，竟敢进犯晋察冀边区，开进几座空城后，就得意地忘了自己是个什么畜生，笑得像猫头鹰，大言不惭地说要在几天几天以内夺取张家口。

告诉你，姓蒋的，先别忙笑，有你哭的时候呢！

你忘了自己是谁，让我提醒你一句吧：原来你是只癞蛤蟆，平日吃飞食吃惯嘴了，心痴妄想，竟想吃起天鹅肉来！八年抗战当中，你连蹿带蹦，躲到峨眉山上，坐山观虎斗，还和东条伙野汉子陈仓暗度，勾结成奸，谋害中国人民。人民跟敌人拼死拼活，换到胜利以后，可倒好，你又披上一张美国虎皮，摆出老爷的款，大摇大摆走下峨眉山，出面收拾胜利的果实了！

不知有多少人，受了你身上癞疮的毒，叫你坑害死了。看见解放区的日子又平和，又优裕，有点眼气，又想往里爬了。你想吃飞食，吃个苍蝇虫还能占到小便宜，怎么会想到天鹅呢？何况你又眼花，把老鹰错看成天鹅！

人民就是鹰，要是再不自觉，早晚会叫鹰拳把你击毙气。

不多几天以前，我还在一座矿山上，听见你姓蒋的要进攻解放区，一个工人的娘就发怒道："怎么？又要打仗吗？好好的日子不过，这都是为的什么？"你猜旁人怎样回答她，那才是一针见血，回答的人说："就为的是咱的日子太好过了，人家才要进攻！你要翻身，人家偏要按住咱的脖子，骑在咱的身上当老爷！"这些工人过去在敌伪的脚底下，死了几个过，从棺材缝里爬出来，好不容易打出今天的好日子,哪肯让不三不四的坏蛋来捣乱?当时就有多少工人涌上前线。还有个叫朱洪伦的工人要走,矿山上先时不答应,气得这个二十岁的膀小子擦眼抹泪地只是哭,末尾到底背上行李,笑着往前线去了。工人们说得妙:"来吧,要是能叫姓蒋的讨到便宜,除非是驴长角!"

驴不会长角,你姓蒋的也不能违反社会的规律,把历史倒翻个过,不管你今天笑得多欢,显得多威风,人民一定要迈着大步,从你身上走过去,踩断你的脊梁骨,往前去创造新的历史。

今天,全解放区的人民都站起来了,拿他们的身子砌成一座大碉堡,保卫着一大块一大块民主的基地。你既是有决心进攻,人民就有决心保卫他们胜利的果实,更有信心迟早能粉碎你的进攻。你相信命运,妄谈"中国之命运",不知道历史的命运早就注定你该死了!先别忙笑,有的哭的时候呢!

(《晋察冀日报》1946年9月22日,《副刊》第112期)

臧国启

胡可

记得曾看过一个叫作《李长胜捉俘虏》的戏，那是描写一个老炊事员活捉了两个顽军的故事。看过之后，曾有同志对我说这戏所反映的只是一个偶然的事件。当时我没有多想，谁知后来陆续听到不少这样的故事，每个团队几乎都有他出色的炊事员同志，炊事员战线上英勇事迹真不少。我便想，偶然的事件已经普遍了，不偶然了。也许，李长胜捉俘虏本来便不偶然。

这次，我一到二营，杨教导员就嘱托我写一篇稿子来表扬战斗英雄炊事员臧国启同志。这时，部队正准备去挖交通沟，大家都忙，教导员百忙中把臧国启的事情告诉给我。

臧国启在蔚广战役里便得到了战斗英雄的称号，按他这股子爱作战的劲头，本有下班的条件，只因他脾气太暴，到班里也不合适，便让他在连里当一名炊事班长。职务上虽说是炊事工作，可哪一次战斗也没落下他，广云三次爬城，曾着实露了一鼻子；这回打沙岭子，更不落后。为了保证吃饭这件大事，连长指导员常□他："你今天不要去打仗了！伙食工作也是挺重要的！"他脾气耿直，三句话不对头就兴顶起来，他把眼一瞪："保险误不了饭！行不？"别人知道他的性子，也就不劝了。他心眼也不少，老以为别人瞒着他去打仗，他便偷偷注意别人的行动，一有可疑，就跑到连部里来问："今后晌有事没有？别落下我！落下我可不行！"有的时候连长们去营部开会去了，他知道了就又跑去问，别人告诉他今夜并不执行任务，他还不相信："要是战斗不叫我去，回来咱们算账！"

战斗了，臧国启扛了一把大铡刀参加了破网组。这次战斗很使他不快,朝铁丝网刚砍了一铡刀,便有一颗晋造手榴弹在跟前开花,他腰部负了伤。可是他没有退下来,直到战斗结束。战斗下来,他大摇大摆地走来了,扛着他那把大铡刀,还有步枪、摇山动,钢七郎当背满一身。别人帮他卸下来,卫生员给他起出了弹片,敷了药。"怎么样啊臧国启?"他满不在乎地答道:"不要紧!""住院去吧臧国启!"他显然着了急,马上顶了一句:"住院?不去!"别人见他这样固执,明知劝也是白劝,便不劝了。

臧国启并不注意养伤,他每天东溜西串,一见班长们开会去了,便跟了去偷听,并说道:"你们别糊弄我!准又是要执行任务!我不傻!"

★★★★★★

夜里,大家去挖交通沟,我也跟去了。这时,一个炊事员气冲冲地赶来,质问大家为什么打仗不叫着他,那时大家正摆成一字长蛇,在满天星斗下静肃地挥着铁锹,有人告诉他今夜只是挖沟,并不打仗,他的火儿才消下来,坐在土埂上了。教导员指给我,这就是臧国启。

听教导员谈过以后,我对臧国启本已发生了强烈的感情,这次一见,便忍不住想找两句话说。他干瘦,结实,三十多岁了,并不如想象中那么莽撞,相反倒有些腼腆。我便问他:"臧国启同志,你的伤口好了吗?"他有些扭捏地答:"弹片子起出来啦!起出来接着干!"从这天起,我认识了他。

交通沟挖好,第五次攻取沙岭子的战斗便开始了。不巧得很,我刚刚认识的臧国启同志竟又第二次负伤。原来他带着伤又参加了破网组,依然扛着他那柄大铡刀。战斗结束以后,他连的指导员康凤琴同志告诉我,他曾经先去侦察了敌人的工事,又剪断敌人的两根地雷的拉火弦,并用他的大铡刀连砍断了五道铁丝网,开辟了冲锋的道路。

指导员率领着突击队从他斩开的铁丝网的豁口间冲进去的，手榴弹爆着火花，泥土几乎把人埋了起来，鼻孔里满是炸药味，耳朵嗡嗡地响，什么也听不到了……

可是指导员听出了臧国启的声音，声音很微弱："指导员！指导员！"指导员停了下来，问："谁？臧国启吗？"他发现臧国启倒在地下。"指导员！……我负伤了！"指导员俯到他的跟前，悄悄地说："臧国启！能爬得动吗？我不能背你下去了！我还要上前头冲哩！臧国启！你自己爬下去吧！"

臧国启点了点头，他知道指导员这样做是对的，他便迎着冲上来的突击组往下爬，他的伤本来很重，他自己爬下火线来了……

后来他便被送到后方去休养。

★★★★★★

我应允教导员的这篇稿子，这么写来是不够的，我很想写到他过去的身世，一种什么力量使他这样英勇。可是他已经被抬到后方去了，我只能从他的同伴口里，探得如下几点来结束这篇通讯：

他是冀中建国县臧小庄人，今年不是三十二就是三十三岁了，抗战以前便当过几天兵，后来就在咱们团当了四年炊事员；家里还有母亲和哥哥，种着三四亩地，过去光景并不好过，是个穷人……

他不是党员，记得挖沟的那天晚上，教导员曾问他："你为什么不加入共产党呢？"他笑了，待了一会儿才扭捏地说："不够资格哗！"说完就溜了。

现在他在后方休养，却不知在哪个医院里，你们遇见他的时候，请好好照顾他吧！也许，你会更深刻地认识他这颗忠诚的心。

（《晋察冀日报》1946年9月22日，《副刊》第112期）

牯岭的奴才

齐生

百年来外国帝国主义者使中国殖民地化的活动中，曾特别在中国培植了一种奴才主义。没有这种奴才主义的接应，帝国主义的魔爪就无法伸进中国来。

这种奴才主义发展到现在，就成了蒋介石卖国集团"以夷制华"，鼓励异族对中华民族的统治的最无耻的"没我主义"。

就"安平事件"来说，虽然当事者都明白，这是一种干涉者的挑衅，是对解放区的侵略暴行，是不能与"五强之一"的国格相容的严重事件，因此他们不敢即赴出事地点彻查；然而这种奴才主义者，却另有见解。他们以各种鬼形鬼影出现，为干涉者捧场，并极尽其挑拨战争的能事。比方，本月五日中央社拍出英文电报向美国人说，"牯岭人士"认为安平事件，"的确是共产党对远东和平的威胁"，要求华盛顿当局"放弃绥靖主义"，来"戒备国际海盗式的暴行"。人们当然知道这所谓"牯岭人士"不过是蒋家奴才集团的代名词。在这种奴才们看来，异国军队驻在本国领土上不退，控制本国的海口、港湾、内河、领空，操纵本国的海陆空军与内政、外交政策，鼓动反动派向人民进军，并且一心企图变中国为新的战争基地与肉弹供应站等，都不算是"对远东和平的威胁"，都不算是"国际海盗式的暴行"；而偏偏解放区人的正义自卫，保护国家主权与"五强之一"的国格的严正行为，却成了"的确是对远东和平的威胁"和"国际海盗式的暴行"。对于美帝国主义的尚未完全直接和全面地向中国人民做武装进攻一事，牯岭的奴才们则认为是"绥靖主义"，而力求其"放弃"。

不仅如此,新奴才集团"CC"的领导人之一陈诚,七月在牯岭的谈话中,还更无耻地说:"中共制造(?)类似(!)义和团性质的安平事件以反美,既关中国人人格(!),又不懂做人道德(!)。"而法西斯反动派的上床丫头,所谓"国际部长"的白崇禧氏,也在同一天的南京发言说,安平事件是"美海军无端被袭",并且对八月五日美国关于其对华之干涉政策绝无变更的声明,表示得宠式的"至为愉快"。这些帝国主义奴才们的恬不知耻的疯狂,已到了这样的地步!

照陈诚们看来,只要美国继续干涉,中国人就应该"至为愉快";而认贼作父,不顾民族的生死存亡与国格之维系,只要保持自己做奴才的地位,这才有中国人的"人(?)格"和"做人道德",这真是对中国人民的极端侮辱。

可是,这种买办的奴"格",与中国有什么关系?与中国人有什么关系?中国人民奋斗牺牲,抗战八年,难道就是为了这些陈诚们把国家独立、民族自由一手奉送给另一侵略者,而换得这种奴才的侮辱吗?

安平事件是一面镜子,它照出了某种"调停者"其实就是干涉者和杀人犯的粉饰,同时也更明显地反映出了蒋介石卖国集团的奴才真性。

(《晋察冀日报》1946年9月22日,《副刊》第112期)

解放前后的"农乐庄"

周剑琴

灾难的五十年

学田村（现名农乐庄）是多伦三区一个大的村子，共有十三个小营子，散居着五省三十余县不同籍的农户一百零四家，流动雇工五十三个。他们的父子祖孙定居于此，开荒斩草，进行极度辛勤的垦种已五十余年了。现有的七千一百八十五亩耕地，就是他们一犁双手开拓出来的，土质肥沃，产量丰多的小麦田占着大半的面积。

然而这块被无数农民的血汗灌溉过的肥沃土地，却被豪绅奸伪政府和任家大霸全部侵占的去。农民住的窝铺，日用的石磨、水井，牧放牛羊的草场，都烙着官家、任家的戳印；四千七百九十五亩成了官家学田，二千三百九十亩成了任家"祖产"。双方剥削着佃农一百零四户，三百九十六个人。"官家、任家是两座大恶山，佃户就是压在山底下的受罪鬼。"老佃户殷成发用这样的话比喻他们和官、任家的关系。是的，"受罪鬼"的佃户已惨苦地走过一世纪的半个圈子。

伪满时代，佃农灾难是越来越重，劳工负担、粮款"出荷"、献金、祭礼、菜牛、皮袭、铜铁不下七十余种都压在佃农身上，只人畜工负担就有三十万个，粮食"出荷"就有三千五百石，奇重的杂色的款税就更难计算了。

提起贝子庙修工，佃户立刻会现出心悸的神色，雇工刘德财是修工逃回的。据他谈："多伦到贝子庙是千里荒野，八九月就有冻死人的危险，老日本怕修工的跑，安下狭长深黑的圈人沟，沟边围着铁丝网，守着岗楼，散工了就把修工的像牛羊一般赶进沟里。沟是冬天雪埋，雨天水淹，屙屎尿尿都在里边，冻、饿、病、水淹、枪毙，四年间惨死了三万多人，白骨尸体到处可见。修工的都叫圈人沟是死人沟、阴曹府。我不是舍命逃出也不会活到这个世界里，学田村两个人就死在贝子庙的死人沟里。"刘德财曾将这件血泪事哭告任大霸，得到的回答却是冷冷一笑，说什么"国家的事，应该如此"，"于我无干"，痛痛教训了一顿。

"佃户死在眼前，等着死骨上熬油。"（一个老佃户语。）是的，恶霸们是从不体恤这些佃户的，相反他们采取日本的一套，来加深对佃户的剥削。他们不管饥荒年头，不管沉重的负担，不分新老户，不分荒熟地，一律征要高租；官家并采取"大场制"，向佃户征要庄稼捆子，强迫佃户集体打场。整个酷寒的冬季，全村佃户"套牛"往返二百余里，到"庙"（即多伦城）给官家、任家送租。辛苦一年，有的佃户落个仓尽粮完，还得给地主写欠债文约，地主则重利盘剥（欠一斗还三斗）。剥削是无微不至的，佃户割打的黄草、采集的酸梨（一种山果实）、种几垅山药、几苗大葱、一颗菜瓜都看在眼里，实行"二八""三七"撤分。至于给地主送钱礼、贡物，地主收租官家查捆子时供给肉酒、大烟、零花钱，更是行之已久的"古理"了。佃户感到最可怕的是官家的"查私弊"、任家的"大放利"。有的佃户被官家查住私弊（？）家产罚办完，立时赶出；大官场子四十余家佃户几乎没有不欠任家债的，春借一斗秋还三斗，剥削着所有的佃农。一个张姓佃户，原借五斗粮食，三十余年都未还清，因屡年还债，原为小康之家，现在变成赤贫户了。

"有私弊"和"欠债"的佃户，被赶走的很多，丢剩的租地以更高的剥削条件租出（出房钱、押荒钱、草场钱），继续着更野蛮的剥削。

他们的统治是和敌伪政治统治深相结合着的。学田的代管人杨芳就是学田乡大乡长，他儿杨怀仁就是伪甲长。"杨芳一家当权十二年"，就更便利官家、任家的野蛮剥削压榨，借此杨家也独霸千亩，飞跃发达起来。

在敌伪、地主恶霸重重压榨下，学田村变得残破不堪了，农民无衣无食挣扎在死亡线上。从学堂村流传已久的"种的学堂地，受的满洲气，大人孩子受洋罪，黄粮遍地吹，赶车应官工，人畜瘆饿死道旁"的充满血泪的民谣中，就可看出佃农生活的悲惨状况。

解放后的一年间

解放后的一年间，学田村已大大改变了，农民生活起了一个根本的变化，拿农民黄凤山自己的话来说，那就是"过上毛主席领导的新中国的生活，再不受老中国、'满洲国'的奴气和苛制了"。

学田村农民生活的根本变化，表现出两个新的特点，给我的印象是很深刻的。一是群众政治上的翻身，二是全村生产运动的热烈开展。

农民翻身的主要斗争是经过多次的反奸、复仇、清算、减租减息运动，在斗争中扫清了敌伪恶霸势力，组织了自己的团体和政权；选出"好人中的好人"当干部，组织起民兵武装，保卫着村庄。翻身斗争使农民翻过心来，打通脑筋，看清了世界，看清了自己，全村农民也更加团结了。

全村生产运动从春耕夏锄到目前打草、压青、收秋，一直是高涨的，人畜力变工耕种，拉水、压青有了很大发展，生产规模较往年扩大得多了。今年改造了烟鬼、懒汉二十多个参加生产。全村新增种地户三十余家，新增耕地面积一千五百余亩。往年山头上不是草垛，今年满山岗都堆排满了草垛，共打黄草三十八万斤。目前的压青收秋成了热潮，农民都被这种生产热潮兴奋着，他们说："老日本占了十二年，没有一年像今年这样。"问他们今年为什么有这样的局面，答复是很生动有趣的，有的说："'满洲国'打倒了，老百姓能活了。"有的说："减租清算，立农会闹翻身，政府救粮救款，帮助生产。"一个挚诚的青年张爱更明确了当地答复了这个问题："共产党解放了庄稼人，庄稼汉从地上爬起来了。"

喜乐交响的"农乐庄"

九月，是全村农民异常喜乐的一月。在热烈紧张收秋的季节里，学田村六十三家佃农，四十二个雇工，八月三十日接到多伦共产党与民主政府的"万亩学田，全部分配给学田村全体农民"的信，同时大官场子（自然村）四十家佃户、七个雇农，结成团体，展开对任家大霸的清算讨债斗争。在农民正义愤怒的压力下，任连举罪重理穷，无法狡赖，低了头，被清算出血债共粮食一千五百余石，退出霸占土地两千余亩，群众在斗争中取得了伟大胜利。

获得万余亩土地后，全村农民立即组成农民小组，选出代表，成立新的农民委员会，领导全体农民展开回忆，展开讨论，采取大家讨论通过大家的办法，迅速合理解决了各阶层农民的土地问题。中农和富农也获得一部分胜利果实。拿农民自己的话来说，就是"各家各户都有了栽根立后、兴家立业的根基了。"

在全体农民万分狂欢下，九月一日开了一个庆祝"翻身的贺喜大会"。当太阳一闪过山岗，各营子的青壮年农民、妇女、白发老头、带病残废、步走的、坐车的，赶来开会。会议的场面是很动人的，有十多个农民做了深刻的回忆、恳切的"劝好"、有趣的演说。黄凤山是个诚朴活泼的中年人，他把农民在"老中国""满洲国"时代的痛苦生活和解放后的幸福生活做了生动具体的比较，当他问到"哪个中国好？"时，全场不约而同立时喊出："拥护新中国，打倒老中国!"他又发问:"谁给咱们立下新中国?"大家笑出声来答复:"毛主席,……"话还未完,六十八岁的"老学堂地"杜荣和驼背青年张爱接上讲演。"劝好"老杜特别说出全村农民的喜悦,他说:"这是盘古至今头一天,真是人人喜,家家乐,老头老婆也盼活上百岁享享后福!"张爱劝告大家说:"共产党来了!咱们庄稼汉从地上爬起来,各家各户都有了栽根立后的土地了,那我们就要戒绝大烟,节省过好日子,辛苦劳动按□好养种。"每一个农民的动听讲演,都流露出农民特别喜悦的心情,引起全场的欢笑欢谈。

讨论到改旧村立新庄的问题时,三五成堆地交谈起来,有的说叫"兴隆庄",有的说叫"心喜村"。人们都有一个心眼,把村名起得更幸福,更能代表农民翻身的喜乐,讨论得热烈极了。最后"农乐庄"的村名被通过了,会场上于是"农乐庄""农乐庄"的欢呼经久不息。

会上,黄凤山编出《十二月乐》和《庄稼汉的救命星毛泽东》的小曲两首,用本地秧歌唱出,每一句中都歌颂毛主席救国救民的功劳。《庄稼汉的救命星毛泽东》的第一段是"东方太阳红,出了救国救民的毛泽东,不为官来不为名,一心要把百姓救出苦海中"。

会议开始到结束整整一天,农民情绪始终是"心开朵朵花"的饱满。会散了,回家路上,农民还在欢谈着,妇女们还谈论应该怎样学习关南妇女节省过日子。有人说"今天开的会是栽根立后的贺喜会",六十六岁的老杜"装着一肚子英雄传"(《水浒》《岳飞传》),他马上开始编《庄稼汉翻身传》《八路抗日传》,他提出意见要我们给他好好讲八路抗战故事,编出传扬"八路英雄的功"。

翻了身的"农乐庄",真是喜乐交响成□□□全体农民所有的喜悦都充分洋溢出来了。

"这个世界不能变啊"

在保卫解放区的自卫动员会上，全村人民对美国帮助蒋介石灭亡中国、蒋介石卖国打内战的大事，莫不万分痛恨的。民兵队长岳宗林愤慨万分地说："老蒋早把东北和察哈尔卖给日本，跑到四川，咱们活活像牲口一样教小日本欺压了十二年，今天他又这样干，咱们是不能再当二次'满洲国'的牛马的。"黄凤山把老蒋当头号卖国贼的罪恶史给全村老少讲述了几遍，男女老少都表示："我们不能翻起来再翻下去，不能让老中国再来欺侮我们。"民兵小伙子们说："我们要拿起武器，帮助主力打退反动派，消灭土匪，保卫农乐庄，绝不让这个新的好的世界变了。""这个世界不能变！""这个世界不能变！"这是全村人民和民兵保卫胜利果实发出的誓言，现全村整理民兵，组织抢收，动员公粮，已进入全面自卫战争的动员中。

（《晋察冀日报》1946 年 9 月 23 日）

论墙头草

萧殷

一

前日本报一版刊载一篇《热河通讯》，其中有段文字意味深长，值得重抄一遍：

荣升班子的男女演员们、承德市唯一的旧艺人，在我军撤离时说："国民党与共产党一样是中国人，谁来不是唱戏？"但是"二满洲"来了，搞女人、要东西，他们"看得太不像样了"，待不下去，逃到城西三十五里的滦河，被蒋军扫射打死几个人，好些人落到河中。但是他们还往外跑，像躲避瘟疫一样地说："死了也要找八路军。"

二

记得去年在北平、天津也有类似的议论，他们以为"不管国民党或共产党，反正人民只有纳税的义务，谁来了不都一样吗？"但是等国民党反动派一进入平津之后，他们的作为却太异于"议论者"的想象，他们不仅要吸尽你的"血"，而且还要你的命；不仅要饿死你，而且还要窒死你！

现在的北平人民已临近绝境的边沿，不仅贫苦人嗷嗷待哺，中产者也时有断炊之虞；甚至一些民族资本家也日趋破落，岌岌可危了。平津报纸每日都大量记载着那些走投无路的"苦人儿"悲惨的遭遇：工人被解雇了，商店与工厂因亏本而关门了，小贩因"有碍国际观瞻"被赶跑了，学生因要求民主被开除了，教授因生活困难自杀了，金店在光天化日下被抢了……有的人投海自尽，有的全家服毒！一片饮泣之声，令人寒栗！最使人感慨的，是北平有名的胜地——北海公园，今日已成为自杀的场所了。

近两月来，自杀事件几乎每隔数日必发生一次，自杀者竟如此众多，这是谁的罪过？难道不正是蒋介石反动派统治的结果吗？

一年来悲惨的遭遇，已使平津人民抛弃了对蒋介石反动派的任何幻想，本来，蒋介石及其那一群流氓恶棍，乃是最自私的败类！他们的终生图谋，就是如何来自肥私囊，如何来压榨人民的膏脂。为了这个"目的"，又为了巩固其"儿皇帝"的统治地位，他们早就丧尽了民族国家的观念，早就视人民如草莽，如仇敌。卖国贼蒋介石二十年来的统治历史，不正道出这个真实吗？如果到今日还有人对他们抱任何幻想，但试问这深重的二十年的灾难，难道受得还不够吗？

平津人民与荣升班子的教训是最好的殷鉴！他们始初都对反动派抱过幻想，然而残酷的现实很快就把幻想击碎，这过程是从糊涂到清醒的过程！这种认识的改变都经过血腥的遭遇。因此，现在也只有平津人民的头脑最清醒，最能识别真理了。目前他们共同的愿望只有一个，就是盼望八路军快点去解救他们，他们的心情跟荣升班子一样："死了也要找八路军。"曾经有一个饿了三天的老太太在念经时，竟也如此虔诚地道出了她的愿望："八路军再不来，我们就活不成了！"

但是对于国民党反动派，请听听北平人的诅咒吧！他们说："等了八年半，来了一群王八蛋！"他们唱："盼中央，望中央，中央来了更遭殃！"此外还有："此处不留爷，自有留爷处，处处不留爷，只有投八路！"怀着这样思想的人，不仅是市民层，甚至大学教授与一部分社会名流亦多抱同样见解。

这就足以说明蒋介石及其一群是一批什么东西了。如果到今天还抱着"谁来都一样"的想头，那真是糊涂透顶的幻想！别人血的经

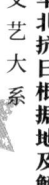

验而不置信，却偏偏要自己去流血实验，那又何苦来？

这种幻想，除了给自己招来灾难，给你的亲戚朋友招来灾难，给整个社会民族招来灾难与灭亡之外，还会有什么呢？

三

据说南口一带，蒋介石已调集大军。看样子，很快就要把战火烧到我察哈尔解放区来！到那时，如果不把他们的有生力量大量消灭，如果我们不能把进犯蒋军击退，那么，我解放区的人民（不仅是贫苦的工人农民与小商人，就连有财产的人），都只会遇到深重的灾难与悲惨的灭亡。

只有全察哈尔人民一致团结起来，抱定"你死我活"的决心，坚决战斗下去，才能挽救自己的不幸。

靠反动派呢，还是靠共产党呢？在这一年多活生生的经验中，察哈尔人民可以得出一个明确的回答：从前许多无衣无食的人，现在光景过好了，经营大小工商业的，也致富了；农村中的无理剥削有的削弱，有的彻底消灭了，农民都得了土地；工人生活大大改善，社会地位空前提高了；大家都享有民主权利，谁都有过问政治与选举的自由；大家都安居乐业，大家都翻了身，真正做了国家的主人！……所有这一切，都是经过长期流血斗争挣来的，这是我们无数革命烈士的生命与鲜血的代价！我们决不能放弃，为了保卫它，我们誓死奋战到底！刚刚穿上军装的新战士王金贵说得好："土地就是命，老蒋要来夺地，抢去咱们的命根子，我就上前线去拼！拿我一条命去保护全家五条命！"

战火快点燃，大家快奋起自救吧！这正是每个人发挥力量的时候，也正是严重考验每个人"对人民事业是否忠贞"的时候，倘在这紧急关头还犹豫不决，抱着"墙头草两面摆"的心理，而不敢与进犯军为敌,而不愿积极地参加自卫战争的各种工作,或者在战斗激烈时,表示动摇,或消极怠工,甚或逃跑等,都是背叛人民,经不起考验的表现。如果一个人到了如此地步,根本就谈不上人生的意义与价值了。

像这样的人,在解放区自然不会多,但我不敢保险说没有,不过,我要忠告他们:这是一条自取灭亡的道路!等到中华人民共和联邦在亚洲大陆出现时,这些人势必遭受广大人民的唾弃,如果到那时,再来说"悔莫当初",恐怕已经太晚了。

我要忠告这些人:投机取巧,妄图面面讨好,这只能自欺,却无法骗人!

企图苟且偷生,那无异是自己害自己!

要真正保卫自己的财产和自由,要挽救自己和家族的危难,唯有坚决奋起参加自卫战争,唯有一条心地向蒋介石进犯军迎头痛击!

此外,别无活路!

(《晋察冀日报》1946年9月23日,《副刊》第114期)

承德的知识青年在战争中坚强起来了!

华山

从小没出过门,走五里地离不了洋车的承德学生,现在背起被包,辗转步行数百里,在美造蒋机跟踪扫射之下,穿过蒋家匪帮出没无常的土匪窝,仍然毫不疲倦地歌唱着,坚决要"打回承德去!"——在热河新的一代知识青年,这是一个值得骄傲的考验。由热河省立联合中学六十多个男女同学组成的文教工作团,正是承德知识青年在自卫战争中坚强不屈的代表。

文工团是演出歌剧《白毛女》的联中同学和热河省文联等联合组成的团体。七月间他们在承市演出《白毛女》,自己也和观众一样,不禁深受喜儿的翻身故事所感动,激起了为人民服务的满腔热情,要"到农村中帮助千万个杨白劳翻身!"。出发时正是伏天,在烈日风沙中挤在敞篷卡车里,对这一群在温暖的家庭中娇养惯了的青年,开始时还是一件难以忍受的痛苦。以后坐上胶皮大车,再以后只有铁轮牛车,再以后——蒋家军猛犯承德,和平的解放区突然陷入紧张的战争环境以后,他们只有依靠两条腿了。"回承德去做'二满洲'的顺民呢,还是和人民站在一起,坚持自卫的游击战争,准备以主人的资格打回承德去?"这两条路横在面前,要求他们迅速抉择。而其中的绝大多数,终于毫不犹疑地走上后一条路,面迎着艰苦的斗争,勇敢地承受自卫战争的考验。

九月初,战斗部队转到进犯者的侧翼,撤退的路上看不到正规军,接到了蒋家委任的匪帮,那些特务、警察、汉奸之类的伪满垃圾,日夜在途中拦截、袭击。毫无战争经验的学生,并没有为这些所吓倒。他们沉着前进,所考虑的是怎样生活下去。每到一个陌生的地方,他们自己拿着枪支手榴弹,警戒着驻地,没人做饭,就自己动手;干饭做成了稠饭——下顿再做好它;找到莜面他们学蒸"□□""卷子",找到白面他们学蒸馒头、擀面条;吃不下羊肉的也吃得香了。——"有什么粮食学做什么饭。有什么菜什么吃得香!"每当大家忙了半天,做起一顿饭来的时候,每个人乐得一点疲劳也没有了,吃起来分外香甜。

在僻野的小村庄中,猪牛牲畜和人住在一起,满院尽是垃圾粪尿。一座庄子没地主的牲口圈大,要住下六十个人。这种生活是承德人做梦也想不到的,就是半个月以前,他们几十个人睡在一所城市的大课堂里的时候,还感到很不习惯。可是现在,他们却忘记了行军的疲劳,大家抢着扫院子、搭床铺、挖厕所,并且还清理出一间房子做课堂。转移前他们买了七把镰刀,计划上山割草打柴,准备下一个冬天的燃料。他们买了两把菜刀,准备自己做菜下饭。一个小同学自动地当了大司傅,每天帮着切菜、烧水、打菜,成了一个非常愉快的人物。另一个同学也无形中成了一个能干的"管理员",给大伙四处领粮食、买柴买菜、登记账目。轮流做饭的组织建立起来了,女同学会做菜,男同学好些比她们还强;男同学刚刚学会做大锅饭,第二天女同学也学会了。"我们自己做饭,自己建设宿舍,反动派占了我们的学校,我们哪里一样念书!"——他们用自己双手战胜了困难,决心建立起战争中的"流动联中"来。

在一次三百里的行军中,一部分同学走错了路,岔到土匪窝去了。半夜里听到枪声,全体机警地撤出村庄,抢上山头,在朔风里冻到天明,等到判明情况以后,才回到村庄。当时没有一个领导人在身旁,但是他们依然很沉着地分工做饭,打听路线,走一百多里路去找队伍。过河水很冷,大同学就背上小同学,来回涉几次水,在侵晨的冷风中搬石块搭桥。里面只有一个十七岁的女同学,她一直走在男的前面。

等到找到队伍的时候，谁也没埋怨领导人没把路线交代清楚，也没人诉说自己脚板打了几个水泡，他们像见了亲人一样地欢呼起来，亲热地叙述这一夜紧张而恐怖的经历，说得津津有味，感到自己能度过这两天一宿的生活，是生平莫大的快乐，把疲劳一股脑儿忘记了。

过了中秋节，塞外的寒风已经不能忍受了。但是文工团和军区的领导机关已经失掉联络，冬衣没有着落。离开承德的时候，每个人只带着几件夏衣。怎么办呢？"没棉衣自己想办法！"他们向当地的政权借棉花，借布，自己学着裁棉衣。两个月以前，补双袜子也找妈妈的十来个女学生，现在不到两天，却缝起二十二件棉衣了。男同学也帮着做，他们一面唱歌，一面欣赏着自己的针线，非常得意。一幅大红幕布，本来是演戏用的，现在做成了大红的棉背心，有的还裁成了大红袄。衣着湖波色旗袍的女同学，穿上这么一件背心，忍不住相对傻笑起来说："我们要拿这些衣服到学校展览，让那些缩回去的人看看，我们是怎样战胜了困难！"

是的，在艰苦的战争环境中，这一群热情的承德知识青年，曾经是□弱、伤感、互相排斥妒忌的城市学生，开始变成坚强、愉快、团结亲爱的革命朋友了。由承德师范、男中、女中三个学校组成的联合中学，起初还是各不相关的，现在一起行军，一起打球，一起做饭，一起上课，男女间已经没有什么嫌隙，也没有什么隔阂了，他们所追求的，是共同的进步。每个人都热情地记日记，开生活检讨会和时事研究会，讨论如何进行群众工作。半年前还不会写简单信件的学生，现在日记已经可以自由表现自己的感情了，有的人还写了整幕的创作剧本，在学校时三百多人出不了一个二十篇的墙报，现在几乎每个人都写了一篇。最使他们感动的，是每到一个新的地方，老百姓都是这样关心他们，给腾房子、找粮食，没棉衣穿也借得到布。他们很兴奋地说："有了老百姓，咱们饿不着也冻不着；在解放区里，走到哪儿都和到了家一样。"刚下乡演戏时，那儿的老百姓没有出来欢迎，有些人心里就不痛快。可是现在，老百姓给自己烧口水也觉得过意不去，抢着自己动手。他们还给房东挑水、打扫院子，好像八路军一样，执行起群众纪律来了。身上长了虱子，不知从什么时候起就习惯起来，和不刷牙洗脸的老百姓谈得怪亲热。

在战争最紧张的时候，他们到了一个安全的根据地。他们说："这里的老百姓比我们那里的好多了。人家的工作真好！"实际的生活使他们体验到简单的真理："咱们工作做得好，老百姓就会好起来。""你对老百姓好，他们会对你更好。"有人恍然大悟似的说："咱们下乡帮助千百万杨白劳翻身，不就是要做群众翻身吗？"——于是大家想起了下乡前夕，冀热辽分局赵毅民部长给大家说过这样一段话："问题不在于我们能不能回承德，而是在于我们要不要回承德，有没有决心回承德。更重要的是：千百万农民让不让国民党占领承德，在人民头上建立'二满洲'。今天我们下乡，就是把广大农民发动起来，以人民的力量保卫人民的承德。有了知识分子和工农群众的结合，我们就有战胜一切的力量，即使反动派占领了承德，我们一定有力量把他拿回来！承德永远是属于人民的！"

初步经历了自卫战争考验的承德学生，开始体会到这段话的意义了。在长途行军中间，他们过了一个愉快的中秋节，六十个人一起包饺子，组织了一个娱乐晚会，扭秧歌、唱歌、讲故事……在狂欢中他们想起留在承德的同学，不禁慨叹起来："不知今天晚上，他们是怎样过的啊！""要是和我们一起出来多好！"——闹得兴高采烈的时候，他们信心百倍地说："好好工作，好好学习，咱们打回承德的时候，一定穿起咱们做的大红袍，打起锣鼓，扭着秧歌进城对他们说：'咱们回来了！'"

（《晋察冀日报》1946 年 9 月 24 日）

苍蝇与老虎（外二章）

马寒冰

一、苍蝇与老虎

国民党政府派出了许多清查团，去彻查那些腰缠千百万贯、挥金如粪土的接收大员，一笔接收烂账。出发时据说有一个清查团的负责人说，他们的任务，不但要拍苍蝇，还要打老虎。懿欤盛哉！好个包文正再世的铁面无私！

清查团出发了，各地人民和舆论都眼巴巴伫望着他们这些"钦差大臣"，来把这些浑水摸鱼的人，"澄清"一番。但是，清查团一到台湾，陈仪连忙敬如上宾，警察局长亲自出马找舞伴，省副议长也设法弄歌女，三日一小宴，五日一大宴，巴结得"大臣"们乐开了，于是乎一切"告密"书，统由台湾行政公署转呈的法令颁布了，于是乎刘文岛把陈仪治台的"政绩"，捧到九天之外。

一个过去是"委员长"侍从室主任的钱大钧，一个过去是专做造谣买卖的宣传部长吴国桢，两个"要人"走马出任上海市市长，合起来不过一年的日子，就贪污了四十二万万元。人们起来质问，他们到底是老行家，真是做到临危不乱，开个记者招待会，就说钱是拿了，却做了公教人员的米贴，还经过了"总裁"的批准，你看这挡驾牌也够大了，况且"圣旨"谁又敢不"一体遵行"呢？你要去问公教人员吗？那还不是又如天津市市长向公用局人员致训说："要是向清查团告密的，就不是父母生的。"谁生的呢？自然是大人先生们豢养出来的，你要再多嘴，不但保证你滚之大吉，还得提防你的后腿。

人们讲话了，议论开了。清查团的大人先生们厌烦了，说你们真是太近视了，"这些苍蝇算什么，现在时间紧迫，我们要去打老虎了"（刘文岛语）。

他们打了老虎没有？海军上校专员刘乃沂，就是被他们第一次打的老虎，贪污四万万元。不论苍蝇或老虎，我都赞成打，但是，如果不是清查人员的视觉错误，准是和我们开玩笑，贪污四十二万万元，叫作苍蝇，贪污四万万元的却叫作老虎？

人们说，刘乃沂是海军，是已经剥了皮的老虎，而陈仪、钱大钧、吴国桢，既不是海军，又是长了毛刺的老虎，难怪清查大员把他们看成苍蝇，那又何足怪呢？

二、回避"主席"

在中国，皇帝的名字叫作"禁"字，不许卑贱小民随便乱喊，违者处斩，这叫作"避讳"。

皇朝换了"民国"，既没有皇帝在朝，人民世纪也不时行这个，该没有什么忌讳的吧。恰恰北平社会局颁发命令说："总裁早兼国府主席，为尊重领袖，今后各人民团体中所使用之'委员长'及'主席'头衔，着即一律取消，改称理事长，仰即遵照勿违！"

是的，"主席"在他和他的喽啰们的眼光中，那和皇帝又有什么不同呢？当然要"避讳"一番，从来哪有小民们自称过"皇帝"（除了"叛民"在外），如果有人在哪本书上找出了根据，社会局早已储奖以待了。

这算什么呢？据说最近还有人主张把国民党首都移住北平，某些要人早已准备把故宫重予修建，北平市长熊斌说得好："要修好它，不仅有壮观瞻，还可更壮蒋公之威。"

提倡复古的人，不是主张把什么都复到古代去吗？那么"主席"

何尝不可复到"皇帝"的旧名去呢?

三、廖耀湘的"国旗"

最近国民党新六军军长廖耀湘,召集了全军训话说:"要准备好身手,把我们的国旗插到黑龙江畔!"有人问他:"民主联军是不是用青天白日满地红旗呢?"廖答:"是。"其人再问说:"那么你的国旗是哪个样子呢?"廖红着脸,无词以对。

廖将军到底是个武人,又"老实"得"可爱",要是我一定这样答复:"我们除了青天白日满地红旗之外,在那白色的太阳圈里,多了一个黑的'卐'字。"那不是很恰当的吗!

九月二十四日

(《晋察冀日报》1946 年 9 月 25 日,《副刊》第 116 期)

好战分子现身说法

蓝□

七日,中央社发表陈诚牯岭谈话,这是好战分子现身说法的露骨产品。陈诚说:"余半身戎马,在八年抗战中未出风头,岂打自家人来出风头,即以参谋总长而言,如果真正发生战争,发枪、配弹、救护、恤死种种麻烦纷至沓来,余之体力实难胜任。"他前一句话是坦白的,的确,陈诚在八年抗战中未出"风头",他不过是一位观战将军与常败将军,可耻的湖南逃跑战即此公的杰作;后面一段话则是他笨拙的撒诳,这种"此地无银三十两"的狂妄滥调,即幼稚园学生也会嗤之以鼻。陈诚说得他那么"孱弱"、那么"良善",好像弥漫全国的大内战,与他这位嗜杀成性的刽子手无关,或者竟是他悲天悯人的结果。然而人们都会马上想到,正如这位将军自己所说,他的血腥职务,叫作"参谋总长",国民党的内战大军,除了"主席"之外,就是在这位总长的命令之下疯狂行动起来的。至于稍有记忆力的人,自然还要想到更多一些的事情:陈诚在十年内战中任"剿共"总司令,当他起而代替何应钦任军政部长时,中外有识之士,即曾指出这等于麻将桌子上换方位,陈诚的"半身戎马",并非身着戎装坐在马上不动,这位"十三太保"之一的人物,一向为蒋介石最亲密的内战助手,他今天担任参谋总长的"风头",正是专打内战打出来的。

陈诚说:"共军迟迟不由苏北向陇海路以北撤退,对京沪威胁甚大。"于是向"共军"实行"武力决赛",这正是好战分子典型的自白。为什么不是"京沪威胁苏北",而只是"苏北威胁京沪"?为什么不见苏北"共军"向京沪实行武力决赛,而只见"国军"向苏北实行"武力决赛"呢？人们不难想到，如果好战分子们再狂妄一些，他们会喊出"延安威胁西安"来的！照好战分子们看来，那只有全中国人民都变成他们及外国支持者的"顺民"挨了板子，还要回答说"打得舒服"，才不是对他们的威胁！

然而陈诚做贼心虚，他马上带住话头，来了一个倒栽赃的反面文章说："结果走下策，又未走到底，只有共军打人，国军挨打，并未真正决赛。"可是蒋军由江岸进占如皋、天长，由徐州进占泗县、五河，并不是济颠和尚的搬运法搬去的，也不是"挨打""挨"去的，而是打人打去的。中央社连日鼓吹的所谓"胜利进击"正是对这位总长老爷的捧场。自然，打人者人必打之，有进攻必有反抗，使陈诚惋惜"未走到底"的，也许就在这里！

(《晋察冀日报》1946 年 9 月 26 日，《副刊》第 117 期)

论 老 鼠

马寒冰

天下老鼠大都是昼伏夜行，他们胆怯得在白天不敢到处乱闯，即使偶然有些胆大些的，白天里偷偷摸摸地出来打游击，只要人们移动一下，就又缩进洞穴去。这因为它从来没有做过好事，不是偷东西吃，就把东西咬坏了。有句话说："老鼠过街，人人喊打。"很可以说明人们是怎样地恨之刺骨。

蒋介石中国的政治，就是"老鼠式的政治"。它们从不敢在光天化日之下，露出自己的真相；而在夜里却又偷偷摸摸地在做偷吃东西、咬坏东西的勾当！

李公朴、闻一多的被害，张澜、孙中原、陈瑾昆的挨打，都是那些老鼠们的"英雄"勾当；人们起而查究的时候，它们又都缩进洞穴去。前些日子，老鼠们又造谣说郝鹏举将军"率部反正"，但当郝总司令的一纸通电飞来，又把老鼠们吓得躲进了地洞。

前两个星期，哈尔滨破获了一件军事阴谋案，捉住了臭名远扬的大汉奸姜逆鹏飞；前几天张家口又破获了另一件军事阴谋案，逮捕了日寇豢养出来的狗腿子刘逆建勋。他们就是十足的老鼠，躲在洞穴里，见不得人面，偷偷摸摸地挖墙脚，梦想把一座美丽的天宫挖得倒坍下来。老鼠们也太不自量力了，天宫怎么会被你们这些丑类们挖得坍的，人们自然会用起锐利的铲子，把你们这些东西埋藏在自己挖好的墓穴里。

虽然老鼠们的本领并不能摇撼山岳，但它却能把山岳的砂土穿成小孔，而这些砂土是我们和我们的祖先千辛万苦所堆积起来的，不能啊！不能让这些丑类胡作胡为的。人们往往在夏季里讲究卫生，发动捕鼠运动，但老鼠并不是仅在夏季中才会有的，在其他的季节里，仍然有它们的活动。因此我们的捕鼠运动应该继续下去、坚持下来，用着捕鼠箱把它活活地捉住，把家里的洞穴填塞好，要它在太阳光下暴露出丑相来，或者就窒死它在洞穴里——消极的 D.D.T 喷射，是没有多大用处的。

老鼠家家户户都有，一两家人的打老鼠，是很难扑灭的，一定要做到家家户户都动手起来。如果每家都设置捕鼠箱，每家都把洞穴塞住它，尽管老鼠多大的本领，也无从施展其故技——何况它们又是那么蠢笨。

是打老鼠的时候了，让我们一起动手起来，扑灭这人间的丑类！

九月二十六日

（《晋察冀日报》1946 年 9 月 27 日，《副刊》第 118 期）

从几封信看怀来农民的"恨"和"爱"

冯戈辑

怀来农民代表大会上,凡是会写字的农民,都写了亲笔信,表达了自己的欢喜,自己的热爱,自己的愤怒和仇恨。这里摘录几封原信让大家看看:

"毛主席!农民亲爱你,一定跟着你!"

九营村农会主任孙贵生,献给毛主席一支歌叫《穷人乐》。开头唱:"老农民翻了身,现在吃穿不求人,自从有了毛主席我才能够翻了身。减租又清算,缸里有米又有盐,斗恶霸锄汉奸,一清百年血汗账。"七百农民代表的信上说:"农民割掉了穷根儿,有了土地,日子过好了,心里开了花。"

桑园子农民的信上说:"你为了全中国人民生命财产来斗争,解放我们,很感谢你的恩情,我们死也忘不了。我们农民愿和你同生死,共甘苦,一齐革命奋斗到底,推倒法西斯反动派,走到光明社会。"小屯村农民写信说:"我们老乡们,想给毛主席面前送些鸡蛋水果蔬菜,叫毛主席也尝尝这人民胜利的果实。"六区第二组信上说:"农民亲爱你,你到哪里去,群众一定跟着你。"

"毛主席,我们不怕老虎不怕狼"

沙城农民给毛主席的信上说:"沙城是我们沙城人民的沙城,反动派赶来进攻,我们就把它打垮,我们青年农民已经上前线去了。"鸡鸣驿农民说得更干脆:"毛主席:你是我们人民大救星,你的人马一到,我们翻了身,就不怕死地拥护你。我们受苦几十几百年,好容

易翻了身,决不怕老虎不怕狼,它来咬咱们,就一锤一锤打死它们。"

亲爱的子弟兵!一心打仗吧!

怀来一区全体代表的联名信上说:"咱们区里实行了耕者有其田,分配土地首先照顾抗属,现在咱们区一百三十九户抗属,得到了一千二百四十多亩上好地,房子三十六间,一个一个光景闹好了。"

鸡鸣驿农民代表写道:"××同志:你的家庭不用惦念,我们优抗工作做得真好,你家里升到中农,升到富农;你的家内生活,由大家关照,你们一心打仗吧。"

七里桥代表写道:"咱们解放区是一朵鲜花,人人爱它。老蒋像野猪,它想进来糟踏这朵鲜花,它要一露头,你们就把它脑袋砸烂,要是敢闯进来,你们就打死它!"

"蒋介石,你害得老百姓忍不住了!"

城关区农民代表给蒋介石的信上说:"你把我们全省老百姓送给日本人,受了八年罪,幸亏毛主席解放了我们,你又动枪动炮打到我们头上来了,你有没有一点中国人味道?你害得我们老百姓实在不能忍受了!"桑园村农民写信道:"你敢碰一碰咱们怀来的铜墙铁壁,就叫你这颗混蛋流出黄水,撞个粉碎!"

"美国反动派!不当你的亡国奴!"

"美国反动派,你为什么帮助老蒋打内战,我们解放区农民再三要求实现和平,你又狡又猾说了话不算,非把大炮带子弹,一船一船送给老蒋打内战,中国事情自有中国人办,与你美国老爷不相干!"

五区三区农民代表信上说:"把你们全部军队弄回美国去,中国自然会和平!往前日本鬼子兵占中国,中国老百姓起来抗战,把日鬼子打败了；你们开兵到中国，说是帮助送俘虏，俘虏早送光了，你们还占着中国地方干什么？"

新保安辛庄子农民代表信上说道："你们安什么心思?! 想来灭亡中国吗？请你们看看日本的下场，我们老百姓再也不要'二日本'，再也不当亡国奴。""解放区就是大海，你帮着老蒋来抓鱼，有一天会叫你们连人带船翻在海里！"

(《晋察冀日报》1946 年 9 月 28 日)

恨

王子野

蒋介石法西斯匪帮所点燃起的内战野火，外加美国反动派的浇油，已成燎原之势。由苏皖、山东、中原、豫北、晋南而蔓延到热河、冀东，眼看这火舌就要卷到察哈尔省和张家口这象征着和平民主的人民城市来了。

我们全晋察冀解放区的人民、全察哈尔省的人民、全张家口市的人民、所有的人民，从乡村到城市，不论是农民、工人、商人、军人、学生，也不论是青年人、老年人、儿童和妇女，对于这野蛮的进攻有谁还能再忍下去？他们恨蒋介石，恨蒋介石的那一小群匪帮集团，恨助纣为虐的美国帝国主义分子。恨表现在他们的表情上，也深埋在他们的心底；恨表现在他们的言语里，也表现在工作和行动上。

蒋介石的进攻意味着什么呢？对于农民，它意味着土地的剥夺，高额的地租，无尽的捐税、贫困、死亡。对于工人，它意味着工资减少，工时延长，鞭笞、失业、饥饿。对于工商业者，它意味着官僚资本主义的垄断，美物的泛滥，贸易无自由，捐税层出不穷，工厂倒闭。对于学生知识青年，它意味着□化奴化的教育，思想无自由，失学，拉壮丁，特务陷害。对于……总之一句话，蒋介石的进攻，带给人民的是压迫、奴役，是黑暗地狱的惨景。

我们的人民能变得今天的自由幸福，虽还说不上天堂，但至少是人间，真是谈何容易。我们回过头去看一看这一段路程，我们怎能不珍视现在的成绩？可是蒋介石这魔鬼却不容许我们有自由，他妄想把我们的手脚重新戴上镣铐，驱入地狱。好恶毒的心肠！说他是野兽，野兽也没他那样的狡猾！

恨，一个人的恨、十个人的恨、千万人的恨，汇集起来就是一种无穷无尽的力量，这是一种莫之能御的力量。不管蒋介石他如何疯狂，不管美国武器怎样厉害，都是敌不过它的。我们有了恨，我们就一定能制服蒋介石，制服美国的反动派，如像全世界爱好和平的人民曾经制服了希特勒、墨索里尼、日本军阀一样。我们有了恨，我们就永远不会被屈服，胜利就有了最可靠的保证。我们现在还需要把这恨提高到十倍百倍，我们可以告诉蒋介石：

"你别生气，美国的金元和武器吓不到我们，我们恨你！"

（《晋察冀日报》1946年9月28日，《副刊》第119期）

何日君再来

马寒冰

天津《大公报》载：九月七日国民党在长春一个慰问与欢送日本侨俘的晚会上，演奏《何日君再来》一曲，博得日侨俘掌声雷动，读后令人怒发冲冠！

从"九一八"事变到去年，整整十四周年，日寇的魔手从鸭绿江逐渐地伸展至关内，伸展到中原的心脏地区和美丽的南海岸。所到之处，掳舍为墟，赤地数万里，多少人在刺刀上丧了命，多少人在压榨下破家荡产。直到现在，每忆起这悲惨的日子，还使人胆战心寒，这难道还不够受吗！

然而，胜利后的今日，国民党反动派真算是富有"大国民风度"，对于日侨俘真是优遇备至。在汉口，日俘可以驾起汽车在马路上兜风，可以在大街小巷出卖从中国人民手里抢劫来的东西，可以公开卖淫，多么自由自在哟！我曾经问过武汉行营的少将参谋处长，为什么这样做，他说"以德报怨是中国古往今来优良的传统和风度。"好一个"优良的传统和风度"！这个风度是奴才对主子的风度！是哈巴狗的风度！

这也用不着大惊小怪，奴才们对于主子们，哪有不百依百顺的道理？你说奴才们真的同意把主子们驱逐出去吗？决不，日寇的被逐，在他们真是舍不得地难过，他们不能蹲在他们胯下，继续去威吓善良的人民，也不能够躲在他们的屁股下去吮吸人民的血汗。他们痛苦极了；去掉了一个主子，不得不又找另一个来，这就是山姆大叔。但是一个主子反正不如两个好，于是乎他们软绵绵地躺在山姆大叔的怀抱里，还向临去的主子送媚眼，勾引着这昔日的嫖客！

有人把反动派这种举措比作阿Q，我看倒远远不如：阿Q受了侮辱，嘴巴上不说，肚子里还在咒骂，而这般奴才们却是心眼俱笑哩！

他们只是一条被主子们豢养的非常乖顺的狗，和一副婊子的鬼相而已！

(《晋察冀日报》1946年9月28日，《副刊》第119期)

走上自卫的前线

杨朔

夜来,张家口还是那么和平,大家过的日子又自由又欢乐,一夜光景,就闻到火药味了。破坏这个和平的正是蒋介石。和平的人们谁不厌恶战争啊!可是人们既不慌张,也不灰心,只显得又紧张,又镇定。多少人拿起枪,走上自卫的前线,连头都不掉。

那不是,民生电业公司的全体人员正送一伙工人去参加工人支队呢!新战士骑着马走过街道,当中有个年轻人才二十岁,帽子略略向后掀着,右鬓角蓬起一撮头发,原来是我会过一面的吴玉森。

就在这天早半天,吴玉森对我说道:"我们翻过来,不能再翻过去!蒋介石这老小子是个痨病鬼,紧七慢八十个月,早晚得死;美国不过是根顶门棍,顶着他的腰,一撒手就倒了!"

吴玉森的心胸藏着股压不住的愤恨,这也不是凭空来的,过去的日子真叫他伤心。卢沟桥事变时,他才十一岁,家就住在卢沟桥,从此受的洋气,数都数不完。做苦力,叫敌人抓去喂马,又在长辛店铁路工厂做学徒,那日子,他思想起来便愤愤地说:"什么学徒,简直是当奴才!工厂门口把着日本兵,出进都翻:进门怕你是八路,出门又当你是贼!吃的是黄豆面,一吃就拉稀,一个个工人弄得像臭要饭的,又吃不饱,眼看就要人吃人,死的才多呢!"

好歹熬到去年秋里,日本人垮了,吴玉森寻思这下子可行了。国民党的"空挺队"坐着美国飞机飞到北平,出来接收长辛店,老百姓还插着大旗欢迎。不曾想,"国军"一来百姓气得说:"还不抵日本人在的时候呢!"

听听吴玉森诉说"国军"干的好事吧:"那时候国军一接收,白箍（伪军）换换衣服、换换帽子，面目不换，又抖起来了。当特务的也组织工会，掖着手枪，走到哪儿都打腰。在街上，有些国军戴着口罩，到小铺买东西，一说话都听出是日本人！白箍领着'空挺队'乱要粮草，不给就抢，还抓丁。头一批'空挺队'在赵辛店胡串民房，还逼得一个妇道人家跳了井！买东西可横了！两块钱的东西，撂一块钱，拿了就走。时常骑着马绕街跑，哪里人多往哪儿冲，撞了人反倒骂你说：'你的眼长在哪儿？'下来拿鞭子就抽。中央'开'到哪儿，那里的东西就往上涨。他们腰里有的是法币，乱买东西，物价忽地涨上去了，只是苦了当百姓的。——干脆一句话，反正国民党到的地方就变成一座阴曹地府，哪像解放区这样好过？"

吴玉森就是气不过，才跑到解放区，后来到了张家口，在电业公司工务股当工人。八九个月来，他吃得饱，穿得暖，受了挺好的教育，改了不好的习气，认识也更明确了。一听见蒋介石要进攻张家口，气得他骂道："蒋介石老小子不欺压人，心里就发痒！共产党一次一次让步，蒋介石还是无理地起内战！千里马还得有千里人，别仗着美国武器，可是你的人怎么样？心气不一样，不败才怪呢！我已经从虎嘴里逃出来，不能再送到狼嘴里！"

于是他为了保卫张家口、保卫察哈尔、保卫全边区，不让同胞落到蒋介石的毒手里，毅然决然地参加了张家口工人支队。像他这样的人，何止一个，确是成百、成千、成万！这无数无数的英雄们拿起武器，投身到自卫战争里，为的可是和平。我们要从战争里把张家口再恢复成一座和平的城市。

（《晋察冀日报》1946年9月29日，《副刊》第120期）

战争开始了

马力

蒋贼使用美国制造的飞机、美国训练的空军人员、美国制造的炸弹，三天来不断地轰炸张家口的门户，察哈尔的首府——宣化。最残酷的一次，要算昨天的大规模的轰炸，出动飞机六架，投弹百余枚，伤我和平居民四十余人，毁我房屋数百间。"许多人民从此亡门绝户，许多人民从此无家可归，死者含愤九泉，伤者呻吟床褥。"（见察省各界通电）这是蒋介石滔天大罪的再一次暴露，这是我们的血海深仇！

这不是一个简单的事件，战争已经迫临晋察冀边区的大门，蒋介石向中国人民的血腥屠杀，已经沿长江扩大到塞外，蒋介石向张家口的进攻，已最后地粉碎了他一切"和平"诺言，并揭穿了一切外国政治骗子的丑恶面目！

你说，我们要用眼泪去追悼那些死难的兄弟吗？用眼泪去安慰那些呻吟床褥的同志吗？决不，我们有的是满腔热血的沸腾、满肚子的悲愤和钢铁般的意志和信念！

你说，我们为这信号而惊奇吗？为这信号而吓倒吗？决不，从中央社喽啰们公开喊出"限期打通七大交通线"，☐从郑洞国在承德发表了他那套"内战英雄"的"分兵进击张家口"的呓语，以及昨日蒋介石在南昌公开说要"剿匪"，我们完全看出了他那一整套的鬼把戏。我们一点也不被这信号而惊奇，更不会为他所吓倒；我们早就已经摩拳擦掌，准备好了。假如反动派开始了进攻，我们一定决心保卫我们自己的城市，敌人从哪里来，就在哪里消灭他！相反地，却是蒋介石自己和他的喽啰们，将为解放区军民的一致奋起保卫民主自由的家乡，而惊奇和吓倒。

战争已经开始了，我们每个人应该做些什么？

工农商学兵，不分男女老幼，英勇地站在自己的工作岗位上。在前方的要努力杀敌，如果敌人不投降，就毫不留情地消灭他；在后方的加紧生产节约，加强前后方的运输，努力秋收秋耕，保证军食民食，安定物价，稳定金融，百倍警惕，防止特务奸细的破坏活动，倾尽我们的全部力量，支援自卫战争的前线。一切的一切，都要听从晋察冀中央局的命令，听从我们本地区的最高统帅——聂荣臻将军的命令，听从各所在地党政军最高首长的命令！

　　我们要告诉那些卖国贼们，晋察冀这块辉煌万丈的民主根据地，是我们千百万人民，从抗战以来，不分昼夜，辛劳艰苦所建立起来的。我们既然有这么大的力量建立起它，也必然有力量保卫住它。你们梦想躲在山姆大叔的裤裆下，来向英勇的边区人民进攻，想用那卑污的、罪恶的、血腥的魔手，来绞杀这光芒万丈的民主自由的都市，你们将永远成为梦想——一个可悲而又可怜的幻梦而已。你们的泥足，将要深深地陷在全解放区军民团结一致，前仆后继英勇的斗争下；陷在不可拔出的泥巴里，掉到茅厕里去；广大的中国人民，将会起而砍断你们的脚！

　　蒋介石所以敢于这样疯狂地进攻，完全是美国反动派所支持与援助的。因此，立即停止任何形式的物资援蒋，收回对蒋租借物资，撤退驻华美军，是今天中美人民所必须努力敦促实现的。亦只有如此，才会停止中国的内战，促成世界的永久和平。我们要向全中国和全世界呼吁：立即制止蒋介石的暴行，停止一切的国际军事援蒋，给我们以道义上的援助！

　　战争已经开始了，我们具有坚强的胜利的信心，无比爱国爱民的英雄气概；我们将要英勇地与进犯军搏斗，一直到和平民主的到来！

　　胜利一定属于我们的！胜利一定属于人民的！

九月二十九日

（《晋察冀日报》1946年9月30日，《副刊》第121期）

陈老太太的翻身歌

张雷

一、陈德武假装好人

涿鹿虎头沟有个大恶霸叫陈德武，在敌人统治时期当伪甲长，仗势欺人，无恶不作，克扣贪污、强奸妇女、打骂百姓是常事，还勾结□山鬼子杀害我两个区干部。到去年九月，虎头沟解放，全村群众便联名控告，向陈德武清算，在大家说理斗争之下，陈德武赔偿了大家的损失。但是，陈德武心不死，便联络陈旺士、张福勇，假装好人，连着写了五道黑头信，向区里诬告村农会主任韩廷祥，说"韩廷祥在'一贯道'，韩廷祥说区长是王八精，区农会正副主任是兔子精，区里吴登玉是孽虫，都成不了事，万教归一的时候非拿刀割他们不行"。这信到区上，吴登玉一看就明白这是坏蛋想复辟，借刀杀人的反间计。这一来，黑头信没使上，陈德武又想出新的办法，挑拨村干部不团结，对坚决积极的村干部像韩廷祥、刘凤仪采取坚决打击，对其他干部和一部分落后群众就用收买、利诱、威胁，给韩廷祥戴个假帽子，说韩廷祥当过村里书记，贪污了公款，便鼓动一部分落后分子，将韩廷祥扣押起来，而且陈德武亲自拿着锣到各街去召集群众开清算大会。

人们都集合在庙里，陈德武自报奋勇当了主席：

"今天咱们开清算大会，杀人的偿命，欠债的还钱，有仇的报仇，有冤的诉冤，这个会是民主政府给大家做主，有意见只管提……"他向着张福勇斜看了一眼，丢了个眼色，接着说："我陈德武不是死榆木头劈不开的人，穷哥们不够用到咱家去制。今儿个，我拿出四百石小米来!"

张福勇便在台下问大家:"好不好!"

"好,欢迎!欢迎!"一部分被陈德武收买了的落后分子答复。

"那么,韩廷祥当书记大家知道吧!"陈德武问。

"知道,知道。"

"他私吞公款,吃咱们血汗,咱们要跟他算账,这回□是咱们真正翻身的时候,你们说对不对?"

究竟还是群众眼睛看得清,大部分群众一言不答,在座的陈老太太,租种了陈德武八亩地,受着恶霸的剥削和压迫,从来就是度着贫寒的日月,到去年向恶霸进行减租斗争后,陈老太太才喘了一口气。这时,她正着了急,半张开嘴要说几句正道话的时候,区里吴登玉同志从三十多里以外赶来了,上台就急着喊道:"究竟谁吃了咱们的血汗!"

霎时,台下的群众,像山洪暴发一样——

"陈德武,陈德武!"

"怎么办?"

"捆上他老狗日的!"群众异口同声地喊着。

韩廷祥被松了绑,从村公所里走出来,上了台,又当了斗争陈德武大会的主席。这一下,你一条我一条的,连被陈德武收买的一部分群众也觉悟了,反过来向陈德武提了好多意见。

原来吴登玉同志在头天晚上,就接到民兵送去的消息,所以急着赶来的。

二、"不到黄河心不死"

"这回我失败了,看下一回!"陈德武搬到涿鹿城去住了。他又使用"美人计",把十八九岁的大闺女给了村里治安员刘宇山,婚事很快成功后,又从各方面去买刘宇山的好。果然,刘宇山跑了坡,和陈德武钻了一个裤腿。但是,村里群众早已识破,把刘宇山撤了职后,就要开大会斗争,结果,"美人计"失败,刘宇山也闻风跑了。

陈德武还是"不到黄河心不死",整天整天地编方设法要坑害韩廷祥和刘凤仪。在一天下大雨的晚上,天黑得伸手不见掌,陈德武、陈旺士又从城里回到虎头沟,偷偷地钻到张福勇家里开会。这晚,村干部也在开会,有人将他们三人开会的事报告了村干部。马上,民兵们在新治安员刘凤仪和武委会主任领导下,将陈德武三人包围起来,只听见说话没有点灯,民兵爬上房,用土枪放了一下,不巧天阴没过火,陈德武、陈旺士二人爬上西墙头跑了。张福勇刚爬上房,就被村武委会主任抓住脖颈。当天晚上盘问时,张福勇承认他们三人要趁村干部开会当儿,用两支枪打死韩廷祥、刘凤仪等。当场并把顶上门子的撅枪和三十发子弹交给了村干部。

接着召开了全村群众大会,大家带着材料,带着枪和子弹,带着张福勇,一齐送去县公安局。就在这一天下午,几个民兵跑到城里,又把陈德武抓住了。

三、陈老太太的歌

到了八月,在虎头沟全村群众要求下,民兵们把陈德武从公安局带到村里,刚宣布开会,刘凤仪就把从陈德武家里搜出的大枪栓和三百多发子弹搁在桌子上,让群众观看。

"你写黑头信,你使阴谋害好人,你还想杀死咱选举出来的村干部,你可恶不可恶!"陈老太太首先打了头炮,她实在恨极了,说着就动了手,"你这是棺材铺里咬牙,恨我们不死,你想害得我们穷人不冒烟,是不是!"群众又喊又叫地嚷起来,拥着挤着,把陈德武围了个锅盖大的圈子，都摩拳擦掌地喊打，后来司仪把大家又推又挡地总算推开了。

"勾结上□山鬼子，打死我们三个八路军和区里老杨、老梁！是你干的活不是？你说！""你和张福勇把分区交通员打死了……""我租你那地，你夺回去，你还……"

"你当甲长那会，喝咱们血，吃咱们肉……""你把我爹逼死，叫我娘嫁了人，闹得我家败人亡！"

二百多条罪恶提完了，政府接受群众要求，当场进行公审，群众围在山坡上、河滩里，房顶上也站满了人群，在一阵热烈的掌声下，枪声响处，大恶霸陈德武躺下了。

全村群众打了胜仗，得到九百多亩土地，陈老太太也闹到六亩葡萄园子，她有说不完的高兴，要把肚里的兴奋唱出来，就编了一支歌，扭着秧歌，村里群众也跟着她唱起来："毛主席是青天，实行民主男女平权，人人都可提意见，老百姓眼睛看得宽。再说陈德武，小时他也苦，连讨吃带打狗，领了日本枪支他贪污，哎嗨哎嗨哟，呼儿隆咚锵呀，个人（自己）害个人。"

从此以后，村子里一切都有了新气象，全村农会会员由四十人扩大到一百六十多，各村民兵到区检阅中，虎头沟的民兵得了第一名。陈老太太又编了一个庆贺歌：

"提起那民兵，真是太威风，三十六区比本领，咱村考了第一名，赏给红旗走在百姓营，过孤山进了虎沟村脸上多光荣，多光荣。"

（《晋察冀日报》1946年10月2日）

唯武器论者休矣！

马力

平汉线我军大捷的消息传来，千万万的人民都在为这胜利的消息而欢呼鼓舞，只有那些法西斯匪徒们，才在低低地哭泣，哭泣他们要更快地爬进坟墓里！

当蒋介石进犯军开始进攻察省的时候，我们曾经说过，他将要陷在泥巴里，要遭受到人民砍断他们的两条狗腿。事实今天已经证明了我们的预言是百分之百地实现了，现在已经成为蒋介石的脑袋伸进了我们的大门，两屁股却被我们削去了一块，陷入于进退两难的境地。这是一个报复性的反击，是人民为自己报复血海深仇的时候！

反动派不断地为自己壮胆，吹嘘着美国武器怎样厉害，这次平汉线的蒋军何尝不是使用美式武器，结果怎样呢？还不是不堪一击，望风溃逃，还有什么了不起？蒋介石在抗战中就是一个唯武器论者，看见了日寇装备的优良，就满以为打不过日寇，于是乎来个"不抵抗政策"，于是乎来个"逃上峨眉山"上去。他却没有看见了中国广大的人民，为了保家保乡，为了不愿意过亡国奴的生活，前仆后继和敌人斗争的巨大力量，是比任何日本武器都要厉害的，最后的胜利始终是属于中国人民的，日本法西斯强盗们只有跳到毁灭自己的大海里去！在今天，蒋介石反动派也犯了同样的毛病，满以为自己有了美国爸爸撑腰，手里执着美国武器，就可以大举来屠杀中国人民。来向中国人民进攻了；但他却忘记了人民早已恨透了你们这些无官不贪、无款不劫的坏蛋们。你们把善良的人民迫得上天了，他们不能坐以待毙，他们唯一的办法只有武装起自己，和你们这些吸血鬼们搏斗。从四川、西康、到江苏、浙江、福建、湖南、江西等九省份的"民变继起"就是一个明证,他们已经成为广泛的游击部队,拉住了你们的后腿,有人把这英勇的行动,比作了太平天国的革命运动,或者是如欧陆大战的第二战场,我看是一点也没有夸大的。

蒋介石还忘记了自己的另一个弱点,就是经济崩溃。如果我有如蔡若虹同志那支生动的画笔,我一定画这么一张画,蒋介石躲在山姆大叔的裤裆下向中国人民进攻,而在他的刺刀下却挂满着各种美货。明显地说,美货是随着蒋介石的刺刀下流入了中国的内地,蒋介石占领了承德,给予人民不是粮食、棉花和布匹,而是千万条的美国纸烟,就这样绞杀了多少民族资本经营的工业,多少厂家被迫关了门,眼看着中国的金钱狂流到山姆大叔的怀中,而我们自己却越被压榨得像具骷髅。战争没有钱是不能维持下来的,蒋介石地区的经济既然这样穷困,怎能支持得住他,就不得不借钱打仗,从山姆大叔那里借到了二十万万美元,在他总以为满可以打一会仗了,但是在贪污成风,败家子相的蒋家官吏,这二十万万美元又能够让他们挥霍多久?挥霍完了又怎样办?蒋介石又该到了苦恼的时候。

一个半月来,解放区军民英勇抗御了进犯军,消灭了他二十多万人,再加上部队的大量逃亡,阎锡山那样夜里脱掉士兵的裤子,也被跑了不少。逃得那么快,又是死得那么多,尽管怎么加紧抓壮丁,怎么也补不上兵员的减额,没有兵又怎能打下仗呢?

蒋介石失掉了民心,没有钱和没有兵,即使你有美国装备,也不过是像肥皂沫一样,很快就要被吹得云消雾散。平汉线的大捷,就是肥皂沫被吹破了的开始。

中国有首古诗,只要把它略微修改一下,很可以作为蒋介石未来的前途预卜:"天长地久有时尽,看你横行到几时!"

(《晋察冀日报》1946年10月2日,《副刊》第123期)

恨 和 爱

康濯

前天,当蒋机狂炸宣化的时候,许多老百姓痛骂道:"蒋介石!你不是中国人!你不是人养的!"这使我想起了一些别的事实。

近来,在我们解放区的农村,农民从清算复仇翻身斗争中得到土地以后,他们对共产党毛主席的信仰和拥护,那实在是语言文字中很难找到确切词句说明的。在宣化,在怀来,在好多别的地区,农民们把家里的神像、土地爷像、财神爷像扯了毁了,换上了毛主席的相片;弄不到相片的,也要请人写上个"主席毛泽东同志"的纸条贴上去,供奉起来。人民这样忠心地对待共产党毛主席,和人民那样激愤地痛骂国民党蒋介石"不是人养的":多么简单的事实!多么鲜明的对照!

这种对照早已不光是解放区的事实了。在国民党统治区,蒋家"法律"规定任何人在任何场合,听到说"蒋主席",就一定得起立立正以示"尊敬领袖",要不,你就有各种各样的危险;可是,规定尽管规定,人民却依然"想中央,盼中央,中央来了民遭殃!"而另一方面,蒋介石在南昌大嚷"剿匪",人民对于所谓"匪"却是"处处不留爷,爷去投八路!",这不也是鲜明的事实吗?

蒋家统治区剥夺了人民一切自由,谁要反对他,他就说你是共产党,受了共产党的宣传,或者说你中了共产党的"毒";其实,从前面鲜明对照的事实想一想,告诉你吧蒋介石!这一切也正是你蒋介石自己教育的结果!你蒋家统治区,不仅逼得成千万工农饥饿死亡,而且连民族资本家也走投无路,最近上海中小资本家所办的道亨银行,不是也被你逼得关门了吗?察哈尔的人民,过去多少年被你逼得奄奄一息,后来日寇打来,你却一掷不管,把人民送在日寇兽蹄下惨痛呻吟整八年!如今共产党解放了人民,给人民带来民主、自由、土地、房屋,而你又要来抢夺这一切!你仗着你美国爹的飞机,几个炸弹,就使昨日幸福的宣化市民,今日竟许多亡门绝户,许多无家可归!蒋介石!你跟人民结下的是说不尽洗不清的血海深仇啊!人民怎么会不骂你个"不是人养的"?

至于共产党对于人民,只是全心全意为人民服务,领导人民斗争翻身,帮助人民吃饭穿衣和建立美好的生活!于是,全国上下,人人向往共产党,解放区人民更自然地把毛泽东代替了家中供奉的神像,普遍地叨念着:"咱们从心眼里拥护共产党毛主席!"怀来农民比拟他们跟共产党毛主席的关系说:"共产党毛泽东好比人的脑袋,老百姓好比人的胳膊腿,他脑袋怎么一想,咱们跟着就干开了!"又说:"毛主席时时刻刻在咱们身边!哪里有困难,哪里就有毛主席!"这是多么意味深长!

今天,蒋介石对我边区的进攻是大规模开始了!眼前的平绥铁路也已经炮火连天。而人民在逼近眉尖的战争烽火中,就从上面鲜明对照的事实,选择了坚决勇敢的行动:人民咬牙痛恨蒋介石,人民风起云涌地参战参军,支援前线和巩固后方,为粉碎蒋军的进攻而拿出了一切力量!冀中月来参军青年就达二千名!张市五区参议员马老太太正做着饭,忽然听到蒋介石进攻察省,她愤怒地骂道:"蒋介石你要打就打吧!非叫你尝尝老百姓的厉害不行!我的老命也和你拼了!"她指着手下的饭说道,"现在好容易吃上饺子了!我们的市长区长见了我,把我敬得老辈子似的,你蒋介石来了,要让我当老孙子,又想打破我的饭碗,这说什么也不行!"唐县南雹水抗属赵老伟送他第二个儿子参军时说:"共产党、毛主席过来了,咱们才有了一碗饱饭吃,千万可别忘了毛主席!他是咱们的救命恩人,现在需用着咱们的时候，咱们就得往前走!"怀来人民为了保卫土地迎击蒋介石的进攻，正发起了誓约运动。怀来一区的农民们并且说："不怕！共产党、毛主席是司令，咱们老百姓个个是兵；咱们拧成一股劲好好干，一定要粉碎蒋介石的进攻!"……这一切，说明蒋介石是人民的死对头，而人民和共产党、毛主席却永远一道，从斗争中走向胜利；这是最简单的真理，是最鲜明的对照！

是的：这鲜明的对照，是恨和爱，是死亡和生存，是失败和胜利，而决定这一切的是人民！人民从恨和爱的对照中团结成无比的力量，人民要粉碎蒋介石的进攻，人民的事业一定会胜利！

(《晋察冀日报》1946年10月2日，《副刊》第123期)

扑 野 兽

新华印刷局 汪璐

说蒋介石是个兽吗？其实他比兽还坏！

蒋介石的飞机近来连续地轰炸，扫射解放区的和平居民，尤甚者，是昨日轰炸扫射宣化。这是解放区人民遭蒋机轰炸死伤最多的一次。

蒋介石——这个法西斯头子，就好像中国人民和他有不共戴天之仇似的，用美国供给他的飞机来轰炸中国老百姓，这是如何没有人性！这是何等的野蛮！要说蒋介石是个野兽吧，他比野兽还要坏，野狼食人，猛虎食人，只是用它自己的兽性和爪牙来乘人之不备，偷吃家畜，或捕食孤独行人而已。但蒋介石这个卖国贼，他不但用自己的喽啰进行内战，来杀中国的人民，而且他还用中国的海关、航空、领海等权换来美国的飞机和枪弹来屠杀中国人民，因此他比兽还坏！

原始的时代，人民没有被野兽食净，最终人类却战胜了野兽。而今天的人民，已经更觉醒、更进步、更团结，所以要最后战胜野兽，是没问题的。任凭蒋介石怎样比兽坏，但最后，人民一定能制服它的。现在人民正团结在一起，用一切办法来扑灭蒋介石这种野兽的行为！任凭你蒋介石如何猖狂，如何有你美国爸爸帮助！但人民的力量，最终会敲断你的背脊！

（《晋察冀日报》1946年10月3日，《副刊》第124期）

赵锡田故乡访问记

祝子忍

【新华社沭阳三日电】九月二十四日清晨，记者踏着露水润湿的小泥路去访问冀鲁豫前线放下武装的蒋军第三师师长（原第十军军长）赵锡田的故乡赵码——苏北解放区涟水县境东北四十里的一个村庄。赵师长的故宅紧靠临河边上，帆影往还，河下时时传来船夫的劳动歌声。

赵师长的老父赵仁杰老先生引导记者进入师长的故居，师长的夫人、大媳妇、小儿子都在家，长子赵振炎刚从田里劳作回来，他今年才二十三岁，身穿灰色的短褂裤，背头披着一件短棉袄，是一个淳朴健康的青年农民。他家住三间瓦房，两间厨房，四口人，十七亩田。在解放区里是一个丰衣足食的康乐农家。师长的哥嫂和他家住在一个院子里，也是自食其力的中农。记者被拥到堂屋里，这里顿时热闹起来。赵师长的亲戚都来了，记者把报上报道赵师长放下武器后在邯郸情形的文章《访问赵锡田》，读一遍给他的亲属听，全屋的人顿时静下来，他们仿佛看见赵师长在遥远的地方一间恬静的房屋里，在那里养伤读书，享受着共产党八路军的优待。

赵师长已经离家二十多年，当日寇进攻，蒋军从苏北西撤以前，曾回家看望过一次。那时才四岁的小儿子赵振寰，现在已经十二岁了，身上穿一件他哥哥小时的黄尼军装，记者问他可认得他父亲吗，他天真地摇摇头，赵仁杰老先生感慨地说："他连父亲一面也未见过。其实谁无父母，谁无子女，抗战胜利，谁也想复员归里回家。去年我曾写信给锡田，让他退伍从事生产建设，并指出忠于专制独裁的蒋介石遗臭万年，只有忠于人民退出内战，为全国和平民主建设而努力，方不负亲族与桑梓对他的期望。此次闻悉锡田放下武器，我甚为欣慰，曾去信嘱其参加人民队伍，并号召国民党军官退出内战。"赵老先生为涟水名绅，为人富正义感，多年来积极从事抗日民主事业，精神极为愉快。

堂屋正中的供桌上挂着一张年轻人的相片，这是师长以前最心爱的侄儿赵振山的遗像。赵老先生语记者，振山在一九四〇年涟水县抗日民主政权建立不久即参加抗日工作，那时才十八岁，四一年加入共产党，从此在涟水高满一带领导民兵坚持敌后游击战争。一九四四年正月的一个黑夜飘着大雪，他带领着人民武装在进袭投敌的国民党党部书记陆逆耀武的战斗中光荣牺牲。抗战胜利后，涟水抗日烈士的纪念碑上便闪耀着赵振山的英名，并将赵码改名为振山村，永资纪念。赵氏家属中参加抗日革命工作的很多，赵植田、赵福田、赵振宽、赵振寰、赵碧田、赵恒丰等都是赵师长的兄弟子侄。在保卫苏北解放区的自卫战争中，有很多赵氏子弟踊跃参军，赵师长的大儿子赵振炎也积极地参加担架队，到前线服务。

谈到赵师长放下武器的情形，赵仁杰老先生说，在内战中被俘，蒙八路军优待。我们兄弟都希望他今后能站到人民方面来，和驻在解放区的家人团聚，并恳切要求记者将此意转告赵师长。

(《晋察冀日报》1946年10月4日)

躺在北平做梦

陈稻

在察省，这块人民已经站立起来的土地的周围，环伺着一群豺狼虎豹蝇蚤蚊蚋，他们都想再到这块才复苏、稍见丰腴的土地上搜括一把，想扑向刚刚将息一年的人民的身上猛吸一口膏血。

魔爪已经伸进来了：攫了兴和，攫了康庄，伸向延庆，遥对着察省人民的心脏张家口。和这蛮狠的侵犯同时，强盗伙子里纷扰着嘤嘤嗡嗡喊喊喳喳的声音，预计着谁要得到肥肉，谁要啃骨头，商议着怎样择肥而噬。

上月二十五日，久躺在北平的流亡主席——也可以说是"难民"头儿，首先就贴出招人投标的告白："察省共有十九县，县长人选尚未全部决定。"希望从这里捞一笔，补偿他这几个月宦囊的空白；而十九只预付资金的鸭子就伸长脖子等着到这块丰腴的土地上填满空瘪的肚皮。

老爷们的算盘打得相当如意，一面一而再地宣布："并未准备进攻张家口"（二十七日北平广播），"绝无此事，报载系出诸揣测"（中央社北平三十日电）；一面却不□自打嘴巴地左一个"注意察省在地势上之重要性，察省是国防第一线，应积极力图收复……"（中央社南京二十五日电），右一个"察哈尔局势不日即明朗化"（南京二十九日广播）；而且连"复员委员会"也组织起来，还决定了"物资由物资管理委员会接收"，准备着把在北平、天津、上海、南京、武汉、广州、沈阳、长春等地方表演过的"五子登科"、"三阳开泰"、乱封房屋、抢掠女人等把戏，搬到察省重演一通。如果让这些老爷们的梦应验了，那察省人民就要身受北平、天津、上海、南京、武汉、广州、沈阳、长春等地方所有"蒋家德政"的总和。

不仅此也,那位"难民"头儿早宣布:要"本最高目标办理""收复区之土地政策问题",那些"追随各省发起还乡运动"的"难民"也喊着要人们"重视"他的"生命财产及自由",还有某些被惩处过的汉奸、遭打击了的恶霸也躲在角落里弹冠暗笑。这意会着什么呢?如果让这些老爷们的梦应验了,那察省人民就要在"复员"底下复了原——就是说,已经翻了身的仍得躺下去,让老爷们再踏上一只脚,一贯骑在人们脖子上拉屎的,仍要爬到人们的头上来。

老爷们计议好之后,那个大肚皮,酒糟鼻子,腰里别着手枪,手里拿着皮鞭的队伍,就要"随军至察哈尔进行复员"了,一路上越想越高兴。

《聊斋志异》里有一个故事:一个读书人到茅山学法,他的师父教他一套用头一撞就可以钻进任何墙壁的方法。他下山的时候,一肚子盘算着怎样钻进王家三姐的闺房,怎样钻进李家员外的仓库,这一高兴却把师父传授的咒语忘掉,结果是向墙上一碰,脑袋上马上长个大鹅蛋。

察省人民和保护他们利益的部队,正像铜墙铁壁一样屹立在察省的门前,当老爷们脑袋上也长个大鹅蛋的时候,他的头脑才会冷静些,知道今天察省的人民同任何时候不同,而认清自己不过是躺在北平做梦而已。

(《晋察冀日报》1946年10月4日,《副刊》第125期)

八路军又回来了
——解围后的大同

程予

我走到西线××部队,刚放下背上的行李,便有人拉我去看俘虏。他们说:"前天在大同附近打了个小仗,又捉到十几个俘虏。"

这十几个俘虏,住在两间宽敞的房子里,炕上散放着几张报纸、画报和几包烟叶子。他们面部的表情都十分自然、十分悠闲。这次水泊寺(大同城东七里)战斗中,俘虏的阎军三十八师一团二营六连三排长张德鹏,他已是第二次被我俘虏,第一次是在八月初怀仁战斗时,被俘后又放回去的。他对我们的俘虏政策,已亲身体验了两次,这回一来就显得爱说爱笑的,不大在乎。我问他这次被俘的经过——"二十三日早晨四点来钟,团部就传下命令来叫我们集合,随后出发,从曹福楼刚走到水泊寺,就碰上你们。""临来时,你们官长讲过什么?"

"我们哪知道呢?团部光把连长叫去了,听说是因为队伍没吃的,叫我们到樊庄想点办法,反正就是那么个意思吧!"他不好意思再讲下去,脸上泛起一层羞愧的红晕,似乎意识到自己不能推卸的责任。

自八路军主动解围大同以后,城里这批阎伪军的军官和一些不懂事的兵士,确实饿得疯狂起来,每天向四外村庄派出十几个武装特务,到处探听,只要谁家有点存粮,便回去报告,接着军队押着大车和仅有的几辆破汽车,来到这里,家家户户抢个精光。围城几十个村庄遭害最深,解庄一村被抢去粮食两万多斤,棉被五十条,牛驴十六头,羊一群。二十三日在西霍庄、庄园屯、蔡庄还抓走了几个老百姓。他们闯进老百姓的家里，翻箱倒柜，把锁都拧烂了，看到好点的东西就说："这是八路军丢下的！"随手拿走，这么一来，粮食、衣服、被褥、瓜果、猪肉，一切一切就都变成"八路军丢下的"了。马家村一位老太太说："连我地里种的白菜、萝卜，都说是八路军丢下的，统统给拔光了！"

城里的阎伪军一住下就是吃饭。来五十个人，做一百人的饭，还都要吃蒸糕、烙饼，吃一顿带一顿；带到城关，按当地三千六百元一斤白面的价卖掉，或者换鸦片吸了。

现在城周的老百姓，白天不敢在家，晚上才回来收割庄稼、打场，天亮时匆匆把东西埋藏一下，又逃出去了。这样的日子里，人们是多么渴念着刚刚离开的八路军，大家是可以想见的。

八路军虽然暂时离开这里，可没有忘记这里。九月二十二日夜间，水泊寺的老乡们果然又看到八路军了。当时他们正在院子里打场，八路军静悄悄地走到跟前，百姓们一见就认识。这是前几天在村里住过的那支队伍，他们欢喜得几乎要嚷出来啦！军队询问："西边军队常来吗？"

"一到白天就来，抢完就走。"

后来军队上说要在这里打个仗，老百姓有些害怕起来，八路军的战士就给解释："在这里打他两回，下次就不敢来啦！"

老乡们一听，这才明白过来，都说："好！那就打吧！"他们便放下东西，到屋里收拾担架去了。

在鸡叫两遍的时候，天还黑乎乎的。曹福楼住的这帮饿鬼们，由三四个特务带领，偷偷摸摸爬到这里来，刚到村西五百米左右的那座高岗上，村里的八路军就三面包围上去，等饿鬼们刚走下一半，发现中了埋伏，急欲缩回去，但已来不及了。我们村里的机枪一响，四下里杀声，把敌人围起来，×连的政指谢文林同志带着一班人冲在最前，他的手枪准确地打在那个机枪射手的手上，受了伤的射手扔下机枪抱着胳膊就跑了。他拣回机枪来，又缴了三条步枪。这时战士中展开了缴枪捉俘虏的竞赛，张志永缴了两支步枪，一个通讯员都缴了一支，副班长张根妮捉住一个负伤的号兵，还背了他三里多地，大家都说他是战场上执行俘虏政策的模范……

这一批饿鬼们被消灭了一半，我缴获步枪十七支、轻机枪一挺，俘虏十九个，战斗在十分钟以内就结束了。

老乡们听得清清楚楚，等枪声一停，他们都出来争着抬担架，有些人看到穿黄衣的俘虏们，还不敢在众人面前表示自己的高兴，回到自家院里悄悄地和八路军战士说："这个仗打得真好！你们要多住上几天可就更好了。"

战士说："我们决忘不了你们，过几天还要来的！"

与此同时，另一部八路军在樊庄（距大同十三里）村□再一次打击抢粮的饿鬼们，以一个排的兵力□□敌人一个营，俘虏□名。战士袁喜珍一人缴获步枪一支，掷弹筒□个。这次使敌人伤亡□十多，但我军却毫无伤亡。

坐在我面前的这些俘虏，大部都是水泊寺战斗中捉来的，有两个是樊庄战斗□，他们来到这里两天□都表示再不愿回那饿鬼的队伍。他们在那里虽然昧着良心出来抢粮食，但回去以后，每天只得到十二两大麦面，或高粱面，领小米只给十□。他们说：

"八路军解围不解围与我们没□关系，反正天天十二两大麦面，不解围挨饿，解了围也是挨饿。只有到这里才吃上顿饱饭！"

（《晋察冀日报》1946年10月5日）

要 报 仇

——一个俘虏的自述

远方

当他在热烈的掌声中跳到台前时，早已气得嘴唇颤抖着，几乎说不出话来了。他圆睁着的眼睛放射着仇恨的光，他被蹂躏折磨而致瘦弱的躯壳，已有了新的生命，而显示着无限的力量。他挥着拳头，提高着嗓子，诉说着心底的仇恨——

"我张顺堂，山东人，在天津去做买卖的时候，被日本人抓到口泉永定庄煤窑去做苦工，一天做十三个钟头的工，两头见星不见日头，简直是鬼样的生活！病了也得下煤洞子，不下就不叫吃饭，日本人也打工头也骂，跑又不能跑，受的罪一辈子也说不完哟！忍着吧！盼着吧！熬着吧！等把日本人打败了，国军过来就好了，到那时候，把日本逮住零刀剐了，也出出气，可是国军什么时候才能来呀？谁知哪年哪月才翻了身哪？今天盼，明天盼，一天天地这么祷告着。

"就是去年这个时候，日本投降了，你们说这该有多高兴啊！我这颗心就像想从嘴里跳出来似的，总算熬出来了。煤矿这就成了中国的了，咱们得好好地把机器看起来，别叫坏人弄毁了，因为这已是咱们的啦，国军来了好交给他们！

"终于来了，阎司令长官的军队来了一个团住在煤矿上。总算上天有眼可把国军盼来了，可出出这口冤气吧！

"可是第二天，就是他骂的第二天哟，我日他个大妹妹的，说俺们是汉奸！说俺们给八路军通气！把我们就抓起来啦，一百二十八个工人，里头就有我。头一天被圈到一个臭热的澡堂里，还嫌不解气；第二天用机枪逼着，把人们赶到一个不如一间房子大的防空洞里，就那么人压人地叠了好几层；还恐怕死不了，就用砖土填上。不大的一会，人们就喘不出气来了。眼看着十几个弟兄堵死了，我们就哭着喊着：'老爷们！我们是受苦的工人，好百姓被日本抓来的呀！饶命吧！'后来大家凑了两万块钱要求工头哀告，总算看到钱的面上，才扒开了个小口。两天半没给吃喝，渴得要死，一个人花了一万元，才给了两碗又臭又酸的洗澡水喝。就连这个，不花钱也喝不上哪！第三天把人们弄出来，只有六十多个人会动，剩下的有一点气，半死不活地人事不知了，那死去的弟兄都装了狗皮棺材（喂狗的意思）。"

说到这里他气急了，像疯了似的，他声音嘶哑了，拼命地喊着："弟兄们！这就是国军哪！这却是中国的军队对待中国老百姓干的好事呀！这是我们盼来盼去的好军队，狗屁的国军，狗屁的司令长官！我日他个小妹妹的！我张顺堂，受他们的害受够了！我要报仇！弟兄们！这仇该报不该报！我张顺堂还有人心，到了解放区，八路军待我们这么好，不能忘了，八路军的好处！我要当八路军报仇，我们不要这样的国军！这样的司令长官！"

（《晋察冀日报》1946 年 10 月 5 日，《副刊》第 126 期）

沧石路畔

苑丁

民兵群

我们骑着车子，以每小时三十里的速度，在平坦的沧石路上行驶着，当我们经过×庄时，一个青年妇女走来，她郑重其事地命令我们下来，问了番号，看过了通行证以后，脸上才露出笑意。

"同志！有枪照吗？"当她发觉我们带有枪支时，马上又郑重起来。等看过了枪照，才满意而又客气地说：

"同志们！耽误你们了，因为蒋介石要和人民打内战，特务比往常活跃，咱们不能不注意。"

"反动分子，调大兵，要想把冀中一扫平，偏偏地碰上了八路军……"一阵歌声从后面传过来，扭头一望，原来是十个一群、八个一伙的民兵们，追了上来。

"啊！老张！"一个年轻轻的小胖子跑到和我同行的张同志面前，他们是"五一"反"扫荡"时的老伴当。

民兵们挤了一堆，我只顾注意他们的行装，一个青年背着一支三八大盖用新毛巾包着，还背了一个日本水壶；另一个，倒挂着一支石门造的兰式枪，不少民兵戴了不知从哪里弄来的军帽，有的还打了绑腿，怪威风的。

"你村去几个？"老张问那个小胖子。

"两大队！"

"打仗草鸡不？"

"过过瘾哗！"他的答复似乎不对题，又似乎很中肯。

"走吧！走吧！"

后边的都赶来了，足有七八十个人，一个大个子挥着手叫着，人们开始行动。

"单等着到前线打一仗，掷掉撅枪换快枪。"歌声又洋溢在通往前线的晴空了。

复员

晚上到了西王奉，为了解决住宿问题，张同志领我到他的一个熟人家去，迎出来的是一个大个子三十岁左右的男子，他的名字叫小水，张同志说他是坚持"五一"的老干部。

张同志和他谈起本村的工作，他说：

"这村的妇会改选了，老主任不当了！"

"这咱谁的主任了？"张问。

"她！"他得意地把头扭向站在一旁的他的妻，她看看他，也得意地笑了。

我们很快熟悉了，他告诉我，他以前在分区鞋工厂工作，复员的时候才回来的，前几天碰见厂长，说叫他过秋还回去。

"你打算怎么办呢？"我问。

"咱说'多咱去就多咱去'，收秋也不要紧，有她哩。打反动派咱还能落后吗！我打算几天就走，说复员就复员，说复原就复原！"

我懂得，第二句的"原"是原来的"原"，意思就是还继续干没问题。

生与死

一个晚上，因为顺路宿在久别的故乡——宿生村。拂晓，就听到整齐的口号声和步伐声传来，我跑出去一看，原来是村自卫队在操

练,一个叫常昌的村武委会干部告诉我说:

"国民党反动派打内战,说不清哪一会咱们要上前线,得操练着点,从半宿里人们就到村南打了一趟野外了。"

下午从西边传来隆隆的炮声,一个坏家伙说了一句"皇协军离这里还有五十里地",把一个村干部气恼了,他很激愤地说:

"不用他妈的盼,盼也来了不好。来了,人安生不了,但也不能叫你们安生,动我一根毫毛,我就宰了你。"

我知道他是气话,因为他说过,他确信顽军绝对到不了这里,因为我们有力量,全国老百姓都反对他们,盼他们的只是个别坏分子。

只有干下去

再巧也没有,二十二团的治民、晋县邮局的勤俭、栾城工作的增瑞,都在我到家的这天回来了,似乎有谁在其中撮合。

凑到一起,在外工作的人的情况很自然地就成了话题,计算了一下,牺牲了的很少。

"咱们这一群是咱村青年的精华了!"我说,"这是革命给保存下来的!"

"真是精华了!"大家异口同声,因为事实也是只剩了我们几个在外边的青年还活着,在家的大部给日本鬼子惨杀了,永不能忘的是四〇年七月那一次,一个坑里就是五十多个,大部分是青壮年。

母亲们的脸,都有些凄然,因为看见活着的我们,她们想起自己的儿子来。我想她们一定深深地体会到"敢干不一定死,怕死不一定活"的真理吧。

下午一个事实证明我的猜想是对的,曾因为儿子去当兵痛哭过的宋义的母亲,一定叫我们把宋义带走。她说:

"叫他去吧!跟着你们我放心!"

一张讽刺画

这几天的心情常常使我想起一幅讽刺画。那是晋县学校成立时，小学生们画的，我见到它是在晋县青联会。画的中间是一个大石轮子——代表历史的车轮，前面是蒋介石，长袍短褂的，在地下弯着腰，用屁股顶着石轮，后面是许多群众在推，上边题着几句打油诗，记得是：

> 老蒋的屁股自觉硬，
> 他和百姓上了拧，
> 不管潮流怎么样，
> 迎头顶住不让动。
> 全国人民齐声喊，
> 巨轮一动丧了命。

当我看到群众动员起来自卫的激昂的每个场面时，我坚信打油诗是一个真理。蒋介石一小群，在历史的巨轮下是确实显得太渺小了。

（《晋察冀日报》1946 年 10 月 6 日）

"战　绩"

陈稻

在二十九日晨二时，岔道打响了蒋介石进攻张家口的炮声前半个月，戈培尔的黄脸徒孙们就先来一回神经战。他们的"战绩"是不应该让其埋没的。

"此间负责方面认为，政府军已据有控制张家口平原之高地，政府军刻正在外围激战中。"（九月十一日，沪《时事新报》载北平十日电）"……孙连仲将军部下国军，沿平绥线进攻，仅遇微弱之殿后抵抗，已进至距张家口六十里地点（照此说法，已经越过了怀来——稻注）。"（同日沪《中华时报》载北平十日电）

"中央社北平二十六日电：国军于共军撤退平绥线康庄以后，进驻该地的消息，军方于今晨进抵。"（十七日南京广播）

"中央社北平讯：平绥线国军已进抵距张家口八十里之怀来城下。"（二十八日南京广播）

还有一些像真"据有控制张家口平原之高地"，把张家口的一草一木都望得历历如绘的生动报导：

"张家口形势已趋严重，共军于二十三日以来，已将张垣发电厂、飞机场及一切设备加以彻底破坏……似有仿照放弃承德之方法，而放弃张家口。"（二十日北平《新生报》）

那曾因"手民之误"一度露脸的帮闲也跟着做个"慎重"的估计：

"十日内攻下张家口。"（十八日北平《世界日报》载南京十七日专电）

全说得活灵活现，要不是这一年来人民饱受过欺骗、恫吓，获得些经验，真会给弄得神经错乱。

事实如何，这群黄脸徒孙从来不管，他们习惯于指黑成白、颠是倒非，就靠出卖这两片皮，换得舔舔屠刀上的血渍，只要牵他们鼻子的主人怎么吩咐，他们就怎么吠，对这一类角色没有什么讲头。

问题在于他们的主人为什么也不怕人们不相信这些没有打仗而占领地方的胡说，和不顾及撕破自己"并未准备进攻张家口"的烟幕呢？除开"借以吓人"之外，还有"天机"。因为这一来，所有在西拨子、康庄之役撂下的几百具尸体，怀来两次战役碰碎了四五千喽啰等出丑的事情就省得再提，横竖这些地方早已"进驻""进抵"了，你看这几天中央社不是连气也不喘了吗？

明天，塞外寒冷的早晨中，一辆满载一千多"国军"的列车将"进抵"张家口车站，他们穿着单薄的军装，缩做一团。可是他们脸上不显得怎样颓丧，因为在他们心上已经解除了驱向战场做炮灰的威胁，同时新生了回家会见父母妻儿的希望。这批不带武器的"国军"的确是"进抵"张家口了。

牵着黄脸徒孙们鼻子的主人，永远不会让这个事实发布。事实总归是事实，无言和谎言总有掩盖不了事实的时候，我劝他还是先叫黄脸徒孙们赶快发一个消息：

"六日晨，国军千余沿平绥线已进抵张家口之消息，业经共方证实。"

这样既骗了人，又遮住丑，自慰之余，又有勇气抓另一把人命做赌注。

（《晋察冀日报》1946年10月6日，《副刊》第127期）

前　奏
——记平绥东线第一次战斗

方纪

九月二十九日晨四时，从青龙桥方面发出来的进犯的炮声终于响了。炮声惊醒了察哈尔解放区和平人民的酣梦，炮弹落在察哈尔解放区前哨的岔道镇及其周围和平的乡村里……

炮弹是以每分钟六至八发的速率发射的。带着疯狂的呼啸从和平的天空里划过，又胆怯地沉重地落下来，爆炸开去。这样，继续了两个钟头。到六点钟，天亮了，站在岔道东南山上的解放区的卫士们，开始看到一种"奇"景：在三辆美制坦克掩护下的穿着美式服装的士兵，通过美国人为我们设立的曾经是和平象征的解放区和蒋占区的界牌山上冲过来。

要来的，终于来了。蒋介石的猪嘴终于伸向察哈尔张家口这块和平美丽的花园来了，对生活在这里的和平幸福的人民的进攻开始了。

这不是意外的，尤其对于守卫在前线的战士们。×团二营六连五班的战士，在副连长杨宝进领导下，按着预定计划迅速地炸毁了道路和公路桥梁，占领阵地向敌人射击。一阵排枪，冲向岔道东门的敌人立即像风刮着枯叶一样卷回去。南门的敌人又冲上来了——对不起，轰，地雷爆炸了，挂着美国制服的胳膊（也许是腿）和盛着脑袋的钢盔飞到空中……当敌人以十多门迫击炮和轻重机枪掩护其主力集结上来的时候，这一班勇士们已毫无损伤地转移到新阵地，继续向敌人射击起来……

保卫察哈尔、保卫张家口的神圣自卫战争就这样开始了。

从二十九日晨四时起，至三十日晚六时，从岔道至康庄，这一共历三十八小时，进行在长十公里战线上的战斗，构成此次自卫战争的前奏。在这一战斗中,敌人以十六军九四师一个师的兵力来达到其突出岔道狭窄地带以便展开主力的企图,我们则仅以少于敌人数倍的兵力来完成消耗杀伤敌人的目的。

战争进行着。敌人恃仗其强大的炮火向我阵地密集射击,并以美制飞机坦克掩护其优势兵力反复冲锋。但掌握武器的是人,我们的战士们躲在临时构筑的野战工事里,伏在山头上,沉着地瞄准射击,成堆的敌人倒下去。在二十九日下午营城子战斗中,×团三营七连五班的战士们以一个手榴弹的反冲锋夺回一个山头。三十日的战斗更猛烈了,在十二时以前,敌人的炮弹是平均每分钟八发,十二时后,增到十二发。敌人困兽般地不惜以最高代价来换取康庄。于是奇迹出现了:七连五班的英雄们在二排长晋天月、班长阎耀清的领导下,冒着敌人前后达五百余发炮弹的猛烈轰击,坚持阵地达八小时之久,击退敌三次冲锋,杀伤敌人百余。下来的×团,战士们还带着满身火药味,以尚未完结的战场上的兴奋谈论着战争,每个人都争先叙述着自己光荣的经历,并不时迸发出一阵战士们所特有的爽朗的笑声——这是他们谈到了一个可笑的故事:当敌人在我们英勇抗击下被打得人仰马翻的时候,敌人叫起"妈"来了。"妈呀,妈呀,不能前进了!"一个战士顽皮地哭着嗓子喊:"排长去见连长:'妈呀,不能前进了!'连长说:'妈呀,去找营长,营长在后面坦克上!'"战士们又哄笑起来。坐在旁边的营教导员自言自语地说:"这样的士气,不打垮蒋介石才有鬼!"

首先,我们访问了最先与敌人接触的二营六连副连长杨宝进,这是一个生着一双美丽大眼睛的热河青年,他低声地同我们说论着前哨战斗,分析着敌人的行动,用树枝在地上画着地形。他以一种平静的军事家的口吻来谈论战争,最后说到打坦克——

"坦克并不可怕。"他肯定地说,"只要瞄得准,打退了步兵,坦克也就不敢前进了。"他满意于自己的发现似的微笑一下,又补充一句说:"光坦克是不能解决战斗任务的。"

接着,他领我们去看他所指挥的六连五班的战士们。班长董全祥一见我们就发愁地说:"这从哪里说起呢?"指导员说:"你怎么打的就怎么说吧!"他微笑着向周围望了望,指着两个战士说:"程顺清、李贵,这两个同志不错,打仗勇敢,不顾隐蔽自己,爬到工事外边打坦克,应该表扬!"两个战士腼腆地笑了笑。接着空气活跃起来,战士们你一言我一语地说论着最初的战斗,系我们前面所写的。最后,班长思索了一下,结论般地说:"像这样的反动派,真好打,冲锋的时候连个建制都没有了,像羊群一样,一大堆一大堆地往上拥!"战士们同意地笑起来。

现在我们该来介绍在这次战斗中最勇敢、最机动、坚持阵地最久、杀伤敌人最多、起核心作用的三营七连五班了。班长阎耀清是个二十二岁的青年人,他从容而清晰地叙述着这个班的战斗经过:

"二十九日,敌人占领营城子南山阵地的时候,我们这个班,就上去了。"他开始说。在这一天,他们反冲锋夺回了一个山头,但他却不在乎地说:"这不算什么,拿这个山头只用了一个手榴弹,要紧的在后头呢!"

第二天上午七八点钟,上级给了他们新任务:固守康庄南面的一个山头。这山不大,长宽不过三十步,两头高,中间洼,成凹字形,上面只有两个简单的野战工事。他们十一个人,敌人给他们每人五十发炮弹,把山头打平了,山上的草烧光了,但他们坚持阵地八小时,打退敌人三次冲锋,毙伤敌人一百多。

"当敌人第一次冲锋的时候,首先从交通沟里出现一拿小白旗的,在沟口晃来晃去不敢露头。我等了好半天,敌人狡猾把旗子插到南沟沿上,刚往北沟沿一蹲,就给他一枪打倒了。"这之后,敌人在机枪掩护下冲上来,被这些勇士一颗手榴弹打得卷回去。接着,敌人以密集的炮火向他们轰击,趴在工事里的战士们被土埋起半截,谁也不动，听炮声一歇，敌人第二次冲锋到半山腰了，二排长发现了。

"给我机枪！"他喊，接着一槽子弹打得敌人滚下山去。五班长一抬枪，原是打那个拿白旗的连长，可巧低了一点，走在连长前面那个抱美式冲锋枪的排长被打翻了。

这时，班长说："炮火全把耳朵震聋了——到现在还听不清楚，耳朵里老像刮风一样，呼，呼，呼……山炮、野炮、迫击炮，分不清的，机枪更不顶事了！"

到下午，他们的手榴弹打完了，子弹剩得也不多，副连长给送了手榴弹来——"我一看有了手榴弹，又高兴了！"他天真地笑起来，"就是渴得不行！两天一夜水米没打牙。小炮组长给找来个水萝卜，全班一人吃一口，又来劲了……正吃着，敌人有一个多营的兵力来冲锋，战士们一摔手榴弹，敌人往下滚。二排长就嚷嚷：'小炮，撸他！''咱们小炮组长一炮就给撸上了，至少也死伤他妈十来个！'"

讲到这里，他停下来，抹抹嘴，向我们笑起来。我严肃地望着他，衷心里感佩这些英雄们的丰功伟绩。当我们回到团部时，高兴地听到旅首长对他们的慰劳和传令嘉奖的消息。

我只能用上面这些主要的事实和人物，说明这次战斗的实在情形，也许并不完全，但却真实。不错，在这三十八小时的战斗中，敌人的数倍于我的兵力和压倒的优势火力从青龙桥前进到康庄。但我得提醒一句：前面我已说明，在这次战斗中敌人的企图和我们的目的。那么，从以上的事实，我们就不难判断谁是这次战斗的胜利者。最后，这里还有一个不完全的统计数字：在此次战斗中，敌伤亡五百余，我伤六十二，亡十，敌消耗炮弹万余发，子弹无算。

十月三日

（《晋察冀日报》1946年10月6日，《副刊》第127期）

前 卫 战 士

姚远方

平绥东线大战爆发后的第三天,记者走访曾激战于岔道康庄第一线的我军将士,经历了一连三十六小时战斗的战士们,个个精神奕奕,毫无倦色,就连服装与军风纪亦如日常一样齐整。他们有的擦拭武器,有的修补工事,有的在休息室里像谈家常一样地谈论着战争。在那机枪掩体工事的近旁,贴着战士们用红绿纸写成的标语,上面整整齐齐地写着:"飞机坦克不可怕,咱们做好工事抵挡它。""同志,瞄准好了再打!""嘿,你看他一枪!打倒两个敌人!"一望便知,这是一群久经考验的老练的战斗英雄,记者听了他们谈论这两天来的战斗情形中,获得如下三点鲜明的印象:

第一,蒋军攻击精神薄弱。正如战士们所下的评语:"王八拉车没后劲。"他们所凭借的美国装备的密集炮火轰击,借飞机坦克的掩护,督战队的野蛮镇压,也不过是"程咬金的三斧头",过后就稀松。我军某连在敌人猛烈炮火、飞机坦克轰击下,激战一天半,由于熟练的战斗动作,善于利用地形地物,竟无一伤亡。蒋军为了攻取康庄南面我军一个班的阵地,发射炮弹不下一千发,但只伤了我两名战士。这位坚守阵地,以少胜多的青年班长阎耀青向记者谈述此次战斗经过的时候,他劈头第一句就是:"我扛了七八年枪,从没有这一回打得这样痛快了。"因为他们在这个小小的山头上,与绝对优势的敌人,坚持了七小时,击退敌人七次进攻,以后敌人一个营以上的三次冲锋,倒在他们阵地面前的敌人即不下七八十。战士们用三句生动的土话来评价蒋军的战斗力,那就是:"仗大炮","扎疙瘩","使人填"。这话的意思就是说蒋军的攻击本领,没有别的,就是仗着美国大炮多,不惜一切,一炮挨着一炮轰。但炮只能吓唬没有战斗经验的神经脆弱的人，并不能解决战斗，而我们战士沉着坚毅，真正被炮火杀伤的并不多，而炮打过以后，就没有劲了，蒋军的士兵畏缩厌战，不敢单独跃进，只有迫不得已在督战队镇压之下，才班不成班，排不成排，成群结队扎着疙瘩像羊一样地往上涌。当我军手榴弹投下时，只听见"妈呀！妈呀！"地乱叫。蒋介石不惜用士兵的尸首填满我们阵地的前沿。但就是这样，也难于迫退我们一步，相反地，在这两天，我军已出现许多以少胜多的出色范例。在九月三十日的战斗中，我军一个排，接连驱逐了蒋军一个连控制的两个山头。

第二，正与蒋军恐慌、疲惫、畏缩、厌战成一鲜明对照，即是我军士气旺盛、战志激昂、势如万马奔腾。在美式飞机、坦克、大炮面前，我们将士坚毅沉着、毫无畏惧、越战越奋，其英雄气概正与当年抗日爱国战争以及大同自卫反击战时期交相辉映，毫无逊色。某连一个战士负了重伤，不下火线，政指再三劝他留下武器到后方休息，他犹咬牙切齿地说道："我不能把枪留下，我要报仇！"别人说："你伤很重，到后方休息吧，把枪给我们，我们给你报仇！"他才含泪地说："好，把枪留下，你们可一定要为我报仇！"一个青年班长夸奖战士们说："我年轻，爆仗脾气，平日断不了要发个怪脾气，今天我看到你们这样勇敢，炮把工事打平了，把耳朵都震聋了，把你们半截身子埋在土里，你们还立着打手榴弹，连面色一点也没有变，你们真是好样儿的，从今以后我下决心，说什么也不再发脾气了！"我们的战士经过了一次猛烈的炮火考验，迅速从战争接受了经验教训，普遍认识了构筑坚固工事的重要性，战士们不用任何督促，只要有一点空隙，不管任何疲劳，就自动地用铁铲、用刺刀来挖掩体，甚至在夜半休息的时候，也有三三两两的战士，瞒住别人，拿到铁铲，到自己阵地挖好工事，再睡觉。战斗的第二天，在阵地面前，发现了敌人八辆坦克，掩护步兵冲锋，我们有些新战士看到坦克还是第一次，但毫无恐惧，在老战士带领之下，用手榴弹阻止了敌人坦克前进，用火力侧射坦克后面的步兵。战士们看到坦克被打住，大家高叫道："坦克不可怕，坦克也怕打！咱们的手榴弹顶事！"在战士中，"保卫察哈尔！"的口号已深入人人心中，每当我军撤离一个阵地的时候，战士总是发问道："我们为了保卫察哈尔，我们再不能撤了！"经过了指挥员再三解释，战士们才明白！我们某些阵地的转移是为了更有利于歼灭进犯者！

第三，前线居民之间，处处呈现骨肉之亲。怀来当地翻身了的农民，为了保卫土地，保卫胜利果实，踊跃参战拥军，军队处处爱护人民。在第二线的部队，在战斗的紧张的情况下，仍然帮助群众收割。某一不满百人的直属队，三天中就帮助群众收割了六十余亩。某一战士战斗以后，路过果园，园中农民予以沙果塞入战士袋中，战士一定要给钱，老乡坚决不收。战士说："我们八路军吃东西不给钱，要受批评的。"那老乡说："你吃吧，不要紧，我不告诉你们上级。"最后，那战士把钱塞在老乡手里，拔步就跑了。记者遇见一位农民，他参加担架队工作，已经七天没有回家，他毫不疲倦，拿着手榴弹说："别的我不会，这手榴弹我是会打的，为着咱家的八亩地，我要干一干。"在我军撤出康庄、榆林堡后，群众填了水井，埋了锅，随着我军转移。而广泛的地雷战、游击战都在蒋军后方展开。记者深信，蒋军冒险轻进，势必沉没在我军民游击战争的大海中。

现在战争正在激烈展开，艰巨的战斗还在我们前面，无数惊天动地的英雄正在涌现，记者参观战场之后，愿意告诉关怀前线的朋友说：这几天平绥东线的序幕战，我们的前卫战士的英雄行动已经给全解放区人民奠定下保卫张家口、保卫察哈尔的坚强的胜利信心了！

十月二日

（《晋察冀日报》1946年10月6日，《副刊》第127期）

"名人名言"录

子野

上月二十三日蒋介石在南昌各界欢迎会上公开提出"扑灭匪祸",号召发扬"剿匪"的"光荣传统"。被"剿"的"匪"是指的谁?生在中国而又经历过十年内战的人都能回答。现在的八路军、新四军、民主联军、华南纵队,还有数目惊人的非正规武装,这些都是十年内战被"剿"而没有"剿"掉的"匪"发展起来的。到底"光荣传统"在哪里呢?

★★★★★★

蒋家军队在发动的进攻察哈尔和张家口以前,陈诚特地飞到北平去,谆谆告诫他的军官不要"上当"。言犹在耳,进攻开始才一星期,爬了二十多公里,而付出的代价是六千人。这算不算"上当"?谁要他们来上当的?

★★★★★★

对于美军驻华,吴铁城说是"顶好",而且表示"感激"之至。又说"美军驻留中国是经中国政府所许可的,与战前未经取消不平等条约的时候各外国强迫驻军我国领地上,情形完全不同"。凡"政府许可"的都是"合法"的,李鸿章、袁世凯有知,自当"感激"于九泉之下,免不了也要说上几声"顶好""顶好"。以前是"强迫"要驻,现在是请人家来驻,这就是现在和过去的不同。是"进步"还是"退步"?

★★★★★★

顾祝同对他的士兵训话说,仗要好好打,打仗打不好,是要挨马歇尔骂的。话是够坦白的了,可是脸皮也够厚了。

(《晋察冀日报》1946年10月7日,《副刊》第128期)

他乡之土

——悼念一个战斗连队的指导员

柳杞

隔着山,隔着水,隔着云和雾。在连云港西,沭河岸上的黄土层上,我们在那儿一块长大。一长大,戴花镜的老先生们,就看出我们后脑勺上长着反骨,就先用下马威的办法大骂:"没学会爬,就想跑,杂种羔子,翅膀还没干哩!"我们并没有管这些,像一朵蒲公英架起小伞飞游的种子,为了寻找真理和自由,我们先后离开了故土!

离开了故土,为了保卫祖国,我们各自来到几千里外的他乡。

他乡:在日本人的后方,在敌人心脏,在层层叠叠的山套里。

他乡:白天黑夜,风里雨里都响着枪声。

他乡:一切深山野处,都印过抗日战士的脚印子。

他乡:敌机载着炸弹,会在午睡中劈头撒下来。

他乡:农人的房子烧了再盖,烧了再盖,儿童团在瓦砾堆上,唱了一个再来一个。

他乡:千百年来的风俗被破坏,刚生过孩子的"暖房",遭难的战士被房主人拉进屋里藏起来。(暖房不许生人出入。)

他乡:中午,母鸡咯咯叫起来,房东的孩子们,抢拾鸡蛋,送给负伤的同志们。

他乡:有好多戎冠秀、崔洛唐……

……

在他乡,一待就是八九年,实在说,有时连做梦,也分不出这是他乡和故乡。在他乡,我们全忙着打仗,忙着缝补了鞋子,再走明天的路。一切朋友和同志,谁也不能确实知道谁已经死了?谁还活着？

一九四二年，冀中区五一反"扫荡"后，一天，在狼牙山下的一个山村里，我听到一种非常熟悉的称呼，那称呼像立正的口令对于士兵一样。我愣了，那是谁呀？我忽然明白了，那原是我另一个名字，已经有三年没人叫它了。打量了这位来客，我嚷道："曹枫呀！是你！你从哪里来？"

这位来客微微笑着说："从敌人的子弹缝里钻过来！"

我们一直对望着，全忘记了见面礼节。我想和他握手时，他早已坐下了。他穿一身草绿色的粗布军装，膝盖上打了两块大补丁，一条特别大的驳壳枪斜挂在肩上。说起来，他一直在战斗连上打仗，近来才在十分区政治部任指导员工作。他已经非常粗壮地长大了。声音也褪去了奶音，变成了一只小喇□，胡髭也黑黝黝的，眼看就要冒出来。他多肉的两腮上，孩子时代的酒窝已经消失了。两只朴实的温厚的眼睛，像故乡沐河的流水一样。我们对望着，我忽然感觉我又回到儿时，又带了一只鞋子跳进沐河里……

这时候，东边，山地边沿上正响着蚕食和反蚕食的炮火。一面听着枪炮声，我们一直走到岭东村外的沙河滩上。满地是绿草和柳荫，我们在一个沙坎上坐下来。我们彼此好奇地打量着，在这特别不同的三年来，究竟起到一些什么变化。先是他说话了：

"不见面，一肚子话要说；见了面，就没有话了。"

"是呀！"我说，我更没有话可说。

远远地，有一两只水鸟飞起来，他说：

"看哪，这好像那隔着沐河，从我们村到你们村一样！"

"是呀！"我说。提起了故乡，我就想起故乡的坟茔上，雕着双龙墓碑的下款，已刻下我的名字。在清明节祭扫时，母亲一般的嫂嫂们会开玩笑地说："三兄弟，百年以后，我们全住在这里，我们是老邻居！"

我还没有长大，就给我指定了死地；我才刚学会打架，老人们就拿起四书说："这是圣人说的，你敢吗！"

不敢，就依样葫芦，照着上一代雇长工，吃租子，大鱼吃小鱼，虾吃乌泥的公式活下去，照着指定的坟墓躺下去。

我究竟逃开了给我指定下的死地。为了真理和自由，我来到了他乡。他乡到处躺过战友们的尸体。哪里是我的死地，我可不曾想过。

想着，我说："我们全没有死，我们又见面了，你没有遇到危险吗？"

"还好。"他说，"我能见到你，我真是高兴。"说着，他给我看他腿上一块大伤疤。

"还有哩！"他又把军帽向后拉了拉，额角左边，那是一条角形伤痕。他解说这伤痕是在白洋淀一带战斗中，为了和另一个连冲锋比赛，被一颗子弹打伤的。看了那伤疤，我说："正在脑门上，这是很危险的呵！"

"危险的，倒是一班的战士们！"他说，"我命令他们迅速占领阵地，减少伤亡。半路上他们却在一座小土庙间停下来，要是左翼的敌人发现了，一梭机枪一个也跑不了。我一看急了，赶上去，用手拉起一个新战士，就在这时，我忽然什么都不知道了。"……

他一说开了头，一肚子要说的话就像扯开了一个线团子，他讲起大清河岸神话般的战争来。讲起来，他是多么高兴呵，他的眼睛明亮澄清，像故乡的沭河一般，似乎一下子要跳出一个活蹦乱跳的鱼儿来。

讲来讲去，他总是爱加上一句："真是个好地方，我真想念他们。"

"他们"，那又是谁们呀？那应该是冀中平原上，男女老少广大的乡亲们。

在这次见面中，我觉得他变了，又觉得没有变。

我们是他乡千里的故友，见了面，连故乡的沭水都不谈，老是谈机关枪大炮，我觉得他变了，变得像一支钢枪般的冰冷。可是他又没有变，他的一切言谈，和一切同志一样，一点也不出我的意外。能出于我的意外的，也许是他唉叹气，埋怨他乡。我想，也只有这样，我才觉得他变了！

无论如何，在这次见面中，我觉得他变了，以前他是一粒架着小伞飘游的蒲公英的种子，现在这颗种子找到了自己的土壤，他发芽生长，而且已充满绿色。

第二次，我去易县独乐村去找他，等了大半天，他领着一伙人去山坡上拔野菜去了。在困难的环境下，按他们招待客人的惯例，把客人孤单在一个房子里，给好的吃，不许任何人揩油。那时我一个人吃得很孤单，他掀帘子进来说："再给你一点我们拔来的□菜，这是家乡菜。"我要求他吃一点客人的饭菜，他答应了筷子却老是夹着野□菜，还说："这是家乡菜，好吃！噢，你们家里，你没吃过这个！"

我纠正说，我吃过□菜，我也反对说，再也不该从吃菜上，又把我们从过去的阶级上分开。

我们要打仗，要拔野菜，要割柴，要缝补鞋子，走明天的路。时间不许我们多见面。一□□□□□□□□□，他留下了一封信，又回到冀中去了，信上的话写道：

"……战争要死人的，要我战死在大清河北，有朝一日，请你写信告诉我老娘，我死在他乡，和故乡一样！"

他乡遍地是炮火，一别四年来，一直不知道他的消息。现在在一列火车上，他的消息来了，为了捍卫解放区，他已经牺牲在大清河岸上。

火车在微雨中前进，为了打击反动派进攻，同志们前去堵击解放区的大门。窗外小河边上，一只水鸟飞起来了，仿佛我又听见曹枫同志说：

"看哪！这好像隔着那沭河，从我们村到你们村一样！"

是呀！亲切的，这是和我们的村庄是一样！这里是真正自由民主的家乡。作为一粒蒲公英的种子，我已找到了自己的土壤，战死的朋友呵！我必须在此告诉你的一切熟人说："他死在他乡之土，和死在故土一样！"

我们一切他乡人，保卫他乡之土，保卫解放区！也就是保卫我们的家乡。

（《晋察冀日报》1946年10月8日，《副刊》第129期）

随感（三）①

康濯

蒋介石进攻察哈尔的火苗烧起来以后，据说：在张、宣及平绥路沿线城乡里面，曾有个别所谓"墙头草"人物惊慌失措。有的，听了蒋家特务的谣言，以为蒋军很快可以攻下张家口，致产生一种极可耻的摇摆思想与行动。我想，在时代的巨浪冲□中，出现一星半点渣滓，这原是不足为奇的吧！没看见另一方面重要的情景吗？宣化、怀来、涿鹿……数不清的工人农民涌进了战斗中来；张家口大街上，整齐行列的工人自卫队、挂着红布袖章的纠察队和黄布袖章的消防队、给前线将士缝棉衣的妇女群，以及组织运输、慰劳、救护的各式各样队伍……人们都在怎样为前线奔忙，为自身利益而充满自信地自卫和战斗！这是成千成万广大的人群啊！那城乡阴暗的角落，纵使有几棵"墙头草"，但是，个别几棵和成千上万的比较，那是多么地微不足道！

而且，那另一方面重要的情景还不只是这些，我这里还要特别记下一件重要的事实。本月一日报载：宣化市六十五岁高龄的老教育家程载煦先生，"要求加入共产党，宣化市委业予批准"。陈先生说："我虽然上了年纪，但是我宁做民主鬼，不做蒋家奴。"又说："我已年老力衰，耳聋眼花，但是我愿尽残缺之力，为人民大众求解放，鞠躬尽瘁，死而后已。"这是一件重要的事，这可以说代表了人民的心声，对我们人民事业有着极为深长的意义。

也许有人说：这有什么稀罕啊！这类事不是很多吗？不错，近年来，像山东参议会议长，八十二岁的范明枢老先生；像威海卫参议会

---

① 本文原题为《随感》，因与书中其他标题同名，故改为《随感（三）》。

议长,六十七岁的梁宗翰老先生;像茌平县参议员,七十三岁的吴哲卿老先生……是的!在我们解放区,这类事已经算得是平凡的了!然而,这些老人不同于青年人,更和今日在张家口大街上,在平绥路沿线涌起自卫的广大工农不一样;这些老人的出身,就像程载煦老先生吧,是清朝时代的廪生,七七事变日寇侵占宣化之后,程老即返居家中,闭门不出的:老年人是早就确定了自己的精神和形貌了!今天他们却要从自己的过去坚决冲出来,参加到真理的行列,虽"年老力衰,耳聋眼花",也"愿尽残缺之力",来追赶历史:这难道还是平凡的吗?难道不是极为深厚感人的吗?

而且,程老先生光荣参加共产党的意义,还不止于此;程老先生是当最近蒋介石调兵遣将,向察哈尔发动进攻的时候,当附近正冒出了个别几棵"墙头草"的时候,请求入党的!这不仅说明程老先生的坚决,而且,对于那"墙头草"应该是多么尖锐的讽刺!对于保卫察哈尔、保卫张家口的人民事业应该是多么巨大的鼓励!这行动,又应该给我们青年人多么深挚的感动啊!是的,这与成千成万工人农民的涌上自卫前线,应该有着同样广大的意义。

这里,我还想起了一些另外的关于老年人的事情。我想起了六十高龄的名法学家陈瑾昆教授:陈老先生"在日本将投降时,原已决意在平市朝阳门外,购地筑园,栽花种菜,娱我晚年"(陈老先生《余为何参加解放区工作》文中语)。但是,很快地,陈老先生就站在了民主斗争的最前线,最近更偕同全家抵达张家口,"决心参加解放区工作","尽匹夫之责"(均同上文中语)了!还有不久以前被蒋家特务暗杀的老诗人闻一多,前两天我从一篇文章中,知道他抗战以后还潜心于金石刻画,但是,去年他竟为田间同志所感动,称他为"摇鼓的诗人",他并且说,"诗人们常写什么,给我们光明,光明向我们来啦……"之类的东西,但是"我们写什么不向光明去吸?"

（大意）……近年来，在全世界，特别在我们灾难的祖国，类似这些事情，是很多很多的了！而这类事，也正和程载煦老先生等的行动，同样地意义深远。

这些老年人为什么会这样啊？这固然因为人民的事业感动了他们，而更重要的，却是蒋介石血腥统治的结果！蒋介石也看看吧！你的统治，不仅使得解放区挺立得更壮大坚强，使你的统治区人民民主运动如海潮澎湃，而且也使多少本来可以安闲下去的年轮花甲的老者，提起了老迈的脚步，奔跑着和你拼命了！于是，当蒋介石一天天顽固地坚持反动，而人民的力量就一天天日益坚强，直逼着反动者走向可耻的坟墓。这就是今天人民正在创造的历史！最后，让我们再看看眼前的历史事实吧！蒋军在平绥东线刚碰了一鼻子，而它的屁股——平汉路就重重挨了一刀，接着，平绥东线又损兵折将；蒋介石早计划"里应外合"打进察省和张市的，现在"外"吃了大亏，所谓"里"，是继刘逆建勋伏法，又来了个所谓"察省保安副司令"刘逆岫岩被擒；至于"墙头草"盼着"国军"到来的，今天"国军"没来，"国军"俘虏却先到了！这还不够雪亮吗？今后的历史是人民的，反动者悲惨的命运是就要来到了。那"墙头草"也太不聪明；而光荣、胜利和伟大，却永远属于人民和程载煦老先生等。

（《晋察冀日报》1946年10月8日，《副刊》第129期）

杂文四篇

奴才的本色

鲁迅先生讲过,天下的"奴",共分两种,一种叫"奴才",一种叫"奴隶",虽然同属于"奴",但是却大有分别:奴隶在上古时代,往往是被人家作为战利品所虏获,服役于所谓"战胜者",受尽了压迫与虐待。他们的心里充满了怒火与仇恨,时刻地想挣脱束缚他们的铁锁,于统治者以反击,争取自己的自由。而奴才呢?却是天生一副奴性,阿谀谄媚成性,只知取欢于主子,连自己的祖宗坟墓也可以出卖的,只知自己饱尝主子□□来的骨头,却忍看宰杀自己的弟兄,奉献给主子充饥,一副奴才气令人作呕!

奴隶们的悲惨生活,人们对他只有同情。奴才们呢?只有增加了人们的厌恶以及憎恨!

今天,国民党反动派把山姆大叔当作自己的主子,把他捧到天上去,作为自己的太上皇。人家要我们的领海,索性把领空□□给他,山姆大叔硬说黑的是"白",他也跟着喊是"白"的。只有奴才们才不害羞,美军强奸中国妇女的时候,大叫"感激"!美军枪杀中国人民的罪行,却在高呼"顶好"!

记得以前有那么一个故事:一个以惧内闻名的人,有一天正和他的太太坐在屋子里,隔壁一个小孩跑过来问他说:"×先生,谁是这屋子的主人?是你还是×太太?"他不敢立即置答,回首望望太太的面色,太太报以嫣然一笑说:"亲爱的,是你啊!"他心里放下一块巨石,便神气十足地喊着:"我是这屋子的主人!"

如果把上面这个故事与当前的现实比较一下,何尝不是如此呢!

美国帝国主义占了我们的房子，蒋介石连承认自己是主人的勇气也没有，到底谁是主子，谁又是奴才，便完全清楚了。因此，今天卖国贼蒋介石的罪行，还有什么新奇呢？那只是奴才的本色而已！

奴才们，慢点儿地高兴吧，你们正躺在摇摇欲坠的塔尖上，人民的愤怒将像一股强大的浪潮冲击□垮下来。媚外欺内的奴才们一定会被这汹涌的怒潮淹没得无影无踪。

奴才们，慢点地笑吧，有句老话说："谁笑到最后，谁也笑得最好！"毫无疑问地，人民将笑到最后，也一定笑得最好！（冯□）

步其老祖宗后尘而已

一连往车站跑了四五趟，终于看到了从平绥东线退来的蒋军俘虏了。长长的行列足有五六百多人。虽然已入深秋，但他们大多数还穿着那不伦不类的破烂的美式单衣，他们无例外的，头上还戴着一顶牛鼻帽子。若不是有一个色泽暗淡的国徽，简直会让人以为这是一批不折不扣的美国"侏儒"兵。

这些人，虽被解放仅只两天，却并不显得怎样颓丧，只是在清冷的晨风中有些瑟瑟发抖，不过也有些例外的，那是因为我们的战士不忍眼看他们挨冻，而把自己的大衣给他们披上。

彭学沛之流曾狂书双十节占领张垣。现在还不到双十节，而蒋军果真来到了张家口，我们真不能不"佩服"你反动派预言的灵验！

但我却想起了斯大林的几句话："希特勒要想到达莫斯科比看见他自己的耳朵还难，否则除非他当了俘虏。"这几句话不知蒋介石看了之后作何感想？

不管你蒋介石的野心如何狂妄，不管你的美国主子怎样热心帮助你，无奈"战略意图与兵力不足"的矛盾无法克服，充其量，也不过是一个披了虎皮的叫嚣，终不会成为猛虎，虽然也可以乱踢乱叫一

阵，但到最后，势必因有生力量被歼灭殆尽，而步其老祖宗希特勒、墨索里尼的后尘而已。（□国光）

不再受骗了

卖国贼蒋介石的无耻伎俩越来越穷尽了，当他那满天飞舞的"和平""民主"的□言□语，已无人理会的时候，只好撕破老脸，露出狰狞原形，大肆咆哮其"歼灭共匪"以继续其"光荣"的"传统"了。

一年来的经验表明，中国人民是看得清清楚楚的。政协协议、谈判，虽然签字了、起草了、公布了，但反动派蒋介石于墨□未干，马上又撕毁了。虽然蒋介石在政协后的几次演讲中，对他自己的讲言表示"准备"实行，而且还恬不知耻地说要"保证"实行，但中国人民已被□教训得眼睛雪亮，再也不会被他那一套甜腻的言语所迷惑了。

现在血的抗议遍□在全国各地，官逼民反，九个省份的人民正在武装起义，上海广大市民正高声呼喊，叫蒋兵"回去"！但中国反动派却硬要进攻张家口，这正是因为他急于□□灭□，但我们要老实告诉他，我们不再被骗了，如果还不退出一月十三日的位置，我们将团结一切善良的人民，一直"□□□去"，一直敲□你的背脊为止。（森丁）

永远亲善

前些天北平签□□□□□□，《今日中国与日本》，慨叹中国地位的降低，□说："胜利一年间日本对中国已由敬畏，□□，进而敷衍；到现在变成越来越看不起的地步了。"

卖国贼蒋介石的政策本来是"以不变应万变"顽固到底的。就拿蒋家对日本的"亲善政策"来说吧，何尝不是丝毫不移，贯彻始终呢？抗战以前对凶狠的日寇是恭维备至，大讲其"和睦邦交"。抗日有罪，"侈言抗日者"是要"杀勿赦"的。一篇《闲话皇帝》的小文，也会使杜重远先生尝了十四个月铁窗的风味。后来直到日寇动了武，杀到人民头上来的时候，蒋介石不是还说，"牺牲不到最后关头，绝不轻言牺牲"吗！抗日时期，蒋介石不是与日寇勾勾搭搭密使往还吗？

这些天在远东国际法庭上，战犯东条指明了抗战中蒋日合作的事实，中国大员□德□不是闭口无言，东条反而哈哈大笑吗！

"惨胜"之后，蒋记政府到处□收之余，更把中国领海的捕鱼区、华北的好煤、海□□州的磷矿赠给日本"友邦"，这大概就是表示"永远亲善"□□意吧。

无怪吉川要人□□□说："对蒋家的宽大表示感激。"《□卖新闻》要惊叹为"最文明最仁慈"之举了！就连头等战犯岗村宁次也正□在□东□□感激泪零吧！（金汉）

（《晋察冀日报》1946年10月9日，《副刊》第130期）

战壕里的佳话

姚远方

我和战士们一起生活在怀来前线的战壕里,我和他们谈得很亲热,很快和他们搞得很熟。我有意识地注意观察部队的士气,观察在战前、在战后、在各种情况下战士们的心理和感情。我从他们的身上发现一个共同的特点,那就是他们把所有的精力和时间都集中在"战胜敌人"这四个字上面,他们谈的是这个四字,做的是这四个字,甚至夜晚睡觉说梦话也是这四个字。我这样说法,并不等于说战壕里的生活是枯燥的,相反地,我们人民战士在任何时候都充满着一种传统的愉快——这是战胜敌人的愉快,都充满着一种积极向上的朝气。随着每次战斗下来,你就会听到许许多多的有趣故事、各式各样的佳话,像长了翅膀一样从一个战壕传到另一个战壕里,成为一种有力的、生动活泼的鼓动。可惜我没有时间,来充分记述它,我只拣着最有趣的几桩说给你听听:

上级欠我奖章,敌人欠我机枪

那天晚上,就是那天歼灭美械化敌人三千人的晚上,战斗快打响,但还没有打响的那紧张一刹那,我们某部司令员,在战士面前朗读了一首诗。这首诗是一个战士写的,作者的名字可惜我是记不清了,反正写这样诗的人不少,有些是用笔写的,有些却是在心里写的,诗上说:

上级欠我奖章,敌人欠我机枪。

把枪擦光,刺刀磨亮,

快打胜仗,快打胜仗。

上级给我奖章,敌人给我机枪。

这一首诗是英雄的诗,是朴素而明确的诗,成为一种佳话在战壕中流传。

最亮的一把刺刀

我们的前卫战士,等待这场战斗已经等待很久了。他们从物质到精神都做了充分的准备,从高级指挥员直到每个士兵都用各种各样的方式,来表示自己的英雄决心,有的摘下胸前的抗战八年的英雄奖章交给上级说道:"如果我牺牲了,就把这寄到我的家里,就说我是为保卫张家口,保卫察哈尔,为千千万万的人民的生存和幸福,才流干了血的!"有的把口袋里的仅有的一点钱交给党的组织说道:"这就算是我的党费,万一我阵亡了的话。"有的班排立了战斗擂台向全团全旅挑战,我唯独看见战士朱常林,总是黏黏糊糊的,一句话不说,在人家不注意的地方,默默地磨着他的刺刀,磨了一遍又磨了一遍,擦了一遍油又一遍油,直到敌人进攻的炮声响了,他那又快又亮的刺刀才在大家面前露脸。有人问他:"朱常林,你怎么样?"他从枪尖上拔下刺刀说道:"光说不行,战场上见!这次我要在最前面,同敌人拼刺刀,我的刺刀,是全连最快最亮的一把刺刀。"他话毕,拿了一块馒头,手起刀落,馒头切成两半。从此,朱常林的刺刀切馒头,就在军中成为美谈。果真,朱常林说到哪儿做到哪儿,就在那十月三日的出击战斗里,朱常林的突击班起了决定作用,朱常林表现了他的英雄本色。

一根水萝卜

战斗在山岭进行着,从早晨一直坚持到黄昏,班长阎耀青和他战士一滴水也没有吃上,嗓子里干得冒烟了,敌人的炮打得尘土飞天。

按照战场的常识，当敌人打炮的时候，他们把嘴张开，尘土把他们的嘴和舌头黏得不能动弹了。这时候水是多么重要呀！人们想象着一杯水像大旱天望着云霓，可是战斗使得他们无法离开岗位一步。班长阎耀青在山腰里发现一根收割后剩余的水萝卜，好像发现了什么重大的秘密，迅速地，一人一口传递着，一根萝卜十二个人咬了十二口。

敌人又开始连续冲锋了，我们战士勇猛地用手榴弹和刺刀，把敌人压到山底下去，这与其说是一根水萝卜的作用，不如说是在困难环境下的革命友爱，把全体的战斗情绪再燃烧起来了！

老太太的小袄，老伯伯的烟锅

后方的慰劳品送到战壕里来了！堆积如山的慰劳品，发现了两件奇特的东西——一件老太太穿的紧身小袄和老伯伯用的长烟袋杆（记者没有亲眼见到，据说衣服上还附着写有刘陈氏，还是林赵氏的慰问信）。这件小事立即轰动了全团，没有一个战士不知道这件事，有的还赶着来看，战士们把老太太的紧身小袄披在身上，在这寒冷的战壕里，从内心感到异样的温暖，战士们感动得深深地吁了一口气说道："这件小袄比什么都好，虽然我们穿不上，但我们从心里感觉到暖。老百姓真把咱们看成亲儿子，这样疼咱们，连老太太的小袄、老伯伯的烟袋都给送来了。我见了这小袄，见了这烟袋，就系见了亲娘亲爹。咱们做儿子的，是会知道怎样来孝敬自己的爹娘！"

(《晋察冀日报》1946 年 10 月 10 日)

伤员的大娘孙二头

吕朗

在所有看护组员中间，有一个穿得最破，面色黧黑，两眼深陷而时常闪着泪光的妇女这就是被伤员们爱称为大娘的孙二头。其实有些伤员比她大得多，但是由于她对每个受伤的战士，那么慈祥、亲切，那么母亲般的无微不至地照顾，因此那些直心肠的战场英雄们，谁都没有想到，这称呼对于一个二十三岁的青年妇女是多么不适的呀！

从战争爆发的第一天起，二头就自动报名参加了看护组；天还没有亮，二头早早跑到慰劳站里去，默默地坐在坑跟前；等到慰劳站长起来，她才害羞似的问着："钟同志！我来了，有什么事情吗？"

七天以来，没有间歇地从这个病房出来，又跑进那个病房去，把饭一口一口喂进伤员的嘴里，又把屎盆、尿盆端出来，洗得净净地送回病房去。只要她到了哪个病房里，她就把所有的血衣和脏裤子拿到河里洗干净，叠好放在伤员的身旁，然后再问一句："同志！衣服洗干净了，换一换吧！还有什么事情吗？"这时，她必等着伤员们都说："没有事情。"让她休息的时候，她才又去另外的病房里，照样把伤员要求的事情一一做完。到真的没有事情了，她就蹲在病房的一角喘喘气，但一听见哪个伤员叫一声，她马上又忙起来了。

她每天忙到晚，只有在吃饭和睡觉的时候，才离开病房；但却没有一些疲倦的神色露在她的脸上。她不多说话，即便是安慰一个被伤口痛得在床上反复辗转的重伤员时，她只是把他抱在怀里，闪着两只和蔼的黑眼睛，半天才说一句："同志！忍耐些吧！很快就会好的！"从她的表情上看，她的心已经痛得破碎了，病人的痛苦已变成她的痛苦了。

当一个新下火线的伤员来了,别人忙着问长问短,她一声不响地站在旁边,一面走去,揣一盆热水来,轻轻地给伤员把脸和手上的血土洗干净,用自己的手巾给擦干,然后又把棉衣盖在伤员的伤口上,然后再把伤号扶到病房里,安置好,她才转出去给伤员做饭去了。

时间不长,所有伤员都知道有这样一个好心肠的大娘。曾经被她照顾过的人,更是感激她对人的慈爱亲切。以后只要她到哪个房子里,哪里就显得像见了亲人似的活跃、愉快;就是伤重的人,见了她,也觉得有一种活的力量鼓舞着自己,疼痛都忘记了。有一次一个伤员要转院,临走时,拿着一袋牙粉,对她说:"大娘,你侍候我好几天,我没有别的,有一袋牙粉给你吧,也表表我的心。"她呆然地站了好久,两只含泪的眼睛直瞪着,想去握握那个战士的手,但突然想起什么又把手缩回来,她说:"八路军来了,我们做童养媳妇的翻了身,我的命都是八路军救活的,我侍候你还不是应该的吗?!"说完她就默然地走了。但是在另一次类似的事情里,她不是被感动得流泪,而是害羞得脸红了,那是因为一位受伤的副排长,拐着一只腿,要去找人给她写稿子登报的时候,她的脸一直红到脖子,赶忙拦住副排长说:"我这算什么,你们才真正光荣呢。"

时间长,大家惯熟了。扯起别的来,她总是忙忙地解答,但一有人问起她的身世来,她总是锁起两道眉,脸色突然变得发白,痛楚地说:"不说也好,说也说不完,这当儿比以前好多了,这都是八路军救了我的。"再往下她就不说了。有时被逼不得已,偶然说两句,但总因不堪往日生活创痛的回忆,而闭嘴了。直到现在,我们仅仅知道,她从七岁童养到婆家后,经常挨打挨骂,不给吃饭,每天还得背着比她还高大的筐子,到地里割柴;十八岁当了媳妇,曾经被吊打过,铁扬过。痛苦受不下去,她也曾经跑出去三次。八路军来了,她才不受气了,敢出头露面,在妇联会里当了小组长,今年土地改革时,又分到六亩地,生活得到改善,日子一天天上升了。照她的话说,"就是从前越想越不能过,到现在才有个活头了"。

(《晋察冀日报》1946年10月10日)

蒋介石与明英宗

曼公

蒋介石的军队,现在正沿着一条历史上的老路,走向死亡的坟墓。

在平绥路上,从九月二十九日到现在,已经有五千以上的蒋家军被歼灭了,歼灭在怀来附近。蒋介石似乎要发疯了,恨不得一口吞下平绥路,吞下张家口,派陈诚到北平显然是来督战,过几天说不定他还要"御驾亲征"哩!

但,这是一条历史的老路,怀来附近正是一个有名的古战场。这里,过去已经埋葬了不知多少进犯者的军队,今天更要成为蒋介石进犯军的坟墓。

蒋介石今天所走的这条路,正是五百年前另一个封建暴君走过的路。那位暴君就是明英宗。他在正统十四年,即一四四九年八月"御驾亲征"蒙古(当时的瓦剌),也满以为可以一口吞下。但是这个封建暴君不仅与蒙古人民为敌,而且为全国人所反对。他是一个豪奢专横的家伙,对外以大汉族主义侵略蒙古民族,对内纵用宦官,实行专制主义的苛政。结果这个暴君的"御驾"就在离怀来二十里的土木堡被包围了,无粮无水,人马饥渴,全军覆没,几十万的尸体填满了怀来川,这个暴君自己也做了俘虏——这就是历史上有名的"土木之变"。

以明英宗与蒋介石相较,前者是封建的专制主义的暴君,后者则不但是暴君,也是专制主义的,也是封建的,而且还加上了法西斯的、"美"化的等。这自然是五百年前的那个暴君所望尘莫及,而蒋介石大概也从来不把自己与明英宗并列,他起码也要与秦始皇之流相

比而自信"前人之不如我"。然而蒋介石今天毕竟是走着明英宗的道路，除去法西斯、"美"化等而外，两者大致都颇相同，比如同是豪奢专横，同是大汉族主义者，同是专制主义者，等等。这些方面，蒋介石只有过之而无不及。就算明英宗的野心忒大，也不过想征服蒙古人民（土木堡原名"统漠镇"，其意就是统治大漠地带，是专与蒙古人民为敌的），而蒋介石的野心则更大，竟要征服全中国人民，这也正是蒋之反动更甚于历代暴君的所在。

然而，在暴君的前面却只有一条老路，历代多少暴君而今安在？蒋之暴既为"古人之不如"，又岂得有好下场？英宗最宠信的宦官王振，在出征之前则促英宗亲征，及英宗被围，而王振却连辎车都不给他送去，只顾征发勒索，中饱私囊，英宗终至被俘。蒋介石也该想想自己的下场又将如何？

近日怀来城东已经有成千蒋军被俘了，他们比蒋介石有福气，双十节前四天就到张家口了。如果蒋介石要赶上他们，不妨学一学明英宗的故事，也来一个"御驾亲征"，那就有希望还不到土木也会接你上火车到张家口来。索性做个明英宗第二，做到底也真不错，因为英宗后来不是也"生还""议和"，而且"重祚"了吗？七年以前蒋氏已经有了类似的经历，如今做起来，无论时间、地点，一切都更适宜、更合传统。试问蒋氏：曷与乎来？

（《晋察冀日报》1946年10月10日，《副刊》第131期）

是回去的时候了！

——给美国空军上校古来尔先生的公开信

马寒冰

当我离开北平的前夜，收到你从汉口寄来的一封信。在这封信中，你说你已经脱离了美空军驻中国空军第一纵队联络司令的工作，转任美军军事顾问团空军训练主任的要职。在这封信中，你一再地提及我们在汉口曾经争论过很久的"美国空军驻华是否作为参加中国内战的问题"！你仍然说美空军驻华的任务是帮助建立中国空军，从没有做参加中国内战的准备，你还说："让最后的事实来证明一切。"

是的，事实是最好的公证人，他将粉碎一切谎言和假面具。现在活生生的事实证明了你的固执的成见是完全错误了，而王震将军和我对你的建议却是完全正确的。

今天（十月九日），蒋介石反动派使用了美造的 B24、B25 的轰炸机十二架，从八时到十五时，不断地轮流轰炸着北方一个美丽的都市，四个月前你曾访问过的都市，也曾被你称誉和你的第二个故乡摩洛哥般美丽的山城——张家口，你总没有忘记吧？在那条弯曲的河流两岸，三处的民房被炸焚得起火，火焰冒到很高的天空，是那么红黑得可怕，也燃起了这里十八万和平居民更大的怒火和仇恨。

你说，在蒋介石的空军中，除了徐焕升上校所部的轰炸机队有着 B24 及 B25 式机以外，还有谁的机队有这新型的飞机呢？而徐焕升上校所属的轰炸机队，还不是你在汉口费了差不多一整年的工夫，替他们训练出来的吗？你不是每天要费四个钟头的工夫，教他们使用平行轰炸术炸毁目标吗？今天当我站在高高的山顶上，朝望着张家口的天空，这些蒋介石反动派的飞机使用的正是平行轰炸术哩！这不是很够说明你的"高足"正在用着那罪恶的手，和从你那里学来的本领，在屠杀中国的人民，又是什么呢？而你难道可以逃脱责任吗？

张家口市被轰炸了，被炸毁的房屋到我执笔的时候还正冒着浓烟，你以为英勇的人民就因为受到你们这样悲惨的屠杀就屈服吗？不，绝不会的，他们的怒火和仇恨正像那红黑的火焰，燃烧起来，他们将要吞没一切罪恶的法西斯匪徒——包括了蒋介石和美国反动派，他们总有一天会要讨还这笔重大的血债！

中国人民的力量是无比穷大的，任何生硬的钢铁，在他面前终要被溶化的，蒋介石反动派不老早就梦想在张家口过双十节吗？反动派们为了安慰自己可怜而又可悲的梦想，不惜用超世界说谎者的记录，经过他们的造谣公司中央社，说进犯军已经越过沙城及下花园，进迫宣化了。然而，尽管梦是做得如何甜蜜，终究还是一个梦而已，当做梦的人醒过来之后，不仅空无所有，而且因为多梦之后，身体将更加疲倦。蒋介石何尝不是如此，正当双十节的前夕，蒋介石进犯军的一个团，却被人民解放军歼灭在怀来城郊，是死得那么可怜和可耻啊！已如《晋察冀日报》的时评说："的确，蒋军不但到过怀来，到过沙城，而且也到过张家口，但是可惜他们都已经没有武器了。"这就是他的梦游张家口的真实报导。

明天是双十节了，在张家口欢欣鼓舞庆祝这民族的节日，庆贺自己在保卫战中的胜利，不是蒋介石进犯军，也不是美国反动派，而是人民自己和他们的子弟兵！

你说，你珍惜中美人民的友谊；你说，你怀念着与中国共产党人的情感。我们何尝不是如此呢？但是今天飞翔在解放区上空的飞机，难道不是美国造的吗？投掷下来的炸弹，难道不是美国制的吗？投掷炸弹的蒋家空军难道不是你和你的同僚训练出来的吗？这一连串的事实，怎么不叫中国的人民怀恨你们这些在中国内战上抱薪救火、火上加油的军事顾问们和美国反动派呢？我们很珍重中美人民的友谊，但我们却怀抱着满腔对军事顾问团和美国反动派帮助蒋介石屠杀无辜的和平人民的恨！

你说，你怀念着你的故乡，怀念你的亲族，还有远在万里海洋之外的爱人。是的，你出国已经两年零九个月了，是应该回去的时候了，何苦在他乡之土，帮助一群流氓们屠杀中国人民呢？弄得有国难返，有家归不得的惨况！

是回去的时候了！为什么要让你白发的双亲和年轻美丽的爱人倚门而望呢？

十月九日

（《晋察冀日报》1946年10月10日，《副刊》第131期）

胜利的开始

方纪

九月三十日,我们主动撤离康庄阵地之后,蒋贼进犯军俨然以"胜利者"的姿态把全军开向我们康庄以西的平原上来了。他们竟至于这样冲昏头脑:从康庄榆林堡到马□子,成一直线地把全军摆开。大概他们以为就这样把人摆开,拉长距离,就可以到张家口了。可是他们楔入我们阵地的,不是个锥子,而是一根细长的针。就因为这样,他们只在那里住了两天,就被赶回他们来的地方了。

一、二两日,敌人除了以飞机火炮轰炸我们怀来的前卫阵地外,又曾用老一套办法来了几个小迂回。可是这愚蠢的企图,都被英勇的子弟兵挡住了。之后,敌人再没有什么动作。因为他们在忙于找水喝,找东西吃——水井被我们填塞了,居民随我们转移了;加以在他们占领的土地里,地雷不断地爆炸……

三日,从晨六时半起,至晚七时半止,敌人用蒋贼以我们的国土和主权换来的炮弹,向我阵地做毁灭性的猛烈轰击。炮声隆隆,无间歇地响了一整天。若以该军装备中的各种炮,平均每分钟十发计算,发炮至少在七千发以上。另外,在十三小时内不断轮番轰炸的飞机两架,以每小时五架计算,共出动飞机百架以上。但就这样,我们的战士们沉着地隐蔽在工事里,理也不理它。只有当敌人在强力炮火掩护下偷偷前进的时候,战士们便命令般地叫道:"回去!"同时摔出一阵手榴弹,敌人又卷回去了。就这样,敌人曾以一个营的兵力强渡怀来东北面的妫水河,我们一个排挡了驾。×团四连×班接连打退敌人的数次强攻后,阵地完全被炮弹打平了。班长又带领全班重修工事,坚持阵地。×团二营营长蒋福章,坚持北七里桥阵地时,敌人以九辆坦克，两架飞机掩护一个团的兵力，数次强攻，均被击退。在离敌人几十米的时候，旅参谋长给他打电话说："一步不许退！"他回答："首长放心，与阵地共存亡是命令！""勇敢，但也要机动，小心你的指挥部。"参谋长指示着。他在电话里笑起来了，回答道："我那小小的指挥部已被炮弹掀垮了，我不要指挥部也一样打仗！"——就这样，在敌人占压倒优势的强烈的炮火下激战了一整天，敌人不能前进一步。

到晚上，半圆的上弦月挂在被风吹干净了的天上，空气是冷的。月亮朦胧，照着沉寂的战地。诗人们也许要赞颂这"幽美的夜"，但战士们却说："这正是打仗的时候。"

果然，到十一点时以后，炮火破坏了这夜的"幽美"，使它变得热闹起来。猛烈的炮火响起来，枪声连成了一片；通红的火光使月亮显得苍白。战斗激烈地进行着。

拂晓时分，捷报传来：我某部机动出击，围歼蒋军一团，生俘千余人，缴大小炮六门，机枪四十四挺，步枪弹药及其他军用品无算。又，我×部协同作战，击溃蒋军两个营，焚毁坦克三辆，敌军都逃回岔道……战争才进行了五天，蒋贼进犯匪被歼、被击溃，及其伤亡总计在两团以上，差不多一个师失掉了战斗力，而他以其有限有生力量和无数弹所换取的不及二十公里阵地，又如数退还了。

然而这只是胜利的开始。

为了报复其进犯军的被歼，第二天（四日），从早晨六时半开始至下午七时，蒋贼以美式战斗机及巨型轰炸机各三架轮流更番轰炸扫射怀来城，在这不大的古城里，投下了将近两万磅炸弹！致使这美丽的古城整日在烟和火光的笼罩中。当轰炸以后记者巡视在被敌狼藉的街道时，多少和平居民流浪到街头，围着我们的县区干部和战士控诉蒋贼和美国反动派的罪恶。他们的房屋被炸毁了，财产被烧光了，亲人被炸死了！他们一无所有了，他们只剩下了仇恨！

一个叫作陈宝进的四十多岁的老实人，刚送伤员回来，坐在自己被炸毁了的房子的废墟上沉默着。

我问他：

"这房子是你的吗？"

"是我的。"他简单地回答。

"你家里的人呢？"

"不知道，我刚送弟兄们回来。"

"你知道是谁炸毁你的房子？"

这时他慢慢地抬起眼睛来望着我：

"我知道，我知道！"他沉重地仿佛是一字一字吐出来似的说，"是蒋介石。蒋介石这个狗娘养的，我跟他拼了！"

最后两句像是只对他自己说的，把眼睛朝向远方。这时候我望着他的眼睛，我看见了：他的眼睛被仇恨燃烧着。

是的，我们已开始胜利了，但战争是残酷的，这残酷培养着仇恨；仇恨在变成力量……当记者走回司令部的时候独自这样思索着。

入夜，炮声又响起来，新的战斗开始了。

十月五日晨

（《晋察冀日报》1946年10月10日，《副刊》第131期）

只 有 恨

萧殷

卖国贼蒋介石开始绝灭人性地滥炸张家口了,这无异宣布全面破裂。所谓"停战十天",所谓"进攻张垣可能突然中止"等,证明全系烟幕,全系骗术。

我曾无数次地听见老百姓这样诅咒着:"日本在时,连蒋介石飞机的影子也看不见。日本投降了,蒋介石竟耀武扬威,拿美国的飞机来屠杀咱们老百姓了!"——这正是卖国贼的本色!蒋贼的血腥历史早已证明了他是人民的死敌,谁如果对他还抱一丝一毫的幻想,谁就只会招致灾难与死亡。对于蒋介石,我们只有恨,只有刻骨的恨,如果他不停止进攻解放区,不撤回一月十三日以前的位置,我们不惜血战到底,非战出一个和平民主的新中国,我们决不罢休!

现在,我不想来检讨这个卖国贼头子的横暴与无耻,因为他的历史早就道出其丑恶与罪恶的全部。令人莫名其妙的,倒是所谓"调停人"马歇尔,一年来他眼见蒋介石拿着美国武器屠杀中国共产党、中国民主人士以及中国无辜的老百姓,但他却始终不哼一声,可是当蒋介石在四平街碰了钉子,如今又见蒋介石在怀来碰得头破血流的时候,他却又假仁假义地出来"调停"了。够了!请不要再假惺惺地耍那两面把戏吧!我们早已看出那些不怀好意的异邦野心家们是什么货色了。我们知道美国反动派要帮助蒋介石把中国变成"菲律宾第二",妄想把四亿五千万的中国同胞变为你们夺取世界的炮灰,这是你们美丽的想象,我们也决不禁止你们去想象,但是我们中国人决不做任何帝国主义的奴隶!

为了和平民主的新中国,我们决不吝惜任何的牺牲。

今日张家口的轰炸正是中美反动派狼狈为奸相互勾结的"杰作"。张家口人民的鲜血将永远鲜红地烙印在中国人民的记忆中！它将升华为仇恨，永远督促我们去复仇！

被难同胞的家属和亲友！请不要哭泣，大敌当前，不是落泪的时候；只有□□□有刻苦的恨，才能够复仇！

（《晋察冀日报》1946年10月10日，《副刊》第131期）

悼史迪威将军

《解放日报》时评

【新华社延安十五日电】惊闻史迪威将军病逝噩耗，一切民主的中国人民都深表沉痛的哀悼。史迪威将军被罗斯福总统委为中缅印战区美军总司令，并兼中国战区参谋长之职。在其两年零八个月（自一九四二年三月至四四年十月）的任期内，曾对中国的抗战事业与中美两国人民真诚友谊的建立有过很大的功绩。他是罗斯福政策的真正执行人，曾在印缅战场领导与组织了对日寇的英勇战斗，而对中国国内问题抱着公正的中立态度，一再要求"蒋介石与其他中国军队合作抗日，坚主促进中国内部团结，改组腐败的国民党政府，予国共双方以平行的援助"。他曾说："中共军与蒋军应该是没有什么区别的。以便迅速加强对日作战，彻底消灭日本法西斯灾祸。"

但是史氏这种公正的主张，却遭受到当时即采取消极抗战而积极反共的蒋介石反动集团的嫉恨与反对，初则对史氏的军事指挥与布置进行破坏与阻碍，不给以指挥作战军队的充分权力，不供给他必要的运输工具与给养，进而竟恼羞成怒地向当时的美国政府提出了哀的美敦书要求史迪威必须撤回，加之美帝国主义分子郝尔利的积极赞助，使这一位抱着正义感的将军不得不从中国被排挤出去。这说明了蒋介石反动集团对于坚主中国团结抗日的公正的美国朋友曾是如何深恶痛绝。史迪威的被迫去职，在中美两大民族的友谊上，造成一种不应有的伤痕，这是极可惋惜的事。

在对日战争胜利后，仅仅一年，中国反动派竟挑起了全面破裂全面内战的烈火，这正是今日的美国执政当局违背罗斯福政策执行援蒋内战政策的直接结果，恰如史迪威今年一月所说："如果美国今天向蒋说,我们不援助你们,蒋这家伙,就走不得几步便得停下来。"假若史氏这种主张能被接受和贯彻,美国派来的特派"大使",都能如史迪威那样抱持真正"大公无私"的态度,那么今天中国局势和中美关系或许不至于演变到这般地步吧。

当我们在痛悼史迪威将军病逝之余,不能不使我们对这位有良心的美国伟人之死,弥增忆念与哀思。将近两年的事实证明,只有中美人民共同努力,在美国恢复罗斯福政策、遵循史迪威道路,蒋介石的内战独裁才能被制止,因而使中美友谊得到正常的发展。

(《晋察冀日报》1946年10月17日)

神枪手魏来国

曲中奕

魏来国是胶东×师×团四连排长,现已被师长嘉奖左轮枪一支,并号召全师开展魏来国射击运动。他最出色的一次,是在蒋军五十四军进攻南泉车站时,以一百三十五枪击毙一百一十个敌人。事情是这样的:

天刚发亮,蒋军五十四军的各种美式大炮又轰响起来,炮弹在我军阵地周围爆炸着。躺在战壕里的同志们被炮火声惊醒,大家习惯地迅速投入阵地,隐蔽在已经很熟习的工事里,准备狠狠地打敌人一顿。

"排长!开火啦!开火啦!"

已经被炮弹震聋了耳朵的魏来国同志,还镇静地蹲在地堡里,排副赵喜连急得把他推了起来。他顺手在身旁捞起不久才从即墨城里缴来的大盖枪,向本排的阵地巡视了一下,便向着东南坟地里跑去。

老远的地方,约有七八个敌人像老鼠似的小心翼翼地向这边蠕动着。魏来国迅速倒在战士潘云亭附近的一个坟堆旁,把枪放在坟堆右面已经筑好的工事上,很快地向前方望了一望,便把标尺定到五百米达处,左眼一闭一闭地开始射击起来。潘云亭在旁边看得最清楚,一点不含糊地一枪一个,一转眼十几枪便撂倒了十几个敌人,打得敌人乱嚷嚷地向附近高粱地里窜去。

"你看,你看这些傻瓜,高粱秸子还能挡住子弹吗?"他玩笑似的向大家打了个招呼,回手便把大栓拉开灌了几滴枪油到枪膛里,又迅速地推上子弹,慢慢地向敌人已乱了的队形准确地射去。潘云亭像小孩子一样,抓了一把小石子在魏来国身旁给他说着打死敌人的数目,打死一个就加上一颗石子,一气数了四十多。剩下的二十来个敌人弓着腰拼命向后逃跑,丢下一堆横七竖八的尸体。

敌人恼羞成怒了,开动了所有的火器,凶狠地向这突出的七八个坟堆轰击,子弹像冬天西北风似的,呼呼地在坚守坟堆阵地的五个同志头上啸叫;炮弹在他们身前身后不停地爆炸,石子沙土都随着飞舞起来。

敌人在一阵激烈枪炮响过以后,又开始向前运动。魏来国像先前一样无情地向敌人射击,敌人便迎着子弹一个个倒下去。潘云亭也和先前一样用石子一个一个记着打死的敌人。当二百多敌人渐渐靠近了,魏来国便命令全排猛烈射击,敌人终于又被阻击在来路上卧倒,不敢前进了。敌人的指挥官气得肚子鼓□□的,把小旗一摆轻重美式机枪又猛烈地开火了,子弹就在同志们的眼前爆起一股股尘土来。魏来国迅速地又移到另一个坟堆,他仿佛不是在战场上打仗,不是在经受着敌人密集的火力,像平日打靶一样,把子弹推出来给自己心爱的大盖枪灌上几点油,继续寻找射击的目标。他的枪口瞄准了正在咋咋呼呼督战的敌人指挥官,这个目标就立即应声中弹,那指挥官就再也没爬起来。

突然一颗子弹贴近魏来国的头脑擦过去,接着又一颗子弹落在魏来国枪栓的左方,沙土扬起来苦到他的脸上,他飞快地探了一下头,见四百米达处的小丘后面,一敌人的枪口正对着他,他明白这是敌人的射击手专来对付他的。"好,咱们就比赛一下吧。"他很快地又移到后面的一个坟堆,枪口瞄准那个敌人,只是一枪,那个家伙好像乌龟一样早把头迅速地缩回去了。魏来国正要推上第二颗子弹,嗖地一颗子弹正好从他右耳边飞过去,当魏来国第二次扳动枪机时,敌人移动了位置,魏来国滴溜圆的眼睛睁得简直叫人害怕,他死死地瞅着敌人动作,当诡诈的敌人刚一探头,魏来国的子弹早飞过去了,马上敌人就仰面朝天回西天了。敌人又丢下四十个死尸狼狈地逃回去了,可是不久,在一阵激烈炮火射击后,千多敌人又蜂拥地冲上来了。魏来国高兴地大笑起来:

"哪有这样好机会,这样多的活靶,同志们,打呀!打呀!"他的枪机比任何时候勾动得都快,敌人迎着连续的枪声一个个地栽倒,炮手小宋打得也特别准确,炮弹连珠般地在敌人群里爆炸,高副连长一气撂倒四十多个敌人,潘云亭激动地忘记了数目字了。

"排长,一挺重机枪。"魏来国顺着指的方向瞅去,敌人一个重机枪射手把死尸堆成掩体准备扫射。魏来国端起枪,只听得"砰"一声,正得意地开动着重机枪的敌人一蹬腿僵直了。敌人一连又上来三个射手,都遭到了同样的命运,那挺重机枪再没有一个敌人敢去摆弄。

敌人几次发起冲锋都没有成功,结果都是像先前一样退潮般地滚回去,而那七八个坟堆后的四五个英雄却仍安然无恙。

下午两点钟,骤然下起倾盆大雨来,西南角魏天宝方向的战斗紧张了。魏来国便神速地做侧面射击,刚把枪口伸出枪眼,敌人已经冲来,距地堡只有三十几米了,双方的火力像决了口的怒涛似的响成了一片。魏来国没有半点慌乱,沉着地寻找敌人的指挥官,五六个指挥官都给他清脆的子弹射倒了。在四十米达处出现一个敌人高个指挥官,魏来国推上第一百三十五粒子弹,也是最后一粒子弹,枪声一响,那个指挥官的匣子枪落在地上,也栽倒了。残余敌人没了头目,都在泥泞中撞撞跌跌地滚了回去。

(《晋察冀日报》1946 年 10 月 22 日)

女民兵高凤英

——一个翻了身的新型妇女

【新华社华中电】家住在苏中姚堰双堡乡的高凤英,确实是一个翻了身的新型妇女。今年才二十二岁,有一双天然的大脚,背着一根小马枪,走起路来非常快,游水爬树放瞭望哨,到据点附近去侦察敌情,都表现了惊人的勇敢和机智。两月来参加了十一次游击战斗。第一次是在下马渡,她爬上大树去警戒,发现三四十个蒋军从西南方奔来,她迅速跑回去报告,于是就在这里展开了隔河的战斗。她也第一次拿起小马枪来射击,蒋军很快就被他们击溃了。从那以后,她就越来越勇敢,不管双堡乡的环境如何恶劣,她仍然经常回去活动,有时带着队伍去捕杀侵犯者,有时侦察情况。一次,当她单独回来时,被蒋军发觉了,十多个蒋军包围了她的家,她镇静地溜到门前高粱地里,向东北方跑去,蒋军便一直在后面追赶。跑到十字河时,前面是大河,后面又无退路,追着的蒋军喊:"看你逃到哪里去,捉活的来!"

她飞快地跳进河里,浮过了三丈多深的大水,岸上放着乱枪的蒋军只好垂头丧气地说:

"这娘子真厉害!"

高凤英本是一个生长在贫穷家里的妇女,她丈夫在上海当苦力,一年只赚到几斗粮食,她帮人家做雇工来养活婆婆。今年春上惩奸运动分到了三亩荒坡,她就起早睡晚地开荒,开始了美满生活。谁知翻身的日子刚来,蒋介石却又疯狂地进攻了。她找着指导员说:"现在我们除了扛枪打游击外,就不会有穷人过的日子!"她要求参加游击队,起先婆婆不同意,但被高凤英说服了。

她参加武工队后,白天开会,黑夜战斗,英勇事迹流传整个苏中,干部也都相互鼓励地说:"高凤英能打,难道我们不能打吗!"

(《晋察冀日报》1946年10月26日)

粟裕将军

蒯斯曛

【新华社延安十月三十一日电】苏中南线七战七捷的指挥者——新四军华中野战军司令粟裕将军,最近又参与组织了涟水保卫战的胜利战役。他的军事天才和保卫人民利益卓著的功绩,光辉地照耀着苏皖解放区。当今年停战协定公布后,粟裕将军在华中全力主持整军复员工作,为了争取和平,对于蒋伪对苏皖解放区的蚕食进攻,曾不惜再三忍让。到了七月,蒋军在美帝国主义支持下,竟以五十万之众大举进攻苏皖解放区,粟裕将军乃不得不采取自卫,统率新四军一部,到苏中阻击南线十五万进犯蒋军。七月十五日一战宣(堡)泰(兴),十九日再战如皋以南,先后歼灭蒋军十九旅(由师改称,以下均同)。二十六日,全部重创七十九旅后,粟裕将军凭他远大的战略眼光,断然退出如皋城。蒋军以五旅之众,由如皋进犯,以两旅之众,从曲塘进犯,七个旅紧靠前进。粟裕将军以不及蒋军二十分之一的兵力,在海安以南歼蒋军三千人后,又转移到有利阵地。蒋军继续由海安东犯,连陷立发桥、西场、角斜、李堡等地,正企图巩固其西起泰州、姜堰,中经曲塘、海安、东迄海边一线以南侵占匪区,再行北犯。粟裕将军乘其立足未定,以迅雷之势于八月十日突然反击李堡,尽歼其驻军一〇五旅大部。同时并将海安东开援军新七旅全部消灭于西场以西。蒋军仍图收拾残局,确保自海安向南经如皋、丁堰、林梓、白蒲而至南通一线,巩固以西地区。粟裕将军的反击铁锤乃于二十二日猛击丁堰、林梓,消灭武装特务"忠救"改编的交通警察两个总队(等于两个团)后,断然统率大军涌进这新打开的缺口,转入蒋军后方。于二十六、七两日,先后在如皋、黄桥公路上分界、加力两镇，歼灭九十九旅及一八七旅全部，和七十九旅残部一个团，一〇五旅残部两个营。在这大捷声中，猛攻邵伯，蒋军即受重创而溃退，黄桥重镇也一举克复。总计先后歼灭蒋军六万余，俘虏蒋军将官达九名之多。指挥苏中自卫战连连告捷的关键究竟在哪里呢？粟裕将军做了一个精辟的回答，他说："单以战略指导方面说，是在于坚决把握毛主席的战略指导原则，大踏步前进，大踏步后退，摆脱被动，争取主动，求得大量歼灭进犯军的有生力量。如皋、海安我们不是没有力量守，但分兵拒守，死守一城一镇，不能解决在兵力上远处优势的进犯蒋军，也使自己陷于完全被动的地位，受一城一镇的束缚，无法发挥机动性。所以为了服从战略的长期性，为了摆脱被动，我们才予进犯军以重大杀伤以后踏开大步，断然撤出如皋、海安。那以后，部队就仿佛突然轻捷了万倍，什么时候要反击什么地方，就什么时候反击。这就是说：我们已经由被动转为主动，可以充分发挥机动性。用不着讳言，当时在战略形势上，我们并不处于有利的地位，蒋军以海安为联结点，东西呼应，南北相连，是比较优越的，这就必须运用我们的智力，发挥高度的机动，断然踏开大步前进，来转变战略形势上的劣势为优势，同时继续消灭进犯军的有生力量。李堡战斗是大踏步前进的第一步，丁堰、林梓战斗是第二步，以孙行者钻进牛魔王肚子的战术，猛扑蒋军心腹，突然歼灭蒋军两个半旅以上。三战如、黄公路是第三步。这三个大步，一踏如皋、海安，蒋军完全陷于孤立，同时苏中进犯军前后已遭受六万人以上的损失，占总兵力十五万人的百分之四十以上。后续不济成了强弩之末。大踏步前进必须根据客观情况，择定一点，集中优势力量，及时反击，迅速解决战斗。切忌主观估计，分散力量，坐失良机，或者使战役拖延不决，该是我时常引为警惕的。在苏中自卫战中，总算努力学习了毛泽东战略战术思想的实际运用。加之全体指战员的努力，和地方党政军民的帮助，因而得到了胜利。"

粟裕将军是师范学生出身,身材不高,诚恳谦虚,温文尔雅,初识者常以为是一个有素养的学者,而不知他是一个百战百胜的将军。但他那隆长的鼻子,特别是那一双炯炯发光照人肺腑的眼睛,却显示出粟裕将军胆大心细机警灵活的特性。

粟裕将军成为今天这样一个常胜将军,在广大军民中具有高度威信,是有其历史渊源的。他自从在大革命时代参加了故叶挺将军所部著名的第四军独立团的学员队,后来又加入中国共产党,一直在人民军队里从班长到副连长,指导员,连、营、团、师长及政委……经过了多年的锻炼,对于下级指战员的甘苦和部队的实际情况,具有极深的亲身体验,也养成了随时不断地注意的习惯。因此在作战的实际指挥中,又以能照顾战士实际情形,指导具体、细心、督促、检查严格抓紧著称。

"九一八"后,中共号召全国抗日,接着以方志敏将军为司令从江西出动了北上抗日先遣队,当时粟裕将军是方的参谋长。后来方将军被捕壮烈牺牲,粟裕继任司令,在赣、闽边坚持抗日统一战线工作达三年之久。一九三八年,新四军成立,粟裕将军所部抗日先遣队暂编为一个支队,首先到达江南,给江南沉闷的人心带来了胜利的希望。漫天抗日烽火遂点起在江南紧靠敌伪心腹的山乡六国。新四军东进后,成立苏北指挥部,粟裕将军任副指挥。皖南惨案发生,总指挥陈毅将军去苏北军部,粟裕将军即以新四军一师师长兼苏中军区司令新职开始独立主持苏中抗日民主根据地的开辟与建设工作,领导苏中军民坚持对敌斗争。仅一九四二年一年,即作战五百余次,先后粉碎了日寇"清乡""政治清乡""高度清乡""延期清乡"无数次残酷的进攻,并不断扩大了苏中解放区。

四四年冬,为了迎接和配合盟军反攻,粟裕将军又亲率一师三纵队南下，就任苏浙军区司令，在那里又发展了新的抗日根据地，击退了多次敌伪的联合进攻。去年大反攻开始后，粟裕将军领导所部，解放了浙西与苏南之安吉、长兴、广德、郎溪、高淳、溧水、宜兴、溧阳、金坛、句容等十个县城及广大地区。在粟裕将军指挥下的浙东纵队，已进军到浦东南汇，会师黄浦江边，本不难直捣京沪。但为了争取全国和平民主的实现，粟裕将军及其所部，告别江南人民，毅然率部于十月中旬渡江北撤，就任新四军华中野战军司令兼华中军区副司令。粟裕将军的历史，就是一部为民族与人民艰苦奋斗的历史。今天粟裕将军成了苏皖军民胜利的旗帜，战士们说："跟粟司令打仗最高兴，从来不会打败仗。"最近泰县人民送给粟司令的匾额写着："粟司令仗仗打胜。"

（《晋察冀日报》1946年11月4日）

人民的英雄
——华中自卫战争故事

许老太婆缴炮

七月中旬的一个晚上,在如皋车马湖区龙园乡××村一个六十八岁的许老太婆坐在门外乘凉,忽然一个黑影子蹑手蹑脚地从田边走过来,向她要东西吃。许老太婆听见他颤抖的声音,行动又鬼祟,料想他一定不是好人,便哄他说:"好,等我到家里去弄。"又见他什么没有带,猛不防给了他当头一棒,拼命抱住他,使劲大喊:"我抓住了一个反动派!"周围的人听到,一齐赶来,果然是如皋南战役中溃逃下来的蒋军。经严厉地追问盘查以后,才知道原来田里还有武器和人,大家就拿着手榴弹、锄头、铁叉到田里搜查,便又缴获了一门小炮,缴获了一支中正式步枪,还活捉了一个蒋军。

徐老头指点路

新四军解放了李堡镇(海安东),当夜有十二个被击散的蒋军溜到××乡××村,拖住了六十多岁的徐老头,要他带路到如皋去,许老头子坚决不肯。蒋军没法,只要他指点去如皋的路,于是徐老头机智地指点他们朝着驻扎新四军的××××走去。这十二个慌慌张张的家伙当晚就碰到新四军军哨,枪声一响,他们立刻溜回头躲在草田里。第二天天还不大亮,徐老头跑出来,见到那些家伙还在田里,就连忙跑去报告村长,把村里人都喊醒,一起把十二个人都活捉了,还缴获四支短枪、八支步枪。

农民周宝祥巧捉俘虏

宿迁农民周宝祥,在十月六日晚上碰到了九个溃退下来进犯×店(宿迁东北五十里)的蒋军。蒋军捉住了他,让他带路,周宝祥情急智生,于黄昏中把他们带到某乡公所,走到某乡公所前二三十米时,他就对蒋军说:"你们在这里等一下,让我进去看看有没有八路。"当他进去报告后,乡长命令办事人员分散布置,并大喊:"第一连到东边包抄,第二连至西面包抄,机枪掩护!"蒋军在庄外听到,吓得发抖。此时他又走出来,对蒋军说:"不得了,这里周围都是八路军,你们跑不掉,赶快缴枪吧!"并且又说了些八路军优待俘虏等情形,就这样舒舒服服地捉住了九个蒋军,缴到一挺机关枪和九支步枪。

炊事员吴相慎的撤退记

吴相慎是新四军炮兵连的炊事员,当九月十九日深夜部队从渔沟东调时,他因事离了队。第二天早晨,某庄的一个老大娘看见了,叫他回家烧茶喝,留他休息一天再走。但是晌午时候,"还乡团"挨家搜查,老大娘就催他向东南走。走了三里多路,碰到一个三十多岁的农民,又让他到自己的屋后洞里,主人还端了盘饭和干饼请他吃。天一黑,又送给他一件大袍和一条洋布裤子。老吴便放心躺在那里,一直睡到满天星斗时,主人才把他叫醒,亲自背他过了河,伴送着通过公路才回去,老吴就很快赶上了部队。(新华社华中四日电)

(《晋察冀日报》1946 年 11 月 7 日)

今年的"十月"更亲切

萧三

一

又到了伟大的社会主义十月革命节了,吟得两句:

"年年庆祝十月革命节。今年这个节日更亲切。"

为什么这样感觉呢?别的、远的且不说,单只回想一下这次世界大战吧。当混世魔王希特勒在短短的期间内奴役了十多国,几乎吞并了全欧洲,全世界人类遭受浩劫的时候,苏联红军和苏联全体人民挺身而起,肩负了一副非常重大的担子,做了打垮纳粹法西斯蒂的主力;最后挥戈东指,十天之内就摧毁了日本这另一个战争温床,使得受日寇侵略了十多年的中国人民,亡国了几十年的朝鲜人民等,一旦获得解放,全人类也得庆再生。——凡有良心的人怎能不感谢苏联红军、苏联人民和世界历史巨人斯大林呢?

可是,一场恶战刚刚结束,法西斯蒂残余、帝国主义军阀财阀,反复无常、老而不死的丘吉尔和范登堡之流又在极力挑拨、高唱新的战争了。他们拿这个来恐吓天真的人们,抵制自己的权力竞争者,维持自己对本国和殖民地人民的统治。这一个大骗局、大阴谋又被斯大林戳穿了。不久以前斯大林对英记者的谈话言简意深,词严义正,宜乎其受到全世界民主进步人士和广大人民群众普遍热烈的欢迎。

中国人民最觉得亲切和衷心感谢的是,苏联人民英明领袖、全人类救星斯大林同志认为,一切美军迅速从中国撤退,乃是和平所迫切需要的;苏联代表团在联合国大会上提议,安全理事会应该调查讨论某一会员国的军队驻在另一会员国的问题。苏外长莫洛托夫演说云:

"在某些国家境内驻扎外国军队,是国际关系中极有妨碍的因素。"这些都是一针见血之言。不管蒋介石代表十足奴才相地为他的洋爸爸辩护并且很感激(!!!)美军,苏联领袖们光明正大的声明给予中国、希腊、埃及、印度尼西亚、缅甸等各国人民以莫大的兴奋。

苏联,只有苏联是被压迫人民最忠实的友人,今天又一次地得到了铁的证明,我不禁欲重□唱出:

"年年庆祝十月革命节。今年这个节日更亲切!"

二

战争给予人类的痛苦已经太深重了!人类对和平与安全的要求已经非常迫切了!可是有些丧失人性的集团与个人还在拼命扩充军备,拼命制造新的杀人武器,拼命挑拨新的战争。他们硬要使人类再经受一次更大的屠杀,直到死尽灭绝而后快。(中国历史上最大的卖国贼和独夫贼子蒋介石也已恢复了征兵制,要把内战打到底。)目前世界局面是又紧张动荡起来了!但斯大林同志坚信世界人民保卫战后和平的伟大力量,最近对合众社社长发表的声明,澄清了目前这个紧张动荡的局面,又给了战争挑拨者以当头一棒。莫洛托夫在联合国大会上又严正地提出了普遍减缩军备的建议。这不是全世界人类的福音吗?苏联,就是苏联,乃世界和平安全之有力的支柱,这还不十分明显吗?全世界人民在今天都会唱出:

"年年庆祝十月革命节。今年这个节日更亲切!"

三

作为中国人,我们还有一点要说的。

十月革命后,苏俄政府立即放弃过去帝俄时代所加诸中国的一切不平等条约与特权。

由于中国人民的英勇抗战,使我们国家在国际上的地位得以提高了,英美诸国才商谈到废除对中国的一些不平等条约,但这已经比苏联落后了二十多年。

而到了今天,在日寇被打倒之后,号称"同盟国"的美帝国主义,企图把中国变为它独占的殖民地,牵住它的走狗蒋介石及其一群,攫取中国政治、军事、经济、工业、商业等一切特权,侵犯中国领土、领海、领空、内河、海关一切主权(最近又取得了变相的治外法权!)。一句话,获得了,超过了一切过去不平等条约之总和!特别是美国军队驻在中国,事实上等于"占领军"。这批流氓无赖汉已经把中国完全当作殖民地看,除直接并配合蒋伪公开蹂躏与进攻解放区军民外,在蒋管区则到处行凶逞恶、横行无忌、酗酒、赌钱、强奸、明抢劫、暗走私、杀人、打人、撞人……人们只好叫他们为"红毛强盗""红毛贼",并怀疑他们是不是人养的了!

回头看看苏联红军,自从他们打垮了日本侵略军主力——关东军,逼使日本立即投降,东北与热河得到解放后,早已如约撤退。

谁是敌人?谁是朋友?中国人民在又一次看得清清楚楚之后,自然从衷心欢呼:

伟大的苏联、伟大的十月革命、伟大的列宁、伟大的斯大林万岁!

同时从衷心唱出:

"年年庆祝十月革命节。今年这个节日更亲切!"

(《晋察冀日报》1946 年 11 月 9 日)

李志邦归来了

本报前线记者 肖白

十多天以前，大家都以为李志邦他们完了，不是被俘便是负伤牺牲了，甚至有人说："李志邦投敌了。"因为他是去年平汉战役过来的俘虏。但今天的事实证明这样看法的人错了，李志邦领着另外几个同志光荣地回队了。

这故事发生在淤泥坑战斗后。那天，战斗结束时天就快明了，在部队往回撤的山路上，六连八班战士董××的一个手榴弹从弹袋里掉下来，炸伤了杜明武。在这紧急的情况下，连部马上派八班副范××和八班战士李志邦、董××带了小卫生员吕长池预备抢救杜明武一道转移，但当卫生员把伤口包好时，队伍已看不见了。他们顺着队伍前进的方向，一连赶了三架山也没有赶上。这时，敌人已经断了他们的前路。就这样，他们和部队失掉了联络，陷在敌人包围圈里。转了两天两夜，三次遇着敌人，没有吃上一颗粮，没有喝上一滴水，饥饿和疲困使他们无力再迈开腿。恰好又是太阳出山的时候，他们来到一个山坡下，发现了一小水坑，不管它是马尿一样臭得难闻，也就呼噜呼噜地喝了个满肚，不由得坐在水坑边休息起来，想借这一点空隙，恢复两天两夜的疲劳。八班副范××凝视着泥水坑，待了一阵忽然扭过头来向李志邦说："找不到队伍咱们回家吧。"董××因为害怕炸伤了人回队伍受处分，便应了一声"好"。李志邦，他望着范××半天没说话。突然他大声说："你们回家，我坚决找队伍。"小卫生员吕长池也说："李志邦，不要紧，我们找队伍去。"说吧，他们起身往西就走，范××和董××也只好跟着他们走了。随后，李志邦便从他亲身在国民党四十军里受的罪来劝告他们说："我是平汉战役过八路军来的，才一年的工夫，我已经想通了，八路军的的确确是为老百姓谋利益的，国民党军就是害老百姓的。你们回去，国民党抓住你们，还不是要你们当兵，那才是受不完的罪呢！"他这一番话，说服了他们，就这样把他们领回来了。

(《晋察冀日报》1946年11月13日)

五勇士俘敌八十
——前线野战军英雄故事之七

曹冷　黎杰　李致文

一个任务又一个任务

我军某部四连的五班长李永文今年才十八岁，他说话常害羞，作战却非常勇猛。我军反击定兴时，决定他们连在东面的北段登城，连里命令他班把梯子运到护城壕里去，梯子有三丈多高，他们十几个人把它抬起来飞跑，枪声震得他们什么也听不见了，眼前一个劲扑扑地冒土，他们跑过了东关的东西大街，又跑过了城北的开阔地，终于胜利地完成了任务。

大清白日炸城门

大家伏在护城壕里，上级又命令他们班爆炸东城门，他首先向大家做了一个简短的动员，他说："上级要我们打开冲锋的道路，这个任务是非常重要，非常光荣的，定要完成这个任务，我们决不能怕死。"接着，他挑出了李昌金、左环、张风池、许配兴四同志，组成一个爆炸组，他自任组长。当他们每人背起了一箱炸药出发时，他又向大家说："无论敌人机枪手榴弹打得多么厉害，咱们一定要把炸药放在城门底下。"说着他带着他的爆炸组前进，城上的敌人用三四挺机枪阻止他们，企图一下子把他们消灭在路上，他们却通过了一条四尺深的封锁沟。一道铁丝网拦住了去路，李永文同志不知哪里来的那么大劲，上去一脚就把铁丝网踢断了，大家一个紧跟一个地冲到城下，架好炸药。工兵同志上去一点着，一声巨响，城门粉碎了，敌人机枪哑巴了,后面的部队就冲了进去。

五个人俘敌八十

营长连长看着他们个个累得满身大汗、气喘吁吁,几次要他们下去休息一下,都被他们拒绝了,说:"大家的任务大家干,我们还得去消灭敌人。"说完,就又带着他的爆炸组冲到部队最前面。敌人停止了抵抗,零星地窝藏在老百姓家里,大街上、屋里、院里散乱着敌人遗弃的东西。这时,他向班里说:"我们拼命是为的消灭敌人,不是为的发洋财,现在敌人还没完全缴枪,我们赶快去各家屋里搜索吧。看谁俘虏多,缴枪多。"结果,他们五个人俘敌八十多名,缴枪九十多支,子弹一万多发。

(《晋察冀日报》1946年11月19日)

平汉前线的民兵群

田雨　萧逸

女民兵刘秀贞

刘秀贞是易县的女民兵，今年才二十一岁，短短的头发，粗壮结实的个子，纺花纺得不坏，上场下地也是一把庄稼手。在平素，除理家务农之外，剩余的时间都是拿着棉军衣或是厚厚的鞋底子，一面放瞭望哨，一面帮助军队缝纫。这次家乡保卫战到来了，刘秀贞就转入了战争，她的丈夫参加了民兵大队，在蒋军的后方进行着长期活动，剩下老公婆两个和小孩在家，她就把全家的一切营生担负起来，摘棉花、割谷、剥豆子，十七亩地的秋收完全是和她的公公完成的。整个的十月，她抬担架，赶上毛驴，运送子弹、送伤员前后共计十多次。我所亲遇的一次是在××交通站上，当她刚把前线上运下的缴获武器运到后方时，两个伤员又在就地等候转送。刘秀贞从前方到后方跑了一整天，没吃饭，但她不顾劳累，把伤员扶上驴子，又赶着走了。月亮明明地照着易水河，伤员的伤口痛，骑在驴上骑不稳，刘秀贞怕掉下来，她一只手牵着驴，一只手扶着伤员，在冰冷的水里渡过。

"叫你们妇女都受这累，这怎么行！"负伤的战士实在过意不去，就这样说了。

"别说那个，蒋介石谁不惧他，咱村的妇女都恨不得拿上一杆枪上前线去，就是区上不答应。"刘秀贞踏着赤脚过河，走出平原，上山下山，扶伤员下来，再扶他骑上去。一天来回七十里，她的脸上一直是堆着微笑。

刘秀贞是个贫苦人家的媳妇，娘家几辈子种着"庄子地"，共产党一到，实行了减租减息，生活好了。她过门四五个年头，丈夫的手上有了二十多亩地，今年土地改革后，刘秀贞两口子对她的老公公说："咱们得了政府的好处，可不能独霸地。"他们都愿意抽八亩地给没地的人家。现在刘秀贞说："边区的老百姓有饭大家吃，可是蒋介石要来踏破穷人的饭碗，哪个不干等死吗？"每次丈夫打游击，在村上村下来往时，刘秀贞都拿这些话鼓励丈夫，鼓励全家为前线多出力。

破铁道

平汉民兵破铁路，真是一种奇观。当美械第五师两个团增援到松林时，他们看到铁路还是好好的，但第二天，那到高碑店十五里的铁道却没有了，铁轨不知去向了，枕木烧毁了，路基都被挖平了。

那天我去参观破交，黑压压的一大片，铁道上布满了小黑点，他们用石头搬铁轨上的螺丝钉，用锯成三段的电线杆□化道轨，用几颗手榴弹把铁轨炸成几截，然后把他搬得远远的。铁轨这样一根根翻过身来，而另一部分人不到一会便把路基上挖成了一条小河了。这些庄稼汉把扒铁轨譬成□蒋介石的脊梁骨，把电线譬作抽蒋介石的筋，这真是一种出色的比拟。

打枪欲

民兵常常跟着主力兵爬到前线去，他们喜欢捡枪，又和战士们要几颗子弹，然后像孩子首次玩爆竹一样乒乒乱打，一路走一路打枪。徐水□打开，一部分蒋伪溃军被民兵包围在平原上，刚着呼着，好像打猎一样，新组成的民兵有了练枪的机会，高兴极了，特别得到主力兵团帮助后，散兵就被他们肃清了。

我说他们有的时候捣蛋些，其实指的就是他们的懂不得战场纪律乱打枪，不小心常常容易闯乱子。

十月初，我们的部队准备了一个歼灭战。那天晚上突然有一个报告说："从定兴退下来三二百敌人，全副武装，还有轻机枪。"以司令部的估计，这是溃兵，于是派了一个警卫连去解决他们。原来这是涞水附近×××的担架民兵，他们在定兴缴了伪军一挺机枪、几条步枪、几箱子弹一路打着回来。他们把机枪放在村子前面，几十个壮年、老年、妇女青年围着它，每一个人趴在地上，扣一下扳机。那怪东西机关枪"嘟嘟嘟"地吼叫起来，大家□□着大笑起来。当战士在黑暗向他们前进时，他们还在不断地□□地打。子弹直冲战士们的头上呼呼地穿过去，直到呀的一声冲到他们的跟里时，民兵的笑声才突然停止，放开扳机连连："我们是民兵，不要误会。"

（《晋察冀日报》1946年11月22日）

"阅微草堂"的真面目
——记献县崔尔庄纪家昔年威风

杨朔

从今天倒数上去约计二百年前，河北献县崔尔庄出过个大官僚，当过三任主考，修过《四库全书》，所著一部《阅微草堂笔记》，谈狐说鬼，到今天还流行在民间。这个人就叫纪晓岚。

没到崔尔庄前，我当然不相信阅微草堂真是回避风雨的茅草房子，但我却也不知道，纪晓岚家是此等阔气。……全村五百四十户，纪家就占一百户，深宅大院，甲第连云，地亩遍地都是，直到今天也数不清纪家有多少顷。民间流传着一首歌谣说："上有天堂，下有苏杭。数了北京，数崔尔庄。崔尔庄九门九户九关厢，十字街头跑开马，南花园子立谷场。"当年的威风可见一斑了。这类官僚、地主放半年算一年的高利贷，收对半分的重租子自是司空见惯。我经过一番考察，发现这一带农民所受的罪，比《阅微草堂笔记》里所说的事，还要来得不近人情；他们租地主的地种，全家身子就像卖给地主一样，任其摆弄；租种二十亩以上的，便得派个女人给地主出长差。天明来，夜间走，老的端尿盆、刷锅、洗碗、抱孩子，年轻的做针线活，稍微有点不顺心，地主就要拔锅卷被撵你出去。地主家有个丧葬喜事，佃户全得去提垫子、烧纸、抬人，这叫作"拳头戴高帽——家人"。纪家大人死掉出殡时，童男童女（纸糊的小人）上还得贴上佃户的名字，让佃户跟上死去的地主到阴曹去。

村庄里的佃户不许修砖房，不许种树，不许安大门，更不许子孙念书。即使地主穷了，佃户用钱买下地主的土地，都不许遗留给后辈，买地本人一死，地主有权无价收回。

这些佃户们住在地主家四围的下房里，或是住在一个庄子上。我见过这样的佃户庄子，一律是东倒西歪的小土房，又潮又小，听佃户们说"早先还不准佃户修围墙"。也许有人听说过"初夜权"，在这一带，是又平常又秘密。我探听过几家佃户，他们觉着没脸说，谁也不肯明说。一个佃户老头子只是摇着白发的脑袋叹息着说道："咳！饿死也别种纪家的地！"但又转弯抹角地透露了这个"秘密"，他说："有个魏风池的人，在纪家做了三十年活，地主后来帮他娶了个颇有姿色的女人，还替他白养活着，可是后来女人生了两个孩子，纪家知道事情不妙，便把夫妇两个全撵出来了！"初听很自然，但在这种情况下，老汉慢腾腾地讲出来，其中就必有故事了。他还说："佃户如娶个漂亮的媳妇，媳妇还没上炕，地主便打发他的小孩来认干娘，认了干娘，便叫干娘进去走亲戚，一进去，那还不就……"讲到这里，老头苦笑一下住了口了。纪晓岚本人就最淫乱不过，不知糟蹋过多少妇女。……至于佃户的女儿要嫁人，也必须取得地主的许可，女儿长得如果好看点，地主当然可以随便娶下，但女儿进地主门，就别想再回娘家了。父母要来看望一下，得先锁在车夫住的西房里，然后才准母女们隔着窗户小声说几句话。别看纪晓岚嘴巴上净挂着四维八德，自认是正统人物，实际上却是个媚外欺内的大汉奸。他的大部资产靠所谓做官得来，在清朝、在民国、在日本人侵占八年间，大大小小出了无数汉奸、无数官僚。

在崔尔庄附近的农民没吃没喝，直不起腰来；可是农民绝不是绵羊，远在六十年前，便发生了火烧纪家楼的事件，当时还编成戏，可惜迫于纪家的权势，终被镇压下去。据传说，这事大致是个叫张思义的佃户，受了纪家的迫害，气愤不过，带上刀子闯上纪家楼，正要报仇的时候，不料被护院的狗腿子发觉，围在楼上。这个姓张的便放火烧楼，连自己带仇人一块烧死。从这剧戏看纪家的罪恶，看农民的不满、愤怒和反抗，也可以看个差不多。自从这里被人民的军队，从敌伪手里解放出来，这地方的千万农民才算吐出胸口久闷的怒气，四处叫起来："杀人偿命。""欠债还钱。"其实他们并没有要地主的命，主要是清算多年所受的非法剥削。

千百年来，农民们生长在这块地上，耕种在这块地上，却吃不到亲手耕种的收获，反倒挨饿受气，变成地主的奴隶。今天，他们冲破了束缚，他们得到了地主顶债的土地，几千年来，他们第一次变成土地的真正的主人。范□起、刘建昆都是纪家的老农奴，今天才有了属于自己的十亩土地，囤子里堆的新打的粮食，圈里养着新买的牲口，孩子可以免费进学堂念书，全家都笑着抬起了头，难道这不是应该的吗？只有迫害人民的反动势力才会说这是非法。我们真没见到纪晓岚所住的阅微草堂，善良的农民并不会使什么报复，他们向地主算账，却给地主留下足够生活的房子和土地。我亲自到过一个叫纪星舫的地主家里，这人曾经做坏事多端，现在他家却还住在原先的房子里，吃得饱，穿得暖。农民的愿望只是大家都有地种，大家都有饭吃，大家过上快乐的自由的生活。在崔尔庄，这个日子是已经来了。

(《晋察冀日报》1946年11月25日)

平汉前线英雄多

水林

新战士新英雄

×团二连七班的战士吴棒柱是个新兵,因他个子大肩膀宽,同志们说他像《水浒传》上的大刀关胜。打起仗来,他像个久经战斗的老战士。

唐河桥战斗时,他首先要求参加突击队,去靠梯子。正在靠梯子的工夫,他便挂了花,可是他就不下火线,接着和别的同志连着向敌人两次冲锋。后来,上级叫炸堡垒,他又自动带领几个战士冒着炮火专送炸药。这一夜,他像一支织布梭似的,三进三出铁丝网,忘了自己伤口的疼痛。

十月二日的晚上,他领着民兵,去炸唐河桥,敌人火力很激烈,他们还是镇静地、顽强地完成任务。有一个民兵负了伤,吴棒柱很快地走近他,安慰他,亲自把那民兵背了回来。

新乐战斗时,他一个缴了两支带刺刀的三八大盖。

在紫烟楼战斗中,副连长负了重伤,躺在离敌人只有二十多米达的开阔地上,战士们去了两次没抢救下来。吴棒柱马上把枪交给班长,在敌人机枪密集火力网中终于把副连长背了下来。

×团表扬了他这些英勇事迹之后,决定:吴棒柱是团的战斗英雄,并下令提升他为副班长。

小英雄曹喜科

强攻十里铺堡垒时,我们把敌人从最上层压到最下层,×部的轻重机枪发挥了极大的威力。

七班开始向敌人冲锋了，小通信员曹喜科和战士们一股劲冲到铁丝网外面，一阵排子手榴弹打了过去。乘着机枪与手榴弹的威力，曹喜科和七班就进行了喊话。他们喊："快缴枪，缴枪不杀，八路军宽大……"

顽军被打得蒙头转向，就苦苦哀求："别打了，我们缴枪了！"接着，由堡垒里扔下了四五条步枪。

这时，曹喜科小小的身子，早钻进铁丝网，轻轻地跳下外壕，伸出两只手就在地上摸枪，一会儿就拾起三支步枪。这工夫，堡垒里又扔下一挺转盘机枪，曹喜科也捞住了。

曹喜科真高兴，背起枪来，就很快地爬上外壕，冲进堡垒又缴了一个大电话机子。但是，人小力气有限，他见四连的同志们上来了，他就把电话机放下了。

他背上三支步枪和一挺转盘枪，迈开大步，转回来了，他笑嘻嘻地把枪交给了连长，报告他胜利回队了。

整班换成三八大盖

四连二班受命攻取十里铺堡垒，班长赵兴德就率领半个班，配合一班向敌人接近了。

进到堡垒十米达的地方，二班就用手榴弹向敌方猛投。乘机全体推进到外壕前边，又投出九个手榴弹，一齐向敌人喊话了，起初敌人不应，后来被我们强旺的火力压服了，才嚷道："别打了，我们缴枪！"

赵兴德一听，□□□战士韩黑小和王三田，绕过铁丝网，□过外壕，爬进堡垒，他们用刺刀堵住敌人，喊道："快快缴枪！"吓得敌人赶快举起枪来。

赵兴德走过去,缴到三八枪六支,手枪一支,刺刀五把和子弹八百多发。副班长徐玉生也缴到三八步枪二支,子弹二百多发。

现在,赵兴德全班都换成三八大盖了。

(《晋察冀日报》1946年11月27日)

延安巡礼

《解放日报》记者 林间

【新华社延安二十六日电】十一月十九日我对延安做了一番巡礼,这代表着全中国人民希望的城市,一切都变得是不可被屈服的!早晨,当黎明的号音刚吹响的时候,我开始越过延河前进。在南门外的广场上,我看到成群结队的自卫军肩着步枪和红缨枪在紧张地操练。一九三五年就是这样一些群众在这儿建立了坚固的根据地,今天他们又重新拿起武器,准备打击蒋军的进犯。一个商人徐兴斋告诉我说,他要参加正规军,他以能用武器保卫自己的自由幸福为他生命史上最光辉的一页。

我在马路上前进,西侧是连接着的商号,别瞧房屋低矮,八年前这儿还是一片荒芜的田野,现在一切都经过人们的两手建立起来了。在这些商号中,"铜生楼"的两层楼房耸立着,它的主人叫□铜生,他原是河南人,民国二十二年来到延安,生意很坏。但人民自己的贸易建立后,营业就迅速发展起来。今年上半年,他已经盈利三四千万。为了这些财富,他说他要尽力来保卫边区。我穿过旧城,想起一九三六年十一月毛主席率领下的中央红军开始定居这里,美国名记者史诺在《西行漫记》中描写过的,中国近代史上的英雄人物都曾聚集这里。现在十年过去了,日本人用炸弹毁坏了这城市的建筑物,但不能毁灭人民的意志,以这个英雄城为起点,发展到拥有几百个人民城市和一万万四千万人民的局面。我遇到一堆堆的孩子们在做游戏,他们用手挖土做工事,用山药蛋埋着地雷。当我们问到他们怕不怕飞机来轰炸时,一个小孩子说:"这里有八路军哇!"

我参观了许多机关和学校,每个人都武装起来等待回击敌人。拿

艺术界说吧，诗人柯仲平将他挂包拿给我看，他取出一支用龙须草扎成的□刷，准备到战地山野的墙壁和岩头上随时写下□标语为战争服务。他的胡须已斑白了，但精神健旺有如青年人。蓝家坪的一孔窑洞里，我看见了十八集团军总卫生部部长苏井观，他告诉我许多英勇的战斗救护故事。在最近一次自卫战斗中，八路军一个战士负伤倒在敌人的机关枪火网下，卫生员就提了一颗手榴弹，爬上火线击毙蒋军的机枪射手后，把负伤的战士救回来。

我走过飞机场的郊外，访问张永泰先生，他以前是位地主，现在自己劳动过日子。我问他："蒋介石打边区，你怎么办？"他说："怎么办？他从路上过来我也要打他一石头。蒋介石虽有飞机、大炮，但他总有个打不到处。百姓力量比他大！"现在他正将四石粮食送到政府。我从他身旁十多岁的孙女儿的活泼□人的眼睛里看出这老年人的爱和希望。他说他希望胜利，他相信胜利。站在他的窑门前的土□上，我们望得见张永泰的落叶的果树园，明年随着春的降临，我们仍会愉快地欣赏着这些果树上的青绿的苹果。

我走回我的宿舍，延安已经是夜了。这遍山布满着窑洞的城市，从每一孔窑洞中都发射出闪烁的灯光，像无数的星星在黑暗的长夜中引导着中国前进。

（《晋察冀日报》1946 年 11 月 29 日）

致 友 人 书

陈瑾昆

编者按：余启昌先生号栻门，曾任大理院长，修订法律馆总裁；石志泉先生号友任，曾任司法次长；沈家彝先生号季让，曾历任高等厅长、院长，与陈瑾昆先生在日本东京帝国大学同学；均为司法界耆宿。此书为陈先生对三先生之公开信。

【新华社延安三日电】友任、栻门、季让三学长兄钧鉴：在平未能畅述所怀，每自念有负数十年老友，兹因相别恐有相当时日，特奉书一吐年来骨鲠。弟与诸公均垂垂老矣，在去年日本将投降以前，弟曾向诸公言之，拟在朝阳门外购地，筑园栽花种菜，娱我晚年。乃因辛苦半生，又饱受八年闷气，一旦重建太平，自做劳民小休之想。然竟一反本怀与素性，过问非本分之政治，实非偶然。公等时局见解或与弟不无异同，然弟总以为全国之事蒋公应负完全责任。弟亦素为公平论事之人，民十七以前之革命与民二十六以后之抗战，蒋公诚为有功，然弟究认为功罪不能相抵。以前之革命成功实由于孙中山先生之伟见，内容中共，得有农工合作，外联苏俄，得有国际同情，革命始有力量，旗帜始更鲜明。当时目标为"反帝"与"反封建"，此即中共所定之政策，至今尚在坚决奉行。而蒋公则违反中山先生遗志，中途反共反苏，达到"一党专政""一己独裁"，故不得不与同一战线之友党友邦为敌，反而与帝国主义官僚政客买办相勾结，完全抛弃反帝反封建之主张，走向法西斯之另一途径。于是实行专制，排除异己，乃有无数次"内乱"与"内战"。除"清共""缴共"历十余年终至被人□□而外，排汪、排胡、排李、排冯阎、排粤川湘滇等，每次均掀起政变或战乱，以致国力消耗，政效低微，比历来任何军阀时代为甚；加以专任"私亲""私党"如孔宋陈等，以至污浊之风开中外历史上未有之前例。

自侮人侮，乃招来"九一八事变"。又主张"不抵抗主义"，更招来"七七事变"。此十四年与八年之暴日侵略，丧失国家土地、公私财产、同胞生命值不可以数计，此均为蒋公"一误"所致。以后抗战之成功实由于人民齐心，中共协力，将士用命，而蒋公则保持"随时可以妥协"之态度，苟非暴日夭夺其魄，则先可以亡东四省，再必须可以亡全国，此尽人所能见及者。蒋公招此陷天大祸，冒此亡国危险，竟侥幸得跻于所谓"四大民族英雄"之一则应从头猛醒。

在日本投降后极力向"复原"与"复兴"两个方向做去，乃仍继续其"独裁专政"之迷梦。自来政治家最低条件必须心地光明、胸襟阔大、度量宽宏，而蒋公则适得其反，心地阴险、性情刚愎、度量狭小，以致忠言不能入耳、正士不能近身，从不尊重民意，更不顾全信义。

其在抗战中一反其与中共共同抗日之协定，始则不发一饷一械，继则解散新四军，并随时使嫡系并杂牌军队对中共军队监视或进攻，万一中共军队不为精忠爱国者，逼使士气动摇，在敌后方不出死力继续奋斗，则前途何堪设想！其在日本投降时，更为倒行逆施，对于暴日与汉奸则主张"宽大"，甚至乃使敌伪军队代为看守城池，保持武器，汉奸巨头反而封为司令，待为上宾。对于中共军队则不但不加奖赏，反施压迫，最后即行"剿灭"。无赏罚、无是非、无纪律、无纪纲，亦开中外历史上未有之例。

蒋公虽持内外封锁政策，不使国内外人士知悉中共抗战区域内之情形，然外国人士均有相当了解，故前罗斯福总统坚持联络中共，美国记者亦有著述，甚为称赞中共。

蒋公本人亦深知中共存在于其独裁不利，故始终抱定"反共"

宗旨,且效德、意、日法西斯之故智,以"防共反苏"为其"自私自利"之手段。德意日对内独裁,对外侵略,而蒋公则只能学其一半,除沿用法西斯固有之"特务政策"外,尚加用蒋家独创之内战政策。

弟在去年八月十五日后二十日前与诸公聚餐席上、众客群贺胜利之时,即发一冷语,谓"天下从此多事",诸公当时目为狂言,今日何如?

目前景象只是民不聊生,因而"人心思汉",蒋公则更丧心病狂,大卖其国,大打其仗。"前门逐虎,后门进狼",去一日本,来一美国,举凡领土、领海、领空、内河、海关、驻军、练兵等一切国家主权、民族利益,俱以双手奉送所谓盟邦,大胆卖国一开中外历史上未有之前例。

所得代价只是美军在国内横行(报载吾等学生王振华律师亦被美兵车撞死),更用美国供给最精锐之武器痛杀有功之将士与无辜之同胞,此亦开中外历史上未有之前例。此即蒋公之"再误"。古语云:"一误不可再误。"谨为蒋公言之。

弟前赴延安见城市全为日人炸毁,此次赴张家口,再赴延安,沿途更见无数城市乡村为日人焚毁炸平,日人所持之"三光政策"今乃亲身目睹,此正见中共与人民抗战之力,而蒋公毫不以此为念,坚持向解放区进攻,诚不知其是何居心。

至于中共领导之解放区情形,弟为无党派者,且为无感情偏见者,乃为公等所深知;以弟在延安与张家口并沿途所见(此次历冀、察、晋、陕诸省),实觉解放区与非解放区(即国共两党政治成绩)乃有天渊之别。弟所历者尚为经济文化均形落后之地,然已"民康物阜"。即民生已大见改善,生产亦大量增加,教育亦大见发达;尤为贪污绝迹,盗匪绝迹,乞丐绝迹;民主与自治已极普遍;官吏与军队均极整肃；上与下、官与民打成一片。毛主席所提倡"为人民服务"之宗旨完全为党政军三方面所实行，均能了解其非在民众上面系在民众中，自己即为民众中一人，为老百姓做事即系为自己做事。打破治人、治于人者之观点，其精神更在"公而忘私，国而忘家"以上，使国家成为一大家庭，而自己即寄生托命于其中，本人与家族并老死疾病均由国家保障。更有一特色，接人处事均出真诚，弟素主张吾湘曾涤生"有大气总能做事"之说，中共人物无不有大气，即均系书生本色，此于弟正是声气相投。

中共目前政策则于党章载明，为新民主主义新资本主义并与知识阶级合作，即中共只求实施宪政与民主，且主张三三制，即限制其党员在政府中只应占三分之一，余则使他党派与无党派并一切开明民主人士参加。为防止旧宪政国家之流弊，提倡"民主资本劳资合作"，土地政策原则尚系实行土地法二五减租之规定，孙中山先生所倡"耕者有其田"之主张，所谓"土地分配"并未普遍，现实只对于贪污土劣敌伪之土地行之，所谓"清算""穷人翻身"则是初解放受压迫民众之情绪所致，政府虽不加阻止，但仍随时监督与纠正。

弟深知中共乃真心为民者，故求和平统一团结合作乃出于中共之至诚。美国与苏英特别标出协助上述目标之政策，亦实相信国共可以合作，且必须合作。

毛主席去岁单身赴重庆，可谓历史上一种民族英雄行动，无数次让步，撤退广大土地与裁减甚多军队，亦正是"相忍为国"。无如蒋公虽为中共精神与民主力量所屈服，勉强签订停战协定、政协决议与整军方案，然旋即翻悔。现时问题只在蒋公能否诚意实行此三个协定，若必依恃外援继续内战，弟可断言蒋公消灭共产党之目的绝对不能达到，美国侵略中国之目的亦绝对不能达到。

内战不停，中国人民均不能活，其前途何待智者知之。中国因有长期外患之教训，现时人民力量与国家观念已远非以前北洋政府时代可比，汪精卫与日本之命运必将另有一人一国重演。

弟与公等均为先知先觉一分子，故弟敢为公等一陈鄙见，以期同做高山之呼，共尽匹夫之责，弟亦将以此书公诸国人，望勿以为狂谬，感甚幸甚。

愚学弟陈瑾昆拜书

（《晋察冀日报》1946年12月7日）

"耕者有其田"

——在张申府先生的家乡

张申府先生的家一共占着两个庄子，小朵庄是他的老家，另一个叫后军庄，住的是佃户。两村相隔十里左右，离河北献县城有百里远，先前归献县管，这会子划进建国新治，两处拥有好地八百多亩，一眼望去无边无际，遍地麦田，实在是个肥美的地方。以往农民们辛苦地劳作在这块地上，但所得到的除了挨饿贫困外，便什么也没有了。远的不提，就以这八九年来说，四围有鬼子据点，不断烧杀清剿，庄稼种不好，遇个雹灾旱涝，就得吃糠咽菜，饿得像个贴了金皮的黄人，甚至发生了佃户卖孩子的惨事。二东家做人辣，到时候收租子，对佃户困难毫不照顾。地主应纳的花销，都推到佃户身上。民国廿八年政府宣布二五减租。二东家暗中威吓，减租并没完全实行。全解放区的农民都在从封建压迫下翻身，租种张申府先生家土地的佃户也行动起来。他们把几年来，被剥削的总账挨门挨户算清楚，总数合边币四千一百多万元，佃户们再三再四询问二东家"对不对？"，二东家抵赖不过，才答应向张先生请示，再做处理。

张申府先生是位民主老战士，一贯为人民的自由奔走呼号，对土地改革，他说："共产党是实行耕者有其田，消灭封建剥削。该人家的还人家，剩下的地我计算办个中山大学，对人民也有好处。今年年底要回不去，明年春天我也想回家看看。"张申府先生如此赞助土地改革，农民对张先生也十分尊敬，一个叫刘振起的佃户亲口对我说道："人家张申府先生也是抗日的做革命工作的，他家就是抗属，该特别优待。欠人们的债都是实数，不过俺们情愿少要点表示咱们的心。"

九月间，佃户只从代办张□明等手里接受了四顷来地，其余四顷地，完全留给张先生家继续由佃户出租使用。张先生拿出的地已分别拨给死难烈士和抗日军人的家属以及贫苦农民，人们都说这样照顾革命家属很应当。现在两个庄子的面目整个改变了，大秋刚过，我亲身拜访这个小村庄，这里只有三十几户人家，大半姓张。我见到张尉明、张尉炜等多人，都是张申府先生分居的子侄辈，这些人穿着长袍，却开始下地打场样样动手了。张尉炜更是从早干到黑夜，他们都说："我们是些庄稼人，愿意遵守政府法令，早先吃穿都是现成的，现在实行了'耕者有其田'，也该享享生活之道。申府叔曾教导我们：'只要你们好好种地，绝没人会和你们为难。'"

后军庄的佃户们这回子格外欢喜，都显得年轻了。全村一百六十户，每人平均有五六亩地，天冷起来，再没有一家受冻挨饿了。一个叫刘玉芝的农民，用他自己的话说是属野鸡的，吃了碰头食。他租种张家的地收□一年，收下的合起来还不够给人家，穷得叫孙子要着吃，这回子却有了二十来亩地，养着一头驴，吃到了平生头一磨白面。自己的院子里，晒着金色的玉黍和鲜红的红枣，豆子、谷子堆成小山，还有黏谷子，他打算过年时做顿糕吃。孙子进了学堂，前些日子，他亲自把一伙孙子送到军队去。另外一位叫张占臣的老人家，早年拉着棍子要饭吃，现在却养着两个大叫驴，囤子里的粮食满满的。他有五个儿子，为了保卫好的光景，四个已经参加军队到前方去了。其他如赵连治、刘洪宝以及写不胜写的贫苦农民，日子都比往先强了百倍。秋收刚完，人们又忙着翻地出粪，他们说："若要庄稼好，先得手脚勤。"他们不知道累。□天附近一个村是集，在后军庄到集的大路上，我遇见一伙村里人，推着小车，上面放着布匹和棉花。我打听问询，推车的人便停下脚笑着说："赶集去。果了点粮食，买了点花□布的，也该添点棉衣服了。集上可热闹啦，不知道怎的，人比哪一年都多。"不过这只是土地改革刚完结后的一小点生活的变化。这个村子，等张申府先生回来时，定会发现自己的故乡不是原样了，这幅新社会的缩影也将是张先生所憧憬的。

(《晋察冀日报》1946年12月16日)

"钢铁第一营"怎样战斗

张帆

"钢铁第一营"的英勇故事已在野战军中传布开来,有人说第一营能攻能守,有人说第一营净打硬仗,顽强无比。战士们也骄傲地说:"我们净打战争的转折点。"这话毫不夸大。每次战斗都显出他们的英雄气概与团结友爱、政治坚定的优良品质。他们虽有严重的伤亡,但士气依然如火般的旺盛。因此前方指挥部的嘉奖通令称赞第一营:"有强韧战斗力的部队,每个战士都是不可×的力量,是忠实于人民,有坚定的政治立场的队伍。"

这篇通讯是营长朱彪同志叙述第一营怎样坚守易县刘家沟的谈话:

侵占涞水、进攻易县的敌人,被歼灭四个营后,退回涞水,十一月中旬又集结十个团的兵力,占领易县东二十里的门墩子山及附近的樊家台与桥头、抬头村;企图占我涞易平原,困我于山地。我军于十六日晚举行反击。我营的任务是背靠刘家沟,向樊家台之敌进攻,并在纵深扩张战果。正当把敌人包围各个歼灭之际,我侧翼张家沟、刀家沟友军阵地被敌攻占,为阻击敌人联络,确保我攻击樊家台主力的侧背安全。我当即决心坚守刘家沟。

根据我的布置,一连带重机枪占领刘家台,三连从樊家台搬回,二连占领村边野战工事,打击向三连进攻的敌人。敌人见我二连袭击过来,怕拼上刺刀,回头就跑。二连自动发起冲锋,我带三连增援,追击他们,像风一样地追过去,跨过田坎,越过壕沟,战士们高呼:

"不替蒋介石打内战!"

"缴枪不杀!"

敌人不缴枪,也顾不得射击,只是逃窜,他们退到抬头(那里有敌人一个团驻守)才开始还击。

我见地形不利,周围尽是无垠的平原,别的村庄枪声又停了,于是把队伍收回来,这时伤亡已有四十个人。当时参加战斗的每连才五十多人,除五六挺机枪外,步兵很少。我叫一连掩护,二连抬伤员,三连背伤员的枪,准备于团指挥所纪家沟撤退。

我到村边一看,北面是敌人,东面是敌人,西面也是敌人,四面全是敌人,我们被围了。撤退是很危险的,我派出二个通讯员向团部联络,但都被敌人打死了。

我叫连长们来,对他们说:

"阻击敌人联络,掩护主力转移的任务是完成了。可是我们却被敌人包围了。外边情况不明,今天我们要坚守村庄。

死守□东北角和西北角,及村南的两□院子,不让敌人打进村来。"

部队带开后,火红的太阳升腾起来,敌人开始向□里打炮,战士们一边抵抗,一边做工事。

乘着天未大亮,我连续派出四个通讯员向团部报告情况,从望远镜里看到他们倒在敌人密集的炮火下,不动了。最后,我又派出一个小鬼通讯员,我想他目标小,可以冲过敌人的火力网,可是他只冲出一百米□被打倒了。

求援的希望成了泡影,我把连级干部召集来,说:"今天要准备坚守一天。干部要掌握部队,逐级指挥,根据情况的发展来打,敌人的炮火很凶,最后的攻击少不了,大家精神上要准备打垮敌人任何次的进攻,回去要马上掏通房子,今天的情况不许我们退了。"

说完,连级干部都回去了。

敌人开始以十个连的兵力,合拢向村子进攻。火箭炮"咚咚"一响就是十来发,接着是山炮的轰击和房子的倒塌的声音。

战士们起初不用炮火还击,而在敌人密集的游击的刹那间倒下去,好像是被射击砍倒似的。当敌人整队冲口时,他们才一跃而起,用密集的射击回报敌人。经过几次这样的激战,敌人发觉我们的机枪阵地了,以极猛烈的炮火□来,许多机枪手被打死了,好多机枪被炮火掀起的尘土堵塞了,有的被土埋起来。连里的干部们问我怎么办,我说:"机枪射手死了,干部掌握机枪,通讯员也可以打。边打边擦。"

他们走了。我到村东北角和西北角视察,那里没什么情况,我又回到南边。那里敌人冲上来了。我对一连长说:

"正南和西南敌人要打进来,你负责任,要沉着指挥,有把握再打,打一个揍死一个,打两个揍死两个,不要轻易打。"

这时敌人的炮火打得更猛烈了。二连副指导员找我,三连副指导员也找我,这个说:"不行呀!我们连剩了十八九个人。"那个说:"咱们人太少,守不住。"

我很幽默地笑着说(为什么这样呢?平时我脾气挺大,这时要一发脾气就把他们闹糊涂了):"守不住了!没有人?你们还有多少人?十几个?——我不是人哪?连级干部呢?手榴弹打完了没有?没!那就可以守呀!东北角和西北角一定要坚守,万一撤退时要互相呼应,节节撤退,二连撤要通知三连,三连撤要通知二连。退一栋房,守一栋房;退一条街,守一条街。总之,要一步一步地退,边退边打。退到营的第一个指挥所(村南的一所房子内)就不准再退了。"

我把手一挥:"你们回去布置。"

他们刚走,一个排长报告:"敌人从西边打进村了!"这下可糟糕，把我们截成二段了。

刘家沟的房子是很零乱的，一百来户，村边是树林，树外一条小河。要是平时的话，这里的风景大概很美，但在战时，这里没有地形可以坚守。

我立刻叫三连长去侦察敌人是否确实到村，一查，敌人真的到了。我叫通讯员通知二连、三连从村东北角、西北角撤回营的第一指挥所。

敌人好像发觉了二、三连要撤退，以强烈的炮火轰击他们，他们坚守的房子有的打得着火了，有的倒坍下来。墙壁打得鼓起来，倾倒下去。全村的柴火十分之九都被火箭炮打着了。整个的村庄埋在一片火海里，炮火和浓烟遮盖了一切。

连干部们又来了，这个说"突吧"，那个说"我们连只剩九个人了"，教导员曹良同志也同意突围了。当时情况的确严重，二连只剩九个人，三连剩下十一个人，最多的一连也不过十五六个人，而敌人都是美械化的九十四军主力第五师，他们以十个连向这二三十个人进攻！

我说："行不行得顶，你们说不行，我说行，我要问你们几句话，你们愿意咱们全死，还是愿意咱们'守全活'？"

大家默不作声，房外炮声震耳欲聋。

"你们愿意咱们这一营全被歼灭？还是愿意全营生存？"

大家仍然不作声，外边的炮火更加剧烈，全村好像要整个燃烧似的。

"突围不得，一百多伤员到哪里去，这么多武器放在哪儿？东边有坦克，西边有敌人，我们被围在村中，四面都是敌人。我们往哪里突！要想活，要想全营不被歼灭，只有死守！我们伤亡不小，可是只要死守，敌人是不会把我们歼灭的！"

所有的眼睛都注视着我,所有的耳朵都在倾听,他们渴望着我能想出坚守的办法。

我沉静了一下,把桌子一拍,说:"用什么办法守呢?用这个手段,你们有十几个人,他们有十几个人,会合起来有三十多个人,把所有阵亡的战士手榴弹拿起来,把所有阵亡的战士的子弹统带上。敌人上时,一枪一个;敌人密集时,用手榴弹打;敌人退,用机枪一射,马上停止,谁也不许打。敌人再冲还是这样打。多么顽强的敌人也上不来。不要轻易打枪打手榴弹。听到吧,回去,布置。"

连级干部回去,就用这个手段对付敌人。每个战士平均要守三个枪眼,他们在这里"啪啪"打几枪,又到那里"啪啪"打几枪,战士们称这种打法为"来回运动战",这种战法曾有效地阻止了敌人的进攻。而后来,兵力更感不足了,我们的阵地虽然□□烈火,而敌人的炮火并未稍减。在这小小的刘家沟,敌人打了几千发炮弹。在这小小的刘家沟听不到别的,尽是大炮的轰鸣;看不见别的,尽是冲向天际的浓烟;闻不到别的,到处流荡着刺鼻的火药气息。

"我出去□□吧。"

□连指导员跑来对我这么说,他怕我不许,又加上一句:

"不要紧。"

我说:"不行,出不去,出去五个通讯员打倒了五个,你还得掌握部队呀!"

"营长,你放心,我能冲出去,你说话吧!"

我首先考虑他出去会不会影响部队的情绪,但又想万一他能冲出重围,向团里报告,也能救命呀!于是我说:

"好吧!"

他出去就对战士们说:"营长命令我突围求援。"并且换上缴获的敌人的衣服,我从望远镜里透过黑色的浓烟模糊地看到他跳过了

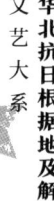

墙，穿过了树林，向前跑了二十米就被敌人打倒了，起先他还是爬着前进，以后再也看不见他动一动了。

大家的眼睛都看着他，求援的希望落在他一身，可是他倒下去了。而敌人的火箭炮又打过来，像白牡丹一样地飞向天空，"哗"一股火，在树林中爆炸了，烧得树枝"咯咯"地响，接着是一片黑烟腾起。许多树木被子弹打穿了皮，有的整个被砍断……

情况越来越紧张。可是，该死，敌人的坦克在美造飞机掩护下冲上来了。有一辆坦克竟围着墙角转，甚至冲击着墙壁，企图掩护步兵向我冲锋。战士们扔去了许多手榴弹，可是，那辆坦克仍然开来开去。战士们气坏了，三连一个战士跑上前来，掷出一个反坦克汽油瓶子，"砰"的一声，坦克着火了，回头就跑，开得越快，迎着的风刮得越大，坦克燃烧得就越激烈。藏在坦克后边的敌人，"哗"一声退了，战士们一阵手榴弹，打得他们一排一排地倒下去，成了蒋介石内战的冤死鬼！

不久，在飞机掩护之下，敌人又进攻了，守在村东南角的一连一个排只剩下两个战士和一个排长，他们下来了，重机枪再也打不响了。这时干部找我，战士找我，伤员找我，我怎样呢？我心里想：今天就和老人永别了。也好，为革命，和老人告别了吧。我叫通讯员把文件收集起来，准备好洋火，叫烧时一个字也不准留，烧个一干二净，不叫敌人得到一点材料。

随后，又叫通讯员到外边传给大家："只有坚守才能活，大家要活，只有坚守。"

通讯员很快回来报告说，一连指导员头部挂彩，绷带缠得他的眼睛几乎看不见了，还在坚持阵地，指挥战斗。二连副指导员说："打到最后一个人也不能退下来。"

我考虑营部第一个指挥所能否放弃。早放弃一个钟头是危险的，敌人会集中火力把营的第二指挥所打平。我正这样考虑，一个炮弹打进房来，我负伤了，旁边的通讯班长庞玉璞也挂花了，我这是第四次负伤，身上已有十五处伤痕了，我把伤口绑好，不叫部队知道。

我对通讯员说："算了吧，把文件烧了吧！"

他把所有的文件、信封、信纸、戳记等全烧了，一个卫生员把六七万元边币也烧了，表都砸了。另外一个通讯员也拿出表来要砸，可是想起了苏联十三勇士，战斗到最后还可以活，于是，他又把表收起来，准备打到底。

"不行，这里不好躲，你到防空洞里去吧！"教导员曹良对我说。

到防空洞口，我守着一挺歪把子机枪，通讯员在洞口，了解情况，我把棉衣脱了，准备拼个方便，外边的战士也有好多脱去棉衣，准备为革命、为人民打到最后。

我与曹教导员商量拟一个政治动员的口号，他打仗经验少，可是工作却很积极，我说："今天是为革命为人民流尽最后一滴血的日子，我们应当死守阵地。""只要我们坚决抵抗，任何敌人是不会把我们歼灭的。只有坚守阵地，才能求得生存。就是这个意思你写吧。"他写下去，并且在第一句后边，加上了几个字："与阵地共存亡。"

这个政治动员口号传下去了，可是我不放心，因为敌人的炮火始终如一，曹良同志为实现这一口号，号召"每个伤员重新拿起武器来""共产党员要起模范作用"。这个号召立刻成为行动，新战士李石华带着一个班监视敌人，被炮弹掀起来的土块埋了四次，仍沉着作战，最后手榴弹打光了，连长给他一个，他又去监视敌人。二连四班长王春琴左手负伤了，重新拿起武器，做了一个立射工事和一个卧射工事，九枪打死九个敌人。三连四班长姚秋亮两次三处负伤，但仍然坚持战斗，枪一□就震得他的伤口流血，他全然不顾。两个伤员和文书在一块,坚守一堵墙,始终不退。被炮弹打伤手的战士和战友合作,使用一支枪,射击敌人。就是重伤员也拿着手榴弹,准备和敌人拼。战士们的口号是:

"打死一个够本,打死两个赚一个!"

"为人民流尽最后一滴血是光荣的!"

就是新从定兴俘虏过来的战士陈鸿禄也打得很英勇,他才十六岁,十二岁就当兵,打过不少仗。这次他守着的房子打着了,炮弹把他卷起来好高,一时晕过去,吐了几口血,然后才爬到猪圈边,因为没力气,掉在猪圈里了,休息了好一阵,才爬到连部。他说:"我打过仗,没见过打死人,这次我亲眼看到一枪打死一个敌人。上次在定兴与八路军一碰头,我就缴枪了,这次炮打得这么厉害我还爬回来!这是为人民呵,就是死也是光荣的!"

他的话是对的!为人民的战士,英勇无比,每一滴血都充满了勇敢,每一个细胞都是无畏的,就是每一根头发也是不可征服的。

后来敌人又发起猛烈的进攻。一连连长气喘地跑来报告:

"房子打平了,墙打平了,房基也打没了,怎么守呢?"

"你看看表。"

"四点钟。"

我决心叫他们守到五点钟再撤,于是说:"房打平了,墙打平了,房基也没有了。还有院里的坑呀!干部要守,战士是能守的,无论如何你们也得要坚守!"

"打得没人了,增援吧!"

就是剩了这么一二十个人,怎么增援呢?最后我考虑了一下才说:

"给你们增加三个人,每人带上五个手榴弹,这样十五个手榴弹能打死几十个敌人,还可以守一个钟头。"

外边突然起了一阵急骤的脚步声，我说："不行呵，退不得呀！"

教导员曹良同志立刻到院外去看：敌人冲过来了，占领我们一所房子。

"我们要坚守阵地，与阵地共存亡！"曹良同志呼喊着。

我把西屋擦机枪的一连三排长王金波和擦重机枪的韩安祺叫出来说："现在五点半钟，你们各归阵地，要帮助教导员把房子夺回来。"

他们出去了，协同二十几个未受伤的战士，向敌人反击，所有的伤员也投入战斗，卫生员郄洪山充当了机枪射手，四班长边少雪换了药就又去阻击敌人，用步枪打死十来个敌人，枪膛打热了再换一支继续射击。同我在一块受伤的通讯班长庞玉璞，用□根绑带和一条手巾扎起胸□的伤口，使着一支三八大盖。三连战士小牛给他压子弹，他指挥着所有的通讯员、卫生员监视敌人，最危急的时候，他不顾胸部的鲜血直流，抛出七个手榴弹去，还对通讯员说："营长伤了，咱们要死死在一起，怎么着也要把营长保卫住。大家脱下衣服准备拼吧！"

在敌人的狂暴的弹雨中，在熊熊的烟火里，每个战士都坚定如常，每个人的身上都落满被炮弹掀起的尘土，每个人的脸都被□药和浓烟熏得乌黑，像煤夫一样地转动着两只发亮的眼睛，你要看过这两只发红的明亮眼睛，你就会想象，我们的战士是怎样地仇恨敌人。

我把一连连长叫来，小声地对他说："我受伤了，你要亲自掌握情况，不要轻易受到损失，今天一营的存亡，就看你们打得怎样了。"

他们打得很好，把失掉的房子夺回来了。可是随后手榴弹的爆炸声又响起来。我马上跑出去，这时战士们才发觉我负伤了。他们责备我："你出来干吗？只要我们在，敌人打不进来！"我怕离开情况再有变化，不肯离开，战士们气得直跺脚，连推带架地把我送回防空洞。

这时敌人发动了最后一次最猛烈的攻击，坦克车撞得墙角的泥土

"哗哗"地响，坦克后边的敌兵叫喊着："缴枪吧！"

我们的战士回答他们：

"缴你个手榴弹！"

"缴你把刺刀！小子们上吧！"

"八路军死也不投降！"

卫生员张文和喊得最凶，声音也最大，他不停地叫着："打坦克后边的步兵呀！保证上来多少，消灭多少，再坚持半个钟头就行！"战士们以无比的英勇把坦克打坏了，可是张文和被炮弹打垮的墙壁埋起来了。大家说："张文和牺牲了，刨他吧！"一刨，他就从土里钻出来，抖一抖土说："谁说我牺牲了，咱们这样的没□□死！你们为什么说这话呢！"不久，他又被土埋起来了，人们说："这回张文和可牺牲了。"于是又刨他，他又从土里钻出来了，擦了擦眼睛，打扫了枪上的土说："没关系，白家窑子战斗不是这样吗？"平时他在营部里，没有伤员，觉得死气沉沉，像死人一样，这会战斗正激，他跑来跑去，紧张得不行，才像个活人呢！

一个新从定兴俘虏过来的战士孙志敏在敌人最后总攻时，要向敌人缴枪，但被通讯员张文祥打倒了。教导员曹良同志在那里亲自指挥，被六〇炮弹打瞎了眼睛，他怕被敌人俘虏，用盒子自杀，但被通讯员拦住了。

这时我们的营级干部负伤了，连级干部仅有一两个未伤，战士只剩二十来个，但是，他们是英雄的战士，他们已阻止住敌人的总攻，最后还派出了三个战士，迂回到敌人侧面打枪，院里的战士们大声叫喊："冲呵！咱们的救兵来啦！"敌人在此骤惊之下，溃退了。

"追他一家伙！"战士们从打穿的墙洞里冲出去，缴了十支冲锋枪，五十来支美造步枪。战斗了一天，敌人伤亡三百余。晚上我们的援兵踏着月光来了，大家一见，又悲又喜，有的流出了眼泪，这泪是胜利的骄傲的热泪。因为我们与十几倍于我的美械化敌人战斗一天,没有一个人被俘,没有丢失一支枪,他们决心守哪里,哪里就能守得住,第一营的战士真是钢铁一般呵!

(《晋察冀日报》1946年12月17日、12月18日连载)

聋 英 雄
——战斗英雄赵绪增访问记

刘思启

十月二十日，我去访问驰名的战斗英雄，×团五连二排副——赵绪增同志。

到了部队门口，我给站岗的同志说了我来的任务后，他笑着对我说："我给你叫他去！"不多一会他俩回来了。

"你是赵同志？"我问。

但他不答，只把眼睛看看我又看看那个站岗同志。

"哈哈哈！"那个战士突然大笑起来，我更莫名其妙了。

"他是个聋子呵！"

唔！原来我访问的是个"聋英雄"呵！我开始为难起来，怎问法呢？

赵同志好像看出我在为难，他一只手指着地，声音是那样洪亮地说：

"在地下写字谈吧！"于是我们找了一个僻静地方，蹲下来，开始"谈"了。

"耳朵？……"我用手指着他的耳朵。

"震聋的——手榴弹！"

"说一说当时的战斗情形吧！"我写。

他点了点头，又兴奋地笑了笑才说：

"赵县战斗时，五连是攻东关的岗楼，我带着五班冲在最前头。到了岗楼围墙外的沟里时，我说：'我先给咱侦察侦察情况！'我窜过围墙，溜到了岗楼跟前时，狗日的们还没发觉呢！又一看，一个小豁口通着岗楼里面,我心里想:活该狗日们的倒霉还给留着个口呢!我'噌嗷'一下子窜到里面,蹲在一个黑圪捞里,心里正盘算着怎样收拾这群家伙,听着上边'哗啦!',一个黑咕隆咚的东西冲着我的脑袋投下来。我也顾不得躲口,随手'乓'的一枪,就听着那个小子'咕噜'一声,摔下去了。接着那个'黑东西''当'的一声落在了我的脑瓜子上!原来是个大砖呀!可他妈的砸火我啦!'妈的,点狗日的房子!'我一家伙就窜到外边来啦!敌人喊了个'跑啦!打打!'接着就'砰砰'两枪,都贴着我的耳朵过去了!我抱了一抱干草,搁在岗楼底下,洋火一点,火就烘烘地着起来了!敌人可他妈沉不住气啦!就听着狗日的们说:

"'班长,下边火点着……啦!……'

"'班长,我的……枪卡壳啦!'

"'我……我……一粒……子弹……也没啦!'听声音顶多不过五六个人。

"敌人动摇了!我趁机喊:'没子弹可放不响枪呵!五六个人可吊不了蛋呀!缴枪不杀!'我知道咱们的人在外边,就喊:'冲呵!三营前进,二营冲锋!'外边的小伙子们也真机灵,接着就'杀呀!前进!捉活的呀!'地喊起来!号也'嘀嗒嘀嗒'地吹起来啦!这时我的劲头更足啦,手榴弹一个跟一个扔到王八窝里去!'轰轰轰'地炸成了一片,我一面扔一面喊:'俩猴人还乍他妈的刺呀!缴枪吧!再不缴枪就叫你们跳舞坐飞机啦!'我噌噌噌一气扔了八十多个手榴弹,炸得狗日的们不能抬头,'爹呀!娘呀!'地直喊。我正扔得起劲,就听着上边一个哑巴嗓子哆口哆嗦地说:'八路……大……爷……别扔啦!……我们缴枪啦!'接着六根大枪都从枪眼里扔下来啦,我一个箭步窜过去,刚把大枪背起来,就听着后边'轰隆哗啦'一声,我赶忙回头一看,呵!外边的小伙子们把墙推倒了!一个个跟小老虎一样冲进来啦！可是他们到了我跟前时，都把脚一跺，'唉！'一声说：'都便宜你一个人啦！'——这回我共缴了六支枪，捉到六个俘虏！"

他虽然一整气说了这些话，声音总是那样大，好像只怕别人听不见似的。

"那么？"我用手指着他的耳朵，在地下写。

呵！呵！他笑了！"你听我说！"

我点点头。

"赵县剩下的敌人跑到了西田村，我们又追到了那里，这回我们的任务也是攻坚。我带着突击队冲到敌人工事跟前的沟里，刚要在狗日的房上靠梯子时，敌人发觉了！手榴弹、机枪跟下雹子一样冲着我们打。我们又退到了沟里，刚趴下，'轰轰！'两个手榴弹都在我的耳朵一边爆炸了！耳朵什么也听不见啦！我着了急。后来连长来了，他说：'你到后边休息会吧！'我不肯！后来枪弹稀了点啦，我说：'上！死也得完成任务，坚决在这里靠梯子！'——我带着突击队又冲上去了！……"我好奇地用手摸抚着他的肩头，对这位"聋英雄"我发生了无比的崇敬，我细细地注视着他的中等身材、诚朴的脸和两只炯炯放光的眼睛。一个青年、勇敢的战斗英雄呵！

我又情不自禁地在地上写："你是一个好共产党员！"是的，我太冒失了——但是像他这样用血鉴定过了的坚强的革命战士，是会使人很自然地联想到这里的！

"咱可谈不到好！"他笑着把个"好"字擦去了。

（《晋察冀日报》1946年12月21日）

猛疤子李有禄

郑重

某部四连一班长李有禄的英勇作战是人人赞成和羡慕的。他脸上长着大疤,声音粗哑,身体结实,一提起打仗他心就发痒,甚至连吃饭也忘了。他自四二年参加革命以来,他已□日伪顽手中夺来二十支枪,还有一个掷弹筒;平汉战役北桥头战斗中,他又缴获了一支美造枪和一个美造机枪筒。

李有禄的战斗作风,是猛打猛冲,常常在接敌时不拿步枪,专以手榴弹消灭敌人,并以"缴枪不杀!不缴打死你!"的粗哑短促的吼声,配合着手榴弹的威力缴了枪。他在崞县沟北和望都上里铺战斗中缴的十四支枪,就是这样得来的。

李有禄以参加突击队为自己的光荣,所以不论大小战斗他准在突击队,并首先在本班组织突击组,哪怕有病伤没好,都不顾。寨西店战斗时,他脚□有疮自告奋勇参加;北桥头战斗中,他在寨西店负的伤还没好,硬要求突击,他并说:"我要求早出院是为的参加战斗!"

在北桥战斗开始时,李有禄就带了一个突击组,直冲到敌人跟前,大喊:"快缴枪吧!不缴枪就打死你们!缴枪不杀!"当时顽敌还想挣扎应战,李有禄即以立射姿势,打中了一个敌人,缴了一支步枪和一个美造机枪筒。

李有禄的带班是以个人勇敢、以身作则而影响全班,班里的人跟着他壮胆子学本领,所以过去勇敢的更好了,害怕的也慢慢地勇敢了。他到哪个班哪个班就勇敢起来,他到哪个班哪个班就换了枪。

(《晋察冀日报》1946 年 12 月 22 日)

满城的民兵连

萧逸

满城民兵连还很年轻,从成立到现在才六十多天,但他们的作战成绩却惊人。在这短短的两个月内,他们出动了上百次,炸毁过三座大铁桥,缴获了三十六大车电线,千余根铁轨,打死和俘虏了敌人数十,他们自己却没有一个伤亡。他们活动的范围很广,从保定往南和往北沿着平汉线数十里,其中有十七个据点和车站,是他们经常的游击对象。

当平汉战役初期,在满城五六区的二十三个村子的民兵被组织起来了。在过去,这些民兵仅作为防御性的,保护他们本村的利益。当那些从保定和沿铁路线炮楼里的"白箍"们出来骚扰他们家乡的时候,他们就加以抵抗,掩护群众转移。以后他们进一步进行各村的联防,而现在他们觉得仅守在自己的家里是不够的,打不走顽军的进攻,谁也得不到和平。"假如顽军占了咱们的村子,咱们又要回复到过去了。"而那些日子是他们所不愿过的,满城民兵连就这样产生了。

民兵连大部的成分是贫农、中农和农村中的教员,其中有抗战了八年的老游击队员,他们对游击战术是极熟练,他们地形熟悉,又颇得到群众的拥护,他们有更多的胜利把握。

这里是他们几次很出色的战斗:

"我们第一次战斗是炸经扬驿铁桥。"他们说,"那是一个'白箍'的大据点,铁桥有六孔,离村子一里半,村里驻防了'白箍'一个团。十月初的一个晚上,我们就向那个村子前进了,我们第一次派了一个侦察员,而'白箍'们正在桥头下架了机关枪等着,我们等了半夜不能动手,只好回来了。第二天,又派了老黑去,他是一个老游击队员，他走到桥头时，正遭遇了敌人的散兵哨，敌人误会是自己人，大叫：'趴下趴下，不要给八路打中了。'老黑一面'嗯'答着是，一面溜走了。这天又白待了一夜。隔了两夜，民兵们都很焦急，也有些动摇，觉得我们这几个人挡不住'白箍'一个团，副连长王来光同志决心亲自去侦察，他像前两位侦察员一样浮过了一条没头的河以后，'白箍'的哨兵发现了他。当那哨兵叫起了炮楼里的'白箍'，架机枪射击的时候，爆炸员曹付生、老黑、老五生，跟着王来生已经跳入了坑里，把炸药顶在头顶上，浮近桥墩了。他们迅速地把炸药一捆一捆地绑上桥墩，烧上火，敌人的手榴弹、机枪都集中打他们。他们才走出二十多步，炸药就把他们震倒了，而经扬驿六孔铁桥也没有了。"

"另一次是我们伏击敌人的铁甲车。"他们说，"我们侦察好了敌人的铁甲车每天要从大汲店过去，我们就派了爆炸组去，那天天很黑，我们慢慢地爬到铁道边上去，'白箍'就离我们十几步外放哨，我们把轨道底下的石块一把一把地捡起来，怕惊动，把它放在衣兜里，装满后，又轻轻地爬回来，把石子倒了，再回去，再一把一把地捡，再爬回来……那夜我们直工作了一半个夜，才成了一个坑。装进炸药，按好雷管，伪装好了，我们就退出半里路等着。第二天一早，敌人的铁甲车出站了，我们睁大了眼睛，瞧着，瞧着车开上来了，铁甲车慢慢地爬过来，爬过来，第一辆车头过去了，没有炸。我们想，说不定在第二辆上炸，但第三辆过去了，'真是丧气'。"

"那么你们的炸药全牺牲了？"

"不，没有。'白箍'没有发现，当天晚上我们去拿，没有成功，第二天也没有。第三天，我们在捡石子时，给他们听见了，炮楼里就打机关枪，我们抱住炸药，回头就走……"

民兵连还有许多故事，有一次他们追击一股溃兵达二十多里，追到方顺桥附近，把那里敌人的炮楼也冲垮了，打死了十几个"白箍"。他们也远征到易县过一次。由于这许多的胜利，他们的情绪越高涨了，而三四区的民兵也跟着他们组织民兵连。满城附近的群众更对他们增加了尊敬。

民兵连虽然只五十个人，但他们的总数是二十三个村子中拔选出的全部青壮年，他们每个人出来服务一个月，满了时间后又有另一批新的人来替换他们。在服务期间，他们家里的农作由编工队来轮耕。他们现在分了三个排，二个是战斗排，一个是爆炸排。

现在他们所最希望的是成为像正规军样的队伍。因此他们里面有指导员、政治教员、文化教员、卫生员，充当这些干部的，都是他们村子里的小学教员。

（《晋察冀日报》1946年12月28日）

回忆"双十二"

申伯纯

编者按：作者申伯纯先生，在"双十二"时任杨虎城将军指挥的十七路军的政治处长。抗战后历任八路军总部秘书长，晋冀鲁豫边区临参会及参议会议长。此稿因收到过迟，故于今日发出。本文如下：

我曾亲身参加"双十二"事变，兹就回忆所得，拉杂地说一点关于当时蒋介石的真实情形。

一、逼上梁山

"双十二"事变是怎样爆发的呢？很简单，是蒋介石逼出来的。自"九一八"以后，因为日本步步进逼，要灭亡全中国。而蒋介石对外节节后退，死不抵抗，对内却进行大规模的"剿共"内战，屠杀人民。全国人民实在不能忍受了，到了二十四、五年的时候，"停止内战，一致抗日"的主张，已成为广大人民普遍的要求。这种主张，又影响了当时的军队。张、杨两将军接受了这种主张，在二十五年春先后与陕北红军进行停战，密订互不侵犯抗日友好协定，同时在东北军及十七路部队中，深入地进行抗日的教育。到该年夏季，广东事变爆发，蒋介石当时调集全国的军队去打广东。在西北胡宗南的部队也调走了。那时张、杨两将军，曾企图与红军共同组织西北抗日联军，东出抗日。不料广东事变被蒋介石用分化瓦解的办法很快地就给搞垮了。广东事变结束，蒋介石认为西北酝酿抗日形势严重，于是亲率二三十万大军，杀奔陕西来。蒋介石把军队停在平汉线和陇海线上，自己先到了西安，宣布不准抗日与继续彻底"剿共"计划，强迫张、杨，向张、杨提出两个办法：（一）服从"剿共"命令，将东北军及十七路军全部开向陕北前线，向陕北红军"进剿"，中央大军在后面接应督战。（二）如张、杨不愿打内战，则将东北军调到福建，十七路军调到安徽，将陕甘两省让给中央军自己"剿共"。这两个办法都为张、杨所绝对不能接受的。照第一个办法，不但张、杨不愿打，就是下边的军队也不能打。与红军长期友好的□□及内部的抗日教育，已经使东北军及十七路军不能打内战了。照第二个办法，张、杨□□离开西北，离开红军，那是自投陷阱、自取灭亡，必做十九□和方振武第二。但是蒋介石给张、杨的，只有这两个办法，毫无其他通融的余地。这时中央大军压境，纷纷开入陕西，蒋介石住在华清池，气势汹汹，迫着张、杨做最后决定，逼到最后逼上了梁山，活捉了蒋介石，爆发了"双十二"。

二、"你现在就是把我打死，我的'剿共'政策也不能变"

在十二月七日那天，张、杨两将军在前述情形下，被蒋介石逼得没有办法，最后张学良将军想了一个"哭谏"的办法，想把"停止内战，一致抗日"的道理，破釜沉舟地向蒋介石"哭谏"一番，用此办法感动他，说服他。那天下午，张亲自到了华清池见蒋，屏退了左右，痛切地陈述共产党现在的政策，是民族抗日第一，红军的问题可用政治方法解决；并力陈部队抗日情绪高涨、不可限制。蒋介石听了勃然大怒，骂张是年轻无知，受了共产党迷惑，张再三"苦谏"，继之以痛哭流泪"哭谏"，两人激烈地争辩达三小时之久。最后蒋介石把桌子一拍，大声地说："你现在就是拿手枪将我打死了，我的'剿共'政策也不能变。"

张将军于是当晚回到西安，把杨找了去，就说"失败了"，于是他两人才密谋把蒋介石捉起来。

三、"格杀勿论"

十二月九日那天,狂风怒吼、严冷异常,西安一万多学生为纪念"一二·九"做示威大游行,并向副司令部、绥靖公署大请愿,要求停止内战、一致抗日。沿途高呼口号,愤慨激昂,那天的情形真象征着"天怒人怨"的极致。最后游行大队决定再到临潼华清池向蒋介石请愿。蒋介石在华清池听到了这个消息,立刻亲自给张打电话,要他制止学生的"胡闹",不准到华清池来。如果学生不服制止,要派军队镇压他们,并连说:"要格杀勿论。"张学良将军接电话后,亲自驾汽车追赶学生,追到灞桥,张劝学生回去,学生不肯。张愤慨地说:"你们回去吧!三天之内,我有事实叫你们看。"学生于是才整队而归。

四、跌倒在山凹凹里边

十二月十二日晨五时,华清池门前枪声大作,蒋介石随身带的几十名"御林军",慌忙起来抵抗,于是在华清池院内演了一场激战。蒋介石从睡梦中惊醒,赶紧从床上爬起来,也不及穿衣穿鞋,就披着睡衣光着袜底,从华清池后门逃跑。出了后门,在天色朦胧中,深一脚浅一脚地向小山上奔命,跑了大概有将近半里路,一失足跌到有七八尺深壁立的一个山沟里边去了。□骨跌坏了,脚也□破了。山凹凹里长的有荒草,蒋介石就乘势向草里一钻,像野鸡一样,顾脑袋不顾屁股地钻到草里边。捉蒋介石的东北军,在华清池遍寻不着,有一位营长很细心,跑到蒋介石的住屋中摸摸蒋的被子还是温暖的,桌上还放着蒋介石的假牙,知道蒋介石不会跑远。于是到小山上搜来搜去,一下看见山凹凹里边荒草当中钻着一个人,于是大喊一声:"什么人?出来!"蒋介石这时没有办法,才战战兢兢地从草中钻出,就问:

"你们是什么军队？你们是什么军队？"及至知道是东北军，他却又装模作样坐下，抵死不肯自己上来。东北军的官兵看是蒋介石，就下去把他拖上来，架到汽车上，押送到西安新城大楼。

五、虽然穿上副官的衣服，但副官仍不肯交出名单

上午八时，蒋介石被押送到了新城大楼。蒋介石这时还是披着睡衣，光着袜底。虽然一路之上，有白凤翔师长的好心，把他的皮大衣脱给蒋介石披上。当时守卫新城大楼的是绥署宪兵，管伺候蒋介石的是杨虎城将军的几个亲信副官。副官们第一件事，就是找了一套全新的衣服鞋袜送给蒋介石穿。副官们说："这是杨主任给委员长送的，请委员长穿衣吧。"蒋介石一听连说："我不穿，我不穿杨主任送我的衣服。"副官们没办法，同时也猜透蒋介石的心理，于是将衣服拿出去，马上又拿回来，向蒋介石说："这是我们几个人拿钱给委员长买的，请穿上吧。"蒋介石听了，马上就说："啊，你们给我买的，我穿，我穿。"穿上衣裳以后，蒋介石就很和气地面对几个副官说："我们现在是共患难的朋友，你们叫什么名字，给我开一个名单来，我带在身上，将来是不忘你们对我的好处。"蒋介石这一套，是想收买这几位副官，但是这几位副官却始终没有交给名单。

六、误会了搬家的好意，蒙着被子打哆嗦

大概是住了两三天以后，张、杨两将军认为蒋介石在新城大楼住着有些不方便，特把副司令公馆对门的高桂滋公馆打扫好，为蒋介石的住处。那天夜晚十一点，张学良将军派他的卫队营长前去接蒋介石。孙营长胸前皮带上插着一支左轮手枪，进了新城大楼，见了蒋介石说："这里住不方便，副司令备一个好地方，请委员长马上同我搬去。"蒋介石一看孙铭九胸前插着的手枪，天又晚了，并且叫他马上

同他一起走，他误会是要枪毙他，他面色变了，浑身发抖，嘴里的假牙上下打得格格响。他于是迤里歪斜地连走几步，一歪身倒在床上，用被子将头一蒙，就说："这□□□的地方，我不到旁的地方去，让我死在这里。"孙营长再三向他解释，他总是蒙在被子里打哆嗦。

七、看了"戏中有戏"咧着嘴哭了！

西安事变爆发后，在南京国民党内部的主张有两派：一派以何应钦为首，主张不管蒋介石死活，下令讨伐张、杨，用飞机先把西安炸平。这是因为何想趁此机会，把蒋介石搞死，自己取而代之。另一派是以宋美龄为首，主张先不要颁发讨伐令，也不要用飞机轰炸西安，设法派人先到西安看一看具体情况，设法营救蒋介石。这两种主张斗争得非常激烈。何应钦不顾宋美龄的主张，立即颁发讨伐令，并派大队飞机到西安上空示威。而宋美龄则召集黄埔军官和空军人员开会，一把鼻涕一把泪地让他们不要听何应钦的命令。两人有时当面争吵，何应钦也硬起来了，骂宋美龄说："你妇人家懂得什么国家的事，不许你管。"宋美龄大哭着说："你这样做太辜负蒋先生了。"宋美龄于是央请美国人端纳（与张有旧）乘飞机到了西安，并亲自给蒋介石写了一封信。信中一面责备蒋介石，不该拒绝部下抗日的要求；一面又用种种的话安慰他。信的最后有一句是"目下是戏中有戏"，蒋介石看到了"戏中有戏"一句，就当着端纳和张学良将军，咧着嘴哭了。

八、不出头不签字的谈判

端纳回去以后，宋美龄、宋子文也随即坐飞机到了西安，红军的代表团这时也到了西安，经红军代表团与张、杨两将军商定，采取争取蒋介石团结抗日及释放蒋介石的方针后，于是就以张、杨的八项主张做根据，而开始谈判。在谈判开始的时候，蒋介石提出了两个原则：一是他不出头谈，而由宋氏兄妹代表他谈；二是商定的条件，他以"领袖的人格"做保证，不做任何书面签字。当时张、杨两将军代表团就答应了他，当时就有人担心，怕他说了不算。不过从十年后的现在看来，毕竟蒋介石是更老练进一步了。因为十年前，他还怕有亲自出头、亲自签字的东西，不好□毁它；现在的蒋介石，把在政协会的亲口诺言和亲手签字的协议，一转眼就撕毁了。

九、恐怕群众留难，他在飞机场重申四项诺言

十二月二十五日，张、杨秘密送蒋介石到飞机场。因为那时有许多人不赞成就那样放他走。汽车刚一进飞机场，就看见有一两千学生和群众在那里列队等候。蒋介石一看不知怎么回事，恐怕群众出头留难，不让他走。他忙着对杨虎城将军说："我答应你们的条件，我以'领袖的人格'保证实现，假如以后不能实现，你们可以不承认我是你们的领袖，我答应你们的条件，我再重述一遍：（一）陕、甘、青、宁、新五省地区，交与你们两人（指张、杨）负责。（二）东北军和十七路军，以后每月军费五百万元，按月发给。（三）今后决不再用兵力'剿共'，红军改编问题交汉卿（张字）负责处理。（四）参加此次事变的所有人员，决不追究。"

这个重申以"领袖人格保证"实现的四项诺言曾载于十二月二十六日在西安出版的《解放日报》。

十、哪里来的对张、杨训话

蒋介石到南京后，很快地就发表一篇又臭又长的对张、杨的训话。那个训话的内容说是蒋介石以他伟大崇高的人格的感化，感动了张、杨把他送回去的，并且说是，临走蒋口说、宋美龄笔记的；其实

根本没有那么一回事，完全是陈布雷杜撰，以欺国人的一篇鬼话。以后陈果夫把那篇又长又臭的蒋八股定为学生的国文必修课，每个学生都必须把它读得烂熟。我真佩服蒋介石的脸皮真厚。

十一、"我的威信扫地了，我说的话不能发生效力"

后来，张学良将军到了南京被扣起来，还组织军法会审。蒋介石所答应的条件，自从蒋回去后一字不提了。杨虎城将军曾派亲蒋的代表李志刚到杭州去看蒋介石，想提一提蒋介石所做的诺言，李代表委婉地说出来意，蒋介石从床上起来（那时蒋的腿还没有好，所以常卧在床上），把脸一沉说："西安事变，你们使我威信扫地了，现在南京我说的话，都不能发生效力。"这种无赖口吻，多么活现。

（《晋察冀日报》1946 年 12 月 30 日、12 月 31 日连载）

悼仓夷、田雨

晋察冀解放区优秀的人民记者仓夷同志和田雨同志的光荣殉难，不仅是《晋察冀日报》和新华总分社几年来最严重的损失，而且是晋察冀解放区党和人民的新闻事业的严重损失。

仓夷和田雨在边区新闻事业上的光辉成就是永远不会磨灭的。自一九三九年以来，仓夷就以他的笔参加了晋察冀人民的民族抗战。在斗争中他表现了对人民解放事业的无限忠诚，坚决勇敢地在各个战场上深入采访，虚心地向群众学习，根据党的方针，深入钻研各种问题，写下了人民和战士的爱和恨、快乐和痛苦，写下了著名的《纪念连》和关于李勇等战斗英雄的许多颂歌。一月停战令后在北平《解放报》工作期间，表现了与人民的敌人国民党反动派斗争的勇敢无畏和智慧。六七年来的艰苦斗争使他成为边区最受读者爱戴的记者之一。而田雨同志则是经过八年群众运动的锻炼的优秀战士，当他转到新闻工作岗位之后，就表现了联系群众和深入钻研的特色。本报在张家口出版时，经济新闻的采访是他开辟出来的。同蒲北段和平汉北段战争的报导，他是最有力的组织者和写作者之一。仓夷和田雨不愧为我们边区人民记者的最好的代表和模范。

仓夷和田雨是为人民的解放事业和新闻事业而流尽最后一滴血了。他们还都年轻，他们还应当也可以再为党和人民做几十年的勤务员，但是正因为他们为人民所喜爱，也就特别引起蒋介石反动派的仇恨，他们才采取了如此卑鄙无耻的手段暗害了我们年轻的勇士——仓夷同志。我们的田雨同志没有牺牲在八年抗战时晋东北残酷的游击战争中，而牺牲在反对蒋介石进攻的爱国自卫战争中。仓夷和田雨的死，再一次证明着：我们对蒋介石卖国集团不能够存任何幻想，他们的任何花言巧语都是欺骗！

仓夷和田雨在新闻工作岗位的中心活动都是战地采访报导。他们最后也是为战争采访而光荣牺牲的。悼念他们的最实际有效的办法就是加强我们的战争报导。人民自卫战争迫切地需要我们进行报导。而比起军事实际来讲，我们的军事报导还是很薄弱的。仓夷和田雨两位同志的殉难，号召我们全体新闻工作者学习他们的榜样，以十分的努力深入战地，亲临火线，向前线的指战员和战地人民学习，将他们的英勇和智慧充分地报导给广大的读者，以战争的实际宣传、毛主席的军事思想，鼓舞解放区军民，再接再厉，争取自卫战争的彻底胜利！

仓夷和田雨是和我们永别了，但是他们所取得的人民事业是永远发展、有无限光明前途的。蒋介石反动派杀害了我们一个仓夷一个田雨，成百成千的仓夷和田雨会涌现到人民的新闻事业中来！仓夷！田雨！我们亲爱的战友和同志！安息吧！我们将以人民新闻事业的发展壮大和人民自卫战争的胜利来祭奠你们！

（《晋察冀日报》1946年12月31日）

一九四七年元旦军区致边区子弟兵全体将士书

一九四七年来到了，军区谨向全军指战员、民兵致热烈的祝贺！向□□牺牲的烈士致沉痛的悼念！向光荣负伤、□□致疾的伤病员、荣誉军人，向以自己子弟贡献于伟大的抗日战争、自卫战争的军属、烈属致亲切的慰问！

一九四七年这一新的年份，将是战局发生重大变化的一年，它向我们展示胜利与光明的前途。一九四六年半年自卫战争的辉煌胜利，已给了蒋介石的卖国、独裁、内战计划以极其严重的打击，战局已开始转变，我军已日益转入主角，事实已充分证明，蒋介石虽然有美国合作者的帮助，但其军事危机已经确切地到来了，蒋军必败的真理是无可置疑的了。

军区子弟兵在边区广大人民的支援与民兵的配合作战之下，在自卫战争中表现了无比的英雄气概，出死入生、奋勇作战，连次粉碎敌人，挫敌锐气，获得了不少的胜利。最近在满城以东歼敌三个团，捷报传来，边区军民更以莫大振奋来迎接这一新年的珍贵礼物。事实证明，军区子弟兵是愈战愈强了，运动战的手法愈打愈熟练了。只要再接再厉，戒骄戒躁，坚决□□□我们必将在新的年份取得更多更大的胜利。

全军指战员同志们！你们应当在新的年份中，进一步提高军事指挥艺术，紧紧掌握以运动战为主歼灭敌人有生力量的指导方针，更加熟练运动战的□法，大胆灵活，精心计划，更多地整团整旅整师地歼灭敌人，展开为人民立功的歼敌竞赛。在全军中要严肃军事纪律，坚决服从命令，保证战斗任务百分之百的完成□。全军人员应当一面战斗,一面学习,百倍提高我们的战术素养和技术训练,熟练平原战、夜间战、村落战、打堡垒等各项本领,减少自己的伤亡,增加杀敌的威力。军队政治工作坚持与发扬人民军队的光荣传统,要反复教育全军,不但要打出色的胜仗,还必须有模范的群众纪律,以亲密军民团结,战胜敌人。

伤病员同志们!你们竭尽忠诚为人民服务,以致光荣负伤,积劳成疾。你们的病痛,全边区军民无时不在关怀你们。在某些地区暂时撤退转移途中,因各种原因,曾使你们得不到很好的照顾,这是我们的责任。卫生部门今后应加强医疗与政治工作,努力克服困难,以减轻你们的病痛。同时希望你们安心休养,早日痊复,在伤病痊愈之后,回到自己的战斗岗位,继续为人民杀敌立功。

后勤工作同志、军工工人同志们!军事工业在晋察冀曾经有过卓著的成绩,这是与军工工人为自己阶级与人民忠诚努力、紧张劳动分不开的,希望你们继承过去的光荣□□,展开□□竞赛,以足够的武器弹药供给军队,你们每一分的努力都将增加前线的胜利。一切后勤工作者,应当学会科学组织的本领,不怕疲倦困难,以适应今天大规模运动战的需要,使军需物品及时供应前线,伤员得到妥善的治疗看护,达到军事工作与后勤工作的紧密结合一致。

全体民兵同志们!你们配合与支援军队作战,以及独立保卫家乡的战斗,给予蒋介石进犯者的打击是重大的。为了保卫家乡和土地改革的胜利果实,你们要继续坚持英勇战斗,把游击战争更广泛开展起来,到处进行麻雀战、地雷战、联村□击战,创造成千成万的神枪手、狙击手、爆炸手,在被蒋军暂时侵占的地区和边缘区,要使敌人行不安、睡不稳,到处遭受游击战争的困扰,并组织广大的战斗行列,帮助军队的作战勤务,把进犯者干净消灭在我们自由的土地上。

荣誉军人同志们!你们为民族与人民的解放事业,立过不可磨灭的功劳。你们虽然残废了，但却更坚定了与人民公敌蒋介石及其美国合作者的旺盛斗志。希望你们使用在人民军队里学会的各种本领，训练与带领民兵作战，并响应党与政府的号召，参加农民的翻身运动，加紧生产，为解放区人民做更多的有益事业。

复员军人同志们！重新参军为人民杀敌立功的时机已经来到了！你们复员以后，曾经在自己的家乡做了很多对人民有益的事业，但是今天关联全解放区人民生存的第一件大事，就是消灭进犯者。只有自卫战争的彻底胜利，才有人民的生存和一切。要求你们继续你们光荣志愿，成为参军运动中首先踊跃报名的模范，并团结本地的青壮年，像潮水一样涌上前线。

一切离队人员们！你们曾因一时的错误想法，而自动离队回乡。现在号召你们自动回到人民军队里，杀敌立功。并望全边区父母兄弟姊妹展开归队劝说运动，使一切脱离人员迅速回到自己光荣的战斗岗位上。

光荣的军属、烈属们，你们把自己的子弟、丈夫送到军队里，他们有的在前线英勇杀敌，有的为人民解放事业已流尽最后一滴血。你们为了全边区人民，做了无可比拟的伟大贡献，全边区人民将以你们引为莫大的骄傲，并永记在心不能忘掉的。希望你们勉励自己的子弟兵，努力杀敌，为烈士复仇，为保卫家乡、保卫既得利益、保卫父母妻子而战斗到底！

让我们更加奋勇自励，用更多更大的胜利，来回答人民对我们的期望！

晋察冀军区司令员兼政治委员　聂荣臻
副司令员　萧克
副政治委员　刘澜涛　罗瑞卿

（《晋察冀日报》1947年1月1日）

"小婆子"翻身

孙立民

"小婆子"这个血泪和羞辱堆起来的名词,像一块千斤重的石头,压在不幸的穷人家女儿的身上,几千年来,被压死的不知要有几千百万。薛玉柏大娘就是这样的一个。从十八岁起她一直被压三十多年了。

这回(本月十三日)周家村的农民为了翻身斗倒了恶霸地主"四阎王"——她的四小叔子。她听着乡亲们"天下受压迫的都是一家人!"的喊声,她的心跳起来,嘴唇发着抖。她想:"三十多年的苦,可该吐吐了吧。"

薛玉柏大娘的泪流下来了。在乡亲们的面前,她大胆地把一辈子不敢说也没处说的苦说出来,成千的乡亲们静静地听着。□□乡亲们的眼泪□净了她三十多年的耻辱,安慰了她三十多年的苦楚。

薛玉柏大娘的爹是个"打短儿"的。她十八岁上年景不好,四百五十□钱□周家村姓纪的地主买了当丫头。当年就叫纪晓岚的七世孙纪根祇收了房,生过儿子长到七岁上才被□作"姨奶奶"。打这儿起,苦头吃得更大了。

薛玉柏大娘说:"没有孩子的工夫当指使丫头,挨打、挨骂、干累活。人家看着可怜,都说:'熬着吧,熬得生个一男半女的就行了。'谁知道,生了孩子罪孽更大……"她哽咽住了,□着了当年的创痛。

"二十一岁那年生了个头水的小子。"她揩揩泪说。

"俺心里满打着这就熬出点儿来了,哪承想,大奶奶一连哭闹了四天,吓得俺心里不安,也顾不了那孩子的饥饱冷热,孩子就抽□死

"二十三上又占了房，心想'可别养小子吧'，省得惹大奶奶生气。添下来倒是个闺女。刚松下点心，大奶奶又和大爷闹翻了，就嗔着他来打俺，怪俺添了个赔钱的闺女。"她哭着说，"乡亲们，你们听，不添孩子不行，添了小子也不行，添个闺女又要打，这不是成心挤死人吗？"

会场上的男人们低着头，女的都抹着泪。

"孩子不死，横竖不能卡死，豁出受点子气反正得养活了。

"偏是怕嘛就有嘛。二十七岁上又添了个小子，大奶奶天天黑下砸俺的门，吓得一宿宿地不敢合眼……平常日子嫌吃得多，不给饱，月子里也不好生给口子吃，到这□□下了个饿伤的病……

"从打来到他家，俺就没了名字，一家大小都叫着姓薛的，俺这儿七岁上才改成叫'姨奶奶'，可是他家的三岁小孩子俺也得叫'小哥''小姐'。刚来的工夫，随着做饭的口□管大奶奶的三闺女叫了声'秀哥'，吃了大奶奶一顿骂，大奶奶说：'什么东西，也配秀哥长秀哥短的，再这么没上没下的提防你那舌头！'归齐俺赔了好些个笑脸，才算拉倒。

"在他家就怕过年过□有□红白事的，俺这头就磕到没□了。那年大初□，给他一家子磕完头，就剩下三岁的'秀哥'没磕，大奶奶说：'孩子忒小，不用啦，等长大了再磕吧！'这算省了一个头。大奶奶死的那年，俺的头比孝子磕得还多。

"顶叫我伤心的是俺家烈章（她的亲生儿子），娶媳妇，别人都磕就不叫给俺磕，他一鞠躬，俺就忍不住了，顾不得好日子歹日子的，直哭了一宿。自个的儿子都拿着不当人，乡亲们！俺就这么不如人吗？……"

"□薛大娘翻身！""替薛玉柏大娘出气！""打倒封建地主的压

迫。"一千多□□喊□□□□。

"叫薛大娘翻身赞成不?"

突然响起个尖锐的嗓子,这是妇女识字班冬银嫂的声音。

"赞成!"像一声雷似的。

年轻的妇女跳上台去,把薛大娘推坐在椅子上,太阳照着她干枯的脸,数着那些苦痛垒起来的皱纹。

老乡们瞪着红红的眼睛,妇女们冒着怒火,老大娘们揩着眼泪。地主的家属们低下头了,她的兄弟、兄弟媳妇、侄儿、侄女们,一个个把那自高自大的"贵体",跪倒在曾被他们作践了三十多年的薛玉柏大娘的面前,都害羞地、生涩地叫着嫂子、婶娘、大娘。

这是几十年来没有过而且也不能有的事,历史上没有过这样的记载。

薛大娘流着泪说:"按理,乡亲们这样抬举,俺家得请请叔叔大娘们,无奈眼下没这个力量,等俺娘儿们好好地生产生产,明年多打点子粮食再……"

"不用你请□们!"薛大娘的话还没说完,老乡们□异口同声地喊出来,接着说:

"咱们要请薛大娘!"

"欢迎薛大娘上咱家去!"

"她是咱们家的人!"

"欢迎农民的女儿回娘家!"整个会场都骚动起来了。

"叔叔大娘们!"薛大娘的儿媳妇抱着个布包跳上台,"今儿个的事,俺娘儿俩做梦都想不到,俺娘受了三十多年苦,有这样一天就值了。到今儿个,谁远谁近俺娘儿俩算明白过来了。叔叔大娘们,这是俺家的房地文书,也是当初剥削乡亲们得来的。就按王刚大伯说吧,在俺家扛了多少年活,嘛也没落下,这工夫想起来俺娘儿俩就愧得慌。乡亲们，就替俺家算算吧，该谁的还谁，省得俺娘儿俩老亏着个心。"说着她把文书放在桌上，□着心□儿里的笑□。

"大娘，散会就上俺家去，可别应下别人家！"冬银嫂拉着薛大娘的手，两眼直望着她的脸。

（《晋察冀日报》1947年1月4日）

鼓

——建屏老坟村赵合哭诉记

高粮

建屏老坟村，这个三四十户的小村落里，农民们除了整年地伴着滹沱河的流水劳作外，农闲时大家就敲全村唯一的鼓作乐。但是大家把鼓从官房子里一搬出来，不知怎的赵合一看见豆粒大的亮晶晶的泪珠儿就从他眼里淌下来，然后他转过身走开去。有时他睁着泪眼说："乡亲们，慢点，慢点，这里边有我的老婆孩子呵！"

三十多年了，每逢敲起这□鼓，咚咚的声音叫赵合听见他就大声地哭，像狼叫一样地哭。他就跑，满村满街地跑。

小庄里的穷老人都知道，这是一回什么事。孩子们却说赵合是半疯隔膜（注）。

民国初年，赵合年轻的时候，家里还是有吃有穿，父母挺结实，一家生活过得很快乐。谁知道不几年的时光，元坊地主韩甫、韩英成长起来，欺压、霸道、吞并土地，赵合家这老实种地户就破产了。仅四五年的光景，就将财产卖尽，父母忧愁生活，也紧跟着死去，全家弄得家破人亡。留下了苦命的赵合弟兄和妻子，为了生活，就租了韩甫七亩旱地，说好每年租子五大石，其实旱地每年每亩顶多打一石，租子就要交七斗多。

剩下□石把粮食怎么能养活老婆和三个孩子呢？"穷急生智"，只有按照老古话"一块石头四两油"去开山坡地。五六年的时间，一把血一把汗，一镐一锹开山坡，吃不饱饭肚里空，拿起镐来眼发黑，一次一次地晕倒阳坡上，不容易呵！十亩变成了十七亩，生活算有了指望，谁想到好梦不长，这开地的消息不久被韩甫知道了，每年

租子一下子增到十二大石。

老天爷不睁眼，民国十五、六年又来个虫旱□灾荒，眼巴巴地下了种子，不打粮食。"你不打粮食活该！"韩甫、韩英又立逼着叫交租子，逼得赵合满□□□。赵合一咬牙，把□里的猪、槽上黑油油的小草驴卖了交租子。韩家地主太心恨啊！一颗租子不少要，赵合只有到地主家门上磕头哀求。腿跪麻了，膝盖跪青了，韩甫还是不应。韩英的父亲说："从你老婆身上想□法！"

赵合和他老婆十五六□□结婚的一对好鸳鸯。虽然日子一天天地不好过，但夫妻们还是在穷苦中相亲相爱。怎么办？夫妻俩痛哭了一天一夜，忍心卖掉三个女孩子，共是六十吊，缴了租子。

□年□过去了，年景还是荒旱不收，但十二大石的租子还是非给不行。这下算是走到黄河边，只有听地主的话卖老婆了。赵合难过了几天合不上眼，最后他咬咬牙、跺跺脚，把老婆卖到张家川。

恩爱的夫妻要分别了，老婆哭哑了嗓子告诉他："不要忘记这是谁逼咱们生离呀！"临别时，老婆用水煮了煮三年前娘家送来给女儿过满月的三支挂面，泪水禁不住掉在面锅里，赵合死也忘不了。

赵合送着临别的老婆走，往西到买主的村子三里地，走几步，坐一会，哭一场。

卖老婆的八十块白洋，除了交租，五块钱给了村公所做离婚费（那时地主们的社会制度是活人妻离开村子时要给村里离婚费）。村里用这钱买了一只鼓，一只花边、圆帽、铁钉、红色油漆的牛皮鼓。

赵合妻离子散了租子还是交不够，韩英又逼他的嫂子，到夹峪给地主做了四年饭，还不够，又到韩甫家做了五年。地主对穷人不当人看，嫂子去了，不如地主□的狗，□□骨炎死了。哥哥死掉老婆又交不起租，自己又年老了，再不能给地主卖命，砍一棵枣木棍要了饭。一天到韩甫门口去要，做饭的偷偷地给了一块糕，韩甫看见了，说他穷有辱□□，把糕夺回喂了狗，□□□顿赶出来，哥哥成了残废，直到现在还不能干活。

事□后，赵合参加了自家穷人的军队，在子弟兵里当伙夫，后因老退伍。村庄里实行了减租，村里又帮他弄了四亩半地，连他过去开的十来亩，生活又一天好过起来一天。

这回闹土地改革了，人们又把这只三十五年历史的唯一的鼓拿出来。"乡亲们，把鼓敲轻一点，那里有我三个孩子呵！"呜咽的带着颤抖的声音又从赵合嘴里喊出来，但现在是共产党的光芒照耀着的时候喊出的，是在几千个愤怒的拳头摇晃在地主的面前喊出的。这喊声将最后结束这种穷苦□□的发生。

（注）"半疯隔膜"为轻的神经病。

（《晋察冀日报》1947年1月4日）

愤怒的浪潮
——记北平学生反对美军游行运动

张香山

当北平国民党高级官员们正忙于商议如何使得驻平美军称心满意度过圣诞节的时候，一幕极其丑恶的美军强奸暴行就在圣诞节的前夕发生了。被强奸的是北大先修班的一个十九岁的女学生沈×，她是一个名门闺秀，到平不及一月。

这一暴行激起了全市人民的愤怒，爱国的青年学生界完全沸腾了。翌日北大、燕京、清华、中法等各大学校的墙壁上，立刻贴满了成千成百学生签名的抗议书、消息汇录和标语。"滚！滚！美军滚出中国去"的呼声响彻了各个学校。北大各社团各系级的代表，在二十六日晚集议成立了"抗议美军暴行筹备会"，当即决定三十日举行罢课示威游行，抗议此种兽行，要求撤退美军。燕大、清华二十九日晚上也都由自治会召开同学大会，学生一致提出三十日停课进城游行示威的要求，在场的人都签下了自己的名字。同样地，中法、辅仁、朝阳各院同学们也都热烈地做了一致行动的决定。抗议的浪潮一分钟一分钟高涨起来了。

但与此相反，国民党当局对于美军此种兽行却百般辩饰，对于学生的正义行动无耻地加以破坏。当天晚上，由警察局发出禁登此项新闻的命令，第二天发出此项新闻稿的亚光通讯社记者遭受秘密逮捕，发出此项消息的两家报纸《新民报》《世界日报》编辑被警察局长汤永咸叫去，大加申斥，说："陆战队叫我负责不发这个消息，你们为什么发？"并污蔑沈×不是好女人，第二天还通过中央社和时闻社发出《沈女士似是良家女子》《美兵是否与沈女士认识须加以察查》《沈系在影院和美兵搭过话》等丧尽良心的谰言。而□市长何思源竟无耻地说，美兵强奸为未遂。最恶毒的是，沈×被强奸后，警察局派人前往不单不予被辱者任何安慰，且施以毒打，以可耻的下流手段百般侮辱。沈某姐夫在北平某处任要职，怒不可遏，出面处理此事，但是警察的压迫来了，不许他声张。当风闻他要招待新闻记者时，警察局警告他"假使这样做特会有不好的结果。"

当局知道了学生们要有大的行动，赶忙组织一批特务来破坏。二十九日北大"抗议美军暴行筹备会"开会时，三百多个头戴瓜皮帽，口衔香烟，腰挂手枪，胸佩大校徽，自称是中国大学华北学院学生的特务分子进来捣乱，大声叫嚷："被强奸之女生扰乱北平治安，应予严行惩罚""抗议美军暴行委员会的人是民族败类"等。北大校内特务分子贴出一张叫"情报网"的墙报，说："沈某□延安派来诱惑美军的。"这消息立即把全体同学激怒到极点。他们在那些"情报网"上批道："美军是你爸爸吗？""小子你还有良心吗？假使你的姐姐、你的母亲被美军强奸，你也说她是延安派来诱惑美军的吗？"□些丑行也激怒了北大教授们，他们因此反而更加同情全体同学正义行动，决□三十号自动不上课，支持他们。

三十号的上午，警察局的水龙准备好了，特务满布各校，大街上增添了岗哨，美国兵营的墙上也新安置上机关枪。但□并没有吓退任何一个人，三万人的队伍浩浩荡荡地出发了，整个北平市为"抗议美军暴行""立即撤退驻华美军"的呼声所震撼。学生们高唱《打倒列强》曲子所谱的《撤退美军》歌，成千成万的围观群众报以热烈鼓掌，控诉美兵暴行的传单迅速地传递在市民的手里，柏油路上写上斗大的"要求美军撤退"的标语，街道建筑物上、电车上、公共汽车上，甚至十一战区司令部一个中将坐的小汽车上，都被贴满了标语。

游行队伍□时□达执行部门口，国民党的宪兵慌忙闭上了大门。学生们在墙外大喊："美军滚出中国去！"一个美兵从楼上窗户伸头观看，一个学生用英语喊："回家去，中国不□你！"接着几个学生齐呼起来。吉伦将军的助手正被关在大门外，学生们齐手指着他："请你也走出中国去！"执行部门口上写上了："我们不需要美军！"的标语。美记者斯蒂威尔在忙着摄影，学生们要求他忠实报导。

队伍走到沈同学被强奸的东单广场，停留良久。经过国民党励志社时，励志社的国民党官员们正在颐和园大宴美军，以示慰藉。学生们有知道此事的，立即在励志社的招牌上写上"请美军滚蛋"的标语。这时突然发现在中国大学的行列里混入几个特务，叫喊一些反动口号，立即激怒了全体同学，"打倒反动口号""打倒特务""把特务查出来"的吼声沸扬起来。特务们吓坏了，一溜烟□开队伍逃跑，群众随着发出"特务滚蛋""反对奴才外交"的轰鸣。

（《晋察冀日报》1947年1月8日）

怎样翻心

什么"一家自己"？

盂县地主刘先裕强霸了农民刘三毛的十六亩地，把刘三毛闹下个妻离子散。刘三毛回忆说："提起那桩事来我越想越气，真……"但刘先裕和他是本家，隔了一夜，刘三毛就又变话了："这是过去的事了，一家自己的不用说啦。"大伙当即抓住这点向三毛说："老三毛你真糊涂了，你全家闹下个家破人亡的时候，大大小小挨饿受冻，你到人家刘先裕家里，杓碗酱水，人家还不杓给你！这是什么'一家自己'？"三毛听后气怒地说："要是说在这里，我就得非和他讲讲理不行！"马上打破了"因本家，讲情面"的糊涂思想。

"说旁人，想自己"

五台东茹村农民诉苦大都是这样说："咱给地主受得不坏，可是人家也待咱不赖，咱没侍奉过人，人也没苛剥过咱。"反正是诉不出苦来。后来换了个"说旁人，想自己"启发诱导的法子，苦水就吐出来了。一个老农说："张品红原初就亩半地，他弟兄们都给人家受苦工，后来做了奸阎的大官，盖起两座大房院，买下五顷好地，这究竟是他受下的，还是搜刮下百姓们的啊？"又一个接着说："张贞奇腊月三十，放出五百块钱，隔了三天，就赚了二百块利钱，看这是谁的心狠？"接着就乱嚷开了："嘿！大利钱背倒好几家，财主们只嫌咱们穷得慢。""人家皮袄暖□地坐着吃肉喝酒，咱是下雪天也得穿上破单衣背着卖炭！"农民心火上潮，就又比喻到"怕不怕""敢不敢"的问题："十个人就有九个农人，九个人一股劲和一个财主斗，谁厉害?""东茹村农人一千五,封建地主才八十个,咱们齐了心,谁怕谁?""天下农民千千万!都翻过身来,蒋阎他反动,怕他甚?"大家的斗劲勇气上来了,自己的冤苦也就敢申诉了。

不怕鬼子就不怕国民党

广灵的老乡在我军撤离张垣后,惊奇地问干部说:"到底情势怎么样?问谁也说是没事,但直是一股劲地看见搬东西。"完县老乡听说敌人又占了望都城,都有些惊惶,不敢积极闹斗争了。后来我们把目前我们的方针是集中兵力,歼灭敌人的有生力量的运动战,不在一城一地的得失,又再三解释抗战中我们怎样斗胜了鬼子,群众便说:"估量也白怎不怎。""怕什么呢?顶坏,也不过像敌人占铁路时,咱们这里还不是一样?!"群众情绪马上又稳定下来,照常地闹开斗争了。

苦事要苦诉

完县村干部开小组回忆会,二区柴各庄王洛旭先诉道:"我被地主逼得老婆吃毒死了,把我送到衙门里押起来,老娘哭着要饭吃……可是我现在又娶下老婆,孩子也有了,挺痛快。"他诉苦不用说感动别人,就是自己的内心当现在诉说时也毫不气愤,倒像是聊说故事似的。东关妇女干部杨翠蓉诉说恶霸阎洛桂,勾结敌人害死她丈夫,家里大人小孩尽吃野草,孩子们吃得满嘴绿草末,都生了病。她说着说着就大骂起来,引得张文银、张洛连等许多妇女在诉苦时,直哭得说不出话来。有的是边说边哭,结果感动得会上的群众都哭了,天气已经□了,大家还紧围不散,争着哭诉的数百个群众的复仇怒火点灼了。

大伙发誓

完县膏腴铺、苏头、北城等村的群众,在小组会上诉苦,劲头也挺大,可是到群众大会上,除几个骨干分子积极发言外,大都是默默无言。追求原因,主要是群众怕自己说了,被溜沟贼密告给地主,将来受不了。领导上马上提出:"冤有头,债有主;要翻身,穷人一条心,决不溜沟子舐屁股。"农民刘凤祥等当场发誓:"对!我要泄气不敢斗,我就是魏拉子(恶汉奸)的小子!"刘道尔又接着嚷:"我若不敢斗,大伙可没收我的家产,不凭信的话,拿出纸来写上名字押上手印!"结果三百多农民都齐声发了誓,按上手印,这一下大伙的顾虑完全消失了,拧成一股劲,一直连斗了五天,斗争彻底胜利了。

一件实事胜过百句话

完县有些村开穷人会、佃户会,不让佃户中的中农参加。常庄中农偷爬到窗户底下听屋里的佃户们开会,屯头的中农们说:"还不知轮到谁头上呀!"领导上虽再三解释不侵犯中农的利益,他们也总是不信。后来决定叫他们也参加开小组会,中农们闹清了"农民是一家",便直接参加了斗争,几天的工夫,声势浩大的斗争便掀起来了。

妇女儿童作用大

贫苦妇女特别是贫苦老婆婆,对地主恶霸的压迫最感伤心,记忆最为细腻易动情啼哭,表现得有情有节,有骨有肉,因而诉苦中最易感动农民激起诉苦复仇情绪。儿童在斗争时,顾虑少,敢说话,敢呼口号,对诉苦情绪的激发上有一定作用。

(《晋察冀日报》1947年1月10日)

徐老不老

萧三

"人生七十古来稀",德高望重的徐老特立同志七十岁了,更是难得。中国共产党的老同志中算徐老为最老了,但是他身体之康健,精力之充沛,感情之热烈,许多许多青年人都赶不上,徐老真是老而益壮的人。全党全中国人民都祝福他老人家长生不老,最少活到一百岁!

爱国志士

徐老从来就是一个热烈的爱国志士,反外族侵略、反帝国主义的急先锋。

清朝末年,专制独裁卖国殃民的政府搞□□"铁路国有",那其实就是把路权送给外国帝国主义,中国人民奋起反抗。知识界开风气之先,各省的文化教育界学生界都骚动起来了。辛亥年四月徐老在湖南首先发起这个爱国运动。他奔走呼号,联合许多学校共同罢课,以表示抗议。学校的一个庶务说:"哼!黄纸上谕在墙上一糊,什么都搞不起来的。"徐老说:"课还是要罢!"开了会,私立学校都罢了课,但官立学校行政方面说"不便"罢,要维持上课。徐老心想,要官立学校的学生教员们知道才行,如何办呢?有了!长沙城许多教员是在私立学校和官立学校都兼课的,就让他们把罢课的传单带到官立学校去。

传单里说得很委婉,很为"荒废学业"而可惜(这点说得轻),但"铁路国有"这问题关系于国家民族命运者甚大(这点说得重)……这样的传单一贴,官立学校的学生才知道有罢课的事,于是也一同罢课了。

断指血书

外国帝国主义者加紧侵略中国，洋人欺侮中国人民无所不至。清政府卑躬屈膝，事事顺从洋人的要求。湖南辰州为了一件教案（打死了一个外国传教士，或打毁了某所教堂，或伤害一个教民都为教案）就被罚停止科举五年（五年之内不许辰州人考科举）。一个游击（教案的罪人）被解到长沙杀了。善化知县，姓苏的来收尸，哭了。（这县官又捐给善化小学二百两银子，自己还来学校参观过。此人不像读书人出身，审案时自己动手打人家屁股。）后来他毕竟丢了官，没有存的钱，死在长沙，留下一女，在周南读书。徐老那时是周南女师的校长兼善化小学堂的堂长，所以知道得很清楚。这些事给他的印象很深。

不久，江西也出了一件教案，为此还革掉了一个知县。这是徐老看了报知道的。

这一类的新闻还有其他许多外国人欺负中国人的事实，使得徐老非常悲愤。他到修业学校去对学生讲话，登台□哭了。随即他沉痛激昂地说，希望后一辈的人起来干，结团体，向洋人报仇雪耻……

说着说着，徐老从厨房里拿出来一把菜刀，当场斩下自己左手的小指，以表示对帝国主义的愤恨和一定要雪耻的决心。登时流下一盖碗的血，全场震动！一位学校行政方面的人害怕了：风声一传出去，会惹起官厅注意的。于是就用徐老的血写了"请开国会"四个大字，因为那时谈立宪是不犯法的。那些日子中国人民痛心亡国灭种之祸会要到来，愤恨清政府的卖国专制独裁，纷纷要求立宪，全国各地普遍地展开了立宪运动，清朝皇帝被逼得也下过预备立宪的诏谕。这当然都是假的。徐老断指血书的事一传开来，长沙全城震动了，湖南全省震动了！

革命先进

"我曾经是一个原始的唯物主义者。我从前虽没有站在革命的前面，但也不曾掉队。"——这是徐老的自述。但徐老曾经是辛亥革命的急先锋。

武昌起义，湖南首谋响应。阴历九月初一（长沙反正的日子）的先一天，湖南省教育会开干事会，几十个人都主张援助武汉，但也有犹豫不定的。实业学堂的堂长曹某胖子说："武昌没有派兵来，如何响应法？"徐老站起来驳他说："反正，革命，当然是难事，这全靠人为。比方你曹先生很久就想把实业学堂由落星田（长沙街名）搬到南门外去，至今没有搬成，可见什么事情都是不容易的呀……"徐老一番激烈的说话，加上他洪亮的声音，说得大家再没有反对的了。于是全体通过决议，用积极的工作和实际行动以响应武汉。

九月初一日长沙起义了。一批人拥到谘议局的□宿舍里。焦达峰、陈作新（二人运动新军反正有功）和某□谘议局的议员及教育界人士，内中也有徐老，都来了。大家商议，举焦达峰为湖南正都督，陈作新为副都督。他们两人立即搬进抚台衙门去，这里改为都督府。

革命没有经验。焦、陈是会门出身，年纪也很轻——都只二十多岁。革命党人也无好的组织，这就全靠热心革命的人们共同来负责任。徐老当时就是这样的一个热心家。长沙刚反正的那天，就听说反对革命的人当夜要在北门城上起事。但谁也不敢去报告，这时徐老说："我去！"他一直走到都督府焦达峰的办公室，说了这件事。焦达峰立即想了个办法，把反动阴谋压下去了，同时给了徐老许多张出入证，请他有事随时去谈。

重阳前一日,约有一团人左右在教场坪誓师北伐。焦达峰骑在马上演说,在队伍前面走来走去。"休看他二十几岁的人,讲话却很有力。"徐老暗地里佩服。

焦、陈是会门出身,绅士们不欢喜。地主官僚想篡夺革命的果实,首先就破坏焦、陈的威信。长沙城里传说着:"焦、陈用一万元招待会门上的人!""不止一万,用了两三万!"

这数目当然惊人。你想,像徐老当时做校长,兼教课,每个月也只有十元钱的薪水,全年只一百元哩。

徐老到南门外去买牛,为了劳军。但等他回得城来,焦、陈已被人暗杀了。

绅士们只认谭延闿,找了他来。他说:"我只有八个字:维持治安,保全秩序。"

徐老当时就觉得这话不对:闹革命嘛!为什么却讲治安和秩序呢?谁的治安,谁的秩序呢?

民国初年湖南政局也非常不定。二次独立失败后,谭延闿倒了,来□个汤芗铭做湖南的督军兼省长。他到了湖南杀人不少,因此大家叫他"汤屠户"。这汤芗铭本是清朝的侦探,打进过同盟会,是做特务的。袁世凯做皇帝时,封他为侯爵,他是称臣劝进很积极的。(现在汤芗铭是民主社会党的,不久以前这个党完全落了水,参加了蒋介石一手包办的非法的所谓"国民大会",这个党已臭不可闻了。自然啰,有汤芗铭这样的臭货在,就也不足怪了。)

袁世凯称帝,徐老和某些人月夜谈反袁的问题。有人写文章反对汤芗铭,徐老很赞成,到修业学校把它油印出来,在长沙城里散发。廖某在第一师范鼓吹帝制,学生来找徐老谈此事(徐老也是第一师范的教员),很愤激。徐老不多谈,因廖某在船山学社讲学时又曾讲民主,乃用学生名义写一信给廖,大意说:"……先生提倡民主,当即反对帝制……生等感先生之赐，目前在积威之下无以为报，将通函传授全省……"廖接信很惭愧，也恼怒，疑为学生单某写的，因单某曾当面驳他，想惩办一下，但拿单某的作文本子来对，笔迹不符，只得怄气作罢。

人民的教育家

徐老是一个老教育家，是湖南教育界最有威信的老前辈，这些是大家都知道的。但我们应该指出，徐老从来就是一个平民教育家、人民的教育家。

还是在辛亥革命之前，徐老就为贫苦人办教育。那时他在长沙北门外正街李大中丞祠堂里办了一个夜学，起初只十个学生，渐渐有了二百人。来学的都是些"粗人"——苦力、店员、老板等都有。徐老和周南的全体教员都去教课，教国语、算术、地理，还特别教国耻小史。在马□街修业学堂里也办过夜学。

辛亥革命的时候，徐老在长沙城内城外对苦力们、抬轿子的讲话。

辛亥革命后，徐老做教育司的科长时，极力主张收"野孩子"入学……

徐老从事于教育达四十余年，他真是诲人不倦呵！记得他讲课时声音洪亮，趣味丛生。在师范学校徐老特向学生讲教授法，一肚子实际经验，尽情倾吐。讲了一场，又是一场，中间休息时间在教员休憩室藤椅上假睡五分钟，即又精神焕发，滔滔不绝。

长沙城的教员大都兼几个学校的功课。由这校到那校去时，那些在日本留过学的教员们坐着三个人抬的轿子来来往往。徐老却绝不坐轿，也不坐人力车，就由南门外到北门外去，总是步行，而且走得很快。腋下随带的书太多了，就雇一辆人力车，让车子拉书，徐老自己还是走路，偏着个头，手一摆一摆地走得很快。长沙城多雨，徐老打起一把雨伞，在街上走来走去。

徐老的弟生何止三千，不说十万，也有三万、五万！任何一个学生都对徐老这种勤谨朴素的作风表示衷心的钦佩。他不吸烟、不喝酒、不吃肉，从来就是一身布衣，从未见他穿过绸缎。

陶行知先生的教育事业和办学作风，徐老是非常赞成的，他曾取过一个别名叫作"师陶"。

没□别的老人比徐老更能虚心和日益求进步的了！

徐老四十多岁了，在教育界也很有地位了。但他和□百个青年勤工俭学生们一道，坐法国邮船的所谓四等舱，由上海放洋到法国，入工厂做工，过着艰苦的生活，工□还刻苦自学。他这种精神很使青年们敬佩、鼓舞。在留法学生中有官费学生、自费生，有贵族子弟、穷苦子弟。中国官方以至国民党的"名流"吴稚晖等，都是袒护有钱的贵族式的留学生；而徐老和去年四月八日牺牲了的贵州老教育家黄齐生先生总是站在贫苦的平民留学生方面。（吴稚晖在国民党里是最年长的，因此这次蒋介石一党包办的非法的"国大"开幕时，这个老而不死的吴某，甘于做蒋介石的傀儡，当了一回主席。徐老在共产党的老同志当中是最年长的，他是如何地有气节、有骨头！）

我们就拿徐老和吴稚晖比一比，也可看出共产党和国民党的差别是多么大。我们以有徐老这样的老同志□光荣，中国人民以有徐老而感到骄傲！

艰难曲折的道路

徐老从法国回来，还是办教育。但正如他自述的："从民国元年起就相信'教育救国'论，专心做教育事业，直到民国十三年，觉得还是没有出路。"

又正如徐老自述的："黄齐生先生和我在法国时已经是四十岁以上的人，自问当时还不是革命的人物。由于中国没有改良的道路，迫而出此，一逼再逼，终于，我们竟成了革命先锋队中之一员。"

的确，徐老是走过了一大段迂回曲折艰难痛苦的道路的。

辛亥革命的初年，徐老下决心从事于教育，但却不以少数人受教育为满足，因而有收"野孩子"入学的主张。教育司司长主张贵族式的教育，讲形式主义，要裁减学生。做科员的徐老反对这个意见，力争无效，丢下委任状，弃官而去。

徐老走进议会去，心想在议会里可以□老百姓做点事。但到了议会，见那里面很腐败，做议员的只自己□□发财哪有真心为人民说话？议长带武装入议场，一百六十个议员都不敢哼一声了。此外，议员们就只是挂牌子，升县知事，做官。

徐老反对议会，进而反对政府这机构，更不肯夤缘上进。

袁世凯倒台了，刘人熙做湖南省省长七十二天就□职了，又谭延闿上台。许多士绅都去找他，谁都请他写幅字挂在家里，以为荣耀。徐老从不去找，家里从没有谭写的什么对联。徐老找到了江亢虎的所谓"社会党"，因为看见他们的章程说得很好。但一进去，见里面的所谓党员尽是些痞子——知识界的流氓。徐老反对这样的社会党。

徐老反对国民党，因为国民党之所行所为都是旧日官僚军阀的那一套，国民党只是对清朝"取而代之"。徐老反对这样的国民党。

找到出路了

徐老还是从事于教育，培养□一辈的人才总该是有意义的。但那种旧式的资本主义化所谓新教育，究竟能解决什么问题呢？

徐老苦恼起来了，去法国勤工俭学，在那里还是没有出路。徐老回国……

度过了多少年的摸索、探寻，徐老现在找到出路了。

大革命运动开展了，徐老参加了进来。他满心赞成毛泽东同志考察湖南农民运动后在长沙所发的"好得很"的议论。徐老也搞□农民协会来。徐老当时成了国民党的左派。他对共产党更加认识了。特出的是，徐老加入共产党不在大革命盛时，而在"马日事变"（一九二七年五月二十一日反革命许克祥在长沙突然袭击，屠杀共产党人）之后，白色恐怖甚为猖獗之际，大革命走向低潮之时。这时候许多参加过革命的分子动摇，畏惧，消极逃避了。徐老却于凡共产党□都有被杀的危险时，毅然加入共产党。七月十四日徐老到了武汉，见了毛泽东同志。九江开国民党左派的会议，徐老到了南昌，参加了"八一"起义，在瑞金开了共产党的会议。"八一"起义失败后，徐老又秘密回到武汉，共产党派他和贺龙、周逸群、郭亮、柳直荀诸同志组织五人委员会，本定一九二八年一月去湘西开辟另一个革命根据地的，但徐老病了，半年之内，灌肠四十五次……

经过无数辗转曲折，徐老终于到达了中央苏区，担任苏维埃临时中央政府教育部的副部长。

红军北上抗日，二万五千里长征历时一年，经过八个省，渡过金沙江、大渡河、雪山、草地，到达陕北。这二万五千里徐老都是步行，他的马总是给有病的和体弱力疲的同志们骑。

在特区又任教育厅长，亲自教课，亲自□写教科书。

一生从事于教育的徐老，至是在这一部门也找到了出路，找到了毛泽东同志的新民主主义教育的大道。从此徐老更得以全心全意为广大人民群众，首先是工农大众服务了。从此徐老异常乐观，从无民国十三年前的苦闷，愈老愈有精神了。

老而益壮

抗日民族统一战线成立，徐老回到湖南，全省人民闻讯，热烈

欢迎，到处请徐老去演讲。徐老向湘人讲抗日救国的道理，整天不歇，饭也忘记吃。来访者络绎不绝于途，徐老滔滔不绝于口。访者这批来了，那批去了，但徐老总是坐在那里，总是在讲话，不知道休息，不知道疲倦。

徐老手抄毛泽东同志写的《古田会议决议》，交长沙出版的《联合旬刊》发表，当时抗战的许多国民党军官看了都很佩服，并企图采用决议里所说的关于建军的许多办法和原则。

徐老回到延安，担任共产党中央宣传部的工作。

延安的青年们、干部们都去拜会徐老，徐老滔滔不绝地和同志们谈论问题。

延安的大会小会都请徐老去讲话，徐老□烈亲切，声音洪亮，滔滔不绝地讲，时常引起听者喝彩。自己觉得说多了，用手指点□下说："我只再讲一点，再讲五分钟。"但一说又是半小时，听者高兴感动极了。

延安青年们组织体育运动会，徐老参加一百码的游泳比赛。

由北门外杨家岭去南门外边区参议会礼堂开会，徐老□次总是步行。他偏着□头，□□摆□摆地走得飞快。他计算由延安旧城北门到南门有多少步，需时多少分钟。

十年前延安各界庆祝徐老六十岁寿日，毛主席致祝词中说，在第一师范求学时，最敬佩两位教员，一位就是徐老，另一位是杨怀中先生。……寿礼里面最出色的是少年先锋队——儿童团献给徐老的一块红领巾。会上徐老乐了，戴上红领巾，手之舞之、足之蹈之地做起戏来。

徐老返老还童了，徐老老而益壮。徐老长□失其赤子之心，那颗热烈的，爱国□民族、爱党、爱人民群众的心。

共产党第七次代表大会选举徐老为党中央——党的最高领导机关——的委员，全党全民欣幸于领导中国民族人民革命的有我们敬爱的老战士徐特立同志。年届古稀的徐老对党与人民的工作从来不知疲倦,现在仍担任党中央宣传部的副部长。

七大闭幕的那天,徐老演说了。不同于平常,他这次说得很短,但很有力。讲到中华民族危机仍很严重,打倒日本帝国主义之后,要提防又来另一个帝国主义时,徐老说:"……我这个人别的没有什么,但国是一定要爱的,帝国主义是一定要反对到底的!"他严肃、沉痛、激烈地说话,洪亮如当年教课时的声音,令人想起他三十五岁时断指血书的情景。中国共产党人是真正的爱国者,而徐老今天七十岁时的爱国主义已经比三十五岁时的爱国主义更进一步,更提高一步了,因为徐老今天已不仅只是从前"原始的"爱国主义者,而是马克思列宁主义和毛泽东思想的爱国主义者,因为假如徐老自述他过去"曾经是原始的唯物主义者",那么,现在的徐老是辩证的和历史的唯物主义者。

在美国帝国主义已经很露骨地侵略中国,要使中国成为它的附庸和殖民地,驻华美军无人性无廉耻地到处逞其兽行,抢人、撞人、杀人、强奸中国女学生女同胞的今天,全中国有血气有骨头的人都要学徐老的爱国主义,"帝国主义是一定要反对到底的"!

祝福徐老不老,相信徐老一定能亲眼看到中国人民打垮国内最后的反动派头子独夫民贼大号汉奸蒋介石及其一伙和世界最后的帝国主义者红毛强盗与奸商——美国帝国主义,一定能看到一个独立民主和平富强的新中国的出现!

(《晋察冀日报》1947年1月13日)

吴 慧 明

程予

大留村战斗下来，我们转移到另外的一个村子住下。

政治处的同志们也捉到一个俘虏，只十四岁，湖南醴陵人，是蒋军三八八团政治指导员的勤务。他来到这里，我们忘记问他姓名，只看他直打瞌睡便叫他先睡一会。谁知这小鬼躺下十来分钟，便爬起来跑到外屋里灶□烤火，恰好房东家那个十四岁小鬼正在烧火，两个同年的儿童便拉起话来：

房东小鬼："你说八路军好？中央军好？"

俘虏小鬼："都好！"（以下对话简称"房""俘"。）

房："为什么八路军来了老百姓不跑，中央军一过来人民就跑光了呢？"

俘："那可难猜啦！"

房："因为八路军和气，不打人，不骂人，不拿老百姓一针一线！"

俘："中央军也不打人！"

房："不打？你们在杨村打过的人，还在我们这儿躲着呢！我亲眼看见过的。"

俘："中央军吃得好。"

房："你们的大米白面是哪儿来的？"

俘："上级发的！"

房："你□□级是哪儿来的？还不是老百姓的！八路军不吃好的是为了老百姓。"

俘："我信服你啦！……"（沉默。）

晚上，我们把小俘虏送走以后，又叫过房东家的小鬼来，和他谈起早上的事情。

"你怎么那样能说呀？"我问。

"能说？咱们儿童团里净是能说的！把村里老年人的怪话都打垮啦！"他提高了嗓子回答，声音更显得清脆。

"你们怎么打垮的？"

"政治说服吧！咱也不能强迫，强迫也不顶事呀！"

"怎么说服呢？"

"有人说：'八路军长不了。'我就和他说：'你怎么看着八路军长不了？八路军处处为穷人，把没有吃的人都弄得有了吃喝。你说八路军长不了怎么样？长不了对你有什么好处呢？'他们就不讲怪话了。"

"你上学了吗？"

"今年是四年级！到年底就毕业了。"

"毕了业上高小不？"

"上！"声音很高，拉得很长。

"将来愿意干什么？"

"参加工作吧！"

我这时才想起问他的姓名，他说：

"我叫吴慧明！"边说边用手指在地上画着。

（《晋察冀日报》1947 年 1 月 13 日）

战场见闻

王惠德

在南奇村和北奇村，在相庄和道口村，蒋军把老百姓的树都锯倒了，把门板炕桌和拆下来的炕坯都搬到街上砌成地下堡垒和碉堡，把所有的墙都挖上密密的枪眼，把老乡的被子都集中到战壕里，晚上把老乡的柴火都烧着，为的是穿夹衣的士兵要熬过夜晚的寒冷。蒋军每到一村，老乡都跑光了，北奇村只剩下了两个□子、一个瞎子。为了叫老乡回去，他们想扮成个有"纪律"的部队，他们把吃了鸡剩下的鸡毛埋在地里，杀猪时则先缚住它的嘴，但这样偷偷摸摸的"纪律"只能忍耐一天，第二天他们就在各处公开抢劫。他们翻开了所有老乡的衣柜和箱子，而院子里到处都是大便。在南奇村，他们抢夺一个老头子的一条被子，结果打破了老头子的脑袋，一个老太太舍不得一只母鸡，被蒋军刺了两刀，他们强奸了没有逃出来的女人，他们穿着美国军服，在他们贴的"消灭出卖祖国的恶魔"的标语下来回巡逻。南奇村有老乡逃奔出来，他□举□美国步枪射击，打死了一个姑娘、一个小孩儿和一个青年。最后，他们却在墙上贴满这样的标语："国军是老百姓的救星！"

蒋军侵占北奇村的第三天，他们向老乡宣传："□们□开进满城。"老百姓不理他们，却在背后议论："你们去吧，管保一个人秧也回不来。"在相庄的战斗中那天晚上，附近蒋占村没逃出来的人民都躺在炕上倾听。南奇村一个十岁小孩扯着他母亲的手说："听，咱们军队的炮打得'钢''钢'的，可过瘾哩！"相庄蒋军快被我军歼灭的时候，被蒋军抓去的民夫拾起地上的手榴弹打击他们。一个六十二岁的老头子戴老梅和另外两个青年农民缴了他们一挺机枪、四支步枪和一把盒子。当我军突进敌团部的时候,一个炮火中受伤没死的老乡高兴地对我们战士叫喊:"快来打他们,这是团部,他们躲在房子里的。"他从血泊中挣扎起来点着火把,帮助我军搜索藏起来的武器和敌人。

战斗结束了,披着被子的妇女和小孩都络绎返回他们的村庄,他们互相寻找着衣服、被子、菜刀、锅和碗,我们的战士则在清扫各个街道。我看见一个老太婆流着眼泪,拉着战士的衣服说:"这些顽军真不是东西,打死他、打死他,你们以后可再也不要走了。"

(《晋察冀日报》1947年1月13日)

水 上 英 雄

杨朔

天津西南百里左右，有一片大水，叫作文安洼，苇草不生，出名地穷。只有洼东一带富庶，苇、蒲、藕、稻，一年四个大秋，水乡的人们织席、采藕、治鱼，还能靠水里吃饭。且说民国三十四年冬天，蒋介石的贼兵侵占到洼东的台头、黄岔等村，这里出了一伙好汉子，日夜跟敌人滚，贼兵听见"发怵"。原来张芳带领的静海二小队，先前都是台头、黄岔的庄稼人，受大累的。张芳正当壮年，长得身高力大，更是有名采大藕的，做半天顶人一天。日本人逞威风时，这伙血性人就干民兵，张芳还是台头□抗日村长。日本一败，不想前门赶出虎去，后门跑进狼来，顽伪军□食到他们家乡，心一齐，也不管家了，就全拉出来了。

一听打仗，像老鹰见了兔子，个个眼红。王大双、孙玉良、郝福印、孙开奎谁也不让谁。从台头往南直到子牙河上的柴沟，四十里长的边缘线，处处有他们的脚印。揽电线、砍杆子、袭扰敌人，还配合主力端据点、守阵地。两个月前子牙河上打沉一只敌人开天津的小火轮，也是张芳领头干的。前前后后经过大小仗十来次，打死敌人一百多，谁不宾服他们勇敢。

但又不是匹夫之勇。张芳这个人看起来挺粗鲁，骨子里可胆大心细，一下决心，手又狠。敌人嘴馋，老想蚕食，但叫他们卡住嗓子眼，不敢张嘴。有一团敌人要在土桥村按据点，炮楼刚修起，这伙人就摸进去，捣个稀烂。他们天天活□，配合区里开辟工作，吓得敌人轻易不敢离据点。炮楼以外就是我们的天下，百姓照样给民主政府送公粮，照样参军。

伪军大队长张兰亭的丈母娘住在滩里，行动鬼鬼祟祟的。一天，有个伪军溜进她家,穿着绿军装,戴着钢盔。老婆子一见就道:"哟,我的亲人呀,你们可来啦!"接着告诉了许多村里工作人员的名字,又指出哪里有地雷。伪军把脸一变道:"我早疑心你是个特务!"原来这人就是张芳。

二小队又是缉私队。收稻子时,奸商要往据点走私,说不定哪个路口就有张芳的人给卡住,一颗大米都没漏走。

我们的力量这样强,百姓都有了信心,土地改革也做开了。安里屯离台头只有十六七里路,当中隔着一片水,土地改革做了二十五天,小队放警戒,除奸防特,一点没出错。汉奸刘俊杰想往天津跑,半路上就叫小队给乖乖地抓回来了。村里唱戏庆祝胜利,特意送了小队半口肥猪,老大娘们还说:"孩子们黑天白日也不离地方,挺冷的,给点东西你们吃吧!"

满洼的苇子黄笼笼的,百姓们眼巴巴地望着。原先都是地主的,这会□归穷苦的人了。拿苇子编席,一年的生计全靠这个,可是敌人的贼眼也不转睛地望着。闹了一夜大天气,张芳估摸着该插河了,一扑亮就带上小队,掩护着百姓到冰上去打苇。敌人也乖,正带着伕子出来抢苇子。从打苇转到打仗了,轰轰几颗手榴弹,敌人乱了,跑着叫道:"张芳又来了!"圈过来几十个伕子,立时帮着我们打苇,每人还分□一份苇草。

这伙人从百姓里生根,跟百姓血肉相连,一时一刻也分不开。三个一群,两个一伙,经常出去打游击,碰见采藕治鱼的,大家全熟,坐下就拉套,有时他脱巴脱巴衣裳,也钻进水里采大藕。别瞧是个小队,净好枪,不是三八,就是捷克式,子弹又足,都是从敌人夺来的;看起来只是朴朴实实的小伙子,穿着便衣,不大像战士,更像老百姓,但这正是支出色的人民武装。

(《晋察冀日报》1947 年 1 月 16 日)

奋斗到胜利

丁玲

爱和平的、具有最大宽容的中华民族，在百年之内是受尽了帝国主义者的侵略、压迫、剥削、凌辱的。从祖父一代起便种下了仇恨的根苗，当我们在怀抱中，我们听说这些残酷的、耻辱的故事。中国人民要争取民族国家的独立、要雪耻的思想，是与生同来，而与生同存，不可消灭的。但中国统治者，都是人民的奸贼，媚外侍仇，借外力来压迫人民，以维持其封建独裁统治，造成历史上一连串的卖国协定和屠杀人民的罪行。清朝如此，袁世凯如此，蒋介石也如此，而且一个比一个厉害。八年的消极抗战，积极地反人民，和最近一年多向美国出卖国家大权，与美合谋发动大规模的内战，用暗杀逮捕各种无耻手段，压抑民主的卑鄙行为便暴露得更明显了。中国人民也就更清楚了自己的灾难从何而来，和将要向什么方向走去。

中国人民对于美帝国主义者曾尽了最大的忍耐力。当蹂躏了中国八年的日本法西斯投降后，他们以一个朋友的伪装站在我们面前的时候，我们是伸过手去的，而且告诉他们："我们希望的是和平。"我们也曾经告诉过他们："只要是为和平而来，只要中国的民主有一线希望，我们都将尽所有的力量委曲求全；但假如给我们的是相反的东西，是奴役、是战争，那我们是会自卫、是会反击的。"可是他们对华政策是不变的，为要使中国成为他们的属国、殖民地，他们嗾使蒋介石，和直接参加反中国人民的战争。他们运来了几十亿万美元的飞机、大炮、掷弹筒、机关枪和各种军事装备。国民党的军队穿着美式的军衣，用着美式的枪炮，坐着美式飞机、军舰到东北去、到华北去，打中国人民解放军。而且他们的军队，用帮助遣送日俘的名义，逗留在中国快两年了。现在他们已经帮助把冈村宁次遣送到国民党里当军事顾问去了，而且和他在一个圆桌上共同讨论如何对付中国人民的问题。他们这些军队，在中国的土地上，对待中国人像对待黑人一样、对付菲律宾人一样，是当奴隶看的、当禽兽看的；胡作胡为、无法无天，打死人、撞死人，现在又奸污我们的北大女同学了。他们今天可以奸污凌辱她，当然明天又可奸污凌辱别的人。他们奸污她，就是奸污了我们的土地和国家；他们凌辱了她，就是凌辱了我们全体人民和民族，谁能不为这种屈辱而同伸激奋呢？平津沪宁的学生示威游行，和各界的声援，要求美军立即撤出中国，要求严惩凶犯，要求向被害的赔偿损失并道歉，是代表着人民的意志的。我们反对美国帝国主义一切施于中国人民的不平等的待遇，反对美帝国主义奴役中国，变中国为属地的侵略的野心。我们要请美国兵、美国特务、一切不怀好意的假充绅士的美国官僚和奸商都滚回去。中国民族是坚强的，不可侮的。

为什么中国人在中国的领土上会被异族任意侮辱毫无保障呢？那是因为中国没有人民的政府，只有卖国的政府。独裁的蒋记政府把中国的国权都卖尽了，现在是连中国的发肤也卖尽了。他是替美国兵掩饰，侮辱被害者，压迫民情，他们说："这样的事也很平常。"他们不敢接见群众，敷衍代表，可是老百姓已经看穿了这套鬼把戏，老百姓会自己起来保卫自己，反对这群卖国的奸贼。

以美帝国主义为后台老板，蒋介石倾其所有的力量，强征强拉，进行了大规模的反人民的内战，已经半年多了，可是结果呢？已有五十多个旅被歼灭，其中有不少人已站到人民方面来，坚决地做一个人民的战士，向蒋介石复仇。美国装备转到人民解放军手里了，解放区的军民越战越勇，艰苦只使我们团结，胜利更加强我们信心，说明了属于人民的力量是一天天生长，而那属非正义的、卑鄙小人的力量一天天减缩削弱。即使有美国武器，也只是会拿来送人。何况蒋占区的人民，因不堪困苦而组织民变，蔓延大江南北。我们敢于相信，在不久的将来，我们一定会胜利。旧势力、黑暗统治一定要垮台！

  这次北平、天津、上海、南京各大学学生示威游行是振奋人的。中国的青年学生，历次都会掀起一个爱国运动的浪潮，不避枪弹、不避牢狱、英勇激昂，他们是人民的代表，是人民的先声，激发起人民的力量。中国青年学生，在中国的革命历史上，是光荣伟大的，我们遥祝他们这股热潮，越来越高、越高越坚实，不胜利，奋斗就不终止。我们则以更多的缴获、更多的歼灭战来伴和他们的英勇行动。两个地区、两种方式、两股力量，汇成在一块的时候，就是我们新曙光到来的时候了，让我们加倍努力，来迎接最后的胜利吧。

（《晋察冀日报》1947年1月19日）

他们过来才十四天

王惠德

我走到训练营,忽然听见大声的哄笑,转过脸去,看见一群人围坐在地上,中间有两个人捉迷藏,一个蒙住眼的人抱住另一个人的腰,要摔倒他,大家就鼓掌,哗笑开来。原来这是一群在保满战役中放下武器的蒋军,他们过来才十四天。

刚到这里时,他们很害怕。蒋军军官告诉过他们,说让八路军捉住了,要挖眼睛割鼻子,还要活埋。究竟埋不埋呢?他们畏缩在院子里。然而迎接他们的,却是猪肉和白面。第二天,他们看老百姓剧团演戏,四个村的霸王鞭在他们面前翻舞,他们感到惶惑。他们遇见了另一个比他们早些时过来的蒋军连长,就问:"杀不杀?"连长向他们笑:"不要怕,八路军对俘虏很好,过去我们长官说的都是撒谎,你们看我。"这一下,掀掉了压在他们心上的石头,他们开始活泼起来。在新年会餐席上,他们喝酒醉红了脸,和八路军首长猜拳。他们要学扭秧歌。

新年后,他们会集在一起讨论:这一次战争究竟谁对谁不对,打仗是为了谁。他们要从自己的切身经验中找出答案。他们发问:"在相庄,我们驻的离八路军一里地,为什么我们村的老百姓都跑光了,他们村的老百姓倒挤满了?""为什么我们十几个人守住一个院子,人家八路军只进来两个人就把我们枪缴了?"有一个蒋军站起来说:"那是人家不怕死。他们都分得了地,家里有优待。我你呢?死了连埋都不埋。重伤是在地里爬来爬去没人管。说家里吧,甭说优待,我家里人是饿死了是活着我还不知道呢,我们把命丢了为的谁?"

这会开得很热烈,一直开了五天,好多人红着脸争吵,撩起袖

子，只差点没打架，但把真理的门在他们心里打开了。晚上，他们三三两两地去找指导员："我们要参加八路军，我们看透了老蒋。"有一个蒋军，甚至当面哭起来："你们决不能送我回去，我死也不离开你们了。"就在这个时候，我又看见了另一个蒋军，他正在一个大会上谈他个人的前途："我家里还占着国民党呢，我村里有好多大财主，我儿子没衣穿没饭吃。我回家去做什么？我不回去，我参加八路军。我要等我家分到了土地才回去。到那时候，儿子问我：'你给我带回什么来了？'我要告诉他：'是我当八路军，给你把土地打回来了。'"

一九四七年一月七日

(《晋察冀日报》1947年1月21日)

全家同意

文远

大八于的村干部张桐,八日由区开会回来,将两个儿子叫到一边说:"景岗、福来,好多村干部都报了名要求上前线,爹年纪老了不够条件,这回咱可落后了!"

大儿景岗毫不犹豫地说:"爹,不用发愁,落不了后,我够条件去参军!"二儿福来说:"我也去,别看我年纪小也要干一份!"

张桐一看两个儿子都很有志气,欢喜地立刻从兜儿里掏出一千元,每人给了五百。景岗的小妹妹听说两个哥哥要参军,乐得一蹦一跳地逢人就说:"我岗哥、来哥都参加八路军,看我们多光荣呀!"

但只有景岗他娘听说儿子参军有些舍不得,张桐便开了一个家庭会议,一家六口坐在炕上来商量,景岗的小妹妹抢着说:"我愿叫哥哥去,我早就和人们说咧,人家都说咱们是模范,就是妈有点……"妈伸手打了闺女一巴掌说:"小闺女子,你才顽固呢!我说不叫他们去来呀!我是说他们去了家里没人做活。"景岗的媳妇接着说:"妈总管放心,家里的活有爹和我哩!"张桐也说:"过去咱们缺吃少穿,今天咱们种上了二十来亩地,养上了一个大驴,要不是共产党八路军凭咱们哪会过到这光景。他们走了不要紧,活做不过来,村里一定给帮忙。"景岗的妈又提出一个问题来:"福来瞧好了日子娶媳妇,要走了怎么办?"福来一听忙说:"娶媳妇不忙,打垮了蒋介石回来再娶!"景岗的妈见丈夫、儿子、闺女、媳妇都那样欢喜,自己便没有话说了。

十日早饭后,张桐便送两个儿子去参军了。

(《晋察冀日报》1947年1月29日)

报　　仇

高阳

人们听说要枪决汉奸薛耀宗，昨天附近村里的人就在罗村久久地空等了一天。

薛逆耀宗是汉奸赵玉昆的大帮凶，赵逆当敌人联队长，他当副联队长。八年来，赵逆玉昆杀了无辜群众二千三百多，杀了区县干部一百二十多；他的匪部奸淫了五千以上的良家女儿，烧毁一万三千多间房，抢□粮食二十万石。这些血债笔笔都有薛耀宗的名字，罗村据点是薛逆耀宗建立的，他把半个村子的房都拆平，使数百人民流散逃亡；又鞭挞着人民修起营房，人民平毁了自己流血流汗盖起的家园，又流着血汗给自己心里钉上这致命的钉子。薛逆耀宗像一个大蜘蛛，以罗村为中心，向四外伸出毒网。在日本投降以后，老百姓并没有报了仇，他像狗一样地逃到定兴城，在蒋介石敌伪顽之流政策下，又成了国民党的保安队，他又在蒋介石的指使下，依靠着铁路重新苦害着人民。

平汉线自卫反击战中，胜利的炮声是人民复仇的信号，薛逆耀宗终于在定兴城被我俘虏了。消息像风一样传遍了易县各地，当薛逆解到易县政府时，无数人民拥挤到政府门前，要求给死难者复仇，要求交人民处理。一位四十多岁的烈属老太太说："我见了这王八羔子，我心里气得哆嗦，就是千刀万剐，他一个也抵不过叫他杀死的那些人哪！"

十月十一日上午八时，将薛逆送到他从前杀人最多的罗村去处决。刚一到区公所，人们就挤了满满一院子，一齐向区长要求，要把他交给人民凌迟处死。中高村一个五十六岁的王老太太，她的独生子前年被薛逆打死了，今天她也赶了来抱着一块石头要砸薛逆，可是看见人多，石头使不开，急跑到区公所厨房里，拿出一把菜刀来，藏在背后。当人们劝她时，她含着泪说："薛耀宗他们捉住咱们抗日的，割得一块一块地喂洋狗；就在罗村这道边，杀死咱们工作人不叫抢尸首，烂得臭气冲天，好多日子人们都不敢从道上过。他还算中国人？难道说今天杀他刮死还冤屈他不成。"北白虹放羊的伊老头儿，指着薛耀宗说："好小子，你也有今天，你觉着你洋爸爸的腿粗，我好几次被你捉去，打得死去活来，可是我不糊涂，早知道迟早有这么一天。"院里一个十三岁的小孩，从衣袋里掏出一把锋利的小刀子叫区里一个干部看："我今天一定要报仇。"干部问他："你敢吗？"他气愤地说："他敢杀我的爸爸，我就不敢杀他吗！"

四五里以内的村子人民都赶来了，有好多人家，都把门锁上，全家都来参加这复仇大会，也有好多人到易县城赶集去到半路随着解送薛逆的车又回来。区公所的门前、院里，到处是人，人们是兴奋、是快乐，但也有好几个人想起自己被杀的亲人和自己受罪的痛苦，当场痛哭起来。他们说："只说这冤仇不能报了，谁想到八路军给我们报了仇！"

深秋是庄稼已经收割完了，和翻松了的土地，又种上麦子的时候；深秋天是该收获的收获，该种上的又生了根的季节。

会场就设在罗村村边的地里，区长讲了话，也沉痛地哀悼了八年来的死难者。

枪声一响，人们便一拥上前，齐用石子和木棒向薛逆死尸乱投。中高村的王老太太，也用找来的一块锅□，双手抱着向死尸乱砸。仇是报了，但是炮声在遥远的地方响着，人们没有忘掉薛逆耀宗还有主子，更没有忘掉蒋介石还正在到处向人民进攻，人民的敌人还在，人民的血海深仇还未报完。正像一个姓周的老乡说："小仇是报了，但是不打垮蒋介石向咱们的进攻，不制止美国帝国主义，仇永远报不完。"

(《晋察冀日报》1947年1月29日)

胜芳与天津

杨朔

【新华社冀中二十日电】从前两处是一张皮，现时可背对背，各奔一方。

先说从前。胜芳在天津正西，相隔九十里，水旱可通。天津要比做大买办，胜芳就是个狗腿子，专替大买办往冀中平原上销洋货，又从四乡划拉农产品。当年胜芳也算热闹了，一条中山大街上，遍是洋货庄，财东老板一部分就是胜芳的官僚地主，得了利又买地，顶大的地主立祥号曾挂过双千顷牌。这种热闹自然是建筑在穷人的痛苦上的。看吧，成千的人起五更到穷人市去找工做，成百的叫花子满街爷爷奶奶地叫唤；穷得忍痛卖闺女更是稀松平常。天津的富商大贾常到这儿来买婢买妾，倒说："南有苏杭，北有胜芳！"赞美这里的女色。民国三十年上，头年闹水灾，地主又提高□价，饿得穷人吃地梨，天天都看见苇席往外卷死人。

转过脸再看看现时。天津还是天津，胜芳可翻了个大过。中山大街的洋货庄七零八落，再没有出卖色肉的儿女来装点繁华。有人却叹道："胜芳比先时萧条多了！"萧条的是殖民地的"繁华"，一种民族的新生可正在发芽开花。谁要是黑间上东南角的文昌阁一望，东北天边隐隐一片红光，正是天津的繁华灯火。但这是怎样的繁华呢？请看蒋管区报纸所画的供状。

天津《益世报》十二月八号的社论《为穷人唤救命》里写道："冬天来了，街道冻尸，六天之间共收了五百余具……打开报纸，不是商店倒闭、工厂关门，便是饿死、冻死、灾害、抢劫、失业、自杀……都市的生活依然醉生梦死，人欲横流，夜总会、俱乐部、跳舞厅、酒吧间,气暖如春,不乏高贵仕女,婆婆起舞,一掷便是千百万……"这情形,真是"在此经济普遍破产、失业普遍增加之下,全国各地凄凉的情形怕不会有什么两样"。

解放区可独独不然。单说胜芳,你能找见一个冻尸吗?满市的叫花子也绝迹了。市政府给他们发衣裳,前后发的粮食不下一万斤。土地改革更挖掉他们的穷根,都分到地。胜芳四面临水,苇地足有四万亩,全市六千来户,四千户要靠织席过活,有苇地的可只五八九户。实行耕者有其田后,六千亩归还了劳苦人民,家对家自个有苇草,可以织席,不再受人左右。东桥火神庙后的杨茂先,本来要饭吃,眼下有了苇子,他老婆领着闺女织席,吃穿都不发愁,更不用像天津的穷人吃硫黄砒霜来挡寒。北济兴醋酱房的掌柜的说得好:"先头咸菜卖得多,这会子买酱油、醋的多起来,可见大家日子好过,都要吃个熟菜。"一掷千百万的吃人精被铲个干净。穷人市冷落?人民变成主人,压根不受失业破产的威胁。

但在天津呢?连国民党的机关报——《民国日报》也不禁在十二月十九日惊呼道:"美货倾销,百业萧条,津工商业濒危!"

这是蒋介石签订《中美商约》的恶果。中国人民不承认这个卖国协定,胜芳市贴出布告道:"提倡土货,抵制美货!"明记藕粉庄、福德成火磨等都得到贷款,还完全免税,鼓励生产。民主政府保护的是民族工商业,买办资本自然对不住。美货禁止入口,洋货庄一萧条,许多商人也背向天津,面对着内地的出品。这个市场不在中山大街,却在天天的早市上。逛逛去吧,鱼市街、火神庙街等地摆满摊贩,高阳布、郑州袜子,各色各样的国货应有尽有,可热闹啦。我问一个卖大取灯的小贩道:"你听说天津取缔摊贩的事吗?"他不知道。我说了一遍,又告诉他天津警察局长正在《民国日报》上大呼小叫说:"取缔街头摊贩,势在必行,如再发现,当严予取缔,决不姑宽!"气得他骂道:"滚他妈的蛋！人家这边还贷款给咱。"接着告诉我多亏民主政府银行借给他四千元边币，才扑腾起来，也不要保，立个契约就借，三个月五个月随你的便。月利只一分五，要在天津，总得十八分到二十四分，我回来到银行一问，才知道前后借出两千多万，差不多每个摊贩都得到好处。

胜芳既是个席子窝，民主政府到底怎样扶植席业呢？有个席店，是政府先拿出一百万元，贫民没有原料，就贷给他们苇子，可以变卖席子后再还苇价，席店既不统制苇子，更不统制市场，谁喜欢交席就按市价大量收。派人往各地运销，卖的时候再酌量加上运费、手续费等，这样免得投机商人过分剥削席户。特别欢迎席民入股，谁入股，每片席可以多得百分之十的劳动返还，结账时还另分红。资本已经滚到六百万，有二百六十户席民入了股，股金总共二百多万。这一来更刺激生产，十家有八家织席，越发繁荣了早市。

胜芳不正在发芽开花吗？它早已摆脱天津的殖民地经济，走上崭新的道路，两个地方真是两个不同的世界：一个新生，一个没落。新生的收生婆是共产党，没落的催命鬼正是蒋介石。可是谁不愿意新生啊！全国人民不正为民主自由独立而战？胜芳跟天津今天虽说背对背，明天定会面对面，又变成一张皮——不再是那张奴隶皮，却是张真正的人皮。

(《晋察冀日报》1947年1月29日)

血泪激起的义举

——孙秉增同志参军记

渦涌

父亲因为卖盐而被官家经常抓去,自从第四次从"看守所"出来以后就死了,那时孙秉增才十二岁,除了母亲以外,还有个不满十岁的弟弟。

中央军南退的时候,当时局面很紊乱,母亲就又收拾起父亲的旧业,在岔头集上摆起了盐摊。有一天,岔头集上的副乡长——董家来买盐,手里拿着"河北省银行"的票子,当时风传说"河北票子不沾了",母亲觉得为难吞吞吐吐地说了句"换换票子吧!",就又撞下了大祸,连盐带钱又被没收,最痛心的是五十多岁的老人,被吊到树上打了几个死……

八路军来了后,孙秉增也长大了,种上了地,在村里当了干部,也识了字,又娶了个媳妇,生活慢慢好起来。

四一年鬼子大"扫荡",他媳妇被敌人抓住糟蹋之后,汽车拉到长寿一直弄死。母亲因为儿媳的死也得了重病,到四二年她老人也可怜死去了。

这些血泪的纪事使孙秉增的斗志更坚强,他十七岁加入了中国共产党,但是家里还有个小弟弟使他难以脱身,他便在村武委会里当了指导员。他说:"我要做武装工作,因为要报仇。"四三年他领导着游击组打游击,但他总觉得"不干劲"。

去年春天,他为了要提高自己,便到了冀晋中学当管理员,借图在工作中学习。他的弟弟在民主解放区里长大,现在又上了白校,这样他的心里觉得宽坦了。

国民党打起内战来，把他气坏了，他懊丧自己："为什么来冀晋中学工作，到前方多好？"这血泪积起的仇恨啊！怎能忘掉？！

在报上看到别的学校有人参军，参军的消息激起了他参军的欲望，他于是便给校长写了一封信，要求准许他入伍上前线。

校长问他："你愿意参军吗？"

"我愿意！"他干脆地回答，他痛述了上述理由并宣誓，"直到把蒋介石打垮为止！"

十一号欢送会上，初中班小同学给他戴上了光荣花，他兴奋地流出了眼泪说："好！别了，用胜利来见你们！"

一月十二日夜于南庄

（《晋察冀日报》1947年1月29日）

除夕拉话

——记一个军民联欢晚会

东庄窝是个不大的小村，总共有四五十家人家。落了一夜大雪，把这个小村子掩盖□显得更小更寂静。除了过年的声音——剁饺子馅的，有迟误一点的还在磨豆腐、煮肉、蒸馍馍——从每家窗户中传出来，旁的一点动静都没有。

因为雪的映照天黑得也晚了一点，同志们自动地凑了几个钱，商量着买些东西，准备在除夕晚上和抗属和房东联欢联欢。还没有来得及收拾□屋子，房东却抢在我们的前头，手里提着酒壶端着菜进来了，接着工会主任、武委会主任也进来了，他们一进屋子就说："老刘、同志们，今天咱们大家在一块喝一盅。"这时男的女的已挤满了一屋子，简陋的屋子连凳子都没有，只好摆了两个小炕桌，请老乡都坐在炕上；有的站在地下，把妇女同志们挤到炕角了。

工会主任白进合斟满了一盅酒站起来说："我们这里时兴喝接年酒，今年咱们同志们遇在一起不是容易的，咱们喝一盅。"于是会喝的都干了一杯。

小组长老刘同志也站起来让了让大家，跟着吃喝就开始了，有会划拳的也喊叫起来了，不会喝的就拣着爱吃的往嘴里夹。被酒醺红了脸的工会主任兴奋地说："好几年了，得不着这个年头了。去年还好，前年大前年过年，连吃的都没有。""这是刚翻过半个身，还没有全翻过来呢，要是全翻过来就好了。"一个老乡喝着酒说。

"对！要不是蒋介石撕毁政协决议发动内战，向解放区进攻，我们今年会过得更好。"小组的李同志说。

一个刚从城市到根据地不久的同志问："咱们这里过年有什么

风俗？"

老房东很有意思地笑着答："以前过年扯淡的事可多啦，磕头、拜年、上供、摸摸小牌、看看花媳妇……现在那些麻烦的事都没有了，都改成新式样的了。"

"唉！以前过年，就没有穷人的份，别说日本鬼子在的那几年，就是往年——八路军没有来那工夫，穷人也没有得过一个好年，人家有钱的，酒呀！肉呀！穿呀！戴呀！初一晚上又是接这个神神，又是接那个星星，整猪整羊上大供！穷人三十晚上还不知在哪里藏着呢！等着鸡叫了，要账的走了，才敢偷偷回家来。"曾经过土地改革翻了身的一个房东，叫毛妮子爹的哭诉着，马上把所有的人都带入深痛的回忆中了。

坐在炕沿上一位爱说诙谐的抗属，他大概想打破这悲痛的气氛，就换了话头道："提起旧社会的过年，女人最受罪不过了，到晚，一夜不睡觉，鸡一叫起来梳头、缠脚，把脚缠了又缠还嫌不小，梳的头连拄着棍的苍蝇爬上都摔跤她还嫌不光呢。要是刚娶过的新媳妇，还得穿上裙子，如果不会磕头，婶婶大娘就在炕上摆弄着教，一不小心脚踩了裙子边，就给撕个两半了。"他的话和动作引起了全场的哄笑。

"就是那样，以前妇女们的两只脚可吃紧了，谁家的媳妇出来，人家就先看看她的脚小不小，要是两只大脚可叫人家笑话了。"房东的女人说。

"那有什么吃紧的，日本在那工夫，一'扫荡'，大脚的妇女背上东西一溜风就跑到山头上了，那小脚的妇女□啼哭走不动。"坐在炕角曾叫人笑话过的一个□脚的妇女说。

于是话题就落在对妇女的观点上了。

"如今的妇女可是大翻身了，从前，妇女连集都不敢去赶，什么事也不管，光在家里做两顿清闲饭；这时候可不同啦，就拿我们村说吧,男人们参军的参军了,留在家的,三天两头要去出差,在村中办工作,地里的活就让给妇女。一到开春,你们看吧,除了有孩子累的,都下地干活了,有的比男人还能受苦。谁能劳动,谁能受,谁就是好媳妇。"那位抗属又说了。

"是的,自从蒋介石发动了内战,咱们的解放区又陷入了战争的状态,所以……"老刘同志还没有说完,被抗勤主任截住了,他说:"我们庄户主知道,咱们还得吃些苦,还得受些罪,只有把狗日的打垮,才有好日子过。"

房东老二是最不爱讲话的,这时却简捷有力地说:"我们庄户主知道,有他就没咱,有咱就没他。"

"是的,有他没有咱,有咱没有他!只有打倒蒋介石反动派咱们才能长远地过好日子,才能安生生产提高咱们生活。不过这个日子也不远了,从去年七月到现在已消灭了他五十多个旅,打日本的时候,我们还没有这样大的胜利……"老刘同志的话又被打断了。

"你说得对,蒋介石比日本还差得远呢,他就是有美国也不行。日本在那工夫我们村的民兵那年跟正规军去背粮,因为没有上过火线没有听见过炮响,听见机关枪还有点着慌。这会可不一样了,俺们民兵不跟主力军也敢打狗日的。"

话渐渐零乱了,正在这个时候忽然草帘一掀,粮秣主任醉醺醺地进来了,他边说边嚷:"我来晚了!我来晚了!"说完话把酒□往桌子上一按。

"你来晚了该罚三杯。"老陈同志说完就满斟了一杯非让他喝不行。

"不沾,不沾,我喝得不少了……"

他的醉意像很快传染了大家,话也少了,桌上的菜碟酒壶也乱七八糟了,突然一个男同志像挑战似的喊道:"咱们大家想听戏吗?咱们这里可有个会唱的。"一句话把大家又鼓舞了起来,集中火力向坐在炕口的一个女同志呼喊、鼓掌,她以几段清唱回答了大家的要求。最后由妇救会的一个委员又唱了一支小调,大家才在辞岁声中"过年再见!过年再见!"中慢慢散去。

(《晋察冀日报》1947年1月29日)

风雪除夕入望都

本报记者 王惠德

冰冻的季节，望都蒋军逼迫老乡拿着锹走下水深及腰的护城河，要把它再挖深些，说是怕八路军进城。他们把靠近城墙的房子从屋顶到门框都拆去修筑堡垒，看起来，那一片地方好像经历一次大地震。到各家抢集被子、棉花、衣服，成为蒋军每天的"课目"之一。老乡们只好等到半夜才敢拿出被子来盖，不到天明就又赶快收藏起来。城里原有七十几家商店，才三个月就都关了门，少数的店里还放一个空的货架，只剩下药铺还维持着繁荣的门面。快过年的几天，蒋军加紧搜劫吃的，老乡张老勤拦一群羊从城外过，全部被抢去了。他们还整队出发□城关附近抢劫老乡留着过年的猪，一天就载满了十几大车回城。这是在大年三十的前三天，当我军开向望都，老乡们把悲痛的遭遇向战士们诉说，战士们愤愤地摸着枪："他们想过年吃猪肉吗？好，我的刺刀也想过过年哩！"

廿日（阳历）拂晓，攻城战开始。在朔风狂雪中，战士们迅速突至城□敌鹿砦前夺得阵地。第二天下午四时，发动总攻。大炮集中向敌猛烈轰击，北面及西北面城墙上敌十余巨型堡垒全部倒塌。冲锋号后只八分钟，勇猛的战士们即已冲过两道鹿砦和护城河，在西北面登上城头，担任攻西北、西南两面的部队也相继登城。入夜七时，战士们已经踏着雪到各院搜索残敌。一个屋里有妇女问："是八路军吗？"我们战士回答："是的。"她欢乐地对地窖大声叫喊："妈，快出来，是咱们的八路军来了。"

天明跟城里老乡隔别三月的《晋察冀日报》又贴满街头，战士们帮助老乡清除各处敌人遗弃的尸体。商人和农民到堡垒里寻找自己的门板、炕桌、锅和被子。成千的男女拔除城外的两道鹿砦，小脚的老太太和大脚的闺女都争着把树枝曳回自己家里。民兵搜集敌人遗弃的手榴弹和零星子弹来武装自己。失了羊的张老勤到我部队上领回那"解放了的羊群"。民主政府的人员到各家慰问。老乡们对街上走的战士亲切地说："你们辛苦了！这么冷，快进屋来暖一暖。"我碰见一群妇女，问她们："顽军在这里对你们怎样？"她们的声音立刻变了，红着眼圈，好像就要哭出来："你还提这些做什么？不要再提它了。"另一个妇女说："明天就是过年，多亏你们昨天打走顽军，我们可以放胆吃一顿饺子了。"

（《晋察冀日报》1947年1月30日）

欢乐在军官团

——"今是昨非知觉悟，回头努力是光明"

敏行

【新华社山东二十九日电】"往年此日祝新禧，犹在昏天黑暗时；独喜今朝成别样，齐声欢颂解放区。"

这是前蒋军九十九旅旅长朱志席在旧历元旦日写的一首诗，他和其他几百个从华东战场放下武器过来的蒋军将校一块欢度了今年的元旦佳节。为了使得这个节日过得更愉快，他们已经忙碌好几天了，大家都在紧张地编墙报、写标语、画壁画、搭舞台、扎彩门。元旦日，他们的那个驻村都浸浴在欢笑声中，街道不断往来的妇女村民和军官团的学员们，也和彩门上的花朵一样露着笑容，相互祝贺新年。每个军官团学员身上都穿着崭新的棉大衣，更显得精神奕奕。前蒋军九十二旅洗盛楷副旅长笑眯着眼，视线正注向舞台上的孙中山先生、毛主席和朱总司令的肖像。王继祥中将则匆忙地从人群中穿过来，拉了一位同志的手，用他习惯的姿势把一双手举在与耳边齐平的地方挥着说："啊呀！我今天真高兴！"王继祥中将认为去年六月在徐州放下武器是他"因祸得福"的第一天，在庆祝大会上他对解放区发出了衷心的赞美。他说："解放区的老百姓在毛主席的领导下都翻身了，大家过着自由富裕的生活，这里没有盗匪，没有乞丐、娼妓、二流子……"当他回忆到过去执行蒋介石的命令向解放区进攻时，他不自禁地大声高叫："我们以前是受人欺骗了。"最后他以"以前种种譬如昨日死，今后种种譬如今日生"来鼓励大家。一个上校团长在新年献词中这样写着："不堪回首忆前尘，空负昂藏七尺身；今是昨非知觉悟，回头努力是光明。"前一八七旅梁采林旅长在他的诗中也有同样的心情："何须再恋荒唐梦，立志今朝只□天。"当游艺节目开始后，人们的情绪是越加轻松愉快了。彩门前拥挤不能入场的人，远□又响来喧天的锣鼓声，村民排着队来向他们拜年了。于是，识字班的秧歌舞、工农舞又出现在舞台上，□情的欢乐直到日色□沉，歌声在会场内外飘扬起来："年轻的中国共产党……我们永远跟着你走……"唱得嘹亮而有力，这是□们自己编写的歌曲。

（《晋察冀日报》1947年1月31日）

拥爱小影

夫妇路旁设灶

完县南伍侯村翻身农民刘洛杰的路旁设灶，已被传为拥军佳谈。

还是在满城战役的时候，那天早上刘洛杰到大道上去拾粪，看见前方的担架下来了。伤员们又冷又渴，这大道上的村子也少，他便急急跑回家去，早饭也没吃，叫他妻子把四个月的小孩交给六十四岁的祖母。妻子用车推着锅和柴火，他挑着两桶水，买了十五个烧饼，赶到村东三里地的大道旁，架起了临时锅灶，烧开了大锅水，路过的每个伤员，他夫妻俩都亲自喂水喂饭，整天忙到天黑，自己也未吃饭。

要做军属的儿女

献县八区妇联会向全区妇女提出："要做军属的儿女。"各村妇女均组织起慰问团、缝洗团等，帮助军属。区妇会将各村模范妇女组织在一起，成一慰问团，到各村慰问军属，检查优抚，并将军属少的村庄妇女，调到军属多的村庄，临时帮助军属做活。元旦，各村妇女共募捐十六万元，买了铅笔、香皂、手巾等去慰劳"翻身连"，并向战士们说："你们的爹娘，就是我们的爹娘，村里的妇女就是军属的闺女。你们放心吧！保证家里不能有困难。"

文安王各庄四十个青壮年妇女，轮流给军属担水、扫院、做活。李庄妇女们轮流给一个失目军属做饭、做针线。

绣花手绢赠英雄

武强城关翻身妇女，年节三天中，给翻身团做棉装六百套、棉被

六十床。北代等村妇女给战士绣手绢五百六十条，缝□荷包六百四十个，织钢笔套三十六个：上面□绣有"战斗英雄""打退顽军"等五彩色字。

任丘城关及附近村庄妇女为新战士连夜赶做被服，五天做成了棉被二千条，棉装一千套，棉鞋、夹袜各一千双。

"砸锅铸弹打老蒋"

清苑枪厂为壮大各村农民武装，正赶造大枪、榴弹炮、土炮、土造火箭、开花炮。新年时，全体工人将自己节余之现款十八万六千元捐出，慰劳前线战士。

第三中学学生，新年时分组给军属去拜年、担水，军属李葆筠说："翻身了，以后什么都不怕，我砸锅铸手榴弹也要打老蒋。"

（《晋察冀日报》1947年1月31日）

我怎样转变的

——一个被俘蒋军连长的口述

卢褚武

【新华社晋冀鲁豫三十日电】我看着看着,我们一〇四旅的人都叫八路军给挤进两个院子里了。一阵手榴弹响,我们的弟兄们就喊"不打啦,缴枪缴枪"。我想完□,我们得当俘虏□,我想可不能给你们活活捉去送死,我乘你们就要冲过来,我们连里人正吓得乱成一团糟的时候,悄悄钻进一个麦秸堆里。

还好,你们队伍只顾收缴枪炮,我们的人只一集合便带走了,我心里想:"阿弥陀佛,总算又过了一关。"

可是,一会儿这个进来了,一会儿那个又进来了,我生怕再出差错,只是缩在麦秸堆里不敢动弹。

院子安静了一会儿,又进来一只狗向着麦堆汪汪地叫。我听得出这是黄团长太太的那只狗,它是认得我的。我正试着打跑它,忽然来了两个八路军,我刚听了个"去他娘的"——那狗就嗖的一声跑开了,同时梆的一棒就正打在我头上。我顾不上脑袋又热又辣又痛,只是想:"这一下可完了,还说个啥。"那两个八路军好像没看见我,一棒未打到,便又嘻嘻哈哈追狗去了。天黑了我想溜跑了,可是听到周围满是八路军,我想再熬他一夜,明天他们总是会走的。

第二天你们没有走,蒋委员长的兵也没有来。

这样又冷又饿又怕的□到第三天,八路军一个战士在麦秸堆后解手,我屏住气,轻轻呼吸,忽然一个什么东西钻进鼻孔里,我实在忍耐不住了,呀!这时打了一个大喷嚏,这一下我就终于被捉到了。

真奇怪,那个八路军士兵和气地给我谈话,叫我不要怕,还说优待我们。"鬼才相信你的话,你们都是先甜后辣。"我这样想。

那个兵把我押送给一个官长,我想不是剥皮就是活埋。但官长也是那样和气,而且也谈了那一套,最后把我送到一个什么□里,出来一个戴眼镜留八字胡子的官长,他问:"你叫啥?""我叫张得贵。""你是干啥的?""我是当兵的。"我死咬住这一口,我想当兵也许不会给活埋的。

那□官长鬼笑了一下说:"你不是当兵的,你是军官,说实话吧,没有关系的。"我想:"这'奸匪'真厉害,明明你要杀我、活埋我,可是笑□来却像蛮和善的,我决不上当。"我板着脸认真说:"官长你可以调查我,确确实实是个兵。"

我看见他有些不耐烦了,回头叫了一声他背后背盒子枪的兵:"警卫员。"

这一下我就从头冷到脚跟,只要他命令一发,嘣的一声我可就完蛋了,反正枪毙跟活埋都是一尿样。可是他并没有说别的,只说叫把我带下去,交给一个什么干事去处理。

以后我便被放进连门也没有的一间房子里,自然也就不会锁上了,也没有人放哨监视。我想暂时又不会死了,我再打主意跑吧,也许跑得脱。

正在这时候,从□门,一个女人的背影一闪过去了,这个背影我熟得很,我想起她叫谭芝明,她是我们旅通讯连少校连长陈鹤乔的太太,她一定是叫"匪军"弄来搞鬼名堂的。想到这里,我忘记了自己的害怕,专门替她□心起来了。正在这时候,尹淑芳的背影又从门口一闪过去了,我想:"可恶的奸匪,把我们迫击炮少校副营长苏葆元的太太、小太太都□他们□糟蹋哩。"我心里横七竖八越想越生气,可□苏副营长□时迎面牵着他的小孩子来了,奇怪,他一点也不发愁,满面笑容,向我走来。这个无赖畜生,自己老婆都叫人家搞了，自己还死着不要脸，呲着牙齿笑哩。我懒得搭理这号子人，他却笑嘻嘻地先对我开腔了："你也来啦，你的太太呢？"你叫我怎么说呢，我唾他一脸吧，他总是大我一级，我没精打采说："她还在太和村，我……"说了半截，就收住了，我是想说我死也不会叫她来这儿。那家伙居然劝起我来："喂，还是叫她来吧，八路军待咱们挺好的。"

我一股火起来了，我想："挺好，挺好，把你的太太送去慰劳人家，人家会用香肠牛奶招待她，把你可推□冷冰冰的地狱里，把你的太太拉□暖烘的被窝里。"可是这些话不好当他面说，我只是不作声，低着头摆弄扣子。

他却□像是兴奋了，继续唠叨下去，他讲他被俘时——不，他现在也会谈什么"放下武器"时，他的太太没在一起，起初自己也挺怕，但八路军领着男的找太太，领着太太找丈夫。他说："陈鹤乔□是□得妻离子散，以后人家给他清查出老婆送回来了，又给他送来大女儿新真、小女儿豫真，人家已找好奶妈养了一天了，□□也送□他们那里去。"他说到这里，用脸偎到他的小孩子的脸上说："我这个小乖乖也是人家送回来的，并且领我□□和□找回了淑芳。"我忽然想起门外晃来晃去的□影是怎么回事了，但越弄越糊涂，这难道会是真的？

他看到我脑子里在转□子，就一把拉着我走到另一个院子里。啊，多么热闹啊！我劈头就撩见□话总局艾杰豪所长和他的太太孩子，还有通信连□汉祥排长和他太太闺女，这样有二三十对，还有大小娃娃在一起，有说有笑，真是一个五世同堂。这一下把我的一切成见可打破了，婊子养的，我们那些卖狗皮膏药的政工人员过去说的都是瞎话。

在想起我的老婆来，立刻回转身钻到那个戴眼镜的八路军官长那里去，我立得端端正正喊："报告。"里面说："进来，什么事呢？"他正整理文件，似乎没打算搭理我，我走进一步不好意思地说："报告官长，我不是个兵，我是一○四旅迫击炮第□连连长。""呵，你是张连长。""不，那都是瞎扯。我不叫张得贵，我叫张俊清，以前我怕活埋就胡讲了一套，现在我……"我不顾他听不听就一五一十说出我的心思，他又不耐烦起来，嘴闭得紧紧的，手很快地翻着一本小册子，最后在那本子上一个地方停了下来，在一块纸上□写了一会儿，交给我一个纸条，并告诉那个警卫员说："带他□收容所里。"我吓了一跳，直到看了那张纸条，心里的石头才落了地。纸条上写着："×科科长，你们那里姓周的女俘虏，他的男人张俊清查出来了，你叫他们在一起好了……"

我觉得这几天来我真蠢得可笑。

（《晋察冀日报》1947年2月2日）

苏中民兵大队长宋永喜

——卅里河水川流不息，宋"卅里"斗争不停

陈纬明

【新华社华中三日电】坚持在苏中某地蒋据点××镇旁三十里河边的××乡民兵大队长宋永喜，每天总要在三十里长的河边上过一两次。老百姓说："宋大队长真是每日三十里。"于是大家就替他取了一个名字，叫"卅里"，当他走过每家路口时，老百姓总是亲热地说："'卅里'来了，我们可安心了。"全乡八十多家军属在他帮助下解决了分田与耕种后，异口同声地说："'卅里'是我们心上的一把钥匙，见'卅里'万事就解决。"叶挺（盐城）战役中宋永喜连□冒风雪动员了四十二副担架，群众替他下了结论："天下人不能完成的任务，'卅里'能完成。"

蒋军占领了××镇后，他就决心坚持斗争，有九个青年跑出来说："我们死也跟'卅里'走。"蒋军搬去了他家里用具，企图以此威胁他，但他却若无其事说："只要留得人在，哪怕没得家，反攻一到还不都是我们的。"

十二月二十八日记者在××乡游击队，见了"卅里"，中等身材，脸颊丰满，精神抖擞，看上去，就知道是一个很朴实的农民。那时部队里正下着一个奇怪的紧急命令："宋永喜同志立即停止工作，争取时间休息……"队员们拥在一起屈指计算，"卅里"已有五昼夜没有合眼了。他一天在忙着对敌斗争，就在他接到休息命令的当天晚上，他刚一睡下，忽然想起了军属粮草要处理，于是急匆匆地走了。另一次在严重的夜里，北风呼啸着，"卅里"护送某部转移到一条大河边，情况不明，又无船只，大家都感到进退两难，"卅里"毫不迟疑

地脱下衣服，游过了大河，雇到了船只，把所有人安渡到对岸。他的身子已经冻僵了，但他还是咬紧牙关把大家送到目的地。在十多里的行军中，他光着脚冻得跌跌撞撞，曾三次跌下河湾，有些认识他的人感动得流泪说："'卅里'，上面不是叫你休息吗？你够苦了！""卅里"却笑着回答："为了革命工作多吃些苦倒是痛快的。""卅里"工作得积极是有原因的，因为他是一个贫农，土地改革中他翻了身，为了保田保家，他不分日夜在同敌人斗争着。卅里河边的人们是靠卅里河吃饭的，他们看着河水川流不息，看着"卅里"斗争不停，就一语两关地说："有'卅里'在就有我们。"

（《晋察冀日报》1947 年 2 月 7 日）

记周毓英中将

庄重

夕阳西下，我踏着冬冻的小路去访问放下武器的蒋军五十一师师长周毓英中将。周毓英师长军服外罩着□灰色的皮大衣，穿一双棕紫色的皮鞋。他今年五十一岁了，大檐军帽下露出花白的头发，谈风颇健。从他的二十八年戎马生活讲到他故乡山东诸城的风俗人情，讲到他在保定军官学校六期与薛岳同窗的学历，一直讲到西安事变中东北军对团结抗日的贡献、五十一师抗战功绩，以及张学良和于学忠二位将军的遭遇。话题的中心最后集中到杂牌军在蒋介石部队中的必然的悲惨下场，这是周师长十几年来亲身体验到的。周氏透露蒋记特务大批钻进五十一师（原军），明目张胆为所欲为。他□对五十一师官兵进行一连串的收买、麻醉、分化、瓦解、打击等手段，下级军官逐渐换上了蒋介石军校毕业学生。该师黄埔系特务头子师政治部主任张希尧时时监视原来东北军的军官。周说："张希尧那些人惹不得，弄得不好他向上级打一个报告，我们便倒霉。那边现在做事最吃得开的是黄埔系，我们五十一师师旅长都没有黄埔资格，都是黑'官'（不走时运的意思），时时担心着被换掉，我们简直无法动弹一点。四十九师王铁汉就是一个例子，他让黄埔军官进来，四十九师就'中央'化了，王就做不得主了。""我们抗战好几年，日本投降后五十一师没有受降权，让从云南贵州飞来的'中央军'受降，伪军吴化文也变成'国军'了，这些最使我们伤心。我们有一部分枪械还是'九一八'事变时带进关内□的，十几年来没添过新武器，有些机枪老了，子弹可以从枪口装进去，还有不少单打一的步枪。我们屡次呈请改善装备，国防部屡次批下'库无存品，疑难照准'几个字，其实何尝如此。上海一个军火库失火，不知烧掉了多少枪炮弹药。"他平一平气补充说，"五十一师直到最近驻枣庄后，才发给每连一门六〇小炮，这比起嫡系七十四师相差太远了。"

"二十六师和快速纵队被歼灭，我们装备差，兵员少，明知打不赢，但是上方一次又一次地严令我们'坚守待援'，我们只好坚守，如果退出枣庄我们便要被撤职杀头。"

"我们占领很多地方都要兵马守，因此兵力分散，而指挥上又非常坏，我们对鲁南作战的全盘计划上方不告诉我们，我们只知执行命令。五十一师全师部署连一个营一个连的位置都是徐州绥靖公署给我们指定的，我们不能变动。例如绥靖公署要一一四旅旅长李步青带一个营守峄县城，归马厉武指挥，不要我们问，而马又从来不与我联系。绥署要一一三旅旅长李玉堂派两个营守韩村，一个营守郭里集，更笑话的是绥署指定一个连守韩村西南汤庄，战斗开始□我要集中兵力，绥署不允许，你看我们怎能不被歼灭呢？"

（《晋察冀日报》1947年2月8日）

再返望都城

胡振泽

旧历腊月三十日，在大雪纷飞里，我随军再度返回这座离开仅仅两月的城市。

快进□门时，一群早已用手招呼我们的男女老幼，有商人，有学生，迎了上来。我们的手被大家紧紧握住。其中有几个不知怎的二话没说，眼泪顺脸淌了下来。

一走进城，被蒋伪军毁坏了的残迹触目皆是。一排排的商店都垒着门，县府大院里的一眼水井里漂浮出两双浮肿的脚来，据说井底还堆着十几具被蒋伪军暗杀的无辜人民。祖先们修建的戏台、莲花池、高小、县政府都被拆毁了，城内被拆民房达一百二十余间，麻喜洋一家即被拆十间。

走到街心，城里的人们逐渐围上来，愈聚愈多，他们没有握手，只是手指着这些惨景，控诉蒋伪军这只是两个月的罪行。时间虽不算长，但在这里过一天却比一年也长啊！全城各家人的衣服、被子都被抢光了，他们住在谁家吃谁家，山药、白菜、小米，凡是能吃的东西，只要被他们看见，就休想留下一点。一位商人说道："俺铺子里九条被子没剩下一条，黑夜来了，大家盖着麻袋过夜。""谁在过去跟八路军说过一句话，就说你'通八路''思想不纯'，逮起来，悄悄地收拾了你。铁铺里一位手艺人就是这样不见了的。"

翌日大年初一，这座城市再度解放的第二天模样已经显著地改变了。人们在街上搭了牌楼，插上崭新的松柏枝，昨夜这座楼阁上曾经挂满了走马灯，光明重新在夜间照亮了这座城市。街上蒋顽的标语统统擦毁了，换贴上新的标语，一家商号的门面上贴着一副鲜红底黝黑字的"城市解放莫忘八路军,买卖兴隆全靠共产党"的对联。早饭前后,乡下村剧团陆续赶来,锣鼓声响彻全城,整整闹了一天。民主政府人员都忙着安抚救济人民,大清早在百忙中他们抽出时间协同部队指战员和城里居民进行了这胜利后的第一个年头的团拜。

(《晋察冀日报》1947年2月9日)

哀悼李混子同志

噩耗传来,边区爆炸英雄李混子同志已于他的家乡新乐解放前光荣殉国,这是边区人民爱国自卫战争中的严重损失,我们谨向边区人民优秀的儿子、我们的人民英雄致沉痛的哀悼,并向他的家属及其战友致亲切的慰问。

李混子同志是在抗日爱国战争中成长起来的英雄。当蒋介石抛弃了华北人民向重庆溃退时,李混子同志还是十几岁的青年,但在他们面前摆着的却不是青春的幸福,而是蒋介石勾引来的日寇的血腥屠杀。这时只有英勇的中国共产党站在人民行列的前头,领导人民和日寇汉奸进行拼死的斗争,建立了广大的解放区。在这个解放区,人民不但获得了一般的民主权利和民生改善,而且特别获得了武装自卫的自由权利。李混子同志就是在这样的条件下成长起来的爱国英雄。正因为他是手执武器捍卫祖国的英雄,所以他就获得了全体人民的崇敬和颂扬,而一切民族敌人和卖国贼是把他恨入骨髓的。当日寇被迫在伟大的中国人民面前放下武器的时候,李混子同志和全国人民一样,曾是多么高兴,以为八年的艰苦奋斗终于获得了胜利,新的独立和平民主生活就要开始了。但八年前把他们出卖给日本帝国主义的蒋介石,又把祖国出卖给美国帝国主义,手执美国武器来进行新的屠杀,李混子同志和全解放区的人民一样又被迫起而自卫,并在这个新的爱国自卫战争中光荣殉国。这一连串的事实就再一次教育我们,对蒋介石这个中国历史上最大的卖国贼不能存丝毫的幻想,只有拼死斗争粉碎蒋介石的进攻,祖国的独立和平民主才有保障。我们可以安慰李混子同志的是:你忠心耿耿英勇从事的事业已经获得了伟大的胜利,蒋介石的军事冒险已经遇到了严重的危机,并面临着严重的政治危机,你的家乡也从敌伪的铁蹄下获得解放,我们将继续你不朽的事业,直到最后胜利为止。

李混子同志的死,号召全边区人民,特别是武装起来的人民自卫队员、民兵队员和子弟兵同志们,更加英勇地作战。李混子同志的钻研精神,他的虚心学习技术和天才的创造,应成为每个人民战士的光辉榜样。我们民族的两大敌人——美国帝国主义和蒋介石还有力量,他们正在组织新的冒险进攻,在晋察冀战场向易涞地区的进攻已经开始了,向其他地区的进攻也正在准备。边区军民要继续发扬爱国英雄主义,不但要英勇作战,而且要像李混子同志那样虚心钻研,提高自己的作战技术,更有效地歼灭敌人的有生力量。我们的民兵同志们,要特别学习他的爆炸技术,更多地杀伤敌人、炸毁敌人的火车,使敌人的内战动脉陷于麻痹。只要我们同仇敌忾,个个奋勇全心全意争先为人民立功,不但李混子同志的大仇可报,我们的爱国自卫战争也是一定要胜利的。

(《晋察冀日报》1947年2月13日)

李混子爆炸组

韩英 徐光耀

当那巨大的火车，呜呜地叫着，在平汉路上奔驰的时候，杀气凌人，显得多么威风。可是李混子爆炸组出现以后，平汉路火车却时常在不知不觉中跌个大跤，滚下铁道来，又是多么可怜。

李混子生来并不出奇，年方二十二岁，不及中等身材，稍微有些弓背，黑黑的脸；头蒙一块粗布，身着撅尾巴小袄；不爱说话，偶尔说几句，也是慢吞吞地显得有些吃力。除身背大枪，腰间挂有皮子弹盒以外，一看就是一个老老实实的庄稼人。组员们的性格也是如此，都是十八岁至二十五岁很朴实的青年。

李混子同志远在民国三十年，就最先参加了民兵联合队。因为弹药缺乏，便利用废物，到处搜集弹壳、破铁壶、罐头盒等，耐心地开始了爆炸的研究，大量制造炸药，装造手雷，不断杀伤敌人。民国三十一年"五一"，敌人集中大量的优势兵力施行'清剿'□，他们毫不畏缩，转到暗室里，坚持研究，□续创造，并协助地方武装将局面迅速打开，成为该区对敌斗争的有力支柱；此外更□造二槽子弹出卖，以此所得充作研究补助费用。他们民兵队部，也是他们的研究室和小军火厂，里边满摆着土枪、土炮、柳木炮、小迫击炮、大枪、手榴弹，各式各样的地雷、弹壳、碎铜烂铁、钢板、火车头零件、道轨、电线、钳子、钢锯、洋钻等工具，比一个大铁器铺还要热闹。他们创造的地雷有拉火的（一拉就响）、□火的（刮风也能响）、掀火的（一掀箱盖或□上边的东西就响）、踏板的（踏着板就响）、踏□的（分为三种：最重的卡车、轧道车，车厢通过都不响，专炸火车头；最轻的老鼠能□响；一般的专炸人）、□□□（□□□□，专炸工兵）、□□爆炸的（带时间性的）、杠杆的、子母雷（大雷□十多

个小雷）□□九种。有柳木炮一门，炮弹像大地雷，□打三里多远；小迫击炮十九门（交给附近各村□用十七门），□□□里以上（近远按加药包多少而定）。由于他们这样的虚心钻研创造与坚决、勇敢、胆大、细心的对敌斗争精神，因此只前年反攻至去年十二月底，一年来不完全地统计，即炸毁敌火车头七个、车皮二十余级、机枪一挺，毙伤敌伪顽一百五十六名。请看他们的几个爆炸故事吧！

去年大反攻时候的一个晚上，李混子和他的伙伴们，第一次出发了，把一个地雷埋在铁道上，上面压了个手榴弹，把另一个迫击炮弹改造的地雷装在一个小箱子里，放在一旁。不出意外，第二天一早，一个伪军小队来查道，碰见了那个箱子。有个伪军上去一搬，"轰隆"一声，老乡们见他飞了一树尖高，另有十四五个也应声躺倒（七个死的）。伪军小队长正在恼丧，偶尔看见旁边的一个手榴弹，□道："准又是那些土八路干的。"伸手就拿，"轰隆"一声，也让他回了老家。过了几天，他们把一个地雷包了个小包袱，放在铁路□旁。和他预料得一样，一群查道的伪军看见了，□□的围上了一圈，一个人解，还没有看清里边是什么，便□炸得东倒西歪乱七八糟了，一个大腿竟飞到封锁沟外，让大群乌鸦饱餐了几天。最有趣的算是第三次了：十一月的一个晚上，新乐城东北炮台上的伪军，正睡得甜蜜的时候，猛然听到一阵枪声，梦中隐约听到有人喊："跑……""追，追他……"第二天六七个伪军顺铁路溜□下来，不远看见放着一个箱子，但他们被炸怕了不敢动它。忽而看见一旁放着一封信，上写"××区长，今发给子弹半箱，请查收……"可把伪军□乐坏了，以为这一定是昨夜打枪时八路军跑丢的。□要打开箱子，远处又来了另一伙伪军。这一伙伪军怕他们看见分赃，便把它藏在草丛里，待那一伙伪军过去了，又悄悄地把木箱搬出□，围成一团。刚刚掀开一道缝，"轰！"木箱子又发了脾气，这群财迷□一个也没有跑掉。这正是昨夜李混子爆炸组假装发生误会放在那里的。

他们玩惯了的爆炸火车头，更是巧妙。第一次炸火车是前年九月十□日黄昏，爆炸组正在铁路上挖坑，便听到火车来了。地雷刚放进坑内还没有伪装，灯光就照来了。他们急忙跑到沟外，还没有经验，只用力一拉，听得一声震耳巨响，车头随声栽倒了，敌人死了十五六个。不出一个月，又有两列火车被他们炸倒在那里。从此火车再也不敢夜间走了。铁路附近的老乡们发了大财，每当黄昏以后，赶庙似的一群群的老乡（有的还赶着大车）去弄钢板、火车零件，拾螺丝，捡洋落。附近的集市也出现了火车头市场。只反攻时期就炸毁车头三个，车皮十八节，敌伪顽伤亡七十二名。因此，李混子被选为□区的爆炸英雄，获得了分区奖给的"敌人遇见身碎，火车遇见翻身"的大旗一面。平汉战役开始以后，李混子爆炸组为避免不必要的危险，他们创造了专炸火车头的自动火地雷。侦察的□果，知道敌人火车被炸怕了，开动的形式变成车头前头顶着十几个车皮，后面拉着十几个车皮。但这也斗不了李混子爆炸组的天才发明。有一天晚上，他们把地雷埋好以后，就在不远的地方，等着看火车怎么□倒法。不一会，咕隆咚，咕隆咚的轨道车开过去了，平安无事，轧道车又开回来，仍然无事。约一个钟头以后，一列火车威威武武地开了过来，果然就是早已知道的那种形式，车头在中间，眼看前头的车厢轧上了雷，只见"啪"的一股白烟，却没有响。恰恰车头轧上去，就震天动地地响了一声，只见那又黑又长的怪物猛地一个颤抖，歪歪扭扭地倒下去。正如李混子同志说："我的雷带时间性，专炸当间的火车头。"

李混子爆炸组不仅如此，打村落战游击战也有很精彩的节目，他们已成了敌人闻名丧胆的眼中钉。于是顽军第三军七师二十一团一千□百多人，去年十月突袭他村，先向村里打了几十炮，机枪刚架在村边的土岗上，一梭子还没有叫完，就被爆炸制止了：只见机枪和一条穿皮靴的大腿飞了好几丈远。这一仗结合民兵共毙伤顽军二十余名，敌人进攻太岳集时，李混子爆炸组配合民兵追击敌人，两炮打倒七个。组员们不仅个个已成为爆炸的能手,也都锻炼成了很好的炮手。

从以上这些事实可以看出,李混子爆炸组所以获得如此惊人的战果的原因,首先是由于他们有清醒的政治头脑,对独夫蒋贼没有丝毫的和平幻想。政协以后,李混子同志□说:"我看蒋介石不可能办出人事来,还得好好准备。"并没有放松对爆炸的研究。其次是他们□虚心钻研,努力创造的高贵品质,任何困难、任何波折都不可能动摇他那顽强的意志。一个地雷失效,不吃饭也要细心检讨、琢磨,直到找出毛病改造而后已。他们的钻研方式更值得各地学习,每逢研究一个东西,都在会议上每人画图一张,由大家挑选,或集中优点绘集一个,修改又修改,通过以后再做试验。他们还善于侦察情况,研究敌人的规律,采用多式多样的巧妙办法杀伤敌人,因此他们的爆炸几乎百发百中。第三是他们还有优良的民主作风,高度为群众服务的精神。为了防止敌人的骚扰和奸特活动,创造了爆炸治安、爆炸站岗、爆炸控制制高点,这样使敌人不敢接近,夜间奸特不敢出门;老乡们安居乐业,坚持生产。更联合他村,建立爆炸联防,保护群众生产,因此深得群众的积极支持、热诚的爱戴。每当李混子同志单独出门的时候,群众或干部经常自动地随身保护,以防万一。老乡们说:"有李混子咱们就太平无事。"因而李混子爆炸组不仅成为本村民兵的骨干,而且在他们的影响下,使全冀中区爆炸运动普遍如火如荼地开展起来,□整个解放区的爆炸运动也将起极大的推动作用。李混子为人民而牺牲了,但他的名字已在自卫战争的历史上记下了光荣的一页。

(《晋察冀日报》1947年2月13日)

东安乐坚持对敌斗争

王桂冀

钢铁英雄人人敬仰,"软蛋"们真给祖辈丢了脸

距王京车站四里地的唐县东安乐□,是敌人进攻唐县必经之路,敌我斗争非常尖锐。经过一年的斗争,该村出现了许多"钢铁硬骨"英雄,也出现了个别"稀泥软蛋"。为了检讨一年来的斗争,于本月十六日,召开了男女老少五百多人的群众集会。在大会上选出游击小队长豆新宽同志、高长生的母亲、老头豆喜来、儿童豆建福、武委会主任豆计尔等为"钢铁硬骨"英雄,豆立法、豆长森的母亲等九人为"稀泥软蛋"。

英雄们在五百多双眼睛注视、掌声与儿童霸王鞭迎下,戴上□光荣花进入"钢铁硬骨席",报告自己的英雄事迹;稀泥软蛋们红着脸、低着头,站在"软蛋□"上坦白着自己的罪恶。群众高呼:"钢铁硬骨"美名万古流芳,稀泥软蛋真给祖辈丢脸。

英雄和软蛋

豆新宽同志是东安乐村的游击小队长。敌人由定县到王京时,他离敌人不过十几步的地方,奋勇冲锋,打伤敌人三名;敌人到附近时,他打死与打伤敌人各一名。王京解放前,在内奸与敌人勾通下,不幸被敌捕到王京车站,用尽毒法拷问,始终未暴露一字的秘密。九月三十号,王京被我解放,豆同志才被救出来。

四十八岁的老太婆,儿子当武委会主任被敌人捉到王京用绳子捆着打,又扣了四十多天,老太太一字未露又跑回来。四十多岁的老头

儿豆喜来，被敌人打得半月也起不了炕。十五岁的儿童豆建福，敌人打了他几个耳光，倒了他几个筋斗，却一字未露。

豆计尔是武委会主任，每次带领冲锋，都很勇敢。他打死与打伤敌人各一名。该村虽遭三次惨案，他对斗争□□不悲观，相反更劲儿大了。

豆立法与豆长森的母亲，被敌人捉住后，成了稀泥软蛋，领着敌人打我□的工事，告诉敌人豆××的洞口，结果被敌人烧了房，没志气的软蛋，受到当地群众的批评，真是丢脸！（新华社冀晋讯）

（《晋察冀日报》1947年2月14日）

保南战役的勇士们

火炼金刚杨海楼

进击望都城。黎明前,某部突击队越过冻结的护城河,去破坏第二道鹿砦。天明后,上级命令突击队撤回,杨海楼等三个战士被敌火力断了归路。他们乃决心在冰上坚守阵地。杨臂部负伤,其他两个沉不住气急着回来,说:"队伍大批撤走了。"杨说:"不,上级决心要攻城,不会撤走。"大雪纷飞,河里冰水湿透了他们鞋袜衣裤,寒冷刺骨,那两个又要回来,杨再鼓励:"队伍决不会走,再攻城时;有咱们这前进阵地,配合登城没问题。"直到下午四点,总攻击开始了,杨带着那两个战士,忍着伤口疼痛,奋勇登城,完成了突击任务。
(旭灿)

解放战士要求入党

一月前曾荣获战斗模范称号的解放战士史志明,在这次进击望都前夜,自动报名参加爬城突击队,并在立功簿上预先登记,决心要在这次战斗中缴获迫击炮一门,随即向组织声请:"如这计划完成了,请组织审查准许入党。"在攻城战斗中,史志明迅速坚决,勇猛爬上城头,是该部登城前数名之一,不幸在追击敌人时牺牲。战斗结束后,该部首长及战友无不痛惜,该连支部也将讨论史志明入党的要求。(征)

爬也得爬进去

歼灭王京敌人时,大家冲到敌人工事前进不去。连长说:"不会挖墙吗？"这一下提醒了大家，很快挖通了几个洞，挖着向里钻。新战士崔绍贵动作慢，后面白国华一急，踩掉了他的鞋，副班长李顺来直喊："快进，武器都让人家得了，咱们立不成头功啦。"这时，人们已进去了一大半，只剩下几个大个子，洞太小，挤不进去。周本国急了说："这可把我们大个子治坏了，立不成头功了。妈的，爬也得爬进去，不能让别人把功劳全抢走。"（冀连波）

违令的预备队

黄昏，决定最后歼灭王京的敌人。连长想要一排做预备队，一排的战士急着不满地请求道："我们是干什么来啦？人家立功，我们站在后面？"最后决定三排做预备队，这下可是最后命令，不许不服从。三排长没请求，一个劲在暗地里叫战士准备好。冲锋号一响，连长带着一、二排冲上去，违抗命令的三排跟着上来。连长回头一看，正是三排，这一下弄得想制止他们也不好，不制止他们也不好，最后只得说："好吧，大家一齐冲吧。"

负伤夺机枪

某部甲等战斗英雄刘小琴在十家町战斗中臂部负伤，他毫不顾忌，冲到一个院子门口。屋里窗户上敌人的机枪步枪向他密密射击。院子狭窄，不好隐蔽，他就毅然下了决心扔出几个手榴弹后，勇敢地向敌人扑过去，一下抓住了机枪筒子，猛力一拉从窗户里把机枪夺了出来，扛出了院门。（有延）

"记上一功吧"

刘国福追进十家町一个院里，向敌人喊"缴枪不杀"。屋里出来一个徒手的，再一个带子弹的，第三个拿着一支枪。他正伸手去接枪,旁边有人举枪刺过来。他机警地扭过身去,顺手打一枪,那人立刻缩了回去。刘国福很生气,吆道:"屋里的缴枪不缴枪?我要打手榴弹了。"敌人终于全部屈服,一支支的枪扔了出来,最后扔出一门迫击炮来。刘高兴极了,不知哪里来的那么大的劲,肩上背着九支步枪,腋下夹着迫击炮,还拉着一头骡子,赶着十二个俘虏,走到指导员跟前,说道:"这是我缴的,指导员麻烦你记上一功吧。"(谷岩)

捉住两个!

十家町打得很厉害,陈小丑的二班长挂花下去了。陈自动转到一班跟着战斗。一班长知道他是个新战士,说:"跟在后边吧。"他说:"不,后面立不上功!"冲上去他抓了两个俘虏,送下来交给指导员:"这是我捉的。"转过头又扑上去,冲到最前边。不幸,这时,他负伤了。担架抬回他来时,他还喃喃地说:"捉了两个!两个!死了也不怨啦。"(经伦)

杂务人员抓俘虏

下午四点,绷带所听到的枪声愈剧烈愈迫近。前边指挥所也在转移。大家好奇怪,□是十家町几十个敌人突围冲过来。空气顿时在绷带所紧张起来。卫生队、担架排都放下伤员,打起仅有的武器来。没等敌人接近,一阵手榴弹打过去,爆炸中,逃跑的敌人一个也没跑掉。担架排长、卫生员、管理员、炊事员、民兵都捉到了俘虏,缴到了枪。一个病号叫作张治守的也打伤了两个敌人,缴到两个掷弹筒。(李辉)

(《晋察冀日报》1947年2月14日)

谷 素 清
——记妇女慰问队

胡振泽

去年旧历腊月二十八日，当八路军冒着纷纷大雪扑向望都城的时候，前方医院驻在的三堤村，二十余名妇女慰问组员们立刻集合起来跑到医院里等着侍候伤员。她们从下午直□到黎明，一口没睡觉。二十九号拂晓，炮声打响了，他们便跑到村边去，迎接从火线上下来的伤员，早经煮好的开水抬来了，组员们便一口水一口东西喂起来。

伤员慢慢增多了，附近各村的妇女慰问团都陆续赶来。小下数村妇女慰问团十六人，□着很多鸡子、挂面；□前庄子□慰问团白天已经在该村南道沟里冒着大雪招待了一天，晚上又赶回医院来；寺家庄二十余名妇女也来了。于是在县区妇联领导下，当即组成联村慰问团，按伤员居住地点分成小组，进行慰问。这些热情的妇女们，就在漆黑的夜里，忙着洗绷带、打水、喂饭，像自己的亲人一般照顾伤员们。

前庄子□壮妇谷素清，揽着伤员一手端着挂面，一手端着开水，一口一口地喂，喂了这个又喂那个。一次因为面条有些硬了，谷素清便埋怨做饭的不注意，自己赶紧另煮了一碗挂面，那个伤员感动得流下了眼泪，说："真比家中父母待我还亲切！我死也忘不了你，恨我挂彩太早，没有多杀几个敌人。"他不知道如何报恩才好，便恳求谷素清做□干妈。谷素清："你愿意认我当干娘，那我就更加光荣了，也别说谁报答谁的恩情，八路军给我的恩情说不清呢。"

谷素清和其他妇女们就是这样照顾伤员们，有时整日整夜地不睡觉，和伤员们谈战场上的故事，安慰伤员，使他们忘记了痛苦。

（《晋察冀日报》1947年2月17日）

人民叛逆郝鹏举就擒记

袁基

人民解放军对郝鹏举部的自卫战，经一昼夜的战斗，郝部已伤亡惨重，仅以一个团的兵力凭借着庄上的三个堡垒和工事绝望地抗击着。然而人民解放军已从南面和东南面越过二百米的开阔地冲进去了。郝军企图从西面突围，却又被截断，一部溃窜，一部又狼狈逃回。在人民解放军的面前，郝部官兵的战斗意志丧失殆尽。

彭营长率部突进了街头，迎面碰到郝鹏举派来求降的人员。

当彭营长走进郝军总部的小屋子时，院子里的枪炮仍然放在射击的位置上。

郝鹏举化了装，穿着老百姓的便衣，光着头坐在屋里□草堆上，他的随员们畏缩地围绕在他的周围。"对不起！对不起！"郝鹏举向彭营长举着手说："我脚痛，请原谅我不能起来，你们辛苦了，我早说不打了，打什么呢？……都是我的不对。"

当时郝下了缴械投降的命令，于是蒋介石加委的第四十二集团军总司令部便从此毁灭了。

这是二月七日黄昏的事情。

当天晚上郝鹏举即被押抵人民解放军某部前线指挥所，郝默默地坐在一个短板凳上，把手伸向火炉边取暖，脸色灰暗无光，眼皮□些肿胀。他战栗与怯弱地呐呐细语着："我对不起老百姓，我对不起我的官兵，也对不起自己。"他的语音慢吞吞地，他吸着烟，摸着剃光了胡子的嘴唇和硕大的下颚，良久，他长声慨叹道："唉……现在……什么也不能说！"现在，郝鹏举在正义的面前还有什么可说的呢？

（《晋察冀日报》1947年2月18日）

雪 地 奋 战
——记十家町歼灭战的正面战斗

夏蓝

连日雪花飞舞，遍地银白，一脚落地，积雪就淹没了鞋跟，寒冷使人活动也十分困难，部队就在这样恶劣的气候里艰苦奋战。

解放望都的战斗胜利结束后，我军绕过了定县城的敌人，在寨西店——十家町地区（定县至新乐之间的铁道线上）布置了一个"口袋"，专等由南往北而来的蒋伪军。

一月二十□日，胡宗南部九十五团（缺一个营）及蒋伪侯□□部第一团从新乐□出发，想急速增援被孤立的定县城，因此不顾一切，冒险轻进，二十四日便占领了一天前曾为我军解放的寨西店车站及南面三里的十家町。中午，敌先头部队一个营（胡部）便和我们正面部队"突击"部第三营接触了。我们为了诱敌深入，掩护主力展开，一面抗击，一面有计划地放弃了某些要点，敌人便占领了寨西店村南的高地和村边沿，准备继续前进。到下午三点左右，我四面包围部队的接敌行动就迅速完成了。

时机已经成熟，我们正面阻击的第三营立即对着敌人的先头部队展开全力的反攻，一支部队占领了车站，把敌人紧压在寨西店□南的高□上，营的主力分□迂回侧击和正面压迫敌人。在这里，我们对敌人拼了四百多手榴弹。这种坚决的全面的压力，使敌人虽然拥有旺盛的火力也难以支持，于是敌人先头部队向主力大面积退了，有的跌到雪地里，落魄失魂地爬走，有的扔了机枪、迫击炮只顾逃命。溃乱的队形散布在长达三里的开阔地上。

三营正转入反攻，"突击"部的二营便射出了三个箭头，第一支部队□到寨西店，协同三营驱逐敌先头部队，第二支□□敌人溃退的道路，拦腰截击。这时，敌人正拥挤着成一长串，往十家町敌主力位置逃□，我军奋勇冲至跟前，机枪手们来不及卧倒，端着机枪就横扫过去，敌人死伤遍地，横一个竖一个地倒在雪里。我军第三支部队就直捣敌先头部队退入主力的位置，冲锋动作之快，□□敌人同时到了村边，立刻便把村北的小庄子包围起来，对敌人拼□一场手榴弹。过去缴敌人机枪的老手刘小□和他的战友□冲入了院□，敌人和枪还在打着，经过一番搏斗后就把它夺过来了。别的院子敌人还在顽抗，战士们一阵手榴弹都把它打死在院子里了。□□指挥着其他的部队，□□□□，□□猛烈地往村东北冲□。这里，遇到了敌□□入地下数尺的坚固工事□□巢，敌人射□了炽烈的□弹。营长命令说："孙士禄，带你的班去夺取敌人火力点！"孙士禄毫不犹豫地把队形展开，一股旋风似的打到敌人工事前，十多个手榴弹一齐飞出，弹片削烂了土块，削碎了敌人的肉体，火力点被压伏了，两挺机枪夺了过来，而他们班竟没有一个伤亡，这是他们平时练兵所得的效果。部队继续往村沿猛攻，战士们在敌人火力网下打滚冲去，雪花和污泥沾满了全身。接近了墙根，战士们把手榴弹隔墙投进去，底下用刺刀打洞，经过一番苦斗后，占领了东北角□□□一线的院□，立即进行巩固阵地的布置。在这里，他们一连打垮了敌三四次的反冲锋，最后当敌人转向东面我友邻部队的突破口反攻时，二营立即向村内发展。敌人受到正面的压力，很快缓和了对我友邻的反冲锋，东面部队继续恢复阵地，并向纵深发展。从村外围到村里的整个战斗过程中，我们轻机枪手们紧紧地跟随着冲锋部队，扫射敌人，掩护我军前进。六连的一位机枪手，两脚差不多被敌人炮火打断了，营长派人要把他背下火线，他说："我不能离开我的机枪！"无论如何不肯下去。在火线上，热烈澎湃的士气，有□排山倒海，使任何凶□的敌人也胆寒。

当三营开始反攻，二营的三支利剑射出后，第一营的战士们就直向十家町村正北的敌人扑去。四五百米的开阔地只用了数分钟的时间就通过了。这时，敌人东西两面的火力紧紧封锁着他们，中央正是敌人的前沿指挥所，敌人六○炮、钢炮、机枪、步枪弹密密层层地喷射出来，但战士们的杀敌情绪超过了一切。这个班□这个战斗组伤亡了，剩下的人不待别人指派就自动补充到别的班里去，继续上前搏斗。入伍不到一月的新战士，一样表现了为人民英勇奋战的精神。好些战士自己身上负了伤，仍旧紧握武器爬在临时阵地上，□着鲜血透过棉衣往地上流淌。有些接受了劝告的伤员，能走动的便自己提着枪离开火线，拒绝了担架队的救护。全体指战员都同仇敌忾，一个念头：快快地彻底地消灭敌人。在这样急速冲杀、力求速决的紧张关头里，以致营的干部顾不得建立自己的指挥所，他们亲自到最前面掌握突击队（实际上也就是各连的主力），指挥投弹组和□弹组。二营最后攻到了村沿，接着穿墙贯壁，占领了几处院子。在一连攻进的一个院子里，敌人死活不缴枪，一个指挥官举起手□射击，排长盛保生□嗖地钻了进去，把敌人抱住了，经过数分钟的搏斗□，终于把院子里的敌人肃清了。一营站稳脚后，打垮了敌人数次的反复冲锋，他们在正面采取稳打稳扎的战法。另一个排却大胆地，出敌不意地一直冲进□村中心，□过了东□□□，在街南占领了一座院子。这样，就从全村的当中把敌人分割开了，使敌人陷于危险的局面。

与正面部队攻入村庄同时，我军东、西、南各方面的部队先后攻进来了，逐院逐屋展开争夺战。我军大部分□枪的缴获，都是经过猛烈搏斗后得来的。在大街上和房子里，到处散布着敌人的死尸和被炸死的许多牲口，到处散布着炸碎了的手榴弹木柄和尚未爆炸的手榴弹。在村落战进行中，天色已近黄昏，房顶上升起了大火，照得满地通红。整个战斗就在下午六点左右胜利结束了。从三点发动全面总攻开始到战斗结束止，仅仅进行了三个钟头。此次战斗的特点是：彻底、干脆、速决！

（《晋察冀日报》1947 年 2 月 18 日）

四大家族就是危机

《解放日报》

【新华社延安十九日电】延安《解放日报》昨日发表题为《四大家族就是危机》的社论，抨击蒋介石关于经济紧急措施的谈话，指出今天国民党统治区的经济恐慌的根源，就在于美国帝国主义对华的侵略，就在于蒋、宋、孔、陈四大家族的统治。

社论称："如所周知，如果今天没有大量美货泛滥中国市场（去年入超达一万亿余元），没有大量美国资本（四十亿美元借款、租借物资和剩余物资，以及如陈纳德公司及百多家美国在华公司的投资）控制蒋介石政府和中国的金融工商业，如果没有像蒋美商约之类的卖身契，乃至如果美国不从军事和政治上如此支持蒋介石反动集团，维持独裁、进行大规模内战；试问中国的工商业哪里会如此倒霉？中国的财政通货哪里会得如此混乱？而今天这样的恐慌又从哪里来爆发？再则，如果中国没有蒋、宋、孔、陈四大家族的卖国专制腐败统治，没有他们利用其无限的政治权力操纵垄断、投机冒险、逃税走私、巧取豪夺（蒋介石今年元旦演说），没有他们一心一意卖国，在美国帝国主义支持下放肆进行内战，那么中国的和平生活早已确立，政治协商会议的各项决议早在实施，民主的财政经济政策早在实行，中国还哪里会有像今天这样性质的经济危机？"

该报驳斥蒋介石关于经济危机根源的谬论称："蒋介石说经济危机的根源是因为八年'日寇侵略之破坏'，这话可信吗？解放区军民在敌后苦战八年之久，其受日寇的破坏不知超过国民党区多少倍，但解放区却只见人民安居乐业，不见经济危机。蒋介石又说这是因为共产党'尽其破坏经济之能事'，这话可信吗？即使退一万步讲，照蒋介石说的推论,那么没有受到共产党'破坏'的蒋介石统治地区,尤其西南各省,应当是经济十分稳定的了?但是为什么在那里工商业还是大批倒闭,民穷财尽到那般可怕的地步?为什么在以'破坏经济'为'能事'的共产党领导下的解放区,经济倒反十分稳定,见不到危机的踪影?"

社论并列举无可置辩的事实,将解放区与国民党区的社会经济做了一个显明的对照:"中国解放区的面积大过五个法国,人口超过美国,但是整个解放区却没有乞丐,没有失业,没有盗匪,也没有什么财政危机和经济危机。这里的物价稳定,各阶层人民正走向丰衣足食。而后者的经济体系则早已存在了深刻严重的危机。远的不说,最近五个月来,据极不完全的统计,上海、武汉、广州等二十个城市,工厂、商店倒闭二万七千家,物价上涨较抗战前达万倍以上,农村的破产更不待言。与此同时,蒋政府的财政更加百孔千疮山穷水尽。"

社论指出蒋介石"解救目前经济危机的妙计,首先他'尤望各友邦认识恢复经济安定(?)自力更生(?)之措施,……予以同情及谅解',就是说美国须从早拨付五亿元贷款。其次就大骂一通中国共产党,目的在动员其国内外反动势力继续大打,企图用内战维持其独裁专制。至于实际'解救'危机的措施,除了重弹'遏止投机'的老调,加强管制吞灭中小工商业,更好地庇护四大家族之外,还有:(一)除军事费用最为'必要'外,其他建设一律停止;(二)蒋管区同胞必须更加勒紧裤带,来'拥护'四大家族的反动统治;(三)物价尽管上涨,负担尽管增加,但职工工资必须实际减低,而且决不许可怠工罢工争取改善待遇,违者'从严处罚'。因此这一办法实施的结果,正如火上加油,使财富更加集中到四大家族手里,人民大众更加贫困,新的危机必然更加严重"。

该报引用中共中央毛泽东主席的话,指出蒋、宋、孔、陈四大家族的所谓"国家"就是"大地主、大银行家、大买办阶层的封建法西斯独裁国家",他们所实行的主义,就是"封建的买办的法西斯主义",而今天站在他们背后并为之撑腰的,则是美国帝国主义,因此美国帝国主义的"关切"今天国民党区的经济危机,和马歇尔声明将继续援助蒋介石等,这是很自然的。但是美国帝国主义的这种援助,甚至共和党的纽约《先驱论坛报》也说,只能"延长痛苦",而且"美国的金元甚至美国金元加上军需供应,都不能使此项政府(指蒋政府)永远维持政权。"

社论结论:"蒋介石所领导的四大家族的统治,乃是中国人民的最大耻辱与灾难,他带给全中国人民的只能是奴役、危机和死亡。二十年来国民党统治区人民的经验,和九年来解放区人民的经验,都最好不过地证明了一条真理:如若要中国免于饥饿、恐慌与衰亡,就决不能有帝国主义的侵略,决不能有四大家族的统治,而必须实行政协路线,建立一个真正民主的联合政府。"

(《晋察冀日报》1947年2月21日)

永定河北

杨朔

请别见怪,有些事情不便泄露,我不能在文章里写出人名地名,只可笼统告诉大家,这些事发生在永定河北,离北平六十里,正是所谓"天子脚下"的"畿辅重地"。那一带也够紧了,宽不过四十里,长也只是个六十里,可是前有北宁路,后临永定河,还有条北平大名公路从北往南直插过去。永定河常闹水,百姓又吃过清廷跑马圈地的害,穷透了。张眼一望,到处是一片黄沙,村庄里净是东倒西歪的小土房,财主家的高房大厦显得格外刺眼。前年秋里一解放,民主政府对土地的法令是减租,百姓却张着手道:"要就要死的!"先自在去年春天部分做到耕者有其田的地步。不想当年五月十五号,蒋家强盗嘴里嚷着和平,动手打进永定河北。先后占领庞各庄、榆垡、礼贤、旧州以及一些小地方,串通反动地主,到处成立还乡团、自卫团,满心想把人民武装挤到永定河南,把百姓再打到泥里去。

百姓□纷纷地参加了大队小队,人民武装也没挤出去,倒转到强盗背后,大游大转,躲开主力,专打小股。这一阵闹腾啊!从七月到八月,兜了白塔大乡公所,打了大狼垡、梨园,还在永定河北岸的曹各庄歼灭了五十多还乡队,有些家伙倒真叫人民武装打进河岸的烂泥里去。强盗们一慌,连忙缩到几个大据点里,我们的地方工作人员紧跟着散到四处站住了脚。这叫作"趟露水下籽"。这些籽长得怎样,且看后文。

有个姓褚的恶霸,大儿子当过日本人的大乡长,出名的歹毒,东敲西诈,弄到几顷地,叫老百姓清算了。顽军一来,大儿子当了自卫团长,他又得了势,风是风,火是火,把百姓召集一起,立逼着大家

退地。当夜，原班人又集合了，褚某没召集，也叫人带来。一个民主政府的区干部点着他的脸道："百姓拿你的地，天理应当，我们决不许你再夺回去！你想逼死大家，大家也不能挺着脖子等死！"当场就收拾了他。区干部又对他二儿子道："只要你不做坏事，村里有你的房子有你的地，照样过日子，你哥哥当自卫团，杀人要你家偿命，抢东西也要你家还！"二儿子服了，大儿子怕牵累家里，也不敢再当自卫团。这一来，被清算的地主谁也不敢炸刺。

这叫"剥芽"，不让坏种繁生下去。是不是一味剥下去呢？一个自卫团的小头目被俘，他家里知道是要命的事，预备下棺材，只等收尸。他忽然活着回来了，见人就说："八路军连我都放，别人更不要紧了。"自动写信给他熟悉的自卫团，劝他们归正。这村原有三家反动地主，诓走十七个人去当自卫团，跑的跑，溜的溜，剩下的几个也不敢作恶，强盗们一来，全村就跑，始终不支应敌人，倒变成我们的根据地。

就这样，武装打开局面以后，地方人员跟敌人夺起村庄来了，一个一个，逐渐转到了我们手里，政府法令依旧执行。强盗们慌了手脚，把些村公所搬进据点，怕我们瓦解，骨子里想照样能从这些村里抽给养。

先前百姓分的地，差不多全保住了。不但这样，还在继续做土地改革呢。远在敌后之敌后，也许有人以为这是梦话，其实只要八路军在，老百姓又怕什么？光地方武装还不算，主力也说不定那会就来了。配合平汉线战役时，一伙人轰地便拿下礼贤。过不几个月，又轰轰烈烈的一□阵，庞各庄、天狗院等据点全给削平。八路军能占乡村，特务又压下去，百姓还有什么顾虑？有的村庄不正在诉苦要地？这就更能扎紧我们的阵脚，往前夺取村庄。

蒋家强盗自然不会坐着不管。北宁路上一个团、平汉路上一个团，再加上零零碎碎的自卫团等，也算严了。只是不争气，常开小差，一打仗就送死，谁不腻味？本地人更常接到家信，劝他们回去，或是跑到北平，要不也别做坏事。也不是家里的母亲老婆爱听八路军的话，人家同志们说得本来对嘛："你愿意当绝户吗？""你愿意当寡妇吗？"不愿意，为什么让他们替蒋介石来送死呢？再说，当顽军实在丧良心，硬逼着庄户人家买枪，五十亩地就得买一条，二十五亩的两家一条，摊派勒索，从去年五月到现在，每亩地足出了八十多斤粮食。还抓丁，十家就要一个人，不去便得出四十到一百石棒子，买人顶替。顽军到底生财有道，廊坊一个连长卖起自个的兵来，两百万一个人，卖了再去抓新的。这哪能不惹人恨？连些地主都死心了。阳历年时，敌人派出六十二军九十五旅的两个团"扫荡"了五天，末尾像大海捞针，弄得这支"常胜军"好头痛。八路军动都没动，就依靠着百姓□一根汗毛也没断。

这是个胜利，前面却摆着更艰苦的战斗，敌人决不会放松这块地方，"扫荡"会更紧，永定河北的军民也铁了心，定要从"天子脚下"争出来，打翻那些妄想做皇帝梦的人。

(《晋察冀日报》1947年2月22日)

吕　芳

韩书田

"你不要难受,我知道你的困难,可是哭又有什么用呢?"我一面安慰着她,一面掏出手帕给她擦眼泪,可是她越哭得厉害了。

平常,她不像有些年纪较小的女同学那样:考试不及格,哭;批评她尖锐些,哭;别人对她冷淡了,哭;有谁无聊地给她造几句恋爱的谣言,也哭。吕芳这孩子,自到校后是从未哭过的,只是肯瞪着两只大眼睛沉默地死盯一个地方。可是这次,她竟这样悲痛地哭着,简直哭得说不出话来。

沉默了,我还能说些什么呢?

由于蒋美反动派的进攻,学校要由张家口转到乡下了。同学们提出一条行动的纲领:"跟共产党走,跟学校走。"

昨天吕芳也来我屋子里报名:

"我跟学校走!"她这样坚定地说。

"好!跟学校走是对的。"我说,"你可以准备准备。"

"我没有什么准备的。"她说。

停了一会儿,她突然提出一个问题:

"先生,'尽忠不能尽孝,尽孝不能尽忠'这句话对吗?"

"这个问题是什么意思?"我反问。

"没有什么意思,只是问一问。"

啊!我知道了,我得把问题弄得更明确更实际些。

"这种说法基本上是不对的,比如参加革命,这可称是'尽忠'了吧?但一时需要离开父母,像现在你要跟学校走这种情况。你能说不是孝吗?我看这就是忠孝双全,你只要从大的方面一想便会认为我说得对。相反地,成了反革命,那就是既不'忠'又不'孝'。"我停住了,留意看她的表情,可以看得出来,她是接受了我的意见。我感到还应当给她说点别的:"一个人,尤其在青年期,在自己的人生道路上,常常会遇到岔路。这时候,便需要聪明与智慧、胆量与勇气,否则便会走错了路。现在你正处在这种情况,很明显,跟学校走,就是说跟共产党走,是正路,是光明的路。相反就是黑暗的错路,或者是停步不前。"

吕芳睁起大眼睛,呆呆地听。

最后她说:"我坚决跟学校走。"便出去了。

我应当告诉的话已经告诉了,这是昨天她报名时的事。可是现在她刚到我屋子里,还没有说几句话便这样大哭,也真使我束手无策。

"吕芳,若实在有困难的话,那你就不要走了。"我这样慢吞吞地说。

"不!"她坚决地回答。

我又没话说了。过了一会儿,她停止了哭泣,低声地告诉我说,她母亲一知道她要走,马上便哭起来,而且她病刚好。

"那么,是你母亲不叫你走?"我问。

"她也没说不叫走的话,只是难受地哭。"她说。

吕芳才十五岁的女孩子,山东济南人。她哥哥在几年前被抓到宣化龙烟铁矿做工,有个叔叔在归绥,她也不知道是干什么。日本投降前一个多月,因为家里的日子实在难维持了,她便随她的父母离开济南,准备到宣化找她哥哥,若找不到,便去归绥找叔叔。可是不幸得很,走到天津,父亲便病死在一间客店的阴暗小屋里——只剩下她和妈妈。"你说这怎么办?"每当叙述到这里她便这样问,最后还是只有到宣化一条路。于是,她们到宣化。可是,找来找去,找不见她哥哥。她们又到张家口,这时日本已经快投降了,情况有点紊乱,去归绥又不好走。钱已经花光了,她娘儿俩只得沿街讨饭——很快,八路军到张家口了,发了救济粮。她们有了吃的,住下来。过几天,在街上突然碰见她哥哥,他这时在咱们的公安局里当警察呢。她们是多么兴奋啊!

以后,吕芳以公费待遇进了中学,母亲做点针线活,日子满过得去。她们想起了父亲,她哥哥到天津去,想把父亲的棺木运回,至少可以再好好安葬一下。但是,事情可实在不随心,哥哥一去便无音讯。

这是她们一段遭遇,现在就剩下她和母亲了。难怪她母亲一听她说要离开便大哭哩!

"好,我跟你去家里走一趟。"说着,我戴上帽子和吕芳一块儿走向她家。

到她家后,吕芳把我给她母亲介绍过,我便坐到坑沿上。她母亲已经是上年纪的人了,头发花白,正坐在坑上做一件灰色的棉军装。

谈过几句闲话后,便把话转入正题,她谈起她们的遭遇,谈起对八路军对学校的感恩:"真是救命恩人,真是救命恩人!我一辈子第一次见。"她不断地这样说,她又说她闺女若不是共产党八路军怎么能上学?死活都难定。她提到她很愿意吕芳跟学校走的时候,眼泪即刻便流出来了。

"别难受,老太太,这样与你的身体不好,处在这种年月谁都有灾有难,就在咱们谈话的这工夫,还不知有多少儿子和丈夫给国民党杀害了!多少人们的家庭被拆散了!"我觉着我的声音沉重起来:"你知道做的这件灰棉衣要穿多少弹孔洒多少鲜血?"我拿起棉衣抖了一下,接着说:"这都是谁给我们的灾难?过去你是知道的,是蒋介石引来的日本鬼子,日本完蛋了,蒋介石又叫来美帝国主义。这狼心狗肺的卖国贼,这不是人的畜生!蒋介石。"我停了停:"老太太,你想想，你的儿子为什么不能回来？吕芳为什么又要离开你？"

她沉默了……泪滴着。

她停了一会儿说道：

"我愿意叫吕芳跟学校走，可是丢下我一个人怎么办？"

"不要怕，你上了年纪，暂时不能离开，做针线活先维持着生活，我们走不远，不久就会回来的。"我说。

"呵，你们就会回来吗？"她着急地问。

"是的，一定要回来，那时我们再来看你。"

最后，她肯定了：

"走吧！先生就是你的亲人。"这样叮嘱吕芳。

"是的，学校就是家庭，同学们就是姐妹兄弟！"我说。

又坐了一会儿，便走出了她的家。

吕芳跟学校出来了。

学校转移到一个乡村里，已经开课两个星期了。

一天的晚上，我正在家里写日记。窗外刮着大风，把窗纸吹得哗哗地响，"吧"的一声，未曾关牢的一扇窗户被风打开了。菜油灯最后挣扎地闪动了几下便熄灭了，屋内是紧张的黑暗，我失掉知觉似的，又像被什么压住似的呆坐在椅子上……清醒了，我关牢窗户，又点着灯，拿起笔。

突然门开了，进来的是吕芳。

"好大的风呀！"她说着坐到坑沿上。

"是嘛，刚才把窗户都吹开啦！"我说。

吕芳站起来走到桌前，随便地整理着被风吹乱的头发。牙齿咬着，眉头紧皱着。焦躁与愤恨的表情掩盖了她的脸。我想，她一定有事。

"有什么事？"我问。

"我——没有什么。"她低声地回答。

"不会,有什么事你讲吧,不要闷在心里。"我说。

她不说话了。

"是不是和同学们闹别扭?"我问。

"不。"她摇了摇头。

我抽燃一支卷烟,站起来来回地走动,走到阴影处,我悄悄地看了她的那仇恨与悲痛所凝聚的神色,她的脸使我感到像将要爆裂的炸弹。

"吕芳,不要这样。有什么事讲吧。"我走近她。

突然她扭过脸转向我。

"先生,怎样才能报仇?"她用力地吐出了这句话。

我的心突然紧张了起来,窗外的风刮得正猛。

"你说,先生,我怎样报仇?"语气又是那样的沉重。

"你怎么啦?"

"怎么啦?"她停了停,"我妈死了!"

"什么?"

"我妈被蒋介石反动派害死了!"

禁不住我的眼泪流了出来!但是,吕芳没有流泪,许会已经给怒火烧干了吧!

我的感情当时是那样的混乱……

我极力控制着我的眼泪。

"吕芳,这是你的不幸!"我刚刚开口,她突然放声大号。

"不要哭,吕芳,现在不是哭的时代,整个的中华民族处在不幸中。比如我自己,已经离家十年了,谁保险爸爸妈妈还活着呢?"

"是的!不!不应——该——该哭!"她的声音战抖着。

"你想到报仇这就对了。我们的仇一定要报,一定能报——"我还没有说完。

"我上前线!"她抢着说。

"能上前线当然是好的,但是,当没有能去之前,努力学习也是报仇的方法之一。其次要牢记住你妈妈的死。"

"我永远记住了!"

风还在刮,我拨了拨灯,添上油,屋内亮起来了!

"我回去。"她说。

"好,晚上好好睡觉。"

我送她出了院门……

一周后我接到一封信,一看便知道又是吕芳从前方寄来的。

"我们又打了胜仗!又俘虏了四五百,真使人愉快!不知怎么的,我对医务工作感兴趣了。每当给那些受伤的亲爱的同志包伤或换药的时候,我总是兴奋的!讨厌的是给蒋介石王八蛋的士兵包伤。我想,叫他们死了算啦!不知怎么的,我到工作岗位上还不久,算计起来,给他们包的比给咱们的还多哩!我也懂得蒋介石的士兵都是被欺骗的可怜的老百姓,不应该讨厌他们,但总是不行,一看见他们那身衣服,一想到我们同志们身上的子弹是他们给打进去的,不由得就恨他们、讨厌他们。告诉你,先生!我在前三天还跟一个反动派的连长吵了一架,我当时简直想打他一个耳光。过后我受了点批评,以后再不这样啦!要争取他们。"下边她问起学校的情形:"你们投手榴弹了吧?我每天早起投手榴弹,真好呀!我学会打枪了,有机会我要学打机关枪,好上火线。先生,可能是由于我的小资产阶级感情吧!我有时把自己和在电影里边看到的打机关枪的苏联女同志相比呢。"最后她要我给她找两本战地救护或医药上的书。

前两个来月,政府号召参军。吕芳坚定地报名:"我一定要去!"最后批准她了,临走的前一刻,她急忙地跑到我跟前:

"先生！我就走啦！打垮反动派再见！"她兴奋地说着。

"不！前线上见！"我说。

她掏出小笔记本，叫我给她写赠言。

我写着：

"永远跟着毛主席前进！祝你去做英雄！"

（《晋察冀日报》1947年2月22日）

保定小景

——"无期囚徒"纷纷逃亡,白昼行劫时有所闻

宁本年

保定的兵分三种:一种是"飞来的"(蒋嫡),一种是"伪军变",一种是"护地狗"("还乡队"、保定大队)。飞来的兵且不谈,这些"伪军变"和"护地狗","伪军变"每人每天规定是发二十二两五钱大米、一百元菜金,但从师部经团、营、连层层的剥扣以后发下来,就只能换成勉强饱肚的棒子面了;对"护地狗"每天除发半斤棒子面外,什么也不管。据刘化南部六团×营投到解放区的一个机枪连长谈:自去年九月到今天,只过年吃了两顿面,至于煤炭仅能蒸熟棒子窝窝,开水是喝不到的,士兵们因没有热水一星期也洗不上一次脸。刘化南部住在老仓库等阴森的大空房里,连长都无煤火,士兵大多是二三个人一条军毯,有些夜间必须互相围抱才能度过。士兵患咳嗽病的极多,病号也很多,病了没人管,吃不下饭是"活该";也没有药吃,只有听着等死;并且用不着等病号断气,就被夜间抬出去活埋了。

士兵们流传着这样悲痛的话:"咱们这个监狱简直是无期徒刑。"因此逃亡特别严重(士兵叫"逃命")。官长们曾提出很多办法:班长坐夜班、睡觉连环保(当中人跑了左右负责)、安电网(但因□电灯都不着,哪里会有电呢,他们依然越过电网"逃命"),可是越限制"逃命"的越多。哨兵黑夜在岗楼上用刺刀挖开枪眼,成班拉跑的很多,甚至排连营长也要"逃命"。如刘化南部下二团□营长田南生、二团□营杨营长、三团三营营长丁瑞田、一团□营孔营长(现刘化南一、二、三团改为四、五、六团)都"逃命"了。所以士兵都

希望出发打仗,因为一打仗便是"逃命"的好机会。出发前他们都高兴地挤眉弄眼地说:"送礼去……这回'许'熬出去了……"只怕自己当不了俘虏。

保定城内抢劫案日有所闻,多是"飞来的国军"干的。他们在唐家胡同□死一个女生抢去金戒指。五十三军在西关大搜店客,城内第一楼下鸿张布铺的老板阎迪堂于一月二十七日在□聚隆银号换了二十万元,被一个穿灰军装的劈手夺去说:"我借着用下。"阎老板拉住不放,被他"拍"的一枪,穿胛而过。

(《晋察冀日报》1947 年 3 月 30 日)

欢送翻身队

【新华社冀中二十八日电】定县新解放区翻身农民热烈欢送翻身队。该队为该县委抽调县区干部及已翻身之农民骨干所组成，于一月三十一日赴新区帮助农民翻身，现新区土地改革初步胜利完成后，翻身回归时，新区各村翻身农民纷纷慰劳、赠奖。七区除全体翻身农民统一慰劳翻身队每人一块毛巾外，总司屯、高头村的翻身妇女并赠做烟布袋，上面并绣有"翻身之乐""赠给工作组"等词句，另外还有二十五个村共同做了一面大旗，赠给翻身队，上面写"革命志士友爱先锋"八个大字。大家还凑款，让他们到城里洗澡，并说："你们为俺们翻身，不怕冷、不怕风，今天请你们城内洗去为俺们翻身那身汗泥。"翻身队坚辞，但辞不过大家的这种诚意。六区东汶村等三村翻身农民三千余人，锣鼓喧天结队欢送，并高呼口号："帮助我们翻身，我们永远忘不了你们！你们是我们的亲人，祝你们身体健康！"直送出二里多地，全体翻身队仍阻拦不住，王主任满脸笑容地感谢大家说："你们让俺多不落意呀，天下农民是一家，俺们来帮助你们翻了身，这是应该负的责任，今年希望你们更团结一致，继续努力斗争，胜利完成我们的大生产和备战工作。"话未说完，东汶村行列里走出了一位六十多岁的老头，拉住王主任的手，眼中含着恋恋难舍的泪珠说："你们真走吗？你们救活了我们，没有别的……"说着他从口袋里摸出了一盒烟卷给大家吸，王主任不收。老头着急地说："你们如不要，就是瞧不起我。"他的赤诚也深深地感动了大家。翻身队在光荣前途中，精神异常振奋。有的说："早先这里的老百姓见了咱们有些害怕，现在比一家人还亲。人家对咱们这么好，这总不会忘记他们，老解放区和新解放区的人民就更团结了。"

（《晋察冀日报》1947年3月31日）

她要活，她活了！

宁千

提起"蝇长"来，在完县城关，没有一个人不知道——一个赤身露体、肮脏异常的，半疯的讨饭吃的女人。她三十六岁了，北关人，丈夫刘洛树在世时，干一个用火柴洋针换破烂（棉套破衣、碎铜烂铁、头发）的穷勾当，虽家中只有二亩半地，欠外债不少，但还可以糠一顿菜一顿地勉强着维持生活。十二年前丈夫因贫困生活所迫终□过度操劳致疾，告别了她和未满周岁的女孩刁儿及三十元的外债，含恨而逝。死后殡埋，及债主的催逼，只得忍着痛把仅有的二亩半地卖掉还不够。"人在人情在，墙倒一溜推"，有谁管这没人没势的娘儿俩呢？从此她便陷于极端贫困的生活重压下，开始了乞讨的生涯。

头一年要饭，真是难过，首先就是放不下脸皮。不去吧，肚子饿；自己还好说，孩子哭得却实在心疼，因此便卖些家具东西贴着。吃到最后，甚至连那口做饭的小锅也都卖掉了。身上的衣服凑合着还算未赤身露体。第一年总算熬过去了，但以后的日子却难熬了。她十二年未梳过头未洗过手脸，十二年过冬的衣服就是披在身上的那条破麻袋，夏天单衣就是围在腰中的那件破衣片，孩子总是光屁股到冬天，黑夜是靠烤火度过。因偷点柴火时常被捉住挨打，受骂。但她要活……太阳出来暖和些了，出去要点饭。怕的是天下大雪，一年因下大雪把仅有的一张炕席都烤掉了，因怕冷大小便总是在屋里，夏天苍蝇却总是蜂围着她，"蝇长"的称号从此得出。特别讨厌的是顽皮的孩子们，时常尾追着喊着"蝇长过来啦！嘿！蝇长真威风呀！带着这些个护兵（指苍蝇）……"她不论到哪里，吃顿"贫气和白眼"是再便宜也没有的了，讨饭更不愿给。因此在集市上，或到菜园中硬摘些坏瓜烂果，秋天到地里找点豆角棒子是经常的；有时便到人家猪圈里挖□□泔水吃！险恶的境遇刺激，使她得了精神病，时常唠叨咒骂，因而人们又给她加上"半疯隔膜"四个字。过去有钱的"老爷"们常说"愈穷愈懒愈不要脸?!"或正因为□吧！

但今天"蝇长"变成人了，我军解放完县城后，首先改造了她，帮助她过好了光景。开始干部群众没有信心，说："她半疯隔膜，不知道干活，谁要改造了她，算成神了……"村干部开会讨论，许多人感到难帮助她，但模范干部刘洛吉（村合作社主任）和妇联主任王树花有决心，全体村干部挑战，若改造有成绩时，村副等情愿各拿出二斗玉米相助……开始改造也真难，险恶□旧社会境遇刺激，不仅使她得了精神病，也使她忘记了生产，就连纺线也不会了。刘洛吉首先亲自帮她把十二年来未打扫过的两间破土屋打扫了一下，背出的灰和粪就二十四大筐。妇联干部亲自给她梳头，动员了衣裳给她穿上，就连饭碗也是村中帮助她的，村合作社给她买了纺车，给她半斤红棉花叫她纺线。开始纺不成，妇联干部拿着她的手教她。起初纺得很粗，卖不了，村社干部亲自给她拿到五里以外的胜家庄，卖给织豆腐包子户。为了鼓励她努力纺，把政府贷给她的三斗米，由村社保存；每天让她纺两个穗子交到村社，即给她半升米，纺四个给一升，纺得细匀了，格外加价。所以她情绪非常高涨，有时整纺一夜线。两个月后不但纺得又细又匀，而且每集（三天）能纺一斤多，挣半斗多米。十三岁的刁儿上隔日制学，参加了儿童拨工组，打的柴火烧不完。去年夏天母女穿上新白柳条单衣。土地改革她积极参加了斗争，因债而逼卖的二亩半地又分给了她，还分得不少粮食钱，过年吃上三斤猪肉和半斗麦的白面，穿上了崭新的黑棉衣，头梳得光光的。虽然舌头说话时还有些不太清，但谁也知道她不疯了。现在刁儿也学会了纺线，她高兴地说："……以前谁看俺娘儿俩当人……想不到还有今天……今天我们娘儿俩纺线就够吃了。这二亩半地打的粮食我存起它来，过三年我也耕三余一了……"

（《晋察冀日报》1947年3月31日）

南支合天晴了

王宅之

"文武衙门"齐拉倒

定北四区南支合村土豪芦陆民（常住北平），他是在湖南当参谋长时，喝了一大批兵血而发财的，一下就盖了五十多间新房，磨砖对缝，画栋雕梁，真是堂堂乎衙门一样。又在北平买了一处很好的房子，自己享乐，因为有钱有势，所以在村中说一不二，真是十字街上跺一脚，四街乱动，没人敢惹。

事变前为反对平教会，芦陆民曾自锯小树，贿人做证，给学生会栽赃；侵占官道，叫全村大车给他拉土垫地盖家庙，用高利贷图谋占去邻近的庄伙（好和他的连成一块）。对待婢女，打骂都是常事，在婢女出嫁时，除将衣服扣留外，还将累年积蓄的磕头钱亦行扣留，长短工人稍不如意，便拳脚齐下。在民国六年他放了五十元的账，要求灾民给他挂了一块"乐善好施"的匾，可谓无耻之极。平时村人对他敢怒而不敢言，万一得罪了他，一来怕他收地，二来怕他写一个字条儿，把你送到衙门押起来。

芦陆民的罪行，群众一一记在心里，在土地改革中，群众都起来要和他清算，在全村的群众大会上，过去被他压迫的人，痛哭流涕地说："我的冤屈，只有现在才敢说。"农民在诉苦后把芦的罪行算了一算，给他留一处新庄伙和四十亩地，其余房地分给农民，偿还血债。当群众欢天喜地去分胜利果实的时候，他的长子芦坦甫（外号大铁勺，取滴水不漏、一点小亏不吃的意思）手拉几个小孩，大哭求饶。一农民说："你们也有今天，那年我欠你三元的利钱打不上，逼得我腊月二十七卖了一头驴。"有的说："你别不知足啦，这样你家的生活，比我们高得多，大家伙是照顾到你们了。"

和芦陆民住在一道街上的王宋坡（常住北平），外号人称笆尔密，历任抚宁、玉田等县长。那一任也喝的民血不少，只在玉田一次，即受贿数万元，引起群众的反□，把他赶跑了。王拿喝的民血，刮的地皮，买了□顷多地，开了几家商号，还盖了一处新房子，也好似衙门一样，所以村人称之为"文武衙门"（芦陆民为武衙门，王宋坡为文衙门）。

在这次清算斗争中，群众一致愤恨地说："问问他这家业是怎么来的，是不是净从我们老百姓身上刮的？现在一定要还我们。再说抗战才开始，他们全家就都跑到北平去享福，他大儿子在天津抽大烟，娶小婆，当二房东，家里的勤务也不出，负担也不拿，只留他外甥王洛晋支应着，各种负担他都抵赖不掏，今天好好和他算算吧。"结果给他在家的大儿媳妇（芦陆民之女）留十五亩地和一处老庄伙，维持她一人的生活。

满脑瓜子变天思想，回去天没变

还有一个头号地主王振垚（已故），外号人称王八顷（因他有八顷地）。他家的地，确实多少，谁也搞不清，但对村中则只报四顷零四亩。他两个儿子，一个在井陉当矿师（王启光），一个在天津做洋事。他在生前，曾在袁世凯总统府内当秘书，为了拥护袁世凯做大皇帝，曾做了龙衣，佃户因为欠他二斗租，逼得把亲生女儿卖了二十八吊钱，还他的租子。

抗战后，他家即全搬到天津去住，他家的负担总是推诿不交，并且以多报少，让群众替他来负担。

自敌人重占王京后，他大儿媳觉着又是蒋家天下，马上从北平回去，准备重整家园，还过那压迫和剥削人的生活。哪知不但天没变，相反地村中正开清算斗争大会，多年来拼死抗战坚决自卫的农民要求从剥削中翻身。群众把她叫到会场上，有的要她退租退息，有的要她交补负担和补充劳役。别村佃户也来参加清算，结果给她留下九亩地和一处老庄伙，其余全数分给农民。

南支合的恶霸地主都被拉倒了。清算大会上，翻身农民兴奋地说："我们这样做，是实行'耕者有其田'，现在人人有饭吃有衣穿了，大家要团结一致，努力生产，保卫我们的胜利果实，永远跟着毛主席前进！"

(《晋察冀日报》1947年4月7日)

进据点缴枪

晓靖

【新华社华中五日电】"歪嘴"徐三郎在蒋军侵占启东四月来,一直苦恼着:我是四年多的老武工队员,抗日反清乡时在汇泰路上缴新式武器的是我,东安镇打死□鬼子的是我,在汇龙镇缴获快慢机,嘴上带花以"歪嘴"出名的也是我,可是蒋军来了却有人说:"地里鬼(还乡团)总认得你歪嘴,你不能上据点了。"我难道就不能再为人民立功吗?

三月二十六日清晨,北日镇据点街上到了一群小伙子,他们是从一条只准送蒋捐来往的小巷里进去的,领头的长个子,肩上背着一袋糠,布袋口咬在嘴里,把左脸遮住了,左手拿着篮子,沿着街道向西走,跟在后面有七个挑菜、挑柴、挑粮的。

他们走到操场对面的门口,在挂着一块"启东县第二区区公所自卫队"的大牌下站着两个门岗,背糠袋的人突然皱起眉头,但马上从容地在门前走过去。

"哪里来的?"门岗问他后面的卖菜人。

"上镇卖菜的,先生。"卖菜的边走边答。

"不行!站住!手举起来!"门岗拉动枪柄命令着。

说时迟那时快,背糠袋的人嘴一张,糠袋跌在地下,露出"歪嘴"。他拔出篮里的快慢机,一梭子两个门岗应声倒地。"歪嘴"叫声"跑上来",就冲进门去。迎门跑来两个慌张的自卫队员,"歪嘴"快慢机又一扫,两个人当场毙命。他们上一步扛起机枪,身边两支步枪向门外跑去,其余七个人也拾起两支门岗的步枪。

院子里在呐喊:"新四军冲进来了,快跑。"街上的蒋伪人员有的向东,有的向西,乱成一团。"歪嘴"便随着人们安逸地混出集市。

(《晋察冀日报》1947年4月7日)

醒 悟
——解放战士黄岭同志的自述

克仑

黄岭同志（大同城里人），是在大同北关材料厂战斗中解放过来的，是个二十来岁的青年小伙子。自小父母双亡，家景贫苦，为生活所迫，给一家老财放羊求生。一九四六年年初，在马占山的强令征兵中，被迫参加其骑兵十三团一连，当了五六个月的一等兵。

刚到八路军后，他对共产党怀疑，对我军不信任，经过了长期教育与其亲身体验，才真正认清了共产党八路军。

现在他彻底"醒悟"了，因此在工作学习上很积极，战斗很勇敢，他已光荣地参加了共产党。

从这个自述中，可看出解放战士过去受顽伪欺骗教育如何深刻，和我们团结改造工作如何艰巨。

我们补到马占山骑兵十三团时，□是这团刚从柴沟堡吃了败仗，跑回去的时候。我们那个连大概伤亡不少，当兵的们乱扯起来："谁谁都打死了""谁谁大概被活捉了！"人们全吓坏了，我这一听，吓得更不用说了。

连长常给我们说："八路军是土匪，他们最不讲理，只要叫他们捉住，你就别想活，不枪毙你也得让你来个倒栽葱（即活埋）。在柴沟堡叫他们捉住的，还不是全见了阎王……"

那会，因为大伙不知八路军到底啥样，都觉得连长说得很对，是真事，对八路军恨透了。

待了不到一个来月，有几个叫八路军俘过的弟兄回来了，人们都

觉着很惊怪，乱向他们打听，他们说："张家口可热闹咧！""谁说人家杀俘虏？不用说活的，连受伤的弟兄都送到医院去治。嗯！我们几个回来的时候，还给开路条，一个人还给了四千块钱咧……"

连长听说他们几个回来，觉着不对头，就把他们几个弄到队前臭骂吓唬了一大顿："叫土匪同化了吧？真不知耻，还有脸回来！……"回头又向大伙说："土匪埋人，不会让你们知道，叫他们回来，这是八路军的手腕……"我还是觉着连长说得对，别看这回没杀，下回就许活不了。

在那边还有好多人说："八路军里有真八路和假八路。真八路一天价监视假八路，有点小错时，就在小本上给你记上，不打也不骂；等你错多了，就在半夜里，偷偷地把你活埋了。然后，再向别人说，某某开了小差。"

那会我可真信服，我觉着当八路军真危险，我心里的话："死也不当俘虏，死也不当八路！"

材料厂那回战斗，我们顶不住劲，向后撒了腿，蒙头转向，不知怎的被一个同志一把抓住了，另外几个也没跑掉，我吓得心通通地跳，简直不知道怎么着好，心想：这下算活够啦！好几个同志给我说："不要怕！八路军宽大你们！"我哪会信呢！心想：拿枪子宽大吧？整天价提心吊胆得连饭也吃不下去。

听说要送我们到后方去，我们的心更跳得厉害了，有的说："山沟里见吧！非死不行！"有的说："这下算活够了！"我就说："也许不要紧！"我嘴里说着壮胆的话，心里可就没有一点底。我们老商量着跑，但找不到空，没了办法，拿不下了个主意。"豁出来吧！死就死！活就活，由他们吧！……"

到了新保安，就把我们集到一块受训，指导员整天安慰我们，讲宽大政策。我们的生活改善得也很好，我慢慢踏了点心，心里这么想：这下！命许保住了！后来别人又有这么说的："人家不会白养咱们，死不了也得叫咱们给他卖命，打仗时净给人家踩地雷……"他们有的跑了。这一讲，我又忽地想起了"真假八路"来，又觉着没有活路，又有想跑的心；可又感觉着这里生活很好，想来想去，最后打算："豁着咧！我也没有挂念的，看看八路军到底怎么样？……"

不到一个来月工夫，我们就补充到部队上来，这会我的心又不安啦，嘴说没关系，可是不由得心跳，我心眼里自个嘱咐自个："小心着真八路！"

我到了三排，正赶上行军，排长说："你没有走过远路，我给你背着背包！"班长和同志们也乱抢着背，还安慰我："脚痛要言□呀！咱们好想办法！"一道又说又笑，我的背包没有在我的肩头上挂过一会，我心想：这些同志对我怎么这样好哩？我很纳闷。

到了宿营地，班长看我洗脸没手巾，忙把自个的一块新毛巾送给我，还告诉我："有啥困难尽管提！没关系！"别的同志们也送了我好多肥皂和钱。我感觉比受训那会还得哩，经大伙儿解释后，我才明白团结帮助是八路军的优良作风。

同志们常常和我拉话："咱们是共产党领导下的八路军，是为老百姓办事的军队，他有三大纪律八项注意，和国民党阎老西的军队根本不同……"那会我老是听着不入耳，又恐怕有真八路，我只好说："对……对！"我心里的话："不杀俘虏我信，不打不骂我信，什么这个为百姓，那个为人民，我就看不透。八路军打仗还不是为毛泽东做官，哪有真为百姓的军队？"每当他们这么解释，我总是不耐烦听。

有一天班长和我聊天，他说："咱们八路军净是不愿受压迫的老百姓组织起来的，处处为老百姓着想。你看吧！咱们解放区里找不到什么要饭的人。"

班长这一说，我很耐听，可是我还不太信，我心想：卖瓜的谁肯说瓜苦呢！吃谁的饭说谁好嘛！

我又想：好不好，老百姓会是公正人，我等着问问老百姓。在南下时宿营地到了小东峪，我就找了一个老太婆拉起套来。我问她："你们村里有要饭吃的吗？"她说："同志！八路军来后，这六七年没见过要饭的。现在把那些土□们的土地也改革给穷人了，我们村的庄稼户们差不多全有地种了！"我回到班里，又和房东老太婆说了□□，她可说得不一样："这几年，摊粮派差，闹得人们差多了。我们租出去的二十多亩地，现在也算成了人家的，家里人都没种过地，闹得我们谁家也不如了！"我又问她："共产党对老百姓怎么样？"她说："不怎么样！我们也没沾光得济！"

我听了她俩的话，觉着不对头，我就想"怎么解放区的老百姓，也有的反对共产党呢？"我又忽地一下子想起了同志们的话："共产党八路军是为穷人谋利益的。"这会我才明白"多会老财们也不高兴共产党"的道理。真的，毛主席这个办法不错，实行耕者有其田，穷人们就不至要饭吃了。现在，我对同志们过去说的话，才心服口服。

南辛堡战斗前，我一听说打仗，就吓了一跳，又乱起来："八路军对老百姓不错，平时也很好，打仗时怎么样哩？"自己吓唬自己："这下算□上□当了！"越想越觉着没有活路，又看见一组组的人在开小会，我心想：这准是真八路商量督战的事吧！这会，心里就打定了这个主意：怎么也是死嘛！真要叫我踩雷，拿着我不当人看，我就带枪跑过去！

出发前班里分了三个组，我□□班长这个组里，他告诉我："黄岭同志，你不习惯夜间打仗，别害怕，我到哪儿，你紧跟着我就没关系。"我听了班长的嘱咐，立时就安了点心，我想也许不准叫我踩地雷了。

和敌人打起来的时候，我看见冲到最前边的和抱着炸药去炸敌人碉堡的，通通是出发前一组组开会的同志，我觉着：这真八路不是督战队，净是冲锋在前、坚决完成任务的老战士们！班长不让我到前边去，还安慰我："黄岭！别胆小，紧跟着我，敌人快完蛋啦！……"使我更沉住了气。

打了一整夜，把敌人消灭了，我们这边几个受伤和牺牲的同志，大半是老战士和干部。

嗯！这次战斗以后，我真大大地明白了，咱们大家都是真八路，哪有一个假八路呢！八路军打仗是用不着督战的。

唉！我以前的想法全冤枉了共产党八路军，我很觉着惭愧。这一下，我可明白过去他们（敌）说的"八路军杀俘虏，让俘虏踩地雷，真八路、假八路……"那一套，都是有意地胡放屁。

我过去的一大堆怀疑都在这次战斗后完全去掉，我们连长、排长、班长和同志们，对我照顾真够一百成了，平时处处关心，打仗带头冲锋，就是有胆小的也得让他们影响得胆大。八路军的好处，我算亲眼看到，亲身觉着的了。

以后连续打了不少的仗，每逢战斗，班长还怕我不习惯，总是不愿让我当突击队，可是我哪能这样呢？我觉着自个也是老战士咧，我也知道八路军为谁拼命，死了也痛快。这回北大留战斗，我拼命地抢着当了突击队。

平时指导员上政治课，我很注意听，我老想多明白八路军里的事，从指导员的说话里我知道了共产党的目的是叫穷人翻身，永远为人民办事的。后来在文书念报纸时，常常听到某某同志光荣参加共产党，某某战斗英雄光荣入党。

连部卫生员常到我们班里玩，有时候我俩就拉起闲套来。我就问他："□说咱们是共产党领导的军队，可是谁是共产党员？"卫生员给我说了一大堆，我才明白政委就是我们团里共产党的代表，另外还有许多党员，指导员也是。我想：共产党是为了受苦老百姓办事的，我就是个顶穷的人，我也应该参加，一块干革命！对大伙有好处，对我自个也有好处。我心眼里很愿意参加，可也不知到哪儿去说。

以后没事，我就找卫生员去说去，在他的帮助下，我现在是个共产党员了，我觉着自个还不够模范，时时处处做在别人先头，才觉着光荣哩！当了这九个月的八路兵，才使我脑海开化啦！

(《晋察冀日报》1947年4月12日)

魔爪下的延安

【新华社西北二十六日电】胡宗南匪徒一月前窜入延安后,这座民主圣城暂时变成了魔鬼统治的地狱。

匪徒们拆毁了市民的房屋,扛走了门板,北关大街和南关大街的店铺,完全被匪徒们破坏了,木材全被运走,在市周围山头上修了碉堡,剩下的只是一片片破砖烂瓦。新市场商号的门窗柜台全被匪徒们烧光了。在这冷落的街道上,南关正大商店门前站着一个疯了的老汉,带着绝望而嘶哑的声音,日夜地呼叫着:"她死在哪里,我去埋,她死在哪里……"她是老汉的什么人,没有人知道,但人家却知道当匪徒们窜入延安那天□□个妇女被匪徒们轮奸死了,并且把赤条条的尸体丢到山沟里喂了狼。在南门外杜甫川(即杜甫旧居处),无耻的匪徒□手执刺刀,轮奸手无寸铁的少女。在过去延安总部所在地王家坪一带,匪徒们把奸淫过的农妇赶进大砭沟集中起来,以便随时发泄兽欲。

市民的财物全被匪徒们掠夺光了,在南关开小铺的郭祥福被劫后仅剩下的一包蜡也□偷走了。但在第二天却有一个匪徒拿着那包蜡去强迫郭祥福退出"买"蜡的钱。南关商人高力贵背着他的四匹布回家去,走到市郊就被胡宗南的便衣队抢走了。延安大学有一窑洞书籍,被他们一本一本撕破了,最后又被他们放把火烧了。

与延安市民长期过着民主生活的延安市政府,它的有光辉的匾额被涂改成可耻的肤施县政府,在新市场的大门楼上"剿匪安邦"的法西斯标语代替了延安大众所喜爱的大众化的墙报。他们又承袭了日寇故技,用散发良民证的办法,引诱欺骗疏散在农村中的市民回市区去。结果有些受了骗的市民完全丧失了行动自由,老少妇孺被集中在南门外新市场前沟居□，少□青年被集中在北门外，有些又强迫"受训"。一张良民证换到的是没有一颗米的空瓮、失去房□门窗的残破的家，与可怕的强迫集训。

一批匪首们住在南门外的陕甘宁边区银行，银行附近□市场后沟一带不准一个市民通过。

在这魔鬼统治的死城里，街市上闪□着各种各样的魔影。披美国皮的胡宗南的军政爪牙，走起路来装起十足的汉奸走狗样，但是他们内心□边区军民怀着莫大的恐惧，只要有个山头上响了枪声，就会使他们惊慌失措。其余大部分则是衣服破烂□胡军士兵，他们侵入边区以后，穿森林、宿山头，提心吊胆、挨冻受饥。到了延安以后，只落得□破烂的棉衣更加破烂，黄瘦的面孔更加黄瘦。另外一小部分是身穿黑色制服或黑色便衣的家伙，他们头上斜戴着礼帽，嘴里叼着纸烟，腰里暗藏着短枪，这群就是胡宗南手下的所谓"陕北人民自救军"，全是些恶棍土匪流氓。他们曾经怀着莫大的"掠夺"的野心来到延安，但当进了延安这座空城后，他们大大失望了，埋怨着说："满以为到了延安可以这样那样，结果他妈的什么也没有落到！"

住在延安的匪徒们，恐惧与不安使他们日夜盼望着自己能有个机会离开边区。某次有两个匪徒对话："在延安总不保险！"这些匪徒们时□探问着走洛川的小路，梦想溃退时能够逃出边区这座天罗地网。

市周围的游击队，一天天地活跃起来了，战斗不断地发生着。匪徒们害怕游击，夜里不敢睡在窑洞里，冒着风沙与寒冷，睡在山头上。为了防止游击队冲入市区，匪徒们在北门外的化石砭、□洱坪两山之间，修起一座大木棚，只留下一个小门，由重兵把守着，不断地盘问着来往□人，甚至他们自己的心腹爪牙。一次一辆汽车正往北郊杨家岭那个方向开去，突然有人说西北郊枣园□山发现游击队，吓

□那辆汽车立即折回延安城。

胡宗南占延安，等于坐上了一座刀山，他将会占□自己在这座刀山上死亡。

(《晋察冀日报》1947年4月29日)

一个胡军解放战士的控诉

【新华社西北二十五日电】陈建鸿原是胡军九十师师部特务连下士班长，现年二十二岁，去年十一月在晋西蒲县战斗中才得解放，曾在离石解放大队受训两个月，二月下旬自愿参加人民解放军某部。三月二十五日青化砭战斗中，他作战勇敢，冲锋在前，捉了十二个俘虏，缴步枪四支，大大超过了他原来捉敌二名缴枪两支的计划。"保卫毛主席"的功劳簿上，他被记了两次功，下面是他在记功会上的自述。

我是陕南汉中人，民国三十一年离家时，父亲还在。当年租种大地主方枪青三十亩□，每亩出租二石，占收成的一半还多。三十年天旱，交不起租子，家里没吃的，但方家只管催逼，恶言斥骂。我父亲受不了这个气，就说："种不种没关系，不要欺侮人。"地主狠狠地打我父亲一个耳光。父亲气愤不过，就告到县府，但方家贿赂县长，反而要我家将八石欠租全部交清，还要请客赔礼。父亲把唯一的牛卖了，才交了租，地也退了，就这样，方家和我家结下仇恨。

三十一年三月间征兵，方枪青经过保长的私人关系，就把我捉走了。那时我才十七岁，最初是到地方国民兵团，一个月后就转入胡军九十师师部特务连防毒排。排长刘忠桶很野蛮，一次早操，我操得不好，排长就当胸给我一拳，整整痛了一个月。又一次我在防毒排当采买，伙夫把蒸笼烧坏了，排长打了我一顿扁担。又一次班长要我站岗，狼来咬猪，我看见狼很多，就打了一枪，班长来查哨，就打我的耳光，还关了一天禁闭。又一次也是黑夜站岗，枪走火，真倒霉，原来交班时没有告我有子弹，保险机又是坏的，我只白白□挨了十几枪托。在国民党队伍里，这种无理的事情可多哩。

又一次我已当了下士班长，正是过年的时候，排长朱盛海要我到老百姓家里去找柏树柴，我没有找到，回来就是一顿竹竿子。下午别人都把柏树柴找回来了，鬼才知道是找来的还是偷来的，排长更加狂怒，当着大家辱骂我，打我的耳光。我想着跑，跑不掉，唉，哪里去呢？想起我在国民党队伍里受的这些猪尿气，想起我的家庭受地主的压迫，我就流泪。

现在我在八路军人民队伍里当战士，有民主有自由，精神上可痛快呢。不过我刚入解放大队受训的时候，脑筋也没有彻底转变，还想退伍回家。后来我想了又想，不把蒋介石、胡宗南狗日的打退，回家还是没有□路，我决定请求参加西北人民解放军。到了连队，连队□上级对我都特别好，很关心我。行军中走不动路，指导员替我背枪，一连好几次，还耐心地给我讲解为人民服务的道理，给我开脑筋，和过去的黑暗日子对照起来，谁不感动呢？

同志，你问我为什么一过来打仗就这么勇敢吗？勇敢就由这里来的，我恨国民党卖国军队，我恨大地主大资产阶级压迫穷人，我感激八路军解放了我，为了保卫毛主席，就是牺牲了性命我也甘心情愿，今后我还要多多地立功杀敌。我想现在还在蒋军队伍里干事的朋友们，不少的弟兄遭受着和我同样的命运，希望他们早点觉悟，放下武器，脱离苦海，站到人民解放军方面的队伍里来。

(《晋察冀日报》1947年4月29日)

陈瑾昆教授致胡海门、戢翼翘公开信

【新华社晋绥五日电】陈瑾昆先生致胡海门、戢翼翘公开信，此信系对于二人最近声明辩解参加蒋记政府而发。原信如下：

海门、劲成（翼翘号劲成）两兄：顷见中央社南京四月二十二日电讯所载，两兄为辩解民主社会党和两兄自己参加蒋记政府改组事发表的声明，为了公私两方不得不向两兄进一言，同时也就是要向贵党和国人进一言。

两兄应该知道我何以从前年八月抗战胜利后反而更加反对蒋记政府，因为蒋氏执迷不悟、本性难移，虽然抗战结束，仍是不走和平统一复兴建设的道路，依旧抱定自误误国的私见。为了继续独裁，因而排除异己，收容敌伪军队，禁止就地受降，完全是一心一意要消灭其政敌共产党。所以以后不顾自己前后与共产党签订□《双十协定》，和与各党派无党派人士签订的政协决议，进行了空前未有的内战，也进行空前未有的卖国。其中参加了政协的青年党，本是早就被蒋氏收买，并且重要党员又曾被抗战中的南北汉奸政府收买。这种党和这种党员，不顾其党的立场和自己的人格，参加蒋记国大和政府，助长蒋氏内战的凶焰和掩护蒋氏卖国的罪行，本不足怪也不足责。贵党本是民主同盟的盟员，则从贵党的立场和党员的人格来说，不但要遵守政协决议，而且要维持民盟公议。政协决议□是杜鲁门、马歇尔也说是个国民□要型宪□了。这且不说，民盟以本盟的立场和公意，以前法定不参加蒋氏违反政协召开的伪国大，这在道义责任和政治责任上都不容许贵党及贵党员违反。贵党和贵党员居然违反，则在我全国民众中□就认为贵党和贵党员完全与青年党和它的党员一样，是一个无民族气节的党和无个人人格的人。

两党虽然□蒋介石和国民党同美国的应声虫，说这次召开伪国大和蒋政府"改组"，"是为促进和平统一与民主宪政"，那么全中国人全世界人都要问：既然如此，为什么不遵照政协决议私自召开伪国大？为什么在召开前和召开后仍旧进行空前未有的内战和卖国？共产党是次于国民党的第二大党，是有广大人民占有全国三分之一的土地和人民的政党，蒋介石拿国民党军队和美国后援也决不能消灭它，而且政治上决不能□开它。这是摆在全国人全世界人面前的事实，而且是任何人应有的常识。蒋介石居然违反政协决议，不但不待共产党参加，而且是拿召开伪国大制定伪宪法作为进行内战的政治资本、进攻共产党的政治攻势，而且是促成中国为美帝国主义的殖民地——菲律宾第二。这全中国人自然不能答应，政协当事人的民盟更不能答应。违反本党的立场和公意参加伪国大，自然是违反纪律，应被开除。所以贵党被民盟开除了。

全中国人是为贵党惋惜，同时也对贵党和参加人痛恨，这一点贵党和贵党参加人自然也很感觉到。所以贵党附和与帮助蒋介石总不如青年党大胆爽快，党首和其他参加人总是装腔作态。最近关于参加政府还发表《本党决议》说只参加所谓"行宪的四机构"，并坚决表明"至于担负决策与行政之责任，待之全国各党一致协力于和平民主之日"。就是一面想做官，想由蒋介石和美国的□款上讨一口饭吃，一面还是关心以后患，怕全国人民和共产党将来不答应，怕没□像参加袁世凯称帝和曹锟贿选的人那样便宜，要受人民清算清议制裁。

所谓"待之全国各党一致协力于和平民主之日"，自然是说要等待国民党——蒋介石同共产党以及第三大党的民盟基于政协决议共同向和平民主合作。在此以前，贵党不负担决策与行政之责任，就是说不参加蒋氏的所谓国务委员会和行政院。当时一般中国人本都看清这仍是贵党装腔作态的作风，决不是真心要等待全国各党"一致"合作——国民党和共产党、民主同盟合□□参加改组政府。然而也有人幻想贵党虽不明是非、不明利害,或许真不致参加改组政府,这是以君子之心度小人之腹。不料贵党过于近视:蒋氏去年攻克张家口就放胆参加制造伪宪;现在攻入延安,放胆参加改组政府。

不过贵党中究竟还有明白人,看清马上不顾本党的宣言和个人的人格去参加蒋记政府,以作为蒋氏进行内战、骗取外债的口实和工具,过于犯不黩冒大险,一定将成为内战的罪犯和民族的败类,想一时吃饭将永久吃不成饭。所以贵党员中起而反对,这不问他们动机如何,他们的人数如何,这反对的人至少在人民面前是将功赎罪,在贵党面前是主张正义和党纪。这在将来不但是可恕而且是可称。两兄怎么居然发表声明为参加蒋记政府的贵党和自己来辩护!说得真是可怜同时又是可耻!声明内说:"吾们这次参加政府时是保留有进退自由的,是具有牺牲的准备的。"我也可以很诚恳地告诉两兄:你们现时要进将来才退,虽是你们的自由,但是牺牲是定了。所谓牺牲照我们人民来说,是要跟着蒋介石和他的自私徒党以内战犯和卖国罪的罪名受惩罚。犯罪早已完成,决不是后来再退,看着形势不好再抽身就可受"中止犯"不受"既达犯"的处理。两兄自己当然知道,为贵党辩解不能言之成理。至于所谓"十二纲领"和"三个要义"当然也知道是鬼话、是遁词,人都明白这是要帮着蒋介石进行内战和骗得美债。十二项中只有要"共产党完全恢复交通"和"举行外债"的两项是正文、是本意。其余都是陪衬、烟幕。至于两兄所说的三个要义,只是一个要义,"代表人民,谋解除其痛苦,并减少社会的紊乱"。这是同蒋介石和美国一样的说法,是共产党增加人民痛苦,紊乱社会秩序,要由参加的民社党和青年党(美国所称的自由分子)去帮助蒋介石来消灭共产党。这不但不能代表我们人民,就连贵党内的明白晓事的人也不能赞成,也要出来反对。二位同其他参加蒋记政府的人，我们人民都认为比袁世凯的筹安会、劝进会，曹锟的国会猪仔们还无耻，还可恨！要知道现在人民的力量和觉醒是远非袁曹时代可比，臭官僚政客是与恶军阀买办同罪，这一项决不能逃脱人民的制裁。

　　我与两兄有相当的友谊，希望两兄悬崖勒马，同时也劝告贵党首和贵党员也一齐悬崖勒马。这样一做并不是给国家和人民有多少补救，却于贵党和众人有甚大好处。蒋介石是和德国政府一样，一定要上断头台。两兄和贵党又何必陪着上台？我不但是为私的方面要如此说，为公的方面也要如此说。想两兄可以了解，可以相信。

陈瑾昆

（《晋察冀日报》1947年5月7日）

刽子手仝堂之死

薛毅

"八路军要迟来半月,那么再杀个十条人命也保不住□。"这是刽子手仝堂在受伤就俘后,说了出来还带有浓厚血腥气味的话。虽然这是在他中了机枪子弹,腿骨被打折躺在炕上奄奄一息的时候。

仝堂今年三十□岁了,正定北孙村□亡命徒,蒋党的忠实特务,杀人不眨眼的刽子手。他在伪北孙村□乡当还乡队长,兼领□暗杀组。他所做的罪恶说不尽,只拆房一项就达□百八十多间,使□十多户抗、干、烈属无家可归;绑票抢粮无法□,至于杀人□简直看成像踩死蚂蚁一样□简单、平凡。按他自己承认的,在四五个月里共杀害□男、女、老、少四十□条人命。

北孙村二十来岁的青年庞六月,因为在街上和仝堂的老婆说了一句玩戏话,他便吃了"醋",当晚上把六月暗杀了,并把六月的娘也于当晚枪崩死在炕上,还说:"我们是县大队。"

仝黑泥也因为和他老婆说玩戏话,被仝堂把黑泥两口子都暗害了。事后正定城的国民党部还大出宣传品造谣说是八路军杀了。

郝老明的老婆六十多岁了,以前在村中反特清算时,她曾跟群众到过他的家门口。于是在去冬敌蚕食后也被仝堂杀了,理由就因为郝老明是给县政治处做饭的,所以说她"勾通八路"。

长工仝小堂的儿子仝老傻,才十八岁,因为营养不良,个子长得不满三尺高,原在韩家庄寄养,后又回到本家,他曾在村外拾过柴火,仝堂即把他捉去,说他给八路当探子,在晚上一木杠打倒在一丈多深的封锁沟里,接着便填上厚厚的土埋起来。

……

就是这样，仝堂和他的暗杀组悄悄地在夜晚暗害了四十七条人命。

他——仝堂，在蒋党的豢养和他不断杀人的"锻炼"下，已经成了一个专事杀人的野兽，一点儿人性也没有了。正如一个老太太所说的："他的心黑了。"也如同长工仝小堂说的："他六亲不认，简直还不如一条狗。——常说好人护三村，好狗护三邻哩。"

仝堂因身上受伤很重，他自己也不指望活了，所以关于他杀人的事情，他全说得出来。记者因而曾问他："你四五个月就杀了那么多人，心眼里就忍下去了吗？"他听了，却现出似乎轻蔑的脸色答道："那还有什么忍心不忍的呢？上级叫完成那件工作（他们指的'工作'就是杀人），就到时候完成得咧！"他又说："这样干，上级还老是说我们草包哪，去年这个大乡还没有下手的时候，人家叩村大乡就已经杀掉十来个了。上级便说我们这个大乡无能，捉不住八路怨你们腿笨，打不住八路怨你们枪法不准，怎么连手底下守着的土八路也消结不了他。"

村里人们问他："你为什么杀黑泥？"他说："黑泥和我那个破鞋（指他妻）不清楚，大丈夫哪能忍得下那个！"人们又问："你怎么连黑泥媳妇也杀了哩？"他却说："斩草除根，不留后患，开剥一个少一个。"

按照他的术语，把杀人说成"开剥""瓦解""消灭""坚壁"……他说起杀人的事情，就如同说他自己的英雄传似的得意。

他说他的杀人方法是："我就是一手活——用麻绳缠在脖子上一勒就得。"他又说到他还曾拉扯刘合兰做徒弟的事："……他还不行，手软，拉绳子的时候，还没见吐出舌头来，他的手就先颤起来了。"样子好像是说刘合兰不中用。

北孙村的人们在挖出了四十余具死尸后，见有不少的尸体没有了耳朵、五脏、生殖器，有□眼里揉满了石灰，有的没有了胳膊、手，惨不忍睹，有人问他，却说："耳朵是我咬下来的，现在还放着十几对，是留着做苜蓿汤吃的，摘下心来是喝了酒当菜的，生殖器割下来卖到城里医院，一个能卖七八万。别的事我不知道。"

"我这会子死了，也算够本了。"他对别人说，"你们该四两的四两，该半斤的半斤分了我吧。"……

刽子手仝堂造下的血的罪恶所激起的群众的愤怒，像一座刚爆发的火山一样，正是任何力量也不能阻止的。四月二十五日在北孙村召开的群众控诉复仇大会上，当人们控诉他杀人的罪恶后，纷纷要求说："一刀杀死不沾，一枪崩死也不沾。""请求政府交给我们老百姓杀他。""零刀剐他兔崽子"。被害者丁二群媳妇手里拿着一柄宰猪刀子，用悲恸、愤怒交织的感情也喊叫主席："……我没有别的要求，他剜了俺男人的眼，俺也剜掉他的眼。"

你一句，我一句，人声沸腾混成一团。

有不少的老太婆和青年妇女们事先都带来了锥子、剪子、刀子。当仝堂刚被担架抬到会场上时，大家就一齐围了他，主席及干部竭力阻止，才算坚持到开完了会，人们便像潮水一般把担架涌到村子外去。丁二群媳妇、丁小柱媳妇等五六个妇女眼都红了，哭着、骂着，像疯子似的围向仝堂，男子们还没有来得及动手，仝堂的脑袋就早已离开了他的脖子。

(《晋察冀日报》1947年5月12日)

正太路见闻琐记

本报记者 肖白

  正太路这条毒蛇已被人民的宝剑腰斩了。东自获鹿城西，西至榆次城东，蜿蜒三百余里的铁路公路上过去是一个据点挨一个据点，一个堡垒接一个堡垒，凭借这些坚固的工事，阎锡山还不放心，还制造了一个广大的"无人区"。以为这样他便可以放肆反共、反人民，高枕无忧了。解放军发动攻势后，没有几天的工夫，阎锡山的美梦就被打破。过去晋冀鲁豫和我们被隔离的状态从此消除了。每天从路南来井陉矿山驮煤的，看□的，络绎于途。当我首次和太行区的干部们在这块新解放的大地上会见时，有一种说不出的欢喜。彼此微笑着，好像都在说："从此我们两大解放区真的连成一片了。"我们在这里共同作战，一起流血，我们也会在这里共同保卫这块干净土地。

  过去，这里是阎伪军的世界，他们在这里无法无天。今天他们已经绝迹了，如果看见的话，那却是一批批放下了武器的俘虏，押送到老根据地去。我在桥头村坐下休息，正念着墙上的一首墙头诗：

  好人不当阎伪军，阎伪军是杂菜盆。
  汉奸特务都收容，好人躲着走，坏人去欢迎。
  正派兄弟快反正，免得千古留骂名。

  忽然村口上压来了一批俘虏，衣服褴褛，神色沮丧，我仔细注视着他们，有的望了望墙上那首诗，把头低得更低了，脚步也走得更快了，慰劳站上的人们指手画脚地说道："早反正不是比这样押着走有脸面些。"

  有名的平定堡垒群和井陉一百多个堡垒已被民兵们扫得干干净

净，现在只有残砖断瓦还散乱在山岗上、大路口，标志着阎锡山的惨败和末日。沿线铁轨有的被民兵们运走，有的架起来烧成大铁弓，没有烧完的枕木都被老百姓抬回去当柴烧了。记者目睹井陉新解放区妇女、儿童热烈破坏交通线，找了一个儿童王小栓谈话。他今年才十一岁，我说他为什么要破坏铁路，他笑着说："抬回了枕木，不让兔崽子们再来。"据井陉市武委主任告诉我："仅妇女、儿童破坏的铁路就有五里多路。"蒋阎的这条反共反人民大动脉就这样支离破碎了。

正太路破坏了，长约二百里的"无人区"，老百姓们都从深山中陆陆续续扶老担幼回家。记者从这里路过，只见路旁尽是去年未收割的枯黄的□子秸、谷子地、无数高粱玉黍，零乱地散布在地上。风吹过来，棒子秸、高粱叶和尘土一起飞扬，发出断续的响声，好像要向路上回家的主人诉说八九个月来的苦难。路过平定西郊时，我和老百姓们扯起来，他们沉痛地说："不是你们来，我们也都快死光了。"王老汉说："同志，你看我们村不是害瘟病的便是长疮的，哪有一个好人呢，这都是西军（指阎军）给老百姓的灾难。"到石门口，我又遇见了平定副县长梁生天同志，他告诉我："就在我解放军来此前不久，阎军还组织了城里一部分地主流氓将近万人到东郊大抢了一次，把老百姓埋在窑中的东西全部抢光了。"这就是这里老百姓对阎锡山切齿痛恨的原因。当时我第二次过"无人区"时，几天前回来的农民已把家安顿好了，民主政府已开始以大力解决农民耕具问题，组织农民到地里去生产。他们再不是第一次见着时那样憔悴可怜的样子了。现在连妇女老汉也都早早地就到了地里，一个个在阳光下，愉快地劳动着。一幅春天的图画又被农民在自己的土地上描绘出来。

五月十六日寄自前线

（《晋察冀日报》1947年6月2日）

千万人的心
——记妙峰山庙会

辛拓　欣之

北平西郊名胜——妙峰山，旧四月初一至十五一年一度的庙会照例地开始了。

北平蒋家治安当局曾于会期前夕大肆叫嚣："妙峰山一带时有'奸匪'出没，为顾及人民安全，特命令警局劝告勿轻率前往……"特务们并大肆恫吓说："年轻人一去，就□被征去当'奸匪'……"虽然蒋家多方阻挠，然而平津各地同胞却突破层层障碍，纷纷前来朝山赶庙。

妙峰山位于北平西北七十华里，一九四五年即为人民解放军从日寇手中解放。这一个著名的宗教圣地也得到了民主自由。现在平津等地同胞不避艰险前来进香，多已不是宗教上的虔诚，而是想借此暂时从国民党混浊和黑暗的统治下解脱出来，一沐民主春风，呼吸一下自由的空气，再如□市某老先生所说的："北平市民每遇折磨则遥望西山以寄相思！"

二十三日，一个香客告诉我们："北平小米面涨到一千八百元一斤了！"次日晨，一个中年香客说："小米面已经涨到二千五百了！"当天晚上，一个织袜工人又告诉我们："北平物价一日三涨，现在小米面涨到三千二了！"一个买菜的中年人叹息着说："我称了一升棒子粒，数了一下，合一块四毛钱一粒！""现在北平活不下去了，人民盼望你们进城！"

一天傍晚，记者在山上遇到一个老太太，她走得非常疲惫了，记者去搀她，她□□地说："你们年纪轻的多修好，将来升个官做。"

我们告诉她八路军不讲做官，她忽然放低声音郑重地说："那就早点进北京吧，救救受难的！"她是一个虔诚的"佛门弟子"，她指了指天说："上对天，下对地，北京老百姓没有一个不盼望八路军——同志，我可没有一句瞎话呵！"

在香客中，一个参加北平学生运动的北大同学告诉我们说："我们提出的口号是反内战，反饥饿；我们用油墨在墙上刷标语，叫它擦也擦不下来！""我们的行列到哪里，哪里的同学便自动参加。我们的行动是正义的，当局对我们殴打阻挠，只能更加激起我们的愤怒……"

在每个角落里，香客们都在称赞着解放区的民主自由的生活。他们看到了解放区的报纸，阅读着前线解放军的胜利消息，人们的脸上流露出愉快兴奋的心情。他们已经深深地理会到：蒋介石独裁统治的末日已经临近了！

香客们回去时，差不多每人都买一根山桃拐杖，作为纪念。他们说："谢谢解放军攻占了北安河、白家滩，不然通过北安河，又多一道被敲诈的鬼门关。"

(《晋察冀日报》1947年6月7日)

游击队长田启元

闻捷

【新华社西北九日电】无论从他那魁伟的外形或者光辉的历史来看，田启元都称得上是个顶天立地的好汉。他十三岁就参加陕北红军，曾经东征西战，在赫赫有名的陕北劳山战斗中光荣负伤，并升为排长。抗战后，随八路军一一五师转战冀鲁豫，参加过震动中外的百团大战，又升连长。四四年因负伤复员回乡，参加了地方工作。今年三月，当敌人窜抵安塞县城时，他又重新拿起曾经用惯了的枪，组织起一支云坪游击队和敌人进行战斗。

在边沿线上，我看见了田启元，他的伤还未全好，右臂吊在绷带上，挥舞着左臂，在向他的游击队员们进行政治动员，准备今夜去阻击从高桥东窜的敌人。中共区委书记胡永清指着他那高大的背影对我赞扬地说："好汉子，带了伤都不肯休养。直到上级强令他休养时才暂时离开了队伍。如今伤还没全好，又闹着回到队伍上来了。"

一会，田启元过来了，这豪侠的汉子，瞅着我的眼睛笑哈哈地说："又在背后议论我的伤口，不是我不愿休养，是敌人不让我休养啊。"他把右手从绷带上取出，用力地和我紧紧握手，似乎在表示"同志我的伤好了，你看我这手劲"。

田启元右手受伤的经过成了我们这次见面的话题，他说："敌人占了河庄坪，经常十个八个地出来抢粮，我侦察明白情况后，就带领了十个队员埋伏在尖山寨子，准备给敌人一个迎头痛击。谁知那天情况突然变了，敌人出动了一百五十多人，搜索着爬上山来。当时如果不阻击一下，敌人会很快地爬到山顶，我们就没法转移了。于是我立即决定'打'，可又怕第一枪落空叫敌人笑话，我命令在我没有打枪前谁也不准打枪。在敌人距离寨子一百五十米时,我的枪响了,敌人的尖兵倒下去,再也没动。队员孟得胜跟着一枪,第二个人就滚下山去了。敌人的阵营立即混乱,爬在地畔上、沟渠里,没有目标地乱打起机关枪来。我们就趁敌人混乱开始转移,就在这时,我的右胳膊中了敌人的流弹。敌人呢?牺牲了两个人,浪费了几千发子弹,一直打到天黑,连寨子都没有敢进。"

(《晋察冀日报》1947年6月11日)

红枪女将李兰英

孙明

【新华社华中十日电】"姜（堰）北有个高凤英、姜（堰）南有个李兰英，两个英雄同齐名。"苏中海（安）泰（州）线的人民都这样歌颂他们的英雄。

李兰英贫农出身，七岁丧父，母亲带她重嫁人家，因她是"拖油瓶"而百般凌辱。十八年来一直过着"不名誉"的日子。新四军来后，她好容易翻了身，被选为乡妇抗主任和民兵指导员；但大前年又被家庭蒙骗嫁给一个富农的不务正业的儿子。土地改革时，她首将婆家六亩好田献出来，她的模范行动博得全乡称赞，但公婆却因此恨透了她。

去年七月间，海泰线重镇姜堰被蒋军占领，她的家乡就成了蒋军南来北往的要道，为了保□穷人、妇女永远翻身，李兰英毅然加入了乡的武工队。由于机智胆大，不到一个月，就成为名震海泰线的女英雄了。去年十一月二十三日，姜堰运粮河□百余蒋军拂晓合击林黄乡，离李兰英不远时，大喊"不准动，不准动！"。她却不慌不忙地举起那条湖北条子，砰的一枪，一个蒋军头一伸，钢盔被打了下来。又一次，她带武工队在林家□设伏，当□十一个蒋记"自卫队"员闯进来时，她大喊一声："冲去！""自卫队"慌忙架起机枪应战，她一面骂："活土匪！我们送你家去。"一面举枪瞄准，射倒敌人的机枪手。"自卫队"员吓得连抢来的大棺材都丢了。总计在反"清剿"六十天中，她共参加战斗五十八次，□毙俘敌人五人，并□次领导三千余群众破拆姜（堰）张（甸）公路。她把从蒋军手中缴来新的小马枪武装了自己。李兰英在危急时的机智与沉着是惊人的，一次三四十个"自卫队"员将她包围,她敏捷地躲到一个灶间里去,灶间里有一张床和一个草堆,她想床的目标大,敌人一定要搜,于是又躲在毫无遮盖但不引人注意的小草堆里,把□压在身下,准备敌人发觉时拼杀。然而敌人搜了两次,且在床底打枪,均未搜到,她反拾到敌人搜查时丢下的□颗新子弹。当敌人还没有走半里路时,李兰英□追上去了,新弹初试,无异警告他们"李兰英还在此地"。

英雄必然是与群众相结合的,有一次一个连的"自卫队"员企图袭击李兰英和她的武工队,出动才半里路,群众在一刻钟内就送给她十六次情报。当敌人扑来时,武工队员们已经无影无踪了。有一次三百多蒋军已经将村三面先占,她躲在一个人家的柜子里,当敌人追入该庄时,所有的群众都故意拥向北面去张望,蒋军追问:"红枪女将哪里去了?"群众说:"已经□河溜到北面去了。"蒋军到河边仔细一看,果然河北岸上湿了一大块,赶忙向河北追去,原来河北的水块是群众故意泼的。

姜堰蒋军对这红枪女将毫无办法,出了张通告:"击毙李兰英赏法币五十万元,生擒加倍。"想以此收买群众,但毫无效果,蒋军只好造谣说:"李兰英已经捉住了。"数百人连夜赶到乡政府去探问,一看持红枪的李兰英仍在跳跳蹦蹦时,都一拥把她抱住,欢喜得说不出话来。

在海泰线上流传着一句歌谣:"土顽(指□□蒋伪)一到,心惊肉跳;李兰英一到,太平睡觉。"但当人民遇着她时,又一律称她"小伙",因为大家把她当作自己子女一样看待的。(注:小伙是父母对子女的亲密称呼。)

【新华社华中十日电】苏中泰县姜(堰)南区女英雄李兰英,亲率游击队在五月反"会剿"中带病作战,屡败蒋军。某日,李等七人于林黄乡动员反"清剿",蒋记泰州县保安队百余人自姜堰分□路袭来，李率部突围，待敌迫近，她神枪毙敌前锋一名，安然转移。后生病休养，仍带病帮助乡里工作，□天后，病稍痊，又毅然回队。迄二十日左右，又两次破敌重围，使敌伪合击阴谋终成泡影。

(《晋察冀日报》1947年6月12日)

阎军的歌和画

王波

在正太战役中放下武器的阎军官，闲谈时告诉给记者几首阎军中正流行的歌谣和漫画。从这里我们可以看出山西人民和阎军下级官兵对阎锡山如何愤懑。

（一）二战区号称十万（指军队）。行政干部家属□□一半，剩了些娃娃老汉，抗战八年□站在黄河两岸。

这首歌在阎军中极为流行，意指阎锡山所谓"十万大军"不过是家属、老弱罢了，并说出阎军没有抗战。

（二）高粱面把兵练，"胜利"奖金发一半，一天到晚吃不饱，说多可怜多可怜。

这是□日本投降后阎军士兵的给养，并且所谓"胜利奖金"隔了好几个月才发给一半，其实好多下级官兵一半都没得到。如四十五师的尉级军官大部只得了五十五元（应该两万多元）——这是阎四十六师一团七连司务员陈载□讲的。

（三）阎锡山不是人，拆庙宇，盖炮台。小炮台是当兵的坟墓，大炮台是指挥官的死处。

这是指着阎锡山在太原修筑工事，把庙宇都拆了，歌为市民所作。据阎伪平定自卫大队少校队长唐金铭讲：太原修碉堡、炮台还要官兵们"献碉"。下级军官不但出劳动力，还要出钱，尉级军官一个月就出一万元左右。

（四）兵农合一好，遍地都是草，男的当了兵，女的跟人跑。

这是指"兵农合一"实行的结果。阳高战役被俘之阎军总队中校副官牛荫麒一见记者就说："我到解放区后第一个印象就是这边没有一片荒地，那边（指阎管区）却不然，人□为了躲兵，到处地里长荒草。"

（五）兵农合一好，茅房没人淘。

这句话是指太原市内在实行"兵农合一"后没有人淘厕所了。现在阎锡山独自统治粪夫行，在太原住一家光淘茅房钱就得四五千元以上，因此好多人连茅房也淘不起。

（六）十三个高干□一个老汉，一个大混蛋带一群小混蛋。

在放下武器阎军官中几乎每个人都知道这句话。怪不得寿阳被俘之阎独十总队二团中校团长张国栋在座谈阎锡山出路时说："在那边就是上哄下，下哄上，我们团以上主官开会时，谁敢说下面士兵困苦情形？"

正太战役中被俘的"二战区司令长官部"联络参谋王纪彬谈，阎锡山在去年和前年两次编余了两万多军官，这些编余军官好多做了讨吃的、土匪、小贩，并拿着委任状满街要饭。太原城最近还出现了他们画的两幅漫画：

一幅是画着阎锡山站在油锅旁，一手拿一把勺子由锅里往外盛油，锅底下还烧着火，锅里煮着死尸残余的骨头（注：晋绥军）。

一幅是阎锡山穿军装鼓着大肚子，四个兜装满了"胜利奖金"，左手里拿一块饼子，右手伸在背后拿着饼子的一个小角扔给后面紧追着讨乞的面黄肌瘦的编余军官。

王纪彬谈到这里愤愤地喘了口气接着说："被编余的没有饭吃，不被编余的好多都降了级，人家亡国奴日本兵□□连升三四级，一个二等兵也升成尉官。他们一天竟是大米白面，还发罐头、白糖、美国纸烟。中国军官一天才八两八钱黑白面，副食费都不发，你说谁不骂他（阎锡山）呢！"

（《晋察冀日报》1947年6月18日）

穷人的血肉穷人的心

——介绍平定工会王元寿同志

子野

王元寿同志，一个四十五岁的老汉，矮短结实的身材，面孔布满皱纹，头顶微秃，一双慈祥的眼睛，黧黑的皮肤，张开嘴□露出掉了两颗门牙，一双粗大的手；一望而知是一个□朴诚实的农民。他说小时候讨过饭，拦过羊，干过三十多年的长工。抗战后参加革命，当过村干部、区干部，现在是平定县工会的委员。他给群众办事挺能干，也挺忠心。他身上流着的是穷人的血，心眼里盘算的是穷人的事。

老王能办好事情的最大长处是善于接近群众，肯虚心听群众的意见。接近群众谈起来容易做起来难，态度上放得和和气气，找几个□□谈谈，□□叫□□□□□□□还远得很啊！根据老王的经验，真正接近群众有一条标准：群众不以干部，而以自己的知心人来看待你，敢对你说，愿意对你说出他心里边的话，那才□不多。

老王虽然当了许多年干部，而且现在还是县上的干部，可是他下乡时他没有忘掉自己过去当受苦人的本色。他接近群众不是以干部的身份而是以受苦人、穷人的身份去接近他们。住的是穷人的家，吃的是穷人的饭，做完工作有空闲就给穷人家干营生，担水、推磨、种地样样都干。穷人一见老王都高兴得不行，又是拉手又是笑，问啥讲啥。

以下是记者从老王口中□□□来的几个片断。

一、要知穷汉苦，须找吃苦人

年前七月间老王去河底村工作，派饭派在一个贫老婆家里。饭是糠面做的□子，菜是黑豆□菜。□□老太婆拿饭给他时神色很不安地说："没什么好的，是家常饭，同志担待点吧！"老王高高兴兴地说："家常饭就好！"

端起来一吃，饭又苦又□，嗨，原来是坏糠面的，黑豆□菜气味大，也难吃。放在别的干部也许会责怪派饭的值班村干部："派饭怎派在这样的人家？"可是老王不，他心里想：咱不也是吃糠面长大的？别说糠难吃，吃糠也不是容易事，穷人家没米，哪来的糠？糠一定是向财主家要下的。财主家有好糠□□□□□□不肯给你。一问老太婆，坏糠当真是向财主家要下的。

老王同志说："派饭派在吃白面的人家，吃白面的同咱不是一条心，虽然拿出白面给咱们吃，心里是不喜欢的。穷人家给咱们吃糠，可是他对待咱们的心是真的。"

二、又一个吃饭的故事

今年五月老王同几个县区干部到刚解放的西五庄去发动群众，和村民商量派饭问题，村干部说："抓啥吃啥。"老王很不以为然，说："这是怎说？粮票有一定的标准，派什么饭，应事先和人家说好，抓啥吃啥怎讲？"村干部脸孔一红说："就叫他们做玉茭饼饼。"老王点点头。

饭做好了，一盘炒山药丝、一锅□□□、一□□□烙饼，饭可是真不赖。老王眉头一皱，心里纳闷：这是怎搞的？叫做玉茭饼却来了这么些东西。既然做了，只好吃，吃完饭问区干部，区干部说："这是村公所专给咱们搞的。"

老王一听村公所搞的，不高兴，要去村公所看看。区干部领着去，进去一看，了不得，房子挺阔绰，太师椅，炕上桌上满是白面、油、盐、菜。老王顿时面孔一沉，叫值班的把村长找来。村长来了，

低头垂手站在一边。

老王看他那副尴尬样子,很不高兴地问他:"你就是村长?""是。"村长低声地答应着。"这么多的白面、油、盐、菜,你们是开铺子吗?""这是支应阎军汉奸队剩下来的,现在留给咱们军队用。"老王听了就向村干部解释说:"咱们的军队是不要这些东西。这里的老百姓连小米也吃不上,你们向谁要来的,趁早给人家退回去,派饭是有规矩的,不许乱搞。"老王又对村干部说,以后派饭不要往财主家派。谁家是封建的,就不跟谁家派。

老王每次下乡总再三叮咛村干部:"派饭派在老乡家,和老乡一样吃,他吃啥,咱也吃啥。谁家老乡借白面来做饭给咱吃,要你们负责。"

三、住房子拣烂的住

年前十月老王去獐儿坪搞土地改革。那里已有一些高小学生,是县上派去帮助工作的。他们都住在财主家里。老王看见房子住得不对,告诉他们说:"老财的房子住不得,住了这种房子穷人会吓跑了。"第二天就要村干部给他们另找房子。

又有一次老王去一个村子发动群众,找到一个贫苦的年轻工人,和他一谈,话头还对劲,想发动他当积极分子。那时天已经快黑了,老王和他说:"咱今晚就到你那里去睡。"工人似有难色,婉言拒绝道:"你别去,咱那里不便。"老王问他家里是不是有婆姨,他说没有。老王说:"你是光棍,咱也是光棍,两个光棍住在一起,有啥不便?"那工人这才说出实话:他那住处窄,铺没铺的,盖没盖的,所以不让他去。老王说:"不怕,你能住,咱也能住。"于是工人高高兴兴地引着他去。

四、不当"防空洞"

老王去□区仙人坪做土地改革，发动群众斗倒了地主□家，搞出了不少东西。有几口大箱子，打开一看，可了不得，明光闪电，尽是绸呀缎呀，还有手表、戒指、眼镜、洋布、衣服。那些村干部拿着东西翻来翻去，舍不得丢手。老王进去，有的给他送这，有的给他送那。民□拿了一把□壶塞在他手里，硬要他要，老王严肃地说："这可不沾，你□□拿这东西行吗？"第二天老王要走了，有一个村干部把他叫到一旁，悄悄地说："老王，你看你来了廿多天，给咱们出了不少主意，下了不少苦心。吃也没吃好的，喝也没喝好的，拿上一点东西也算我们的心。"老王正色说："咱们的责任就是出主意，下辛苦，给老百姓做事就不能要报酬。东西是农民斗出来的，不但你我不能拿，谁也不能拿。"说完，老王就要走，村干部说："你不带，叫人给你捎去。"老王□厉问他们："你们要我拿这个，你们是爱我还是害我？你们要想帮助我，就□我多捎些意见去。"

老王同志谈：这次土地改革中有些村干部思想意识不好，分果实中想吃稠的，光想法给上边干部送点东西堵住口，如果不当心要了他们的东西，那就做了他们的"防空洞"。

（《晋察冀日报》1947年6月21日）

漫画孙殿英

李普

孙殿英今年六十多岁了，小时候家穷，因赌博输了钱，投到大军阀张宗昌部下当马夫；以巴结贿赂升到迫击炮连长，接着拉出那一连人来当土匪；以后由匪而官，由总司令而大汉奸，几十年来纵横华北，真是妇孺皆知。

稍稍研究一下孙殿英的一生，我们便将发现这是现代中国社会的大怪物之一，代表着现代中国社会中没落势力。他身上流着半封建社会的罪恶的血，又带着浓烈的半殖民地的臭味。

河南有许多会门组织，有一个叫作"庙道"，孙殿英便是这个"庙道"的首领。他有一把龙泉剑，这次也被解放军得到了。剑身上长满了铁锈，记者看来看去，实在看不出什么奇特之点，可是孙殿英却制造了许多神话。据他的部队传说，有一回孙殿英做了一个梦，一个神仙赐给他这把宝剑，后按照神仙的指点，从土里挖掘出来。到了解放军之后，孙殿英大概知道这种神话吃不开了，只说这是他的祖上遗传下的，记者和他的几个下级干部谈话，听了一大堆可笑的故事，他们说这把宝剑护卫着孙殿英，使他逢凶化吉，转危为安，而当这把宝剑自己发出声音或者摆动起来，那就是孙殿英身边出现了不利于他的人，那就是孙殿英要杀人了。

缴获物中还有两件东西值得提一下，一件是一块长约三尺宽约一尺的白布，顶上横写的四个大字是"告徒红吉"，大概是□收徒弟时用的。这四个字底下□写着四句咒语是："盖普天下一字金，中师选我红祖人，玉古面前×经卷，×我老母捏小人。"底下接着是十来条既像经文又像咒语的东西，文句离奇古怪，似通非通。记者不仅不懂得是什么意思，而且简直不知道应该怎样断句，怎样读法。另一件是所谓"中国保守党成立宣言"的草稿，想不到孙殿英还有这一手，真是大出我的意料之外，文中首先说了一大套中国固有的精神与道德，然后提出八条主张，第一条就是"剿除共匪"，更无耻的另一条是所谓"拥护政府"。有了这一条，别的几条就无须抄录了，这个大流氓的投机手段真是高明得很。蒋介石是一定会欢迎这个所谓"政党"的吧。

缴获物件中还有一些他投敌□文字证据，和大规模内战以来进攻解放区有"功"，蒋介石给他的嘉奖令。本来这已是人所共知的事实，无待于证明的了。也许孙殿英自己也知道有许多老百姓认识他，因此在被俘的时候，没有遵照蒋介石的命令化装为一个士兵，仍穿着他的草绿色□□军服，骨瘦如柴，脸色苍白，原来是一个很久没有见过阳光的大烟鬼。他的美式大盖帽是紫红色的，和别人的不同，不知道这是不是蒋军"美"化以后部队长官的特殊标志，可是他的脸色衬托得更加怕人而已。

我看见他的时候，他正患着感冒□在炕上呻吟！只悻悻然发了蒋介石两句牢骚，埋怨蒋介石没有积极救援他，然后就躺在炕上大声哼叫起来。

看着这种可笑的样子，我脑子里忽然涌现出一幅漫画来，这个鸦片烟鬼头上戴着奇怪的美式帽，手中拿着可笑的龙泉剑，再以那种"告徒红吉"和"保守党宣言"做背景，点缀着冈村宁次和蒋介石的委任状及嘉奖令，那么，半封建的特点也有了，半殖民地的特点也有了。作为这个社会没落势力的一个代表，他正在人民解放军俘虏收容所里呻吟着，这不是一个很有意义的镜头吗！

这样一个镜头是很使人深思的吧。无论庙道也好，保守党也好；无论龙泉剑也好，美式帽也好；更无论蒋介石，日本或美国，没有一个救得了他！孙殿英之流的时代已经过去了，旧社会一切混世魔王和大怪物都将一扫而光，一个崭新的中国就要出现了。

（《晋察冀日报》1947年6月26日）

濮县农民的翻身节

刘子芹

五月一日为濮县农民的翻身节,农民们为纪念自己这个节日,天不亮就起来了。这一天,好像过年一样,几乎所有的农民都吃了饺子,举行了热烈的庆祝。

这一天,各村在庆祝翻身之后,普遍地展开了"割封建尾巴"的"送穷神"运动。老太太们撕去了几千年来供奉的财神爷、灶王爷、□驾姑姑等神位。曹□的民兵扛着枪,把"穷神"送到村西头的水坑边,打了几枪推到水坑里了。一个六十多岁的老太太说:"俺过去烧了几十年的香,眼都烧瞎了,可是财神爷没给俺一个窝窝头,还断不了要饭挨饿;这会毛主席来了,俺有了地又有了房子,我再也不要饭了,我要坚决跟着毛主席走!"几乎是在同一个时间,全濮县的神像、庙宇都拉倒了。

送走了"穷神"之后,各村又在锣鼓喧天中迎接来了毛主席。农民们用八仙桌抬着毛主席的画像,像上用红绸子扎成花结,前面的打着大红旗,后面是秧歌队,和农会妇会儿童团的队伍,围着村子巡游一周。村村锣鼓喧天,妇女儿童们唱着歌、喊着口号,把毛主席的像安到村俱乐部里,大家向毛主席鞠躬致敬。有的农民在毛主席像前发表演说,他们想到过去的受苦和翻身以后的幸福生活,很多都感动得哭了。有的跪在毛主席的面前盟誓说:"我要不跟着毛主席走,保卫毛主席,天打五雷轰!叫村里爷们枪毙了我!"

各村都普遍地建立了俱乐部,俱乐部的正中挂着毛主席像,两边贴着对联,毛主席的像上面悬着红绸花缨和国旗,农民们没事的时候都到俱乐部去看着毛主席。无论什么人一进门就是三鞠躬,村干们有什么大事,也都当着毛主席的面前讨论。一句话:不要忘了毛主席!

老百姓四面八方到处找毛主席的像,县委会宣传部用油印印了两千多份,不到两天就抢完了。青年农民在结婚时,也事先找毛主席像,有一个农民找到了一张毛主席像以后说:"我去迎接他老人家去!"还有一个农民到县里去买毛主席像没买到,又跑了两天,一直跑到朝城城里才买回来了。

在"五一"那天,全濮县的农民又公审了"蒋二秃子"。农民叫蒋介石为"蒋二秃子",他们用干草扎成了个蒋介石,大的四五尺高,穿上草绿色的军装,头上戴着钢盔(军装和钢盔都是老百姓出担架到前线时缴来的俘虏的衣服),用西葫芦做脑袋,上面画上眉眼,里面把豆腐染红了做成脑髓,放在葫芦里。公审的时候,老百姓对着老蒋申诉冤苦。某村烈属孙少明的母亲,在诉到她儿子(孙少明)在打滑县牺牲的时候,号啕大哭,她狠狠地指着蒋介石骂道:"要不是你打内战,我儿子也死不了!"她用鞭子打了"蒋介石"一顿,她的儿媳妇也坐在大会上哭了。到会的四家烈属都诉了苦。其他的老百姓有的诉到蒋军砍了自己的树,有的提到挨了打,无不切齿痛恨,到会有一半以上的人都哭了。最后大家提出处理意见,一致主张枪毙,于是把"蒋介石"架到会场边上,一声枪响,血淋淋脑浆四溅,大会才告结束。

但是农民们的仇恨不能消,许多老太太用面粉捏成了很多蒋介石,在上面写上"蒋二秃"几个字,放在油锅里炸来吃,他们叫作"油炸蒋二秃"。任堂一个王老太太在"油炸蒋介石"的时候唱道:"炸老蒋,炸老蒋,炸死老蒋没人想!先炸头,后炸脚,炸得个小眼□瞪着!看你再作恶!看你再作恶!"这个歌很快地就传开了,任堂的许多青年妇女都跑来学这个歌子,回去也要"油炸蒋介石"。

在濮县城里据说"油炸蒋介石"的事情也很盛行,很多小贩在街上卖"油炸蒋介石"。孩子们也在秫秸秆上扎着个"油炸蒋介石"玩耍，几时玩厌了，就一口咬来吃到肚里去。

现在在濮县翻身的农民中，在妇女和儿童中，风行着这样一个秧歌调，差不多所有的村庄都在唱着：

　　咱们大家想一想，
　　年前来了蒋中央，
　　吃了鸡、宰了羊，
　　妻子姐妹也遭殃。
　　蒋二秃子没好心，
　　一心要害庄稼人；
　　卖国家、扒黄河，
　　有他我们不能活！
　　眼要亮来心要清，
　　恩人仇人要分明，
　　毛主席，是救星，
　　蒋介石来是灾星。
　　毛主席，像太阳，
　　共产党来是爹娘；
　　八路军，忠又孝，
　　南杀北战功劳高。
　　毛主席，认得真，
　　叫咱诉苦大翻身；
　　得了房子得了地，
　　蒋二秃子发了急。
　　老蒋他是个大祸根，
　　毛主席是个活财神。

除祸根来保财神,
都要生法报大恩!
蒋二秃子揍不倒,
咱们翻身不牢靠;
地主为啥偷着笑,
老蒋给他撑着腰。
中贫农来是一家,
团结起来力量大;
共同翻身葬恶穷,
共同参军保住家。
……

每当月明之夜,在星光树影下,这歌声到处传播着。

(《晋察冀日报》1947 年 6 月 26 日)

蒋介石的自供

刘白羽

【新华社东北前线二十五日电】五月中旬，东北歼灭七十一军战役中，蒋军除损兵折将运送弹药武器外，并把他们的机密文件交供参考。在册编号二四〇的标题为《'剿匪'战略战术的总检讨》中，蒋介石四月二十日的讲话，一开头就供认"国军""剿匪"战术中最大之失败：（一）高级将领时常被俘，指挥部不断被袭。他说："现在统帅部所最担忧的也就是对诸高级将领所苦恼的一件事，就是我前方各级指挥部常常被共军袭击和高级将领往往被共军所俘，这不仅是我们革命军最大的耻辱也是目前'剿匪'战争中各将领最严重的问题。所以去年年底时，我就对此一事认为是我们革命军最大的生死关键，所以不断地研究检讨。根据各将领血的（二字旁边加黑点）经验，拟定了完备妥善的对策，严令各级将领恪守遵行。"但是事实上，现在仍旧不能防止这种错误，避免这种最大的"耻辱"。终于"最高统帅"只能无可奈何地说："你们高级将领革命精神低落到如此地步，连自己的生命荣誉都不爱惜！"（二）赴援部队中途被阻，不能达成任务。他举了一例说："我们不但在一二百里以外不敢勇敢'赴难'（二字用得好，明知去送死，还么么勇敢——记者），就是二三十里以内的地区，例如莱芜□吐丝口距离不过三十华里，整个一军兵力亦不敢单独赴援，必要两军并进才行，最后结果还是两军同时覆灭了。"那么他是如何挽救他的"耻辱"与覆灭呢？且看下面四条妙计。第一条："现在一般将领只怀着恐惧心理，说共产党组织如何严密，用兵如何厉害，我们的侦探派不进去。其实这完全是受'共匪'宣传的欺骗，以致精神上为'共匪'所威胁，对于胜利没有信心。

无论我们有许多部队，有怎样精良的武器，最后必致一筹莫展，只有束手待毙，被'共匪'所消灭。所以现在唯一问题就是要我们一般高级将领要改换脑筋。"（极机密〇四六八号《"剿匪"战争精神的影响与心理战的重要》）第二条："凡我军进入新收复之驻地时，必须将其民众聚□另一地区，完全与我各级指挥部隔离。"（四月二十日讲话）第三条："掌握交通，过去日寇保护铁路的方法，除用铁甲车巡逻外，还在铁道两旁挖壕，以资凭抗，现在我们没有这许多铁甲车，所以要特别重视挖壕工作。第一步在两侧十里左右，第二步在两侧十五里左右，各挖一道。"（二月十九日讲话）第四条："我们部队如果被围，唯一的生路唯有固守现地，自力图存，切不可依赖增援的友军。"（编号〇〇五九的蒋介石四月二十日讲话）但实际证明，自从他的将领们切实举行他的锦囊妙计以后，还是没有出路，还是弄得惊异过分，草木皆兵，被歼被俘的数字还是在激增。像这次怀德的新一军九〇团不是死守了吗？七十一军增援的陈明仁不是喊了"与军共存亡"的壮烈语句吗？结果部队不是一模一样被消灭，中长铁路不是一模一样被切断了吗？在这些机密文件中，只有一点有用的，就是他供认了在人民强大的打击下，反动派已走向崩溃。

（《晋察冀日报》1947 年 6 月 27 日）

"策略"季瑞祥

晓非

"麦苗莠，新四军透；麦穗摇，蒋家军逃！"

"汪精卫出一万元票子，就垮；蒋介石出一万元票子，也要垮！"

"吭得家鬼不死人，有了坏人害煞星；若要太平除坏人！"

"头趟出捐（蒋捐）硬撑；二趟出捐脱田□家私；三趟出捐上吊见阎王！"

这些生动口号，从矮个子小面孔的乡长季瑞祥嘴里传出，成为（南）通海（门）地区流行的歌谣。他凭着不屈的斗志和智慧，坚持在据点林立的蒋占区。说也奇怪，许多人都不止一次遭到蒋军五路十路的包围，独有他一人安然无恙。因此，大家都愿跟他行动，把他当作"护身符"。

去年七月，蒋军开始对该地实行"清剿"，他一个人被派到六个蒋据点包围的某乡去开辟工作；在进去的头几天夜晚，他就把大路小路都摸得透熟。他找了几家军烈属恳谈，化装成"中央军情报员"，访问蒋伪的爪牙，了解乡里有八十多海匪出身的蒋特情报员。

一天，桥头的小店来了个戴鸭舌帽的人，问老板："你们认识季瑞祥吗？听说他被派来做'匪军'乡长。这家伙很凶，小时候做木匠，曾经打过我们徐区长（崇荣，蒋记区长）和陈老师（乡里恶霸）。徐区长给他刑罚受，他不低头，结果被他逃掉。"老板点头不响。那人走了，店里有个商人也跟着出去，跨上木桥，一下就把那个戴鸭舌帽的推下河去，商人也跳下河，拔出插子就戳，说："我就是季瑞祥，你这海匪，尝尝老子的凶。"

隔天晚上，当他探悉两个带一支短枪的蒋匪宿在某地时，他先装着狗叫，引起村里的狗都跟着狂吠，然后拼命喊："新四军来了！"盼望新四军的群众都拥来看，两个蒋匪吓得直溜，他率领群众揪到一个徒手海匪。他宣布："新四军一贯宽大，你只要不做情报，不抢劫，马上放你！"群众也同声警告说："再不改，我们也不饶你了！"那海匪发着抖求饶："我再不做了，而且我还去叫他们（指海匪）也不要再做。"

季瑞祥捉海匪的消息传遍长江边上，"还乡团"员要捉他，因此他就不走路而走田心，不过桥而扑河，故"还乡团"伏击不到他，也封锁不住他。他弄到一支步枪后，经常装作问口令、调部队，四面打枪，"还乡团"吓得缩回碉堡，不敢再"搜查户口"。

某次，他静止了几天，蒋记《海门日报》就大吹："×乡匪徒已逃往下河去了！"他便告诉区队："蒋军已经麻木不仁，可干他一下！"于是他引导区队，在某镇打了个伏击，捉到俘虏，缴到了枪。

他没收逆产，把长江边上的荡草分发给当地贫农。因此××个小伙子就团结在他的周围，他把他们组织成一支小游击队，活跃在江边的敌人碉堡脚下。

本年一月，他被调到另一个被五个据点包围的某乡做乡长。蒋通海启"清剿总指挥"蒋方魁闻讯后，亲率五百人"驻剿"该乡。他事先得到消息，连夜把弱的干部转移了，自己带坚强干部索性住到离据点半里路的地方。蒋军挨家搜索，对松土、柴堆都打机枪，总搜不到他。蒋军一走，他又立刻奔回去，当即除掉两个人人痛恨的蒋特。

蒋军捉二流子参加"驻剿"，他就对一个曾受其救济的二流子进行教育。那人表示："身在曹营心在汉。"

"驻剿"期间，"新四军必胜，蒋军必败！"的标语，忽然在城里出现了，蒋军恐慌万分地互传："新四军钻地道到城里来了！"原来这就是他趁敌人空虚时进去贴的。

蒋军没法,规定哪家住新四军干部,就烧哪家的房子,而且也真的烧了几家。但连很多地主、富农、蒋伪家属里也掩护他,任他住宿,弄得蒋军哭笑不得。

七天的"驻剿"过去了,他一直未离□乡一步,蒋记保甲也建立不起来,蒋方魁扫兴地自供说:"一无所得,悬赏捉拿'季匪'也无用。"

季瑞祥一出现,人们总是笑脸相迎,并招呼着说:"策略来了!"并围住他,听他唱"麦穗摇,蒋家军逃!"之类歌谣。

有人问他:"策略,怎么'驻剿'来了,你一点不怕?"

"我从来不晓得什么是怕,因为我永远记牢:你们是我最可靠的保险箱。"他微笑着回答。(苏中电)

(《晋察冀日报》1947年6月28日)